JN309922

啄木と秋瑾

啄木歌誕生の真実

Takuboku & Shukin

内田　弘
Uchida Hiroshi

社会評論社

まえがき

二〇一〇年は石川啄木の歌集『一握の砂』刊行百周年である。「幸徳事件」・「日韓併合」百周年でもある。少し時間をかけて研究してきた昭和前期の哲学者・三木清が、啄木こそ、短歌を民衆歌の形式に転換した歌人であると評価していることに惹かれて、啄木歌集を読み、啄木の評論も読んできた。三年前の二〇〇七年は、中国清朝末期の女権革命家・秋瑾《しゅうきん》が一九〇七年七月一五日に中国浙江省紹興で斬首刑《ざんしゅけい》に処せられて百年目の年であった。かつて、武田泰淳の秋瑾伝『秋風秋雨人を愁殺す』や、秋瑾斬首をあつかった魯迅の小説「薬」(竹内好訳)を読んだことがあった。永田圭介のすぐれた秋瑾伝『競雄女侠伝』も読んだ。

二〇〇七年秋の或る深夜、百年前の一九〇七年九月に公表された啄木の評論を読んでいると、「大いなる白刃の斧を以て頭《かしら》を撃たれた様な気持がする」という文に出会った。瞬間、その文に刮目した。病死した綱島梁川《つなしまりょうせん》の追悼文の中の一行である。「病死」なのに「斬首」とは、チグハグではないか。そうだ、と直観が閃《ひらめ》いた。一九〇七年といえば、秋瑾が斬首された年ではないか。この文の裏には秋瑾が潜んでいないか。調べてみると、同年一九〇七年一〇月一五日の『小樽日報』創刊号に啄木が公表した評論「初めて見たる小樽」と無題の詩に、秋瑾の詩「劍歌」・「寶刀歌」にぴたりと重なる表現があるではないか(第一章・第九章を参照)。「啄木と秋瑾」。本書の主題は、その直観が出発点である。

あれから三年、この主題を追求してきた。その間、二〇〇九年三月末日をもって、長い間勤務してきた専修大学を定年退職した。その後も「啄木と秋瑾」を研究してきた。それが本書となった。

本書は啄木研究史で未開拓の問題を提起し解明する研究書である。すなわち、石川啄木（一八八六〜一九一二年）が、中国の清朝末期の女権革命家である秋瑾（Qiu-jin チョウチェン 一八七五〜一九〇七年）の生き方と作品（詩詞＝日本でいう「漢詩」）から大きな影響を受けたこと、啄木文学固有の生成母胎は秋瑾にあることを明らかにする。

秋瑾は科挙官僚の家族に生まれ育ったが、幼女のときから足を小さく縛る伝統習慣・纏足《てんそく》に苦しんだ。秋瑾は、纏足が象徴する女性幽閉の伝統共同体・清朝を打倒しようとした愛国・民主主義者である。清朝打倒のため、秋瑾は一九〇四年〜一九〇五年、日本に留学し、東京を中心とした清国人留学生世界を指導し、孫文の中国同盟会に加盟し、中国の近代革命を準備した。一九〇七年、故郷の浙江省紹興で反清朝軍事拠点を構築しようと準備中に密告され逮捕され、斬首刑（屠刀で首を切り落とす刑）に処せられた。この事件は被処刑者・秋瑾が女性であったこともあり、中国はもとより日本でも大きな反響を呼んだ。当時、北海道にいた啄木も新聞報道によって秋瑾斬首を知る。啄木は「秋瑾衝撃」を受け、先述の評論「初めて見たる小樽」や無題の詩を書いたのである。

その約二年前（一九〇五年）、啄木の友人・平出修《ひらいでしゅう》は、弁護士業の傍ら、自宅近くの清国人留学生のための学校「経緯学堂」で法律学を教えていた。折しも、清国人留学生の反清朝革命運動を恐れる清朝政府に依頼されて文部省が出した「清国人留学生取締規則」に抗議して、清国人留学生は「授業ボイコット運動」を起こす。その抗議運動の指導者が秋瑾である。その影響で、平出修は経緯学堂を辞任する。啄木だけでなく平出修も「秋瑾衝撃」を受けたのである。啄木と同じように、平出修は辞任後も中国革命の動向に強い関心を寄せた。

秋瑾が所属していた中国同盟会の機関誌『民報』を印刷した「秀光社」は平出修の自宅の近所にあった。秋瑾の同志たちは、秋瑾斬首＝殉死を悼み秋瑾追悼詩集『秋瑾詩詞』を一九〇七年九月六日、秀光社から刊行する。一〇三年前の本日である。平出修はその一部を北海道の啄木に送った。一九〇八年、平出修は東京に来た啄木と雑誌『明星』で秋瑾追悼歌を詠いあう。本書は以上のことを事実に即して立証する。

秋瑾作品の啄木作品への影響は、漢詩や和歌の世界でいう「韻字を踏む」という関連で、明瞭に読み取ることができる。啄木は韻字の手法で秋瑾思想に自分の考えを対置した。本書は沢山の例をあげて、啄木作品理解に重要なこの問題を解明する。例えば、啄木は歌集「緑の歌」第五四首で、秋瑾詩「有懐」（懐《おも》い有《あ》り）（詳しくは本書第七章を参照）から文字「涙・魂・浮滄海」を選び取り、短歌を詠《うた》っている。

頬につたふ涙のごはぬ君を見て我がたましひは洪水《おほみづ》に浮く

啄木はこの元歌を一九〇八年三月釧路で詠った。秋瑾詩「有懐」第八句の「涙」を「頬つたふ涙」の「涙」で、第六句の「魂」を「たましひ」で、第三句「浮滄海」のうち、「滄海《そうかい》」（大海原）を「洪水《おほみづ》」で、「浮」を「浮く」で、それぞれ受け（韻字を踏み）、この三つの語彙を連ねて詠っている。意味はこうである。《君（秋瑾）が女性の権利を拡張する革命（女権革命）を準備するために「日本に留学する（＝浮滄海）」とき、君の内面に深く湛えた悲しみは「洪水」をなすようだ。君は流れる涙を拭おうともしない。その君を面前にして私の魂は君の涙の洪水《おほみづ》に浮かび、君の悲しみが浸みてくる》と詠う。秋瑾が日本留学＝中国革命の決意を詠う詩は、啄木歌では秋瑾という女権革命家に対面し心を痛める歌に転身している。

啄木は『一握の砂』に収められる歌を詠いはじめた一九〇八年六月下旬からの「短歌爆発」に、秋瑾から根源的な影響を受けた経験を記録した。右の啄木歌はその前触れの一例である。本書ではその経験の事例を豊富に明示する。韻字の起源と歴史を紹介する。啄木は韻字法を明確に知っていて、作品創造に活用した。啄木歌誕生の真実は秋瑾にある。このことに今まで誰も気づいていない。啄木作品（短歌・詩・評論など）は

「韻字を踏む」という観点からは、まったく研究＝解明されてこなかった。本書では、主に『秋瑾詩詞』に掲載されている秋瑾詩詞を紹介し、啄木が秋瑾詩詞に韻字を踏んで作品を創造している実態を明確に平易に多くの例をあげて示す。

韻字を踏むという手法は、啄木自身が自分の歌集を編集するさいにも駆使される。啄木は早くも一七歳のとき、歌集「雑吟」を密度の濃い韻字法で編集した。歌と歌が韻字で蔦《つた》が絡むように連なる。歌と歌は互いに意味を賦与しつつ、歌集全体が一つの世界をなすように編集されているのである。歌集では、それぞれの歌の意味が前後の歌の意味と響きあい浸透しあい、対照を浮び上がらせる。各歌は歌の連関＝文脈《コンテキスト》で固有の意味を帯びる。人間がもつ記憶能力と連想能力が各歌の意味を連ね、浸透し、対照し、或る文脈を構成するのである。同じ歌でも、その歌が収められる歌集が違えば、その歌の意味が変わり、以前の歌集における意味が隠れる。同じ歌集でも、そこにおける歌の位置・順序によって意味が変貌するだろう。啄木歌集は固有の場《トポス》である。短歌は以前、「短詩」とよばれた。「短詩」の連（聯）は「(長）詩」である。啄木は一つの短歌集を一篇の詩とみなして編んだと思われる。啄木歌集は各首をバラバラに「縦読み」だけで読んではならない。啄木歌集は「縦読み」だけでなく「横読み」を必須の条件としている。本書は、このことも指摘する（第二〇章を参照）。

以上のことは、これまでの啄木作品（短歌・詩・散文）理解を再検討することが必要であることを意味する。この再検討は啄木の代表歌集『一握の砂』の理解に及ぶ。このことも本書で論じる。

本書は啄木をその同時代において理解する。啄木は時事評論家でもあった。啄木はその執筆で彼の同時代・明治後期とはいかなる時代であるのか、具体的に論じた。啄木が論じた時代は、日本資本主義の基礎づくりの最終段階である。経済学の言葉でいえば、「本源的蓄積最終期＝産業革命期」である。本書は啄木のその明治後期の認識が彼の文学作品にとっても重要な視座となったことを示す。特に、啄木が短歌で描写する「瞬間的な時間意識」は、人々の意識に「空《くう》」として浸透し拡大する資本主義的時間（「資本時間」＝「時は金なり」）である。啄木はこの事態を痛覚していた（第六章参照）。啄木の同時代の「産業革命」は勤労者の生存条件を不安定にする。勤労者は社会運動に立ち上がる。「革命」語が飛び交う。啄木は幼いときから反抗気が強かった。その気質を「革命」語で表現した。啄木は同時代と共振する。しかし、啄木は、秋瑾など現実の革命家の生き方を知って、試練に立つ。「革命意識」を冷却して、その意識で求めてきた内実を沈着に「生活者の立場」で実現しようとする視点に立つ。啄木の「回心《えしん》」である。啄木文学作品を理解するには、啄木の個人史・内面史と彼の同時代認識を架橋する作業が不可欠である。この作業を本書の最後でおこなう。

本書が成り立つまで、多くの人々の分厚い先行研究に学んできた。本書に一定の独自性があるとすれば、それは、その大きな研究史の基礎に立つものである。本書が成り立つまで、研究中間報告を論文などでおこなってきた。筆者の啄木研究の最初の論文である「啄木の秋風、秋瑾の秋風」は『専修大学社会科学研究所月報』（二〇〇八年）五四〇号に公表することができた。続いて、

「光州で啄木を語る」『専修大学社会科学研究所月報』（二〇〇九年）五五三・五五四合併号
「石川啄木『啄木歌集』―啄木歌に秋瑾が潜む―」『季報 唯物論研究』（二〇〇九年）一一〇号
「啄木歌に潜む秋瑾詩」『情況』二〇一〇年四月号
「啄木作品に転生する秋瑾」『国際啄木学会東京支部会会報』二〇一〇年、第一八号

の順序で、研究成果を公にすることができた。関係者のみなさんに記して謝意を表する。

本書の基礎の一部は上記の五本の論文にある。しかし、全体の分量はそれらの論文の分量の五倍となって

いる。内容も初めて公表するものが大半を占めている。本書は基本的に書き下ろしである。

本書の元となった論文や草稿をお送りし読んでいただいた方々に忌憚のないご意見をいただき、研究を前進することができた。筆者が若い時に啄木を文学史研究の対象として熱情的に語ってくれた畏友・小川和佑氏を、いま感謝の気持で、なつかしく思い出す。国際啄木学会の近藤典彦氏・碓田のぼる氏、平出修研究会の平出洸氏・山田吉郎氏・高橋正氏からも、暖かい励ましの言葉をいただいた。記して厚く謝意を表する。

本書に活用することができた文献資料に関して、まず、カバーの秋瑾の写真は優れた秋瑾伝の著者・永田圭介氏から提供を受けた。啄木の写真は日本近代文学館から提供を受けた。『秋瑾詩詞』の「表紙と奥付」（本書三〇頁）のコピーは国立国会図書館から提供を受けた。「秋瑾ゆかりの《神田区》」（本書三一頁）の地図は人文社の許可を受け同社刊行の地図を元に作成した。本書の執筆に当たって、専修大学図書館、実践女子大学図書館、国立国会図書館が所蔵する数多くの文献資料を活用した。以上の関係者に深く謝意を表する。

中野多恵子氏には、本書のイメージを的確にカバー・表紙・本扉で表現していただいた。深謝申し上げる。

本書の刊行で、社会評論社社長・松田健二氏にひとかたならぬお世話になった。厚くお礼申し上げる。

本書を旧満洲で不幸な最期を迎えた妹弟に捧げることをお許しいただきたい。

内田輝子　［一九四六年二月一二日、長春（旧新京）で死去。享年三歳］
内田勝敏　［一九四五年一二月三〇日、長春（旧新京）で死去。享年一歳未満］

満洲に埋もる妹弟　兄を呼ぶ　地に伏し聴かむ愛ほしき声

二〇一〇年九月六日　猛暑が続く初秋、拙宅にて記す

内田　弘

啄木と秋瑾——啄木歌誕生の真実＊目次

第一部　啄木と秋瑾

第二部　秋瑾詩を詠い次ぐ啄木

第一部

啄木と秋瑾

第一章　啄木歌に潜む秋瑾

石川啄木《いしかわたくぼく》（一八八六―一九一二年）の歌には、中国の清国末期の女性革命家・秋瑾《しゅうきん》（Qiu-Jin チョウチェン一八七五〜一九〇七年）の詩詞《しし》（日本でいう漢詩）を踏まえた歌が多くある。秋瑾は中国近代革命の出発点である辛亥革命（一九一一年）の少し前まで生き殉死した。秋瑾の詩詞こそ、啄木歌が誕生した母胎である。啄木歌誕生のこの真実は、これまでの啄木研究で一切、認識されてこなかった。啄木固有の作品の創造は一九〇七年（明治四〇年）の夏から始まる。その時期はまさに、秋瑾はふるさとの中国浙江省《せっこうしょう》の紹興《しょうこう》で、中国女性の人間解放と漢民族の再興のために軍事拠点を構築するさなか逮捕され、大きく重い青龍刀で首を切断する「斬首刑《ざんしゅけい》」で殉死した時期である。この出来事が啄木に与えた衝撃から啄木固有の歌が誕生する。啄木の代表的歌集『一握の砂』（一九一〇年一二月一日刊行）やその他の歌の数々は、啄木が秋瑾の詩詞に重ねて詠った歌が多い。啄木歌には、啄木が秋瑾の詩詞を読み面白いと思った「文字」を引き継ぎ新たに詠った歌、つまり「韻字《いんじ》を踏《ふ》んだ歌」が数多くある。秋瑾詩詞こそ、啄木歌誕生の地である。しかし、この真実は、啄木歌の表面には見えず、歌の底に潜んでいる。これまで長い間、啄木歌は読まれて愛唱されてきた。しかし、誰一人として、啄木歌に秋瑾詩詞が潜んでいるという真実に気づかなかった。秋瑾詩詞こそ、啄木歌誕生の母胎である。この決定的な事実に気づかなかった――このことを本書はあきらかにする。

論より証拠、例をいくつか挙げよう。

例一）　秋瑾は酒（白酒《パイチュー》）を愛飲し、自作の詩詞を歌いながら剣舞を舞った。刀は日本刀の小刀である。秋瑾は日本刀に魅了されそれを愛好した。秋瑾が日本に留学する前、一九〇四年前後に詠った詩「剣歌」（本書第八章参照）の第一〇句はつぎのようである。

「右手把剣左手把酒」（右手に剣を握り左手に酒盃をもつ）

啄木はこの句を念頭に、一九〇七年一〇月一五日、ちょうど秋瑾が斬首されて三ヵ月後、「詩（無題）」のなかで、つぎのような「想定問答」ともいえる疑問形の詩を詠った〔『石川啄木全集』第八巻、一九七九年刊行、三六二頁。以下の引用では（第八巻三六二頁）と略。巻末の《参考文献》参照〕。

「右手《めで》に翳《かざ》すは何の剣／左手《ゆんで》に執《と》るは何の筆《ふで》」

啄木のその疑問形の詩は、秋瑾詩「劍歌」の句「右手に剣を握り左手に酒盃をもつ」を念頭においている。

「右手に翳すは何の剣だ?」

と問えば、秋瑾はどう答えただろうか。啄木は、どんな剣なのか、と問うているのである。その啄木詩の三年前の一九〇四年に秋瑾は北京に滞在中、詩「寶刀歌」（本書第九章参照）をつくった。その第一七句で、

「主人贈我金錯刀」（持主が金の象嵌《ぞうがん》の刀を贈ってくれた）

と詠っていた。したがって、啄木の問いに対する秋瑾の答えは、

「金の象嵌《ぞうがん》の刀の寶刀である」

となる。この答えを想定して発したのが上記の啄木の問いである。さらに啄木がその詩で秋瑾に、

「左手に執るのは何の筆だ？」

と問えば、秋瑾は「寶刀歌」第三二句で、

「援筆作此『寶刀歌』」（［もう片手に］筆を執りこの「寶刀歌」を作る）

と詠っているから、秋瑾は、

「『寶刀之歌』を書く筆だ」

と答えることになる。秋瑾の詩と啄木の詩の対応関係は、はっきり存在する。

このような啄木詩と秋瑾詩と関連して、注目すべき事実がある。詩「劍歌」を収める『秋瑾詩詞』という本が、秋瑾斬首（一九〇七年七月一五日）の三九日後、一九〇七年九月六日、当時の東京市《ママ》神田区中猿楽町四番地にあった「秀光社」という印刷所（事実上は出版社を兼ねていた）から刊行された。啄木の上記の無題の詩が『小樽日報』に公表された一九〇七年一〇月一五日より約四〇日前に、斬首された秋瑾を追悼する祈りを込めて刊行されたのである〔本書三〇頁下段および巻末「参考文献」秋瑾（一九〇七）参照〕。『秋瑾詩詞』には秋瑾の詩「劍歌」が収められている。啄木が秋瑾の「劍歌」を読むことができた現実的可能性は十分存在する。その可能性にもとづいて上で啄木詩と秋瑾詩「劍歌」との対応関係をあきらかにしたのである。

上で引き合いに出した秋瑾詩「寶刀歌」は『秋瑾詩詞』に収められていない。しかし、秋瑾が一九〇四年

から一九〇五年一二月まで、一時帰国の期間を除いて、一万人近い在日中国人留学生のなかで指導者的存在となっていた。彼女はよく自作の詩詞を歌いながら、剣舞を舞った。秋瑾の「寶刀歌」は多くの人に筆写され流布していた。「寶刀歌」は秋瑾の代表作である。中国での秋瑾論には必ずといっていいほど「寶刀歌」が引用される。筆写され流布した「寶刀歌」の一部を啄木は平出修から受け取ったと思われる（本書第三章参照）。

例二）　秋瑾は清朝末期の満洲族に支配されるままの漢族の姿に我慢ならならなかった。漢族が満洲族の支配に甘んじ惰眠を貪っているると慨嘆した。その一つの表現が秋瑾の詩「寶刀歌」第三句の、

「一睡沈沈数百年」
（一眠りで深い眠りに陥り、もう数百年も経った、さあ惰眠から目覚めよ）

である。啄木は、先に紹介した一九〇七年一〇月一五日公表の啄木詩（無題）でも、この秋瑾の句を念頭においた詩を詠っている（本書第九章参照）。そのほぼ一年後の一九〇八年八月一〇日に雑誌『明星』に公表した歌集「新詩射詠草 其四」でも、秋瑾のこの句を使った歌を詠っている。その一つがつぎの第三四首（第一巻一五四頁）である（傍点強調は引用者。以下同じ）。

あな懶《もの》う倦《う》みぬうとまし百とせも眠りてしかるのちに覚めなむ

啄木の「百とせ」＝秋瑾の「数百年」、啄木の「眠りて」＝秋瑾の「一睡沈沈」という対応関係は明白である。秋瑾詩では、《もう数百年も惰眠を貪ったではないか、さあ、起きよ》という呼びかけである。啄木歌は《ああ、心が晴れない、なにごとも疎《うと》ましい、百年ぐっすり眠って、そのあと目覚めよう》という歌で

ある。秋瑾の「眠りから醒めよ」に対して、啄木は「さあ、眠ろう」というのである。まったく、逆である。反語的である。啄木はしばしば、秋瑾の本歌取りを反語的におこなった。

秋瑾詩「寶刀歌」のこの句を念頭においた歌は他にもある。例えば、上記の歌の直前の第三三首（第一巻一五四頁）である。

山々《やまやま》を常世《とこよ》の深き眠りより覚まさむとして洪鐘《こうしょう》を鋳る

この歌の「常世の深き眠り」も秋瑾詩の「一睡沈沈数百年」を念頭に置いている。この歌も、《山々を永久につづくかのような深い眠りから覚醒させるため、洪鐘《こうしょう》＝大鐘を鋳造し、警鐘を鳴らす》と詠う。啄木は明治維新以後の日本人もまだ惰眠から目覚めていないと痛憤していた。啄木は日清戦争・日露戦争に勝って「大国意識」を膨張する日本人の「うぬぼれ」から覚醒しなければならないと、日本の軍事予算膨張への批判などで、力説した。一方、秋瑾は日本留学のため一九〇四年六月二八日、北京の「永定門」駅で夫・子芳や子と別れ、塘沽《タンクー》（天津外港）から日本汽船「独立丸」に乗り朝鮮海峡を経由して七月二日に神戸港に着いた。当時は日露戦争中であった。「独立丸」はロシアの潜水艦に追尾され、後続の日本軍輸送船「常磐丸」が撃沈された（永田一八三一～一九六〈?〉）。遼東半島での「旅順閉塞作戦」（一九〇四年三月～五月）の少し後のことである。秋瑾は、たまたま孫文に会うために横浜に向かう途上、日露戦争に出征する日本軍を目撃し、清朝打倒のために自ら建軍する軍隊の模範を見いだしている。

例三）「東海」といえば、啄木が生前に刊行した唯一つの歌集『一握の砂』の冒頭歌（第一巻七頁）、

東海《とうかい》の小島《こじま》の磯《いそ》の白砂《しらすな》に／われ泣《な》きぬれて／蟹《かに》とたはむる

が著名である。一方、秋瑾は一九〇五年、日本留学中に「泛《はん》東海歌」という詩を作っている（本書第一二章参照）。直訳すれば、「東海に泛《うか》ぶ歌」となるが、それは「東海＝日本に留学する目的を誓う歌」という意味である。その第八句に、

「劉秀雷震昆陽鼓」（劉秀［光武帝］は昆陽の鼓を雷震する）

とある。啄木は歌集「虚白集」（一九〇八年一〇月一〇日公表）の第九四首（第一巻一五八頁）で、

倒れむ日遠き都に雷のごと響《ひゞき》おくれと大木《おほき》に教《をし》ふ

と詠う。啄木は、秋瑾詩のいう「昆陽」を「遠き都」で受ける。秋瑾詩の「雷震」を啄木は「雷のごと響」で受ける。大木が倒れて大地を撃ち響かせる音は、「遠き都」＝「昆陽《こんよう》」に「雷が轟くように震るがせ響け」、というのである。啄木は、世はこのままではいけない、天変動地よ、来たれ、と願う。無駄に死ぬな、敵に倒されるときも、《ドサー》と大音を立てて世を震撼させよ、というのである。啄木は歌集「石破集」などで用語「大木」をよくつかう。「大木」とは、革命途上で殉国する革命家のこと、陳天華《ちんてんか》（第一一章参照）や秋瑾のことであろう。啄木の「東海歌」は秋瑾の「泛東海歌」に重ねて詠った可能性が十分存在する。この重大な問題も本書で検討する。実際、「泛東海歌」の他の句を念頭において歌を啄木は沢山詠っている（本書第一二章参照）。

例四）　この問題と深く結びつくのが秋瑾の「有懐」（懐《おも》い有《あ》り）という詩である。秋瑾は、幼い少女の足を縛って小さく変形させる纏足《てんそく》を廃絶し、中国の女性をその悪習から解放したいと切望した。そのために纏足撤廃＝天足会《ママ》に入会した。秋瑾の纏足批判の詩が「有懐」である（第七章参照）。「懐い」とは、纏足を廃絶

したい、女を家の奥に幽閉する伝統共同体を壊滅したいという願いである。秋瑾は自ら纏足の布を解いた。「有懐」のつぎにしめす第五句の最初の二語「放足」はその意味である。秋瑾は、足を纏足に固定する布地を解いたが、自然な足で歩くように自由に歩けなかった。秋瑾は不自由な歩みを進めながら、中国女性の自然な足の回復の道を探って、日本の街を歩いた。東京を、横浜を。秋瑾の纏足批判詩「有懐」の第三句、第五句、第六句、第八句はつぎのようである（傍点強調は引用者）。

第三句「釵環典質浮滄海」（釵環《さつかん》［簪《かんざし》・玉帯《たまおび》］典質《しちいれ》し、滄海に浮かぶ）

［頭に飾る簪《かんざし》や腰に巻く玉帯を質に入れ（留学資金をつくり）、滄海《そうかい》に浮かぶ（滄海＝日本に留学する）］

第五句「放足除千載毒」（足を放ちて千載の毒を揃《あら》い除ぎ）

［纏足を縛る布地を解き、そこに累積した毒を洗い清めるのだ］

第六句「熱心喚起百花魂」（心を熱くして百花の魂を喚び起す）。

［自己を解き放ち心は熱く燃え、咲き乱れる花々のような魂を呼び覚ます］

第八句「半是血痕半涙痕」（半ばは是れ血の痕、半ばは涙の痕）。

［鮫人の織った絹布は血を流し織った痕跡でもあり、涙を流し織った痕跡でもある］

啄木はつぎのように「有懐」に重ねた歌を「緑の歌」第五四首（第一巻一六五頁）と「虚白集」第五五首（第一巻一五六頁）で詠っている。そのうち「緑の歌」第五四首は「まえがき」でとりあげた。この二首は、啄木が秋瑾詩詞の韻字を踏む典型例なので、必要に応じて引用する。

頬につたふ涙のごはぬ君を見て我がたましひは洪水《おほみづ》に浮く

手なふれそ毒に死なむと君のいふ花ゆゑ敢て手ふれても見む

啄木は上記の「緑の歌」では、秋瑾詩「有懐」の四つの句のそれぞれから一語を拾い、最後から前にさかのぼる。啄木は秋瑾詩「有懐」第八句の「涙」を「頬つたう涙」の「涙」で、第六句の「魂」を「たましい」で、第三句の「滄海」を「洪水」で、第三句の「浮」を「浮く」で、それぞれ受け、連ねる。

《君（秋瑾）が女権革命を準備するために「日本に留学する（＝浮滄海）」とき、内面に深く湛えた悲しみは「洪水＝大水」をなすようである。君はその流れる涙を拭おうともしない。その君を面前にして私の魂は君の涙の洪水《おほみづ》に浮かぶようだ》

と詠う。秋瑾が日本留学の決意を詠う詩は、啄木歌では、秋瑾という女権革命家に心痛め相対する歌に転身している。

上記のもうひとつの「虚白集」第五五首では、秋瑾詩「有懐」の第五句の「毒」、第六句の「花」を連鎖させて詠う。

《君は自分の手には毒がついているから触れないで、というが、君は花のようだから、敢えて君の手に触れよう》

と詠うのである。秋瑾にとっての纏足の毒はきれいに洗い流したい毒である。その毒から解放された喜びが「花」である。「毒」と「花」は対立する。啄木にとって、「毒」は自分を惹きつけてやまない危険な「花」＝革命思想という魅力に転化して詠っている。「毒」は「花」に転身している。このように、秋瑾詩「有懐」と啄木歌には緊密な関連が存在する。

第二章　啄木は秋瑾を知っていた

石川啄木は、中国清朝末期の女権革命家・秋瑾《しゅうきん》の生き方と著作（主に詩詞）に大きな衝撃を受け感動した。秋瑾の生き方と著作は、啄木の著作の固有性の樹立に決定的な役割を果した。しかし、秋瑾は啄木の著作に明示されず潜在している。本章はこの問題を解明する。

❶ 秋瑾の略歴

秋瑾はこれまでの啄木研究とは「まったく」結びついてこなかった。「知られざる秋瑾」である。啄木研究で「秋瑾」の名前を出せば、「秋瑾？」、啄木と何の関係があるのか、との反応がみられた。秋瑾は啄木の同時代人である。そこで秋瑾の略歴を紹介する。

秋瑾（Qiu-jin.チョウ・チェン。一八七五〜一九〇七年）は清朝末期の女権主義者である。日清戦争（一八九四〜一八九五年）で清国は敗北する。中国では、戦勝した日本に留学し日本に学べ、学んで清朝を打倒しようという動きが渦巻いてきた。秋瑾は官僚の男と結婚し二児いたが、女権拡張のためには女子教育が不可欠と決断し、単身で東京の実践女学校（校長下田歌子）に留学する（一九〇四年〜一九〇五年。この間、革命資金調達のため一時帰国）。日本の東京には清国人留学生（留日生）が一万人前後いた。特に「神田区」は留日生の坩堝であった。いまでも神田に中華料理店が多くあるのはそのためである。神田は横浜・神戸とともに「辛亥革命」（一九一一年）の後方根拠地であった。啄木の友人・平出修は神田区に住み、明治大学が創った「経緯学堂」で留日生に法律学を教えていた。啄木はその平出修宅で平出修に頻繁に会っていた。平出修宅の近所に『秋瑾詩詞』を刊行する「秀光社」があった。秀光社は、孫文・秋瑾たちの中国同盟会の機関誌『民報』や北一輝の『国体論及び純正社会主義』を刊行した。平出修はその『国体論』を所持していた（平出修一九六九：五八九参照）。啄木はその分冊版を読んだ（第二一章で詳述）。

　秋瑾は日本（東海）へ留学する（泛《うか》ぶ）誓いを詠う詩「泛東海歌《はんとうかいか》」を作った（一九〇五年）。幼少から少女の両足を布で縛り小さな足に変形する纏足《てんそく》を強制されたことに憤懣を抱いていた。秋瑾は幼いときから纏足された足の痛みをこらえて乗馬を習った。纏足の無残さは高洪興『図説 纏足の歴史』（原書房、二〇〇九年）を参照されたい。秋瑾は詩作をよくした。纏足批判の詩「有懐《ゆうかい》」を作った（一九〇四年）。秋瑾は清朝末期から始まる纏足撤廃＝天《ママ》足運動に参加した。中国女性解放運動の一環である。秋瑾は同時に満洲族による漢族支配に憤激していた。秋瑾は「民主・愛国」主義者である。秋瑾は、男と同等の権利を要求する主張を男装で示し、弁舌を鍛え、護身用に日本の短刀を編上靴の脇に差していた。「剣歌」などの詩を歌いながら酒盃片手に剣舞を舞った。秋瑾は日本留学中にも多くの詩詞を作った。秋瑾は一九〇五年九月四日に横浜で孫文に会い、三民主義を聴き、中国同盟会に入る。辛亥革命（一九一一年）の六年前である。清国政府は日本に留学する者の中には清朝打倒を目論む者がいると恐れ、日本政府に監視を依頼する。その依頼に応えて日本政府が出したものが文部省通達「清国人留学生取締規則」である。秋瑾たち革命派の留学生はその「取締規則」に抗議し横浜から一九〇五年一二月二五日帰国する。秋瑾は「清朝打倒」のために紹興に軍事根拠地を造ろうと準備するさなか、一九〇七年（明治四〇年）七月一三日、密告され逮捕され、七月一五日に斬首刑に処せられた。一九〇七年九月六日（秋瑾斬首の五三日後）に最初の遺稿集『秋瑾詩詞』が秀光社から刊行される。翌日九月七日、東京市神田区の「錦輝館」で革命に殉じた秋瑾たちを追悼する集会が約六千人を集め開かれた。今日、中国で秋瑾は革命烈士として記念されている。秋瑾の伝記は永田（二〇〇四）を参照されたい（末尾の《参考文献》に掲示）。

❷ 啄木は秋瑾を知っていたか

啄木の書いたもの（＝広義の著作、すなわち、短歌・詩・小説・評論・書簡・日記など。以下、単に著作と略）に、秋瑾そのものの名前は存在しない。『石川啄木事典』（二〇〇一年、おうふう）にもない。これまでの啄木研究史では秋瑾は非存在である。その可能な根拠はつぎの三つである。啄木は、

ⓐ秋瑾を知らなかった。ゆえに秋瑾は啄木や彼の著作に非存在である。

ⓑ秋瑾を知っていたが、彼にとって重要ではなく、記す必要がなかった。ゆえに秋瑾は啄木の著作に非存在である。

ⓒ秋瑾を知っていた。秋瑾を高く評価し自分の著作活動に秋瑾の著作を活用した。しかし、秋瑾を讃える自分の著作で秋瑾の名を明示することは危険な行為であった。啄木の同時代の明治日本における言論統制は日記にまで及んだ（例えば「橋浦時雄事件」。第一六章参照）。啄木は中国女性革命家の「秋瑾」の名前をどこにも書かなかった。ゆえに、秋瑾は啄木の著作に名目的には非存在であるが、実質的には存在する。

筆者はⓒと判断する。啄木の時代は「新聞紙条例」（一八六九年）・「集会及政社法」（一八九〇年）・「治安警察法」（一九〇〇年）などの言論弾圧法＝体制の時代である。啄木はこの制約の下で著作活動をした。帝国日本は日清戦争勝利＝下関条約（一八九五年）以来、清国を重要な利権の対象にした。明治国家は内外を支配

し資本主義を強権的に構築する本源的蓄積（原蓄）国家である。英仏の時代から、どの原蓄もそうである。その強権を封建遺制とみてはならない。秋瑾は、帝国日本と「国際階級同盟」を結ぶ清朝の打倒を目指す「秘密結社・光復会」の革命家である（一九〇五年六月下旬、上海で入会した）。しかも、実際に反清朝軍事行動を企て斬首刑に処せられた。秋瑾のその紹興起義のあと、《秋瑾に続け》と、日本に留学している学生たちの革命準備活動が活発になっている。秋瑾の抗議＝帰国後も留学を続けた魯迅（一八八一～一九三六年。本名は周樹人）も翌年一九〇六年に仙台医学専門学校を退学して文学に転じ、一九〇九年八月に帰国する。秋瑾は帝国日本にとっても危険人物である。なぜか。皇帝統治の清国崩壊は天皇統治の日本に波動しかねない。秋瑾の紹興起義（一九〇七年）の一年後の「赤旗事件」（一九〇八年）から「幸徳事件」（一九一〇～一一年）の弾圧体制強化の政治過程はその危機意識のあらわれである。新聞の秋瑾に関する報道（後述）もその文脈からは離れてはいない。一九一七年のロシア革命はその恐怖を一層強化した。上層部の若い世代は「ロイヤル・ボランティア」にすすんで参じた。上層部も、「ヴ・ナロード（人民の中へ）」を実践しようとしたのである。民間の個人（啄木）が秋瑾を公然と称えることは反明治国家的行為である。非常に危険な行為である。啄木はこのことを明確に自覚していた。書簡や短歌で間接的にそのことを暗示している（第一六章参照）。今日の日本における比較的自由な言論状態を無意識に啄木の時代に投影してはならない。それは歴史の偽造である。啄木理解は啄木歌を読むだけでは全く不十分である。啄木の同時代の内在的理解が不可欠である。啄木は秋瑾の著作を文学創造に活用することが「単なる文学上の行為」であることにとどまらず、すぐれて「政治的行為」を意味することを明確に認識していた。そのため、啄木は秋瑾の名を自覚的に隠し、「政治的修辞学的表現法」を採用した。

本章ではまず、啄木が秋瑾を知っていたことを立証し、さらに、秋瑾の詩詞を作品制作に活用したことを多くの事例をあげて立証する。

❸ ⓒの可能性は如何にして立証できるか

㋐この立証問題に答えるために、まず啄木の著作と秋瑾の著作との対応関係が時期の上で矛盾なく存在しうる可能性を確定する。秋瑾の名を広く知らしめたのは、紹興起義（一九〇七年七月一三日）＝斬首（同月一五日早朝四時）である。その事件の日本への新聞報道は同月七月二〇日からである（つぎの❹の（一）（二）（三）（六）を参照）。当時、東京から北海道・函館への船便は二〜三日かかった。したがって、啄木は一九〇七年七月二〇日から数日後から秋瑾斬首を新聞報道で知った可能性がある。啄木はその七月下旬を含む、約一一ヶ月間、北海道にいた（一九〇七年五月五日〜一九〇八年四月五日）。その時期、啄木は主に新聞関係の職にあった。一方、本稿で引用する秋瑾の著作は、秋瑾が二度目の日本留学を打ち切り帰国する一九〇五年一二月下旬までの著作に限定する。秋瑾の帰国後の著作を啄木が知る可能性は低いからである。このように時期を限定した上で、つぎのような二種類の物的証拠（㋑と㋒）をあげる。啄木が、

㋑秋瑾とその著作を知りうる可能性のあった啄木著作の外部の物的証拠。

㋒秋瑾とその著作を知っていた可能性を示す啄木著作の内部の物的証拠。

㋑と㋒は、㋑の啄木にとって外的な存在である出来事（事件）やその報道が㋒の啄木の著作の中に波及し影響をあたえた関係にある。㋑なしには㋒は存在しない。しかし注意すべきことに、㋑の客観的物的証拠だけをいくら累積しても、それは㋒に無限に接近することであって、㋒そのものではない。㋑と㋒との間には超えられない深淵が存在する。㋒を生み出す根源的な力は、啄木の場合に限らないが、著者が外部の出来事に影響を受けつつ、それとは相対的に自立的に活動する構想力＝想像力（imagination，Einbildungskraft）で

ある。啄木自身がいう。「作物《さくぶつ》は其時代と作者自身の性格と結合して初めて生まれるものだ」（第七巻二七二頁）。啄木に限らず、作者はその時代環境をただ受動する物的存在ではない。環境からの影響を主体的に受け止めつつ、逆に環境に働きかける表現様式として作品を創造するのである。㋑環境と㋒作品の間には、深刻な断層がある。素朴実証主義はこの深淵が分からない。㋒作品それ自体の分析は不可欠である。

㋓つぎに、啄木著作が秋瑾著作（主に詩詞、特に詩）と照応する多くの事例をあげる。形式的にみれば、上記の㋑と㋒の影響関係には、この㋓の関係、即ち、啄木が㋑秋瑾著作を読んで㋒自分の著作を制作する関係が含まれる。しかしこの関係は構想力＝想像力の活用の所産である著作の間の関係であるという独自性をもつ。この関係は㋓として分離すべきである。㋓の影響関係はさらに、啄木の著作内部に再現する場合もありうる。例えば、啄木が㋑秋瑾の或る詩を知り、その詩をモチーフに或る詩（㋒[1]）を詠い、その詩が短歌（㋒[2]）を生むという連鎖反応が存在しうる。逆に、短歌が詩に転生する場合もある（後に❺で例証する）。

㋑と㋒を前提に㋓で、一九〇七年七月二〇以後の啄木の著作において、一九〇五年一二月下旬までの秋瑾の著作との緊密な対応関係が数多く立証されれば、啄木が秋瑾の著作を自分の著作活動に用いたことが確実になる。以下で上記の㋑と㋒は❹で、㋓は❺で、それぞれ明らかにする。❹で列挙する二七の事実は㋑か㋒に区別する。

つぎにその「二七の事実」を時系列の順序で記す。記述は細かい。しかし、啄木が秋瑾を確実に知っていたことを立証するために必要な記述である。丹念に読んでいただきたい。その最後に、その「二七の事実」を「四つの項目」に整理して、啄木が秋瑾を知っていたことを明示する。秋瑾と啄木との対応関係がくっきり浮かぶのである（以下の引用文内の傍点強調は引用者）。

❹啄木＝秋瑾関係を示唆する諸々の事実

（一）＝㋑一九〇七年七月二〇日『大阪朝日新聞』は「●女教師斬首」と題し「浙江省紹興の明道《ママ》学堂［正しくは「大通師範学堂」（永田三四三）］の女教師秋瑾、徐錫麟の徒党と認められ斬首せらる。学校も亦閉鎖されたり」と報道する。当時、啄木は北海道で主に新聞記者の職にあったから、この情報を知った可能性はかなり高い。参考文献、沢本（二〇一〇）参照。

（二）＝㋑一九〇七年七月二〇日『大阪毎日新聞』は「●女教師斬首」と題し「浙江省紹興府なる明道《ママ》学堂の女教師沖瑾《ママ》は徐錫麟《じょしゃくりん》の徒党なりと認められ斬首の後其学校は閉鎖せられたり」と報道し、「●紹興府知事の非難」と題し「浙江省紹興府知事貴福は女教師沖瑾《ママ》に対し適当の審問をなさずして処刑したとの故を以て当地清国新聞紙より非難されたり」と報道する。

（三）＝㋑一九〇七年七月二〇日『東京朝日新聞』は、「●徐錫麟党与又斬罪」と題し「浙江省紹興県明道《ママ》学堂の女教師秋瑾は故徐錫麟の党与なりと認定され斬罪に処せられ学堂も同時に閉校を命ぜられたり」と報道する。

（四）＝㋑一九〇七年七月二一日『東京朝日新聞』は、上海の日本式女流教育や清国の纏足撤廃を掲げる女学校の隆盛を報道する。そこに、実践女学校校長の下田歌子（一八五四〜一九三六年）の名前がある。この新聞記事は、校長下田歌子の実践女学校に留学した纏足批判者・秋瑾が文部省通達（❶で既述）に抗議＝帰国し（一九〇五年一二月下旬）、女教師となり紹興起義で斬首された最近の事件（一九〇七年七月一五日）との関係で、報道されたと判断される。秋瑾は、すでに「清国人留学生取締規則」への抗議＝帰国事件（一九〇五年一二月）の指導者として報道され、新聞界にはよく知られていた。

（五）＝㋑一九〇七年七月二八日『東京朝日新聞』は、安徽省々長は日本在留清国学生若干名が帰国し安徽起義の徐錫麟の処刑に報復すると察知し長江流域の地方官が警戒していると報道する。

（六）＝㋑一九〇七年七月二一日『東京朝日新聞』は、北京政府は「不屈の精神と節制ある運動」を担う孫文たちの革命党を「虎の如く」恐れ（啄木の評論「空中書（三）」参照）、安徽省での徐錫麟《じょしゃくりん》の処刑が惨酷極め、「女教師秋瑾を死刑に処したるより皆冤を恨み民心愈々離れたる」と報道する。

（七）＝㋑一九〇七年八月一六日『東京朝日新聞』は、孫逸仙［孫文］の完全な組織をなす革命党党員が多数の高官を殺害し清国軍隊を味方になるように勧誘している、と報道する。

（八）＝㋒一九〇七年八月二五日からの函館大火の最中、啄木は八月二七日の日記に、万物が狂う様相を幻視し「快哉」を叫んだと記し、大火は「悲壮きわまる革命の旗を翻し」、「函館にとりて根本的の革命なりき」と記す（第五巻一五七頁）。

（九）＝㋑一九〇七年九月六日。東京で秋瑾起義＝斬首を悼み『秋瑾詩詞』（三〇頁下段参照）が急遽編集刊行される。刊行者は王芷馥《おうしふく》であり、幸徳秋水たちと「東亜親和会」を創設した何震《かしん》も刊行に関わる。印刷所は秀光社（東京市《ママ》神田区中猿楽町四番地）、印刷責任者は藤澤外吉である。『秋瑾詩詞』には、後に引用する「芍薬」（四頁）・「乍別憶家」（一五頁）・「秋日獨坐」（一七頁）・「剣歌」（二八頁。本書第九章参照）・「浪淘沙 秋夜」（三四〜三五頁）・「小照《男装》」（二九〜三〇頁）などがある。しかも、秀光社と同じ通りのすぐ近くには、啄木が文通していた友人・平出修の自宅＝法律事務所があった（神田区北神保町二番地）（第三章で詳述）。啄木が『秋瑾詩詞』を読むことは時期の上と社会関係の上で可能であったのである。

（一〇）＝㋑一九〇七年九月八日『東京朝日新聞』は、「清国留学生減少」の原因の一つとして元日本留学生・徐錫麟が安徽起義で安徽省巡撫《じゅんぶ》［省長］を暗殺したことにある、と報道する。秋瑾は徐錫麟の安徽起義に連帯し紹興起義を準備する最中、密告で逮捕＝斬首された。

◀秋瑾ゆかりの地「神田区」

（注）人文社発行「東京郵便局明治40年東京市15区・神田区全図」のうち、ここに掲げた部分に❶～❿を挿入した。（2010年6月1日内田弘作成）

❶ 清国留学生会館　神田区駿河台鈴木町18番地
❷ 中華留日基督教青年会館　神田区北神保町10番地
❸ 平出修法律事務所　神田区北神保町２番地
❹ 秀光社　神田区中猿楽町４番地
❺ 豊生軒　神田区中猿楽町20番地
❻ 経緯学堂　神田区錦町３丁目10番地
❼ 錦輝館　神田区錦町３丁目18番地
❽ 正則英語学校　神田区錦町３丁目２番地
❾ 東京外国語学校　神田区錦町３丁目14番地
❿ 東京基督教青年会　神田区美土代町３丁目３番地

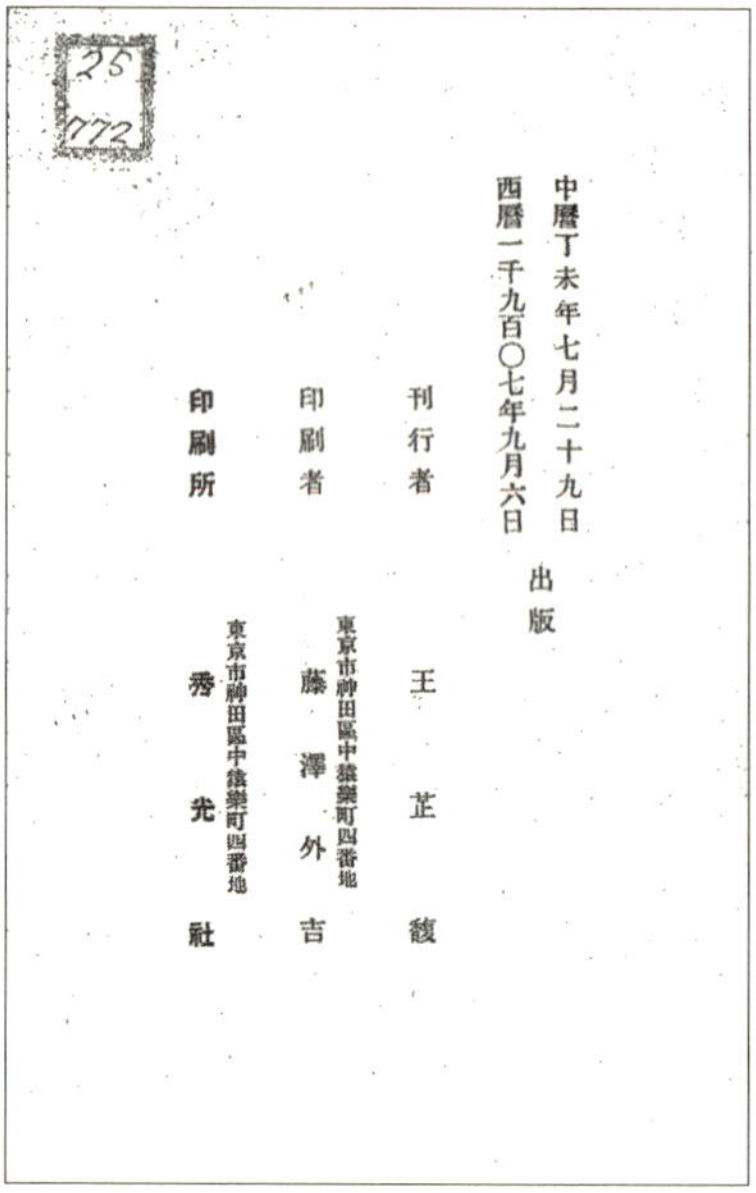
25
772
中曆丁未年七月二十九日
西曆一千九百〇七年九月六日 出版
刊行者 王芷馥
印刷者 東京市神田區中猿樂町四番地 藤澤外吉
印刷所 東京市神田區中猿樂町四番地 秀光社

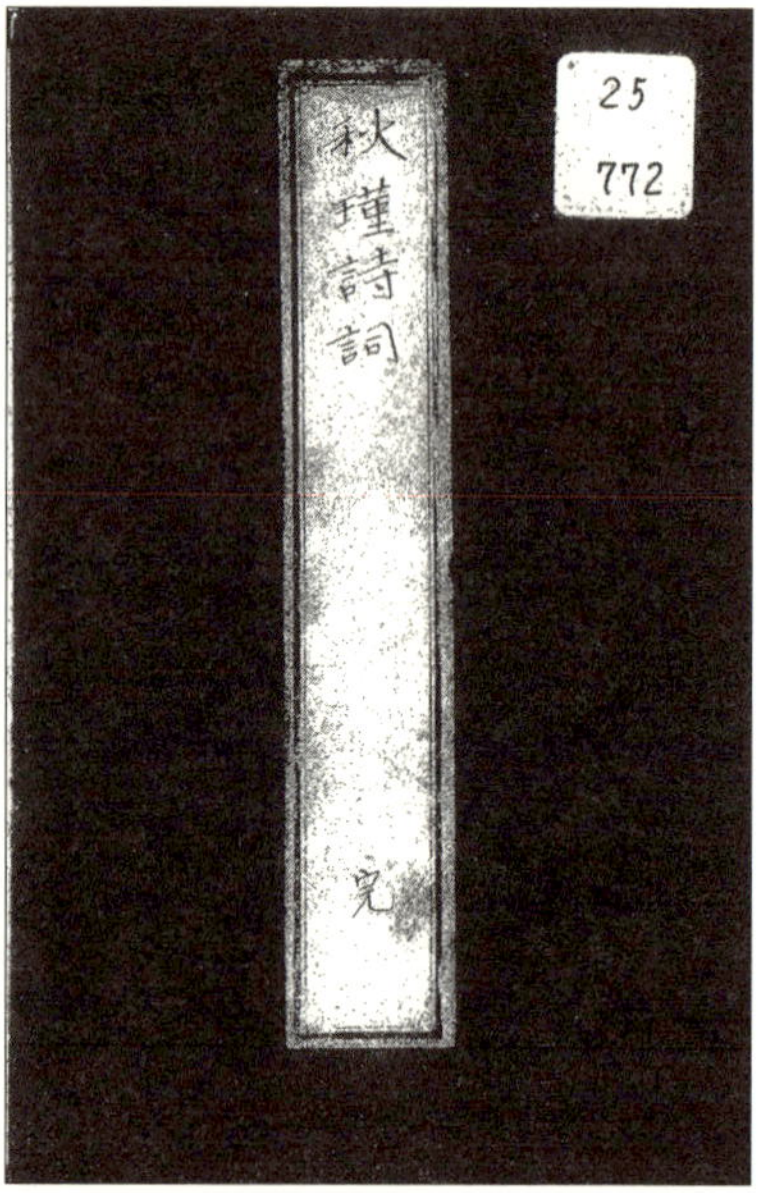

『秋瑾誌詞』の表紙と奥付（国立国会図書館所蔵）

西小川町
北神保町
中猿楽町
南神保町
裏神保町
神保町
裏猿楽町
猿楽町
錦町
通町
一ツ橋
外国語学校
高等商業学校
学士会
錦華小学校
東京物理学校

（一一）＝㋒一九〇七年九月一六日、札幌の北門新聞社入社。九月一八日〜二七日、『北門新聞』に友人綱島梁川《つなしまりょうせん》（一八七三〜一九〇七年）の死去の追悼文「秋風記・綱島梁川氏を弔う」（全四回）で、八月二五日からの函館大火について「予一人心に快哉を絶叫して、天火人火、地に革命到るとなせり」、「予の心は今、大いなる白刃の斧を以て頭《かしら》を撃たれた様な気持がする」（第四巻一一五頁、一一七頁）と記す。中国の斬首刑は屠刀（重い青龍刀）で執行された。秋瑾も屠刀で斬首された（永田四三五頁を参照）。

（一二）＝㋒一九〇七年一〇月一五日、『小樽日報』に「初めて見たる小樽」・「詩（無題）」で、秋瑾詩「剣歌」（一九〇三〜〇四年作）・「寶刀歌」（一九〇四年作）に照応する文を書く（第八巻三五八〜三六一頁、三六二〜三六三頁。後の❺の［二］参照）。

（一三）＝㋒一九〇七年一一月二九日と三〇日の二回、啄木は『小樽日報』「下田歌子辞職の真相」で日本帝国婦人協会付属実践女学校校長・下田歌子を論評する（第八巻四四四〜四四六頁。❹の（二）参照）。そこで「一昨年［一九〇五年］以来は女史の名を慕ひて態々《わざわざ》清国より女史の許に来る女子も多ければ、随って清国女子教育に多大の趣味を感じたるべく、此際蔽履《へいり》の如く其栄職［学習院女学部長］を捨てて実践女学校の経営と清国女子の教育に全力を注がむとせらるる。…女史は…・鋭意清語の研究に努めつつある…」と書く。一九〇四年七月一六日、秋瑾は実践女学校の校長下田歌子に会い、実践女学校に入学する。「下田歌子は反清の思想家に共鳴していた。…亡命してきた革命家を庇護していた。…女子教育という点で、秋瑾は歌子と共通する目標をもっていた」（永田二〇五）。秋瑾は下田歌子周辺にいたのである。

（一四）＝㋒一九〇七年一二月二七日の日記に啄木は友人と共に天下を罵《ののし》ったと記し、「噫、剣を与えよ、然らば予は勇しく戦ふ事を得べし。…予に剣を与えよ」（第五巻一七八頁）と書く。『秋瑾詩詞』に「剣歌」があり、秋瑾詩「寶刀歌」に「主人贈我金錯刀」（持主が私に金の象嵌《ぞうがん》の刀を贈ってくれた）との句がある。

啄木は表（贈与）を裏（与えよ）から歌う反語を好む。

（一五）＝㋒ 一九〇八年一月一日の日記に、真面目に働いても生活に苦しむ。悪いのは自分ではない。社会だ。そんな社会は「破壊だ、破壊だ。破壊の外に何がある」と記す（同一九二頁）。勤勉な貧者の叫びである。

（一六）＝㋒ 一九〇八年一月二八日、『釧路新聞』で「新時代の婦人」と題する記事で、下田歌子が創設した愛国婦人会の釧路支部の活動を紹介し、「日本婦人も亦時代の大勢に誘はれて雄々しくも深窓幽閨を出でぬ」（第八巻四七一頁）と指摘し、女性の社会的解放に注目する。（九）で挙げた『秋瑾詩詞』に秋瑾詩「乍別憶家」（別れてすぐ家を憶う）がある。そこに中国女性の幽閉を批判した句《料得深閨也倚欄》（深閨《しんけい》は倚《い》欄《らん》）［座敷牢］なりと料得《りょうとく》す）がある。

（一七）＝㋒ 一九〇八年二月、『釧路新聞』掲載の評論「卓上一枝」（第四巻一三〇〜一三五頁）で「我が耳革命の声を聞き、我が目革命の血を見る」・「矛盾あり、撞着あり、茲に争闘を生じ、血を見、涙を見る。惨たる哉、人生は宛然として混乱を極めたる白兵戦場なり」と書く。

（一八）＝㋒ 一九〇八年六月九日の日記に、旧友の阿部和喜衛が啄木を本郷菊坂町の「赤心館」に訪れたと書く（第五巻二八一頁）。阿部和喜衛の名は『石川啄木事典』や天野（一九九五）の「啄木をめぐる人々」にない。阿部は近くの本郷弓町にある「平民書房」に寝泊まりする。平民書房は同年一月一七日に大杉栄たちが弾圧された「金曜屋上演説会事件」の現場である。阿部については（二四）も参照。啄木は知人の下宿先を弓町に探し、後に自ら移住する（碓田二〇〇二：一八九以下参照）。

（一九）＝㋑ 一九〇八年六月二二日、東京神田の「錦輝館」で「赤旗事件」が起きる［『熊本評論』（一九〇八）参照］。管野須賀子、大杉栄、荒畑寒村などが集会の後、街頭に出て赤旗を翻すのではないかと警戒する警官が赤旗を取り上げ、彼らを「治安警察法」（一九〇〇年制定）違反で検挙する。幸徳秋水は小田原に内山愚童を訪ね「赤旗事件」の「弔い合戦」が必要だと語る。これが「大逆事件」（一九一〇年＝日韓併合の年）へと導く（我妻栄編四六五）。

（二〇）＝㋑約二年半前の一九〇五年一二月九日、「錦輝館」は「清国人留学生抗議集会」の現場であった（永田二七九）。清朝政府は清国日本留学生の反清朝活動を恐れ日本政府に取り締まるようにとの要請を出す。それを受け日本政府が同年一一月二日に出した通達が「清国人ヲ入学セシムル公私立学校ニ関スル規則」である。所謂「清国人留学生取締規則」である（ここで通例「清国留学生」と異なる表記「清国人留学生」をする。「人」をつけるのは、そうしないと、「清国に留学する者」＝「非清国人で清国に留学する者」か、「清国人であり清国以外に留学する者」かの区別が不分明であるからである）。『東京朝日新聞』は同年一二月七日その通達に関連する記事で、清国人は「放縦卑劣」であると書いた。翌日一二月八日、留学生・陳天華（字《あざな》は星台）は通達に抗議して、東京大森海岸に踏海し抗議自殺する。「絶命書」に《東海にわが身を投げて諸君［清国人留学生］の紀念《ママ》とする》と記す。陳天華自死の翌日一二月九日に開かれた「錦輝館」での抗議集会の主導者が秋瑾である。秋瑾は中国にいるときから陳天華の檄文を愛読した。秋瑾はその集会で、留学生の中には留学のあと満洲族が支配する清朝で出世しようと思い抗議＝退学帰国をためらう者がいる。その卑しい野心家には「わたしの一刀をくわらせますぞ」といい、編上靴に差してある短刀を抜き、壇上に突立てた（竹内実一四五）。

（二一）＝㋒一九〇八年六月二三日夜（「赤旗事件」の翌日）から、題名「暇ナ時」の「歌稿ノート」（第一巻二二五〜二七一頁）を記す。その日の六月二三日深夜の個所に《見よ君を屠《ほふ》る日は来ぬヒマラヤの第一峯に赤き旗立つ》（第一巻二二六頁）と詠う。「或る者の斬首」をきっかけに「赤旗」がエヴェレストに翻り世界革命がアジアから始まる、と示唆する。

（二二）＝㋒「歌稿ノート」六月二四日の個所には『一握の砂』「東海歌」の元歌《東海の小島の磯の白砂に我泣きぬれて蟹と戯る》がある（第一巻二二八頁）。

（二三）＝㋒一九〇八年七月一〇日、『明星』「申歳」第七号の歌集「石破集」第三五首《見よ君を屠《ほふ》る日は来ぬヒマラヤの第一峯《だいいっぽう》に赤き旗立つ》と第五首《大海《だいかい》にうかべる白き水鳥《みづとり》の一羽《いちは》は死なず幾億年《いくおくねん》も》（第一巻一四八頁）を収め、散文詩「白い鳥、血の海」（第二巻一七五～六頁）も公表する。この「白鳥」は「死の象徴」である。

（二四）＝㋒一九〇八年七月一七日、一八日、一九日の日記。秋瑾斬首（一九〇七年七月一五日）のほぼ一年後、まだ夏七月中旬なのに、「何となく頭の中に秋風の吹く心地だ。母が妻が恋しくなった」、「死を欲する心が時々起こって来る」（第五巻三〇三頁）と記す。七月一九日の日記には、「平民書房」の阿部和喜衛から「日本へ来てゐる支那の革命家の話をきいて、いっそ支那へ行って破天荒な事をしながら、一人胸で泣いてゐたいなどと考へた」（同三〇五頁）と記す。啄木日記の「秋風」、「愁える」、「女性」、「支那革命家」、「自殺願望」と、秋瑾が斬首刑直前に書いた絶命詞「秋風秋雨愁殺人」の「秋風」・「愁える」、「女性支那革命家」、「逃亡勧告拒否、（自殺同然の）決起＝斬首刑」の対応は、啄木の深層意識に内面化した「秋瑾の決死の起義＝斬首」の病跡学的（pathographical）な対応であろう。

（二五）＝㋒一九〇八年八月一〇日刊行の『明星』に「新詩社詠草　其四」と共に詩「黒き箱」（第二巻一八四～五頁）を載せる。そこで「唇紅《くちあか》く黒髪長き／生首《なまくび》か」と書き「斬首された女」を詠う。当日までに啄木が知りえた「斬首された女」は秋瑾だけである。（二二）（二三）の「君を屠《ほふ》る」も「斬首」を詠う。

（二六）＝㋒一九〇八年一〇月一三日、一四日、一六日に啄木は『岩手日報』に評論「空中書」（第八巻一四二～五頁）を公表する。啄木は（秋瑾起義＝斬首の一五ヶ月後の）中国の政治情勢を論じる。さらに架空の烏有《うゆう》先生との語らいを想定し、「談書剣の事に及び」・「秋風獨坐の時…」などと記す。秋瑾詩には「劍歌」・「寶刀歌」など多くの剣歌があり、詩「秋日獨坐」がある（❺の〔三〕参照）。特に啄木の「秋風獨坐」は秋瑾の「秋日獨坐」に酷似する。

（二七）＝㋑一九〇八年一〇月一九日、日本政府は清国政府の依頼で孫文たち「中国同盟会」の月刊誌『民報』を第二四号で、新聞紙条例違反で発禁処分にする。外務省保管記録に「［刊行責任者の］宋教仁ハ民報ノ発行ヲ中止スル旨其印刷所ナル秀光社ニ通知シタル」とある（片倉四〇）。秀光社は秋瑾追悼書『秋瑾詩詞』の印刷所でもある〔上記（九）〕。『民報』の創刊号（約六千部）刊行は「清国人留学生事件」発生直後一九〇五年一一月二六日である。『民報』の最初の刊行責任者は秋瑾の同志・陳天華である。秋瑾も『民報』の同人である。

上記の㋑と㋒を㋑→㋒の四つの対応関係に整理すると〔㋑の（六、九）は重複〕、こうなる。

［a］㋑「秋瑾斬首」（一、二、三、六、九）→㋒「（女の）斬首」（一一、一二、一三、一五）

［b］㋑「劍歌」（九）→㋒「剣」（一二、一四、二六）。

［c］㋑「下田歌子・清国女子留学生」（四）→㋒「下田歌子・清国女子留学生」（一三、一六）。

［d］㋑「（中国）革命」（五、六、七、一〇、一九、二〇、二七）→㋒「（中国）革命」（八、一五、一七、一八、二四、二六）。

このように、㋑「秋瑾斬首」を中心とした客観的事実が、㋒啄木の著作活動に影響を与えたことが四重に示されている。特に［a］［b］［c］は秋瑾の属性を強く示す対応関係である。啄木が秋瑾を知っていたことは明確である。

❺啄木著作の秋瑾著作との対応関係

上記の❹の「四重の㋑→㋒の因果関係」は、啄木の秋瑾との対応関係が存在することを物的に立証した。そこで、啄木著作の秋瑾著作とのこの対応関係を、両者の著作それ自体に内在して、解明する。著作は単なる事実の記録ではない。それは根源的には著者が経験的事実に触発されて発揮した構想力＝想像力の所産である。啄木作品には秋瑾詩詞を活用したと判断できる例が多々ある。

その判断の決定的な基準として「韻字詠歌法」がある。啄木は若い時から『唐詩選』や『三体詩』に親しんできた。唐の詩人に白居易《はっきょい》と元稹《げんじん》がいる。二人は相手の詩の韻字を自分の詩に取り入れて詠った。つまり、「韻字」を踏みあった。啄木はこの伝統をよく知っていた（第六章を参照）。例えば、啄木が机上に歌を書く用紙の横に或る詩集をおき、その詩から軸になる文字を選びその文字を中心に歌を用紙に書く。こうして、その詩集と啄木歌は「横につながる」。注目すべきことに、啄木は自分の歌集でも、歌が横につながる「韻字詠歌法」を駆使した。例えば、彼が一七歳のときの詩集「雑吟」（『岩手日報』一九〇四年一月一〇日掲載）（第一巻一〇九頁）で、「大」・「華（花）」・「白」・「天」・「世」・「鐘」・「霊」・「酔」などの文字をその歌集の中の他の歌でも用い（韻字を踏み）、歌集全体で「文字の刺繍」を織り上げる。歌と歌を横に結びつけ、しかも最後の歌が最初の歌に復帰するように「韻字を踏んだ」。このように歌集全体を一つの作品に仕上げる「韻字詠歌法」を実行している。

啄木歌は一首ごとに「縦に読む」だけでは理解が不十分である。啄木は自分の歌集を「韻字詠歌法」にしたがって横につなげて編集したのだから、啄木歌の「横読み」が不可欠である。横の関連でその歌の意味が決定されるように編集されているからである。「石破集」・「新詩社詠草　其四」・「虚白集」・「謎」・『一握の砂』などの啄木歌集は、みなそうである。啄木歌の「横の読み」で初めて啄木の「韻字詠歌法」が浮かび上がってくる。従来、啄木歌はもっぱらといってよいほど、それぞれの歌を他の歌から独立した一首として「縦読み」に読まれてきた。しかも、『一握の砂』のそれぞれの歌をそれ以前の歌集にみつけて自足する「遡及法」で読まれてきた。逆である。「石破集」から『一握の砂』へ、啄木独自の「韻字詠歌法による編集」が如何におこなわれているかをつかまなければならない。さらにつぎの歌集で、如何にそれぞれの歌が再編集され、それぞれの歌が新たな前後の文脈で如何なる新しい意味を帯びているかを読み取らなければならない。啄木歌の彩なす文学世界は「縦読み」と「横読み」を総合することで初めて見えてくる。啄木歌の深部から秋瑾詩が顕現してくるのは、「韻字詠歌法」の観点から、啄木歌を読むときである。同じ関連は、啄木の短歌・詩・散文（評論）の間にも見られる。以下、その一端をあげる（引用文中の傍点強調は引用者。なお、本書第四章以下でも、さらにその他の数多くの例をあげる）。

［二］秋瑾詩「劍歌」・「寶刀歌」と啄木「詩（無題）」

（a）秋瑾詩「劍歌」の第五連に「…右手把劍左把酒」（右手に剣をもち、左手に酒盃をもつ）とある。啄木「詩（無題）」（一九〇七年一〇月一五日）に「右手に翳《めで》すは何の剣、左手に執《ゆんで》《と》るは何の筆《ふで》」とある（第八巻三六二頁）。啄木詩のいう「…何の筆《ふで》」に対応して、秋瑾詩「寶刀歌」に「援筆作此《寶刀歌》…」（筆を執りこの「寶刀歌」を作る…）とある。啄木詩の問いに、《右手に「寶刀」をもち、左手に筆をもち「寶刀歌」を書く》という答えが暗示されている。

（b）秋瑾詩「寶刀歌」第一一句に「沐日浴月百寶光」（刀を日光に晒し月光に浸せば燦然と輝く）とある。啄木「詩（無題）」に「かざす剣《つるぎ》に照り映《は》えて、黄金《こがね》の光荘厳《おごそか》に」とある（同三六二頁）。

（a）（b）共に秋瑾詩と啄木詩は緊密に対応する。啄木は双方で秋瑾詩を「用韻」している。

［二］秋瑾詩「寶刀歌」と啄木評論「初めて見たる小樽」

秋瑾「寶刀歌」第一句・第九句・第二三句はつぎのようである。

（一）「一睡沈沈数百年」（深い眠りに入り数百年がたつ、さあ目覚めよ）

（九）「熱腸古道宜多毀、英雄末路徒爾爾」（天義人旧習道徳を宜しく盛んに誹謗すべき、英雄末路かくの如く徒労）

（二三）「誓將死裏求生路」（誓ってまさに死裏に活路を求める）

啄木は評論「初めて見たる小樽」（一九〇七年一〇月一五日）で次のように書く。

「幾十年若しくは幾百年幾千年の因襲的法則を以て個人の権能を束縛する社会に対して、我と我が天地を造らむとする人は、……四囲の抑制漸やく烈しきに従つては遂に之に反逆し破壊するの挙に出る。……我が作れる縄に縛られ、我が作れる狭き獄室に惰眠を貪る徒輩は、茲《ここ》に於て狼狽し、奮激し、有らん限りの手段を以て、血眼になって、我が勇敢なる侵略者を迫害する。斯《かく》て人生は永劫の戦場である。…勝つ者は少なく、敗るゝ者は多い」（第八巻三五九頁。傍点強調は引用者。以下同じ）。

ⓐ啄木のいう「因襲的法則を以て個人の権能を束縛する社会…に反逆し破壊するの挙に出る」は、秋瑾詩「寶刀歌」第九句「熱腸古道宜多毀…」（天義人は旧習道徳を宜しく盛んに誹謗すべきであり…）に対応する。

ⓑ啄木歌の「惰眠を貪る」は、秋瑾詩第一句「一睡沈沈数百年」（深い眠りに入ってもう数百年がたつ、さあ目覚めよ）に対応する。

ⓒ 啄木歌の「勝つ者は少なく、敗る、者は多い」は、第九句「英雄末路徒爾爾」（英雄末路かくの如く徒労である）」と第二三句「誓將死裏求生路」（誓ってまさに死裏に活路を求める）に対応する。

啄木はこの評論を秋瑾詩「寶刀歌」に重ね作成した。

[三] 秋瑾詩「秋日獨坐」と啄木評論「空中書」

『秋瑾詩詞』に詩「秋日獨坐」（秋瑾一九〇七：一七）がある。各句に番号をつける（以下同じ）。（　）内は拙訳。

「秋日獨坐」（秋日ニ獨坐ス）

（一）小坐臨窗把卷哦、（小《シバラ》ク坐シテ窓ニ臨ミ巻［書物］ヲ把リテ哦《クチズサ》ミ、）
（二）湘簾不捲静垂波。（湘簾［湖南簾］ハ捲カズ静垂シテ波ウツ。）
（三）室因地僻知音少、（室《イエ》地僻［地方］ニ因《アリ》テ知音《チイン》少ク、）
（四）人到無聊感慨多。（人無聊ニ到リテ感慨多シ。）
（五）半壁緑苔蛩語響、（半壁［崖家］ノ緑苔ニ蛩語《キョウゴ》ガ響キ、）
（六）一庭黄葉雨聲和。（一庭ノ黄葉ニ雨聲ガ和ス。）
（七）劇憐北地秋風早、（劇《ハゲ》シク憐ム北地、秋風早ク、）
（八）已覺涼侵翠袖羅。（已ニ覺ユ涼侵ノ翠袖《スイシュウ》羅《ス》キヲ。）

啄木は『岩手日報』（一九〇八年一〇月一三日。❻も参照）の漢文調の評論「空中書（一）」で書く。

「馬聲人聲、虫韻を交へて遠く下より聴え、秋風直ちに来りて一室に満つ。身は洛陽に一布衣《ほい》［平民］、年々秋に会ふて未だ知己に会はず。……先生足下、僕乃ち今日より、秋風独坐の時を割き、日に三滴の酒を瓦硯《ぐわけん》［陶製の硯］に磨《す》って、遠く空中の書を足下に致さむとす。……天外高楼の人、以て聊《いささ》か愁緒を慰むることを得ん也」（第四巻一四二～一四三頁。［］は引用者注記）。

上記の啄木評論「空中書」と秋瑾詩「秋日獨坐」はさまざまに結合する。

ⓐ啄木の「虫韻《むしのなくひびき》」は秋瑾詩第五句「蛩語《コオロギのこえ》」に酷似する。

ⓑ啄木の「秋風」は秋瑾詩第七句「秋風」に等しい。

ⓒ啄木の「知己」は秋瑾詩第三句「知音」と同じ意味である。

ⓓ啄木の「秋風独坐」は秋瑾の詩題「秋日獨坐」に酷似する。

ⓔ啄木の「天外高楼の人、以て聊か愁緒を慰むる」は、秋瑾詩第四句「人到無聊感慨多」（人無聊ニ到リテ感慨多シ）に近い。

ⓕ啄木の「馬聲人聲《うまのひづめのおとひとのこえ》」は秋瑾詩第六句「雨聲《アマオト》」に反照する。

ⓖ啄木文の「文を書く」（三滴の酒を瓦硯《ぐわけん》［陶製の硯］に磨り空中の書を致さむ）は、秋瑾詩第一句の「文を読む」（巻［書物］ヲ把リテ哦《クチズサ》ミ）に反照する。啄木の書く「酒」は秋瑾の好む「酒盃」、瓦硯《ぐわけん》［陶製の硯］で磨る「墨」は「黒」に繋がり、「黒」は「死」の象徴である（第一一章参照）。啄木のこの文は、酒（白酒）を好んで飲み斬首死した秋瑾を暗喩する。

ⓗ啄木は秋瑾詩第六句の「一庭」の「庭」を第三句「室」に取替え「一室」とした。

ⓘ啄木の視点＝洛陽平民は「空中書（三）」中国革命情勢論と結びつく。

啄木は散文「空中書」で秋瑾詩「秋日獨坐」を「用韻」した。なお、秋瑾詩「秋日獨坐」と啄木評論「空中書」との対比は本書第四章で詳しくみる。

[四] 秋瑾詩「芍薬」と啄木詩「恋」

『秋瑾詩詞』に詩「芍薬」（秋瑾一九〇七・四）がある。（　）内は拙訳。傍点強調は引用者。以下同じ。

「芍薬」

（一）開遍嫣紅白雪枝、（遍ク開ク嫣紅《エンコウ》、白雪ノ枝、）

（二）銷魂底事喚将離。（魂ヲ銷《ケ》ス底事《ナニゴト》ゾ、喚ブカ将《ハ》タ離ムカ。）

（三）年來景色渾銷痩、（年來ス景色、渾銷痩ル、）

（四）減却腰間金帶圍。（減却ス腰間、金帶圍《カコ》ム。）

啄木は『小樽日報』（一九〇七年一〇月三一日）に詩「恋」を公表する（第二巻一〇二頁）。

「恋」

①板硝子《いたがらす》つめたき窓をうつ雨の

②糸仄白《ほのじろ》く、灯《ひ》は淡く、夜《よ》ぞふけて行《ゆ》け。

③病心《やみごころ》寝返りうてば、くろずめる

④赭土《そほに》の壁の床の間にああ芍薬《しゃくやく》の

⑤一輪《いちりん》よ、貴《あで》にうつむく。—凄《すさ》まじき

⑥ 煙の海の色に似る壁の中《なか》より
⑦ 抜出《ぬけいで》し白斑《しらふ》の淡紅《とき》ぞ仄《ほの》に燃ゆ。—
⑧ 寝《ね》らえぬ心つぶ立ちて、君こそ思へ。
⑨ 凄《すさ》まじくか黒《くろ》き海の人の生《よ》の
⑩ 前に立つなる我魂《わがたま》の労《つか》れたる目に
⑪ ふと浮きし君は芍薬《しゃくやく》。— 名も知らず
⑫ 我《われ》こそ醒《さ》めて夢むなれ。— ああ花萎《しぼ》む。
⑬ 明日《あす》は来《こ》め、君も行《ゆ》くらむ、かくてまた
⑭ 古銅《こどう》の瓶《かめ》に何の花咲《ゑ》むとするらむ。

啄木詩「恋」と秋瑾詩「芍薬」には次のような緊密な対応関係がある。

ⓐ 啄木詩第四・一一句の「芍薬」は、秋瑾詩の題名「芍薬」に合致する。

ⓑ 啄木詩第三句「病心《やみごころ》」と第一〇句「我魂《わがたま》の労《つか》れたる目」は、秋瑾詩第二句「銷魂」（憔悴した魂）に対応する。

ⓒ 啄木詩第一二句の「花萎む」は秋瑾詩第三句の「渾銷痩ル」（全身が痩せ細る）に反照する。

ⓓ 啄木詩第五句の「貴《あで》に」と第七句の「白斑《しらふ》の淡紅《とき》」は、秋瑾詩第一句の「遍ク開ク嫣紅《エンコウ》」（万面開花した艶やかな紅色の花〔芍薬〕）と第一句「白雪ノ枝」に対照する。双方の「白・紅」が反照しあう。

ⓔ 啄木詩第一三句・第一四句「明日は来め…花咲《ゑ》む…」は秋瑾詩第三句「年來ス景色」に重なる。共に自然時間の推移を指示する。

ⓕ啄木詩第一句「板硝子《いたがらす》つめたき窓をうつ雨の」は、窓外が寒いという描写で、秋瑾詩第一句「白雪」に一致する。

ⓖ秋瑾詩は、深閨に幽閉された女が窓外の芍薬の艶やかさと、憔悴する我が魂を対照する。啄木詩では、暗い世に芍薬のような人が現れた。その人に恋い焦がれる心を詠う。秋瑾詩では心が暗く、外界は艶やかである。啄木詩では、外界が暗く、心は明るく灯る。反照的である。啄木は詩「恋」で秋瑾詩「芍薬」を「用韻」したのである。

啄木詩第一一句「― 名も知らず」は、秋瑾の名前を知っているが、隠すとの諧謔であろう。では、啄木は自分の著作で秋瑾を暗示しなかったのか（第四章と第一五章を参照）。

［五］啄木詩と秋瑾斬首

［五―一］啄木詩「黒き箱」

啄木は『明星』（一九〇八年八月二〇日）に「新詩社詠草 其四」と共に、詩「流木」・「黒き箱」・「老人」・「白骨」を公表する。「死」を詠う詩の葬列である。

まず、詩「黒き箱」全文を示す（第二巻一八四〜一八五頁）。

「黒き箱」

ふるさとの港を出でて
七日経ぬ。水や空なる
目路《めぢ》の涯《はて》、ただひろびろと、

一すぢの煙だになし。
矢の如く船は走れり。
舷《ふなばた》の白き潮漚《しほなわ》
その中に浮きつ沈みつ
ただよへる黒き箱見ゆ。

その中に何か入りたる。
唇紅《くちあか》く黒髪長き
生首《なまくび》か。読む人もなき
文字《もじ》書ける尊き経《きやう》か。
はた、空《むな》し虚《うつろ》か。知らず。
漂ひて、浮きつ沈みつ、
破れざるかの黒き箱。
おそろしきかの黒き箱。

「唇紅《くちあか》く黒髪長き生首《なまくび》か」。グロテスクな表現である。しかし、啄木はこのような煉獄を潜らなければならなかったのである。啄木研究家は啄木の心に浮かぶ、この異界を直視し、その意味を解明しなければならない。その解明を回避してはならない。回避のつくる欠落は啄木理解を皮相化する。故郷の港を出て七日目に、「舷《ふなばた》の白き潮漚《しほなわ》」（船縁《ふなべり》に浮沈する海水の泡）に「黒い箱」をみつける。いったい、その箱の中に何が入っているのだろうか。驚くべきことに啄木は《女の生首か》と書く。一九〇八年八月までに啄木が知りえた「斬首された女」は秋瑾だけである［❹㋑（一、二、三、六、九）参照］。続けて《尊いが誰も読めない経文か》、それとも《箱は何も入っていない空虚か》と書く。《革命家斬首↓読めない経文↓空虚》とつなぐ。誰も読めない「経文」。これは「革命家の警世文」の謂いである。救いがたい「空虚」である。秋瑾の決起＝斬首は結局、空虚なのではないか、と啄木は慄く。だから箱は「おそろしい黒い箱」なのだ―この時期の啄木はこのように革命を見つめていた。

［五―二］啄木の詩と短歌の関連（❸でいう㋒$_1$と㋒$_2$の例示）。

注目すべきことに、啄木はこの詩「黒き箱」を発表する一か月前、『心の花』（一九〇八年七月号）に歌集「緑の旗」を出す。そこで、上の詩「黒き箱」の前奏を行う。その第五七首（第一巻一六五頁）はこうである。

一輪の紅《あか》き薔薇《さうび》の花をみて火の息すなる唇《くち》をこそ思へ

と詠う。この歌の「紅き…唇」は詩「黒き箱」の「唇紅《くちあか》く黒髪長き／生首《なまくび》か。」の「唇紅く」に対応する。

さらに、「緑の旗」第三六首（第一巻一六四頁）はこうである。

流氷の山にかこまれ船ゆかず七日七夜を君をこそ思へ

この歌の「船ゆかず七日」は詩「黒き船」の「ふるさとの港を出でて／七日経ぬ。」に対応する。「緑の旗」の啄木歌は啄木詩「黒き箱」に転生したのである。

詩「流木」には次のような件がある（第二巻一八四頁）。

時ありて嵐は来り、
渚辺のところどころに
砂山を築きてぞ去る。

とある。これに対応する歌は次の『一握の砂』第五首である（第一巻七頁）。

ひと夜《よ》さに嵐来《あらしき》たりて築《きづ》きたる
この砂山《すなやま》は
何《なに》の墓《はか》ぞも

この歌の元歌は歌集「作品」（一九〇八年一二月一日）、「莫復問」（一九〇九年五月）にある。その二つの歌集では「一夜」であったが、『一握の砂』では「ひと夜」と変えられ、三行書きに直された。詩「流木」や歌集『一握の砂』などでいう「嵐」は自然現象ではない。革命動乱がくるという隠喩である。『心の歌』「緑の旗」第四三首（第一巻一六四頁）、

あかく〱と血のいろしたる落日の海こそみゆれ砂山来れば

に、革命動乱（現状＝万山を石破してできた砂山）の意味が明確に出ている。革命で死んだ革命家が多くいる。その象徴が「砂山」である。「いったい誰の墓だろうか」と問い、「革命で殉死した革命家の墓である」と答える。

［五―三］啄木詩・啄木歌と秋瑾詩（❸でいう㋒$_1$と㋒$_2$、❸でいう㋑と㋒の例示）

つぎは詩「白骨」の最後の三行である（第二巻一八六頁）。

はてもなき夏草の野の
大木の下《もと》に眠れる
三百の白き骨ども。

上の詩はその三連前の件、「遥《はる》かなる西の方より／辿り来し異国人《ことくにびと》の／旅の隊《たい》三百ばかり。」を受け、異国人たちは旅の疲れを癒すべく大木の陰で休む。通り過ぎる「涼風」に身をゆだね眠っているうちに「白骨」になった、と詠う。「眠っていた」とは、啄木固有の反語である。「眠っていた」は、秋瑾詩「寶刀歌」第三句「一睡沈沈數百年」（眠りに入ってもう数百年も惰眠を貪っている、さあ目覚めよ）を反転したものである。これは、祖国再生のために殉死した革命家、陳天華・秋瑾への追悼詩であろう。「石破集」（一九〇八年七月一〇日）第一九首（第一巻一四九頁）がこの詩に対応する。

はてもなき曠野《ひろの》の草のただ中《なか》の髑髏《どくろ》を貫《ぬ》きて赤き百合咲く

この異界歌は、つぎの秋瑾詩「紅毛刀歌」第一六句に重ねた歌である。

「髑髏成羣血湧濤」（髑髏羣《ムレ》ヲ成シ血ガ湧キ濤《ナミ》タツ）

この句は「白骨の群れ」・「血の海」の戦場の死屍累々たる凄惨な光景を詠う。詩「白骨」は「石破集」上記第一九首に連なる（❸でいう㋒[1]と㋒[2]の例）。啄木歌の「赤き百合」は秋瑾詩の「血」の変身である。秋瑾詩「紅毛刀歌」上句がその啄木の詩と短歌を貫く（❸でいう㋑と㋒1・㋒2の例）。その詩と短歌も流血革命闘争の無残さを表現し、先の啄木詩「黒き箱」と沈鬱に響きあう。啄木詠歌における秋瑾詩の用韻は、単なる言葉の借用ではない。秋瑾の思想と直面・対面しての用韻である。秋瑾斬首で受けた衝撃は「秋瑾詩用韻」を媒介にして啄木にこのようなイメージを生み出すのである。

〔六〕啄木歌のなかの秋瑾詩

［六―一］秋瑾詩「乍別憶家」と啄木歌

『秋瑾詩詞』に詩「乍別憶家」（別れてすぐ家を憶う。一九〇三年作。秋瑾一九〇七：一五）がある。引用の便宜上、各句の頭の（　）に番号をつける。各句の（　）内は拙訳。

（一）遠隔慈幃會面難、（慈母と別れ遠方にあり、直に会うのはむずかしく、）
（二）分飛湘水雁行單。（湘江を飛ぶ雁の群れから一羽が分かれ飛ぶ。）
（三）補天有術將誰倩、（漢族再興［補天］には術《すべ》がいる、誰に頼めばよいのか、）
（四）縮地無方使我嘆。（改革推進の方策［縮地］も無く、我ながら嘆く。）
（五）拌却踈慵愁裏度、（口論し却って疎く物憂い気分が愁心に沁みて、）
（六）那禁銷瘦鏡中看。（消える様な痩身を鏡の中に見るのは避けがたい。）
（七）簾前勾様昏黄月、（簾前に勾いたかたちの黄月がほの暗く、）
（八）料得深閨也倚欄。（家の奥深い女部屋は座敷牢［倚欄《いらん》］だと分かった。）

『秋瑾詩詞』（一九〇七年）の第六句「銷」は『秋瑾全集箋注』（二〇〇三）では「消」に、第七句「勾」は「鈎」にそれぞれ変更されている。本稿は啄木が読む可能性があった『秋瑾詩詞』に従う。歌集「石破集」（一九〇八年七月一〇日）第四〇首はこうである（第一巻一四九頁）。

　　うすぐもる鏡の中の青ざめし若き男をのろふ魔のこゑ

ⓐ啄木歌「うすぐもる鏡の中」は、秋瑾詩第六句「銷痩鏡中看（消える様な痩身を鏡の中に見る）」に合致する。「消える様な痩身」は鏡に「うすぐもる」ように映る。

ⓑ啄木歌「青ざめし」は、秋瑾詩第六句「銷痩」（消える様な痩身の人）に対応する。その痩身の人は血色が悪く青白い。

ⓒ啄木歌「青ざめた若い男」は秋瑾詩「銷痩の深閨の女」に反照する。

ⓓ啄木歌「のろふ魔のこゑ」は、秋瑾詩第五句「女性解放を論じて、却って疎ましく物憂い心になってしまう」と第八句「家の奥深い女部屋は座敷牢だと分かった」に対応する。若い男が痩せた自分を鏡の中に見つつ聞く呪い声は、深閨に幽閉された女の声である、と啄木は詠った。

秋瑾は『秋瑾詩詞』（一九〇八年九月六日刊行）には語句「倚欄」やそれに類似した語句を用いた詩を沢山書いている。その語句は、詩「残菊」（二頁）、「雑詠」（七頁）、「齊天楽雪」（三七頁）、「賀新涼」（三九頁）などにある。詩「春暮」では「倚圍欄」（七頁）、「月」では「倚檻」（一二頁）である。「倚」は「片足が不自由なこと」、即ち、秋瑾の場合「纏足で、足が不自由な状態」にほぼ同じ状態を意味する。詩「月」の「倚檻」は文字通り「倚」＝足が不自由な者を収監する「檻」である。「倚欄」は、秋瑾の纏足ゆえの不自由だけでなく、清朝末期の人びとの不自由も意味しているだろう。秋瑾詩では、女（秋瑾）が屋敷の奥深い部屋に幽閉されて痩せ衰え、そこから清朝末期の体制を呪う構図である。啄木歌では、呪われるのは若い男（啄木）、呪うのは（おそらく）女、という構図に変換されている。

［六―二］秋瑾詩「有懐」と啄木歌

秋瑾詩「有懐」（一九〇四年作。秋瑾二〇〇三：一二三〇～一二三二）がある。（　）内は鈴木博訳（高二〇〇九：三六七）による。

（一）日月無光天地昏、（日月ニ光無ク天地昏《クラ》ク、）
（二）沈沈女界有誰援？（沈沈タル女界、誰ガ援有ラン。）
（三）釵環典質浮滄海、（釵環《サッカン》［簪《かんざし》・玉帯《たまおび》］典質《シチイレ》シ、滄海ニ浮カビ、）
（四）骨肉分離出玉門。（骨肉分離シ、玉門ヲ出ズ。）
（五）放足湔除千載毒、（足ヲ放チテ千載ノ毒ヲ湔《アラ》イ除ギ、）
（六）熱心喚起百花魂。（熱キ心 百花ノ魂ヲ喚起ス。）
（七）可憐一幅鮫綃帕、（憐レベシ、一幅ノ鮫綃《コウショウ》ノ帕《ハク》、）
（八）半是血痕半涙痕。（半バハ是レ血ノ痕、半バハ涙ノ痕。）

この纏足批判詩「有懐」に関連する歌に、上記の啄木歌と同じ「青ざめし」という表現をつかっている「新詩社詠草　其四」第七首（第一巻一五三頁）がある。

青ざめし大いなる顔ただ一つ空にうかべり秋の夜の海

この歌は、秋瑾詩「有懐」第三句「釵環典質浮滄海」（簪《かんざし》や玉帯を質に入れ学費をつくり［釵環典質］、日本に留学する［浮滄海］）を念頭においている。すなわち、啄木歌のいう「青ざめし」＝秋瑾詩のいう「浮滄海」の「滄」、「浮かべり秋の夜」＝「浮滄海」の「浮…海」という対応である。これも啄木詠歌の「次韻」の一例である。「青［滄］ざめし大いなる顔」とは、清朝打倒を志し東海＝日本に留学する者の顔、秋瑾や陳天華たちの顔であろう。

つぎの歌集「緑の歌」と「虚白集」の二首はすでに「まえがき」であげた。啄木の韻字詠歌法の典型例である。

歌集「緑の旗」（一九〇八年七月）第五四首がある（第一巻一六五頁）。

頬につたふ涙のごはぬ君を見て我がたましひは洪水《おほみづ》に浮く

君は涙を流しても拭わず頬に涙の痕（第八句「涙痕」）ができている。その君を面前に、私の魂《たましい》（第六句「百花魂」の「魂」）は、君の涙でできた洪水《おほみづ》に浮かぶようだ（第三句「浮滄海」＝「日本に留学する」の意味）。啄木は、中国女性解放のため日本に留学する決意を表わす秋瑾詩「有懐」を、その革命家に対面する悲痛な歌に反転する。この歌は「石破集」第二八首（第一巻一四九頁）、

頬につたふ涙のごはず一握《いちあく》の砂を示しし人を忘れず

や、この第二八首の「涙」を「なみだ」に替え三行書きに改行した『一握の砂』第二首（第一巻七頁）と深く関連する。「一握の砂」は単に「浜辺の砂」を意味しない。《革命動乱→万山の「石破（集）」→砂》という結果である。革命の悲歌である。東海歌はその文脈にある。

歌集「虚白集」（一九〇八年一〇月一〇日）第五五首はこうである（第一巻一五六頁）。

手なふれそ毒に死なむと君のいふ花ゆゑ敢て手ふれても見む

この歌のキーワード「毒」と「花」は、「有懐」第五句「放足湔除千載毒」（纏足を縛る布地を解き、そこに累積した毒を洗い清めるのだ）の「毒」、第六句「熱心喚起百花魂」（自己を解放し心は熱く燃え、咲き乱れる花のような魂を覚ます）の「花」に対応する。秋瑾のいう「毒」は社会因習＝纏足の「毒」であり、「花」は「毒」から解放された「魂」である。秋瑾のいう「毒と花」は対立する。啄木歌は《君は、自分の手には毒があるから触れないで、というが、花のような君の手に魅かれるから、敢えて君の手に触れよう》と詠う。「毒と花」は一体化を求める。啄木にとって、秋瑾の思想は毒のように危険だけれど、君のその思想に惹かれて君に近づく、という隠喩が詠われている。秋瑾詩は啄木歌に転生する。

「新詩社詠草 其四」（同年八月一〇日）第一八首（第一巻一五三頁）はこうである。

我がどちはいかにみがけど光らざる玉をみがけり月に日にけに

この歌は「有懐」第一句「日月無光天地昏」（日月ニ光無ク天地昏《クラ》ク）に重ねている。啄木歌「光らざる」＝秋瑾詩「無光」、啄木歌「月に日にけに」＝秋瑾詩「日月」という対応である。しかも、啄木歌の「玉」＝秋瑾の「瑾《たま》」となる。我々はどんなに工夫しても光る玉にはならない玉を日夜磨きつづけていると詠う。到達しがたい秋瑾思想を反語的に讃えた歌である。

「虚白集」第六五首（第一巻一五七頁）も「有懐」に重ねた歌である。

月かげと我が悲みとあめつちに遍《あまね》き秋の夜となりにけり

この歌も「有懐」第一句「日月無光天地昏」（日月ニ光無ク天地昏《クラ》ク）に重ねている。この啄木歌「月かげ（月光）」は「有懐」第一句「月…光」に、「あめつち」は「天地」にかけている。秋瑾の第一句は第二句「沈沈女界有誰援」（女権不在のこの世界から自己を解放する手助けを誰がしてくれるのか）で表わされた「悲しみ」の象徴表現である。悲しみは月光のように天地を覆っている。啄木は、女界の未解放の暗さを「秋」瑾その人を暗示する「秋の夜」に重ねて表現している。

［六―三］秋瑾詩「劍歌」・「寶刀歌」と啄木歌

歌集「謎」（一九〇八年一一月八日）第三〇首はこうである（第一巻一六〇頁）。

千萬の蝶わが右手《めて》にあつまりぬ且つ君も来ぬ若き日の夢

冒頭の「千萬の蝶」は秋瑾詩「寶刀歌」第四二句「千柄萬柄刀」（千柄《せんえ》萬柄《まんえ》の刀）に対応する。啄木の詠う「右手《めて》にあつまる蝶」は、「劍歌」第一〇句「右手把劍左把酒」（右手《めて》に剣を握り左手《ゆんで》に酒盃を持つ）の「右手にもつ剣」に対応する。啄木は「千萬の剣」を「千萬の蝶」に華麗に詠み変える。

［六―四］秋瑾詞「浪淘沙 秋夜」と啄木歌「浪淘沙」

『秋瑾詩詞』詞「浪淘沙 秋夜」（秋瑾一九〇七：三四～三五）はこうである。（ ）内は拙訳。

（一）窗外落梧聲、（窓外に梧《あおぎり》落ちる聲《ものおと》、）
（二）無限凄情、（限りなく凄《かな》しき情《こころ》、）

（三）蛩鳴啾唧夜黄昏。（蛩《コオロギ》の鳴き声啾唧《しゅうしつ》し［密めやかに響き］、夜は黄昏《たそがれ》る。）
（四）秋氣感人眠不得、（秋気を感じて人眠るを得ず、）
（五）細數亀鼉更。（少数の長江鰐更に減ず。鼉《だ》＝漢族精神の象徴）
（六）斜月簾綾、（傾月は簾に綾をなし、）
（七）竹影縱横、（竹は縦横に影さし、）
（八）一分愁作十分痕！（僅少の愁いも深き痕跡を作《な》す。）
（九）幾陣吹來風乍冷、（幾陣の吹き来たりて風たちまち冷やし、）
（一〇）寒透羅衾。（寒さ羅衾《らきん》を透す。）
［注：「凄」は中国語で「悲しい」の意味がある。秋瑾二〇〇三では「情」は「清」。］

啄木歌集『一握の砂』「忘れがたき人人（二）」最後の歌（第四一四首）はこうである（第一巻五九頁）。

浪淘沙《らうたうさ》
ながくも聲《こゑ》をふるはせて
うたふがごとき旅《たび》なりしかな

この元歌は歌集「浪淘沙」（一九〇八年一二月）（第一八首）にある（第一巻一六六頁）。

浪淘沙《らうたうさ》長くもこゑをふるはせて歌ふがごとくさすらひて来ぬ　（北海回顧）

秋瑾詞「浪淘沙」と啄木歌「浪淘沙」にはつぎのような対応関係がある。
ⓐ 啄木歌の用語「浪淘沙」と秋瑾詞の用語「浪淘沙 秋夜」は合致する。
ⓑ 啄木歌「ながくも聲《こゑ》をふるはせて」は、秋瑾詞第一句第二句の「聲、無限凄情」（…聲、限り無く凄《かな》しき情《こころ》）に対応する。啄木は、秋瑾詞の「ものおと」の意味の「聲」を人の「こゑ」の意味の「聲」に変える。凄《かな》しいとき、人の聲《こゑ》は、長くのばされると、情《こころ》のゆらめきに応じて、ふるえる。
ⓒ 啄木は歌集「浪淘沙」で「…さすらひて来ぬ（北海回顧）」といい、彼自身の流離「岩手→北海道→東京」を回顧する。啄木は秋瑾の流離（日本留学→抗議帰国→決起＝斬首）を知っていただろう。
ⓓ 唐詩以来の伝統のある浪淘沙を詠おうとしたとき、啄木は「秋瑾熱」の最中《さなか》にあり、まずは秋瑾詞の浪淘沙を想起したと思われる。秋瑾以外の浪淘沙で、これほど啄木の浪淘沙に対応するものがあるだろうか。吉田孤羊の労作『啄木写真帖』に収められた「啄木が愛誦した浪淘沙詞《ママ》（本郷蓋平館時代の啄木の筆跡）」（吉田孤羊一九三六：一九九）の六つ歌のいずれも、この啄木浪淘沙歌とはそぐわない。当たって確かめられたい。この『一握の砂』「忘れがたき人人（一）」最後の「浪淘沙歌」は秋瑾悼歌の意味を含むのである。なお、そこで啄木は「浪淘沙詞《ママ》 六首節三」・「楊柳枝詞八首節三」と題しているが、当該頁にはそれぞれ「七言四句」が三詩ずつ記されている。

以上のように、啄木作品は秋瑾詩詞に多面的に対応する。啄木が秋瑾を知っていただけでなく、秋瑾作品を活用したことは確実である。以下の諸章で、さらに多くの対応関係を明示する。

第三章　平出修も秋瑾を知っていた

二〇一〇年は「大逆（幸徳）事件百周年」である。事件の被告人の弁護士の一人に平出修（一八七八〜一九一四年）がいる。平出修は、歌人・時事評論家であった石川啄木（一八八六〜一九一二年）にその事件関係書類を密かに閲覧筆記する機会をあたえた。それ以前から、石川啄木と平出修は歌人としてつきあいがあった。啄木が二回目上京し滞京しているあいだに、平出修は「東京市神田区北神保町二番地」に転居した。一九〇五年四月二五日のことである。その後、啄木は帰郷し、さらに北海道を流離する間も平出修と文通し合った。

この石川啄木と平出修の関係は、筆者が提起し立証してきた、啄木研究史でまったく未知の問題に直結する。すなわち、中国の清朝末期の女権革命家・秋瑾（チョウ・チェン Qiu-jin 一八七五〜一九〇七年）の生き方とその作品（詩詞）が、啄木の社会観と作品創造に決定的な影響を与えたという問題である。中国では伝統的に知識人たらんとする者は、官僚でも、まずすぐれた文学才能をもつことが必須であった。秋瑾もその伝統を重んじる科挙官僚に家で育った。秋瑾のすぐれた詩詞にはそのような背景がある。

実は、平出修は日本留学中の秋瑾に地理的にも社会関係的にも極めて近くにいたのである。本章はその事実を明らかにする。さらに、中国に帰国した秋瑾が浙江省紹興で反清朝軍事行動を準備するさなか、逮捕され斬首＝殉死した事件（一九〇七年七月一五日）の一年後（一周忌）の一九〇八年夏（七月）から秋（一一月）にかけて、のちの第五章でみるように、啄木と平出修が追悼歌を雑誌『明星』で詠みあったのである。

筆者は、前章（第二章）であげた二七の諸事実が四つの種類、すなわち、
一）《秋瑾斬首》、
二）《秋瑾詩「剣歌」》、
三）《秋瑾の留学先・実践女学校校長下田歌子・清国女子留学生（その一人が秋瑾）》、
四）《（中国）革命》
に分類され、しかも、啄木にとっての、
㋐「外的な諸事実（出来事・事件）」が、
㋑「内的な諸事実」＝諸作品（日記・書簡・短歌・詩など）に四重に対応することが記録されていること、を立証した。それらの緊密な照応関係は「啄木が秋瑾を知っていたこと」を意味する。その立証に基づいて、さらに、啄木作品が秋瑾作品とは緊密に関連している多くの事例をあげた。

本章ではさらに、つぎの三点を解明する。

（a）「秋瑾事件」（一九〇七年七月）前から啄木と弁護士・平出修は互いに住所を知り文通していた。「大逆事件（幸徳事件）」（一九一〇年）の関係資料を啄木に貸し、その事件について自分の見解を啄木に示した平出修も、「幸徳事件」以前に「秋瑾斬首」の衝撃を受けた。

実は平出修自身、弁護士であると同時に、明治大学付属学校「経緯学堂」で清国人留学生を教えていた。その間、文部省が出した通達「清国人留学生取締規則」に留学生が抗議行動を起こす。その抗議行動のリーダーが「実践女学校」の留学生の秋瑾である。その抗議運動の一環としての授業ボイコット運動のために、平出修は「経緯学堂」の教員を退く。その秋瑾が二年後に斬首される。「経緯学堂」の正面の「錦輝館」で「秋瑾殉死追悼大会」（一九〇七年九月七日）が開かれる。それに先立ち『秋瑾詩詞』が刊行される。一連の事件

はすべて平出修の住所の極めて近くで起きた。平出修も死闘した女性留学生・秋瑾に衝撃を受けたのである。衝撃を受ければ、ひとはそれを誰かに伝えたくなる。伝えて、心の平衡を取りもどす。平出修と啄木とは互いに住所を知っていた。平出修には啄木に秋瑾について書簡を送り、一九〇七年九月六日に秀光社から刊行された秋瑾遺稿集『秋瑾詩詞』を送る強い内面的動機が存在した。平出修は啄木の住所を知っていたので、それを実行できた。この可能性は、『秋瑾詩詞』を啄木に送る人間（平出修）が啄木の社会関係で極めて身近に存在したことを意味する。啄木がその遺稿集を入手する可能性が極めて高い蓋然性が存在したのである。

（b）啄木は「空中書」で秋瑾を「剣花」と呼んでいた。このことは啄木が秋瑾の名前を直接には書かなかったが、秋瑾を知っていたことを裏づける。

（c）啄木と平出修とは雑誌『明星』で相手の歌を本歌取りして、秋瑾を追悼する歌を詠みあった。この事実にも啄木と平出修が「秋瑾衝撃」を共有していたことが記されている。

以下でこの三点を明らかにする。

［神田区は秋瑾・啄木・平出修・並木武雄ゆかりの地］ 別掲（三一頁）の地図「秋瑾ゆかりの地《神田区》」（①清国留学生会館・②中華留日基督教青年会館・③平出修法律事務所・④秀光社・⑤豊生軒・⑥経緯学童・⑦錦輝館・⑧正則英語学校・⑨東京外国語学校・⑩東京基督教青年会）を説明する。この地図は、啄木・平出修・並木武雄の地理的社会的環境を明示する。以下の環境を考慮しない啄木論は同時代的リアリティを欠く。

①「清国留学生会館」（神田区駿河台鈴木町一八番地）。ここは清国人留学生のセンターであった。秋瑾が一九〇四年に来日したとき、まずここで留学届けをおこなった。一九〇五年に「清国人留学生取締規則」問題が発生したとき、留学生はまずここに結集した。しかし、この会館は集まる留学生をいれるには狭すぎた。

そこで出来たのが、

②「中華留日基督教青年会館」（神田区北神保町一〇番地）である。地図でみれば分かるように、つぎに説明する平出修の自宅・兼・法律事務所の裏方にあった。この青年会館に出入りする留学生の中には、平出修宅の周囲を通る者も多くいたのである。

③「平出修法律事務所」（神田区北神保町二番地）。後に「大逆事件（幸徳事件）」に関する情報を啄木に提供することになる平出修は、秋瑾斬首の一九〇七年七月一五日のほぼ一五カ月前の一九〇五年（明治三九年）四月二五日に秀光社の至近距離に住居を移し、そこに法律事務所を開設している（平出修一九八一：四三五、平出彬一四六。北神保町は「丁目」の区別がない狭い区画であった）。啄木はこの平出修法律事務所の住所を知っていた。平出が法律事務所を開設したつぎの年の一九〇七年正月、『秋瑾詩詞』が刊行される同年九月六日の八ヶ月前に、啄木は送った年賀状の相手の氏名と住所を日記帳（「渋民日記」）に書いている。その中に、平出修の名前とその住所がある（第五巻一二五頁）。秋瑾斬首以前に、啄木と平出修とは文通していたのである。啄木は四回目の上京のおり、一九〇八年四月二五日午後九時に函館を出港し、途中荻の浜で五時間停泊し、四月二七日午後六時に横浜港に到着している。つまり、二日弱掛かった。「二日弱」が函館〜横浜を移動するに要する、当時の時間距離である。釧路にいるときには、東京で発行される新聞が釧路に着くのに五日か六日かかる、と書簡で書いている（第二巻一六八頁、一七六頁）。啄木は平出修に五月一七日鉄幹・晶子の千駄ヶ谷宅での歌会で再会する。日記に「千駄ヶ谷の歌会であった。平出［修］君…は昔に変っても居ない。……平出君は七年目で歌を作ったと云っていた」（第五巻二六八頁）と書いている。のちにみるように、啄木の四回目の上京が平出修の詠歌再開を促した。

啄木は、毎日一〇紙ぐらいの新聞を読むことを習慣にしていた。啄木は、札幌滞在中の一九〇七年九月二〇日、岩崎正への手紙で「今朝湯屋にて綱嶌梁川先生の訃音を載せたる新聞を読み」（第七巻一四三頁）と書いているように、こまめに新聞を読む習慣を身につけていた。東京で発送された郵便物も函館・小樽・札幌には三～四日で到着した。啄木は北海道で転居を繰り返したが、事前に転居先の所在地を郵便局に知らせておくことをならわしとしていたから、郵便物は着実に啄木のもとに転送された。「女教師・秋瑾斬首」の最初の新聞報道は七月二〇日である（本書第二章参照。内田二〇一〇b参照）。新聞の到着は三日か四日で着いた。したがって、啄木がその事件を知ったのは、七月二三日か七月二四日であろう。

④「秀光社」（神田区中猿楽町四番地）は秋瑾斬首＝殉死して、一九〇七年九月六日に『秋瑾詩詞』を印刷した。編集者は王芷馥である。秋瑾は生前、王芷馥に詩「重過女伴芷香居」（秋瑾一九〇七：一二～一三頁）を献呈している。刊行責任者は幸徳秋水たちと「東亜親和会」を創設した何震である。一九〇七年九月六日に刊行され、東京から発送された『秋瑾詩詞』は、啄木のもとに同年九月一〇日前後に到着する可能性があった。啄木は明らかに『秋瑾詩詞』に収められた詩「剣歌」の韻字を踏んだ文を、題名のない「詩」や評論「初めて見たる小樽」を同年一〇月一五日刊行の『小樽日報』に公表している。その刊行までに、三五日もの時間の余裕がある。啄木は正確な速読家であった。東京からの『秋瑾詩詞』の発送が少し遅れても、その二つの文を書くのに充分間に合ったのである。

⑤「豊生軒」（神田区中猿楽町二〇番地）という牛乳店が、平出修法律事務所と秀光社との至近距にあった。そこは「新聞・雑誌・官報・書籍」を自由に閲覧できた（碓田二〇〇四：一八八以下参照）。別掲の地図で確認できるように、秀光社も豊生軒も平出の住所の極めて近くにあった。その店主・藤田四郎は東京時代からの啄木の知人である。藤田四郎の友人に、西川光二郎がいる。啄木は西川が一九〇八年一月四日小樽で行った社会主義演説で知り合った。その西川＝藤田の縁で、東京に来た啄木は藤田商店に陳列してあった社会主

義文献（『石川啄木事典』四九六頁参照）を借用した。啄木死後に「支那カバン」に秘匿されていた「国禁の書」（社会主義関係文献）には藤田から借りたものも含まれているだろう。

⑥「経緯学堂」（神田区錦町三丁目一〇番地）は、平出修宅の近くにあった。経緯学堂は、明治大学が予備科として清国人留学生の教育のために設立した（一九〇四年八月に開校、一九一〇年に閉校。校長・岸本辰雄）。平出修は弁護士の仕事の傍ら、経緯学堂で、開校一年後の一九〇五年九月から同年十二月まで四ヶ月間弱、法律学を教えた。学生は清国人留学生である。留学生は熱心に平出の講義を傾聴し熱心に質問した（平出彬一五六）。

経緯学堂の正面にあったのが、

⑦「錦輝館」（神田区錦町三丁目一八番地）である。「錦輝館」は、秋瑾が指導する「清国人留学生抗議集会」（一九〇五年一二月九日）、「中国同盟会機関誌『民報』創刊一周年紀念《ママ》会」（一九〇六年一二月二日。六〜七千人参加［陳一三二］）、「秋瑾斬首＝殉死追悼集会」（一九〇七年九月七日）、「幸徳事件」に連動する「赤旗事件」（一九〇八年六月二二日）の現場である。平出修が清国人留学生を教えた「経緯学堂」は「錦輝館」の正面にあった。この場所こそ、啄木と平出修に衝撃を与えた秋瑾事件の現場である。近くに平出修の住宅も秀光社もある。平出修は啄木の友人である。二人は啄木が北海道に流離している間も文通していた。「経緯学堂」の正面にある「錦輝館」は、一九〇八年六月二二日の「赤旗事件」の現場となる。ほぼ一年前の「秋瑾斬首＝殉死」（一九〇七年七月一五日）を悼む「秋瑾追悼大会」（一九〇七年九月七日）の現場でもあった。この二重の「錦輝館衝撃」が四度目の上京で東京に暮らす啄木に波及し、一九〇八年六月二三日深夜から「歌稿ノート」に記録される「短歌爆発」となって、それ以前の『明星』派的抒情歌とは決別する固有の啄木歌が誕生する。「錦輝館」こそ、啄木固有歌誕生の震源地である。

六月二三日からの「短歌爆発」について、翌日の六月二四日の啄木日記には「興が刻一刻に熾んになって来て…」（第五巻二八七頁）と書く。同年七月七日の菅原芳子宛書簡で「ふとしたる心地にて作った」（第七巻二二五頁）と書き、同日の岩崎正宛書簡でも「小説をかけなくて仕方なしに歌など作った」（同二三二）と書く。しかし、「歌稿ノート」はそのような表現では決して説明できない。第一、啄木自身、自分の新しい歌で「明星の歌は今第二の革命時代に逢着した」（第七巻二三七頁）と確信しているのである。むしろ、六月二四日の日記の「たとへるものもなく心地がすがすがしい」（第五巻二八七頁）が啄木の病跡学的《パトグラフィカル》＝創造的心境を記録している。啄木の精神は異常に高揚しているのである。この高揚は「錦輝館」が発する二重の衝撃（秋瑾衝撃・赤旗事件）がもたらしたものである。それこそ、「短歌爆発」の要因であろう。岩崎宛書簡の「しかたなしに歌など作った」はその高揚を伝えていない。啄木自身が書いた物であっても、発生した事態と対照して、弁別しなければならない。

　啄木も錦町を中心に神田を良く知っていた。一九〇二年（明治三五年）一一月、最初に上京した啄木は、一一月五日には、

⑧「正則英語学校」（神田区錦町三丁目二番地）の高等受験科に入るために、その校舎を訪れている。その前に立ってほぼ東西に延びる路の左方向にほんの少し歩けば、「錦輝館」（左側）が建っている。啄木のその上京の二年後の一九〇四年には「錦輝館」の前に、「経緯学堂」ができる。

　啄木の北海道の友人・並木武雄は、啄木が北海道から四度目の上京で東京に来る前に、

⑨「東京外国語学校」（神田区錦町三丁目一四番地。開校期間、一八九九〜一九二一年）に入学する。「経緯学堂」と「錦輝館」が向かい合う通りをほんの少し歩けば、そこに「東京外国語学校・錦町校舎」があった。啄木は四回目の上京の直後、一九〇八年四月三〇日に並木武雄に会いに行った。日記にこう書いた。

「急に逢ひたくなって、突然並木君を市ヶ谷本村町に訪ねた。玄関に立ってベルを推すと、出て来たのが並木君。目をまるくして驚いた顔のなつかしさ。［東京］外国語学校の支那語科に首尾よく入学したとの事」（第五巻二五八頁。［　］は引用者補足）。

注目すべきは、啄木の「明治四一年（一九〇八年）一月賀状ヲ交換シタル知人の《ママ》住所姓名録。及び其の後の知人」である。その住所姓名録「清盟帖」（第五巻三七三〜三七六頁）によれば、並木の東京の住所には「〇並木武雄方《ママ》　東京市牛込市ヶ谷本村町三六、森嶋収六方」とある。上京早々啄木が訪ねたのはこの住所である。函館の住所の方には〈並木武雄氏　函館区末《ママ》広町一五〉［〈　〉印は原文。東京の住所の「〇」は引用者］であった。年賀状を送った印と思われる「〇」印が東京の住所の上に書かれ、函館の住所の方にはない。このことから判断すると、並木は一九〇八年の正月にすでに東京に移住していたと判断される。なお、「清盟帖」の最後の方には「〇並木翡翠君　下谷区山下町五、杉原鶴蔵方」とある（第五巻三七六頁）。並木は後にこの住所に変えたのである。この転居は一九〇八年四月下旬より後のものであろう。上京後、啄木は並木にしばしば逢っている（当時の日記を参照）。

並木は進学の前は函館で日本郵船に勤めていた。日本郵船はすでに日本と中国との主な港を航路でつなぎ、人・物だけでなく情報も運んでいた。並木は東京外国語学校・支那語科を卒業した後、三井物産に就職した。このことから、実用中国語を身につけることが東京外国語学校の支那語科に進学した目的であったと判断される。並木の通学するその学校は「錦輝館」・「経緯学堂」のすぐ傍にある。「秀光社」・「平出修」の自宅も徒歩で数分の所にある。並木が入学したとき、「秋瑾殉死追悼大会」（一九〇七年九月七日）が「錦輝館」で開かれて、まだ七ヶ月しか経っていない。清国人留学生がその界隈に沢山いたのである。留日生の反清朝感情の熱気は冷めてはいない。かなりの留学生が《秋瑾の殉死を無駄にするな》と誓い合い行動していた。並木は支那語科に属していた。中国関連の情報が集中する現場にいたのである。

啄木はすでに北海道にいるときに秋瑾事件を知った（一九〇七年七月下旬以後）と判断されるから、友人の並木もすでにそのときに、秋瑾を知った可能性がある。「仮に」そうでなくても、並木は「遅くとも」、東京外国語学校・支那語科に入学してまもなく、秋瑾のことを知ったであろう。上京＝進学した並木は「秋瑾ゆかりの現場」で中国語を学ぶことになったのである。「たとい」啄木が北海道に滞在中は秋瑾を知らなかった「と仮定しても」、四度目の上京の直後（一九〇八年四月下旬）に、秋瑾事件を平出修か並木武雄から知ったことは確実である。そのインパクトが「赤旗事件」と共鳴し、「歌稿ノート」となり「石破集」以後の歌集に顕現するのである。

東京の清国人留学生の政治行動は活発であった。啄木が並木に再会した、まさにその前日一九〇八年四月二九日は、中国同盟会が雲南河口で反清朝軍事行動を起こし、一ヶ月間持ちこたえて、清朝軍に敗れる（五月二六日）。しかし、この事件に動かされて八月二九日、清朝政府は憲政施行の順序を定めた「欽定憲法大綱」（九年後の憲法発布・議会開設）を公表する。この動向は中国語を学ぶ並木にとっても強い関心の対象であったろう。

啄木は二回目の上京のとき、音楽会が一九〇五年四月二二日にで開催される。友人の小沢恒一に案内の手紙を出している（第二巻八八頁）。その会場・所在地は、

⑩「東京基督教青年会」（神田区美土代町三丁目三番地）である。「錦輝館」の近くにある。最初の上京のおり一九〇二年一一月七日には、東京基督教青年会が設立した「日本力行会」に金子定一を訪ねた。そこで飯岡三郎に逢っている。「日本力行会」の宿舎に数日泊っている。猿楽町の古書店にも行っている。それらのことは啄木日記に記されている（第五巻一〇〜一四頁）。金子定一とはその後も文通していた（第五巻一二六頁）。

このように啄木は神田界隈を良く知っていた。北海道にいても、「神田の錦町や中猿楽町で」と聞けば、「ああ、あそこね」と具体的に思い浮かべることができた。東京の神田界隈で、なにか重大な事件があれば、啄木はその土地勘から機敏に反応し、東京の友人・知人に問い合わせる感度をもっていたのである。

第四章　啄木評論「空中書」における「剣花」とは誰か

［「空中書（一）」と秋瑾詩「剣歌」・「秋日獨坐」］　啄木は『岩手日報』に一九〇八年一〇月一三日、一四日、一六日に三回、「空中書」（第四巻一四二～一四五頁）と題する評論を掲載する。（一）、（二）、（三）の節からなる。このうち（一）はすでに第二章で詳しく見た。ここでは特に（一）と（三）を中心に詳論する。全体が漢文調で書かれている。（二）と（三）は一読して明らかに中国論である。

（一）では「烏有先生足下」として、近来の心境を語る。「烏有《うゆう》」とは、一般的には「烏《いずくん》ぞ有《あ》らんや」＝「有り得ない」という意味である。古典的には、「漢の司馬相如が『子虚賦』で仮設した人物」を意味する。啄木はその空想上の人物との交わりを想定し語るのである。

（二）では、「一医生」が「自ら済《すく》ふ能はずして人を救はむとす、謬れる哉。児この故に先づ自己一人の事をなさむとする也」（同一四三）との感慨を抱いて鎌倉の禅坊に「結枷《けっか》の人」となった人物を紹介する。

（三）は、清国の湖南津市の哥老会の動向を紹介することから始まる。啄木はつづけて、日清戦争と日露戦争で帝国日本は戦勝したが、「敗れたるものは、清国に非ずして北京政府と其軍隊のみ。露国に非ずしてザール［＝ツァーリtsar］の政府と其軍隊のみ」（第四巻一四四頁）と指摘して、「日本は大国だ」と逆上せあがる当時の世論を批判する。露国には「睡虎」の虚無党が潜んでいる。清国には「伏竜」の哥老会が連山の如く展開している。哥老会は資金を蓄積し人材を糾合し留学させ、世界各地に銀行をもっている。兵勇八〇余万人、軍事訓練に励んでいる。「世界第二十一世紀の劈頭《へきとう》に太叫するもの、夫れ李杜［李白・杜甫］二聖を出せるの民乎」（第四巻一四五頁）と展望する。二一世紀初頭の今日、啄木の予見は妥当していないか。「湖南」といえば、評論「空中書」掲載の約一年前の一九〇七年、徐錫麟《じょしゃくりん》（Xu-Xilin 一八七三～一九〇七年）が「安慶事件」（同年六月）で、つづけて秋瑾が「紹興事件」（同年七月）で、軍事クーデタを起こしたところである。啄木は、彼らの決起のあとを継ぐように哥老会などが反清国運動を準備しつつあることを紹介する。一九〇七年六～七月の徐錫麟・秋瑾の両事件はすでに日本でも新聞で連続して報道された。「空中書」（三）はその事件後の清国南部の動向を紹介している。

まず「空中書」（一）はどうか。そこでは、「鶴髪《かくはつ》」（＝白髪）の烏有先生が林中の「草蘆《そうろ》」（＝拙宅）に尋ねてきてくれて、酒盃を重ねたと書く。

注目すべきことに、啄木は烏有先生と談論の様子をつぎのように書く（以下の引用文の傍点強調は引用者）。

「談書剣の事に及べば、咳唾《がいだ》おのづから鏗爾《かうじ》として玉鳴あり」（第四巻一四二頁。傍点強調は引用者。以下同じ）。

すなわち、話題が「剣の事」に及べば、烏有先生が語る口調は、あたかも琴を下に置くとき、琴がコーンと響くようであった、というのである。さらに、こう書く。

「酔大いに至って初めて憤を時事に発す。論堂々、音吐雷の如く、深夜人鎮《しづま》って猶四隣を空しうす」（第四巻一四二頁）。

剣と時論は連続し、剣を論じて時論に発展し、さらに高揚する。「剣＝武闘論」から「時論＝革命論」へと進む。実際、こう進んだのは秋瑾であった。

啄木はさらに書く。

「烏有先生足下、①恩遇の深きことは辺城の将と作《な》りて初めて知る。②天涯の客と作《な》らずんば、誰か故園の楽みを知らむ。僕、逐年常《ちくねん》に放たれて江湖に流泊す。……③一人欄に倚りて思郷の情を尽さむとする」（第四巻一四二頁。①、②、③は引用者）。

上の文の①、

「恩遇の深きことは辺城の将と作《な》りて初めて知る」

は、秋瑾詩「剣歌」第二三句・第二四句、

「君不見孟嘗門下三千客？　彈鋏由來解報恩！」（諸侯は見ずや孟嘗門下三千人の食客を、鋏弾《さやはじ》くは報恩を解すに由来す。）

を念頭においている。①の「天涯の客」が「辺城の将と作《な》る」とは、「剣歌」第七句・第八句、

「也曾渇飲樓蘭血、　幾度功銘上將樓？」（すなわち樓蘭の血を渇飲するも、幾度の功名楼に達せんや）

を踏んだ文である。秋瑾は、一旦一城の主になっても早晩攻撃されて城を失う、と悲観的に物語る。対する啄木は①で、鋏弾《さやはじ》いて闘いに赴き勝って「辺境の城」を与えられて、初めて食客となった恩義を大切に思う、と反転する。上で引用した文の②、

「天涯の客と作《な》らずんば、誰か故園の楽みを知らむ。僕、逐年常《ちくねん》に放たれて江湖に漂泊す。」

は、時期的に啄木が読むことができた可能性のある『秋瑾詩詞』所収の詩「梅」（秋瑾一九〇七：二一一～二一二）の第四句・第二五句、

「飄泊天涯更水涯」（飄泊シ天涯更ニ水涯）
「漫労江北憶江南」（漫《ソソ》ロニ江北ヲ労シ江南ヲ憶ウ）

を念頭においている。啄木の文の③

「一人欄に倚りて思郷の情を尽さむとする」

は、同じ詩「梅」第二〇句、

「有誰同倚碧闌干」（誰カ有ル同ジ碧闌干ニ倚ル）（華麗な青緑の欄干に同じように倚りかかる人が誰かいるだろうか）

を念頭においている。上記の「碧闌干」の「闌」は『秋瑾全集箋注』では「欄」と訂正されている（秋瑾二〇〇三：四四）。啄木の読みは「欄」である。

啄木はつづけて「空中書」（一）で書く。

「馬聲人聲、虫韻を交へて遠く下より聴え、秋風直ちに来りて一室に満つ。身は洛陽の一布衣《ほい》、年々秋に会ふて未だ知己に会はず。……先生足下、僕乃ち今日より、秋風独坐の時を割き、日に三滴の瓦硯《ぐわけん》を磨《す》って、遠く空中の書を足下に致さむとす。…天外高楼の人、以て聊《いささ》か愁緒を慰むることを得ん也」（第四巻一四二～一四三頁）。

啄木は上の文を書くとき、『秋瑾詩詞』所収の詩「秋日獨坐」（秋瑾一九〇七：一七）を次いでいる。引用の便宜のために、各句の冒頭に①～⑧をつける。（　）内は拙訳。

「秋日獨坐」（秋日ニ獨リ坐ス）

① 小坐臨窗把卷哦、（小《シバラ》ク坐シテ窓ニ臨ミ巻［書物］ヲ把リテ哦《クチズサ》ミ、）
② 湘簾不捲静垂波。（湘簾［湖南簾］ハ捲カズ静垂シテ波ウツ。）
③ 室因地僻知音少、（室《イエ》地僻［地方］ニ因《アリ》リテ知音《チイン》少ク、）
④ 人到無聊感慨多。（人無聊ニ到リテ感慨多シ。）
⑤ 半壁緑苔蛩語響、（半壁［崖家］ノ緑苔ニ蛩語《キョウゴ》ガ響キ、）
⑥ 一庭黄葉雨聲和。（一庭ノ黄葉ニ雨聲ガ和ス。）
⑦ 劇憐北地秋風早、（劇《ハゲ》シク憐ム北地ノ秋風早ク、）
⑧ 已覺涼侵翠袖羅。（已ニ覺ユ涼侵ノ翠袖羅《スイシュウツラナ》ルヲ。）

『秋瑾全集箋注』（秋瑾二〇〇三：八四）では第六句の「雨」は「叶」となっているが、ここでは、啄木が読むことができた『秋瑾詩詞』に従う。

第二章ですでに詳しくみたように、啄木の「空中書」の上の文と秋瑾詩「秋日獨坐」はさまざまに重なる。啄木のいう「虫韻《むしのなくひびき》」は秋瑾のいう「蛩語《コオロギのこえ》」に極めて類似する。啄木の「秋風」は秋瑾の「秋風」に等しい。啄木の「一室」は秋瑾の「一庭」に変えられている。いいかえれば、啄木は秋瑾詩第三句の「室」と第六句の「庭」を取り替えて、秋瑾の「一庭」を「一室」とする。啄木の「知己」は秋瑾の「知音」と同じ意味である。啄木の「秋風独坐」＝秋瑾の詩題「秋日獨坐」にぴたりと対応する。啄木の「天外高楼の人、以て聊か愁緒を慰むる」は第四句「人到無聊感慨多」（人無聊ニ到リテ感慨多シ）を受けている。このように啄木歌と秋瑾詩の両者間には緊密な対応関係がある。啄木が、秋瑾の詩「秋日獨坐」を念頭において、この評論「空中書（一）」を書いていることは明白である。一九〇八年一〇月にも、啄木に「秋瑾衝撃」は持続している。啄木は二〇世紀初頭東アジアの激動に身をおいているのである。

中国時事評論「空中書（三）」の「剣花」とは誰か　啄木は「空中書（三）」で清朝が没落し始め、革命勢力が台頭していることを指摘する。

「◎烏有先生足下、新紙［新聞］伝へて曰く、南清《なんしん》の湖南津市［港町］、もと哥老会匪藪淵《さうえん》の処、今や兵勇各地より同処に集中して、何事か企てむとするの形勢あり、水陸の官兵厳に警戒を加ふと。乞ふ、少しく隣邦の為に言を費さむ。

◎之を表面より看れば、清国は二十世紀の原頭に横臥せる旧文明の残骸なり。近者頻りに大勢に焦慮し、憲法制定その他の事を以て自ら昏睡を覚し来らむとすと雖《いへ》ども、老耗《らうもう》年久しうして容易に起つ能はざるもの、如く、徒《いたづ》らに列国の眈視の場たるの観なきにしあらず」（第四巻一四四頁。［］と傍点強調は引用者。以下同じ）。

上の啄木文の「憲法制定」とは上記の「欽定憲法大綱」を指す。清国は欽定憲法制定のため調査団を日本に三回（一九〇五〜〇六年、一九〇七〜〇八年、一九〇八〜〇九年）送っている（瀧井二八〇〜八一）。啄木は中国の時々刻々展開する動向を機敏に把握している。最も注目すべき個所はつぎである。

「◎揚子江畔に伏竜あり。其数を知らず、就中大なるを哥老会と称す。遠く之を望めば脈々たる連山の如し。近《ちかづ》いて之を見むとすれども能はず。片鱗時に落ちて剣花官兵を畏れしむるのみ」（第四巻一四四頁）。

引用文でいう「伏竜」とは「秘密結社」の「哥老会」を含む反清朝革命勢力の謂いである〔啄木は「空中書」公表より一ヶ月後（一九〇八年一一月一六日）、断稿「連想」（第六巻二六七～二七〇頁）で「秘密結社」について書く〕。反清朝革命勢力が揚子江（長江）の辺りに潜伏している。「身を伏せる竜」の「片鱗」が突進し、まさにそのときに発した火花を「剣花」と啄木はよぶ。「剣花」は清朝官兵を畏怖させた、と啄木はいう。啄木は、先に引用したように、「世界二十一世紀の劈頭《へきとう》に大呼するもの、夫れ李杜〔＝李白と杜甫〕二聖を出せるの民乎」（第四巻一四五頁）と書いている。啄木は李白を愛読していた。「剣花」の直接の意味は「剣の発する光」（李白の詩「胡無人」）をいう。しかし、「剣花」とは、啄木のこの文脈から推して、「剣と剣とを打ちあわせたとき発する火花」という物理現象のことではない。「剣」と「花」。人間の「花」は「女性」である。反清朝革命勢力で「剣を持つ女性」といえば、「秋瑾」にほかならない。「剣花」とは「剣」を身につける女性革命家＝「花」、つまり「秋瑾」の暗喩である。啄木は「剣花」という李白の語法で「秋瑾」を示唆したのである。華麗な語法ではないか。当時の中国には清朝崩壊を願い清朝打倒を目論む知識女性が多くいたが、「革命に身を挺して、処刑されたのは一人の秋瑾であった」（陳二〇〇七b：一六）。啄木は「秋瑾」の名前そのものは書かなかったが、「剣花」で秋瑾を示唆したのである。啄木は秋瑾を知っていたし、上記のように秋瑾を論じたのである。秋瑾は一九〇七年七月に紹興で反清朝軍事行動を起こそうと準備し、密告され逮捕され斬首された。清朝中枢の者たちは徐錫麟・秋瑾たち反清朝革命家を最も怖れた。哥老会の威力は「秋瑾の放つ剣花」に象徴される、と啄木はいうのである。では、日本の当時の支配層は誰を恐れたのか。

上の引用文「揚子江畔に伏竜あり。其数を知らず」に関連するのが、すでに第二章で引用した『秋瑾詩詞』の収められた秋瑾詞「浪淘沙秋夜」（秋瑾一九〇七：三四～三五）の第五句「細數鼉更」（数少ない揚子江鰐がさらに数を減らしている）である。「鼉（だ）」は揚子江に生息するワニのことである。漢族精神の象徴である。

秋瑾はこの詩で漢民族の精神が衰退していることを慨嘆した。秋瑾が「揚子江だけに生息する鼉（ワニ）が少なくなった」と慨嘆するのに対して、啄木は「揚子江には竜が数知れず潜んでいる」と書いて、漢民族精神が復活しつつあることを示唆する。ここでも啄木は反語的である。この秋瑾詞「浪淘沙秋夜」との関連でも、「剣花」が秋瑾を暗喩していることが分かる。しかも、啄木は「空中書」の「一」では秋瑾詩「秋日獨坐」の韻を踏む漢文調の散文を書いた。烏有先生と「剣の事」を論じあったと書いた（第四巻一四二頁参照）。さらに「三」で「剣花」という。「剣」と「剣花」である。「剣花」は、その一五ヶ月前、一九〇七年七月一三～一五日の紹興起義の主人公・秋瑾のこと、「劍歌」・「寶刀歌」を詠った秋瑾のことにほかならない。

啄木は「秋瑾」の名前そのものは書かなかった。実名「秋瑾」の代わり名「剣花」と書いて、密かに秋瑾を示唆したのである。その当時、中国情勢に関心のある読者なら、《剣花とは秋瑾のことだ》とすぐに分かったであろう。「剣花」は、護身用に美しい短剣（自分で「宝刀」と呼んだ剣）を編み靴の脇に差し入れた、秋瑾に相応しい隠喩である。啄木は秋瑾を「剣花」と呼んだのである。

［平出修が『秋瑾詩詞』を啄木に送ったであろう］　一九〇七年の正月に、東京の平出修と北海道の啄木とは年賀状を出しあっている（第五巻一二五頁）。啄木も平出修も互いに正確に住所を知っていた。その年賀状の平出修の住所は「東京市神田区北神保町二番地」である。二年前啄木が二回目に上京した間、啄木と平出修は一九〇五年一月五日の新詩社歌会と同年四月一五日の新詩社演劇会（両国伊勢平）で同席している（第七巻八四頁。平出修一九八一：三九八）。啄木は一月五日の歌会の模様を一月七日、金田一京助に伝える。その手紙で、女詩人たちが男詩人たちに「お年玉」として歌を贈る座興に及び、「鉄幹へは《ひすひ一六我れ二十八》と判じ物的にやりたるには満座拍手致候。これに奮慨して男の方の平出蘆花…の数君…」（第七巻八四頁）と書き送る。啄木はいかにも楽しげに書く。啄木と平出修は『スバル』創刊準備のとき（一九〇八年秋）

からではなく、遅くとも三年以上前のこのとき（一九〇五年正月）に親しくなっている。

一九〇五年四月一五日の演劇会の七日後の四月二二日には新詩社音楽会が上記の「東京基督教青年会」で開かれる。音楽会の三日後の四月二五日に平出修は上記の住所に転居する。音楽会の会場は平出修が三日後に転居する家の近くにある。平出修は引越し準備で四月二二日の音楽会には参加できなかったろう。上京している啄木に平出修が自分のまもなく転居する新住所を教えたのは、一月五日の歌会か、四月一五日の演劇会か、のいずれかであろう。平出修の新居界隈は啄木が最初に上京したときになじみになった地域である。啄木はほぼ一ヶ月後、同年五月下旬に東京を離れることになる。四月二五日から五月下旬の約一ヶ月の間、啄木が平出修の新居に「引越祝い」で訪れることは可能であった。平出修の新居の近所には、二年後（一九〇七年）に『秋瑾詩詞』を印刷することになる「秀光社」がある。秀光社は、秋瑾たち中国同盟会の機関誌『民報』を印刷した。その編集に関わった秋瑾も平出修宅の近所の秀光社を訪れたに違いない。秋瑾は平出修の間近にいたのである。

啄木が東京を去って三ヶ月後の一九〇五年九月に平出修は「経緯学堂」で清国人留学生に法律学を教え始める。一一月から一二月にかけて「清国人留学生取締規則事件」が起きる。平出修はその学校をやめざるをえなくなる。「取締規則」事件をきっかけにして刊行が決まった『民報』（印刷所＝秀光社）最初の編集長・陳天華は『東京朝日新聞』の清国人は「放縦卑劣である」との記事に抗議して、一二月八日に絶命書に「東海に我が身を投げて諸君［清国人留学生］の紀念《ママ》とする」と書いて、東京大森海岸で踏海自殺する。翌日一二月九日に秋瑾が指導する「抗議集会」が、平出修が留日学生を教える「経緯学堂」の正面に立つ「神田錦輝館」で開かれる。近所に住む平出修はこのように進行する事態に強い関心をいだいていた。このことは平出修の息子・平出彬が『平出修伝』で記録している。

その約二年後の一九〇七年七月一五日、こんどは秋瑾が浙江省の紹興で、清朝打倒の軍事拠点を構築する準備中、密告され斬首刑で殉死する。一九〇七年九月七日には「秋瑾殉死追悼大会」が同じ「錦輝館」で開催される。前日の九月六日に『秋瑾詩詞』が平出修の住所の近隣の秀光社から刊行される。実際のその刊行はもっと早かったかもしれない。例えば、『秋瑾事跡研究』では、『秋瑾詩詞』の刊行日は「九月二日《ママ》」となっている（郭三二七）。実際の刊行日はその日（九月二日）かもしれない。啄木が北海道にいる間の一九〇七年七月から一〇月初旬にかけて、啄木と平出修は秋瑾について書簡を交わし、平出修が啄木に『秋瑾詩詞』を送った可能性が十分にある。というのは、拙稿ですでにみたように（内田二〇一〇b：一七一f）、啄木は秋瑾詩「剣歌」や「寶刀歌」に韻字を踏んだ詩（無題）や評論「初めて見たる小樽」を一九〇七年一〇月一五日刊行の『小樽日報』第一号で公表しているからである。

しかし『秋瑾詩詞』を典拠とする啄木の創作は、もう少し早く、一九〇七年九月下旬から始まるだろう。一九〇七年一〇月一五日の「初めて見たる小樽」を前触れるように、二五日前の同年九月二〇日の評論「一握の砂」で、啄木はこう書く。

「長なへに真にして且美なる自然の為に、最も憎むべき反逆を企てつつある人類に向かって、我等の《正しき反逆》は最も勇敢に戦はれざるべからず。我等の戦士よ、充分に糧《かて》を蓄へよかし、錆びざる剣《つるぎ》をいや更に研げよかし、……進みて彼等を牛の如く屠り尽せ」（第四巻一二四頁）。

啄木は「剣」・「反逆」・「屠る」と書く。剣をもち反逆（反清朝軍事行動）を準備し、逆に屠刀で斬首された秋瑾の暗喩である。さらに、四日後の同年九月二四日の「綱島梁川を悼む（一）」では「大いなる白刃の斧を以て頭《から》を撃たれた様な気持がする」と書いて、これまた秋瑾斬首を示唆している（第四巻一一七頁）。

啄木日記によれば、その九ヶ月前の一九〇七年正月、啄木には東京の友人・知人が三二人いた（第五巻一二四〜一二六頁)。その中で、平出修こそが、『秋瑾詩詞』刊行の場所と時期の関係で、その追悼詩集が秀光社から一九〇七年九月六日（あるいは九月二日）に刊行されたことを知る最も可能性の高い友人である。啄木は平出修と親しかった。その親しさは「歌詠み仲間を超える政治性」を帯びる親しさである。二人の「秋瑾衝撃の共有」が二人の関係の政治的親密性を根拠づけている。その親しさゆえに、次章で見るように、平出修自身、秋瑾斬首を追悼する歌を詠い、啄木と秋瑾悼歌で韻字を交わしあったのである。

［平出修も「秋瑾衝撃」を受けた］　革命派日本留学生を抑えようとする清国国家の要請で、明治国家は一九〇五年一一月二日に「清国人留学生取締規則」を出した。平出修が経緯学堂で清国人留学生に教え始めてから三カ月目である。その通達とはなにか。通達に対する抗議とはなにか。永井算巳はこのことをアジア太平洋戦争の敗戦後（一九五二年）に解明している。

「［当］該事件［清国人留学生取締規則公布とそれへの抗議］は……新しき中国の民族的国家的ありかたを追求しようという趨勢にあった激増する留日学生八千人を対象として、表面、純教育的見地からする善導誘掖《ゆうえき》［＝補佐］を理由として合法的独自的な立場に於て、而も、内実は……清朝と対清友好を国是とする日本帝国との［様々な密約］以来の、可成りに緊密な相互了解をもとに、留日学生のデカダンスよりもむしろ革命化の動向を阻止すべく意図した……《清国人ヲ入学セシムル公私立学校ニ関スル規則》の公布をめぐって惹起された紛糾なのである」（永井三二）。

永井は「規則」を的確に分析している。「規則」はきわめて政治的な文書である。秋瑾たち清国人日本留学生の革命派がこの規則に憤激し、抗議＝帰国運動に帰着したのは必然的であった。この通達に関連して『東京朝日新聞』が「清国人は放縦卑劣である」と書きたてた。秋瑾の中国（革命）同盟会の同志である同じ清国人留学生・陳天華がその規則に抗議して、同年一二月八日に東京大森海岸で踏海＝自殺する。平出修が留学生を教えている「経緯学堂」の正面前にある「錦輝館」で翌日の一二月九日に陳天華追悼＝抗議集会が開かれる。その集会の指導者が秋瑾である。平出修は経緯学堂の清国人留学生に法政（法律・政治）学を教えてきた教員として、この事件にショックを受けたに違いない。平出修の息子（三男）・平出彬は『平出修伝』でこう書いている。

「［明治］三八年［一九〇五年］一一月［二日］、文部省令によって「清国人ヲ入学セシムル公私立学校ニ関スル規定」が公布された。これに対して学生側はそれが事実上留学生の取締規則であるとして反対、全文取消しを要求する騒動が起こり、ついに授業も休止するに至った」（平出彬一五六）。

平出彬はつづけて書く。

「ちょうどそのころ、孫文が東京で中国革命同盟会を結成した［一九〇五年八月二〇日、東京赤坂霊南坂・坂本金弥の邸宅（陳二〇〇七a：五九三）］。こうした気運にも醸成されて、受講生の間にもこの運動に共鳴するものが多かった。直接には在日女流革命家秋瑾の指導による一斉帰国運動の影響があったのであろう。ともかく［平出］修の授業は中途で終わった」（同。［ ］、傍点は引用者）。

この引用文中の記述「在日女流革命家秋瑾」に注目したい。秋瑾は孫文の中国同盟会［正式組織名には「革命」という語はない］に加入していた。平出修は経緯学堂での清国人留学生教育を始めて三ヶ月余りで、それを休止するに至った。その原因は、「清国人留学生取締規則事件」である。抗議運動の指導者・秋瑾の存在は平出修の脳裏に深く刻み込まれる。「取締規則」が公表されたのは一九〇五年一一月二日の『官報』であった。その通達が留学生に衝撃的な姿で登場するのが一一月二六日のことである。

「［文部省は］一一月二六日各学校に、清国留学生は原籍・現住所・年齢・学籍・経歴などを二九日までに一律にあらためて届けよ、という掲示が出たので、ようやく『取締規則』のことが知られ、それを読んで、にわかに騒然となったのである」(陳二〇〇七a：六〇二)。

一九〇五年一一月から一二月、留学生たちは授業ボイコット運動を始める。各同郷会、各学校単位で集会が開かれる。総退学、総帰国の声が上がる。一二月五日、富士見楼に約三〇〇人があつまった。日本政府との平和解決を提案する学生に対して、秋瑾は痛烈な批判を浴びせた(陳二〇〇七a：六〇三)。平出修が「経緯学堂」を辞任するにいたったのは、一一月下旬から一二月上旬にかけてであろう。一二月一九日、帝国議会は「取締規則」の執行を延期することを決ねた。それは事実上、取り消された。その抗議事件と平出修の経緯学堂辞任との関係は、平出修の家族の間でも話題になり、よく知られていた事実であろう。そうであるからこそ、息子の平出彬が上に引用したように『平出修伝』でその事件を、秋瑾の名前を出して、記録したのである。平出彬は父の伝記でこう書き加える。

「修は［経緯］学堂を罷めた後に、中国語の勉強を始めたし、その後も中国への関心を高め、革命の動向にも注目していた」(平出彬一五七)。

「取締規則」が革命派清国人留学生を管理＝監視する目的をもっていたことは明らかである。明治国家は清朝国家に依頼されて「規則」を出した。両国家は「国際階級同盟」を「規則」でも実行したのである。「階級利益」は国家を超える。「国民利益」は「階級利益」の偽装であることが多い。清朝国家の危機は明治国家に連動する恐れがある。隣りの清国の問題は日本国内の問題に転化するかもしれない。実際、中国の秋瑾の「取締規則」への抗議＝帰国(一九〇五年)と紹興起義＝殉死(一九〇七年)は、日本の管野須賀子の「赤旗事件」(一九〇八年)から「幸徳事件」(一九一〇年)に、国際的な政治磁場で連動した。

［錦輝館における秋瑾追悼集会］「取締規則」事件の約一年七ヶ月あとの一九〇七年七月一三日に、秋瑾は紹興で反清朝軍事行動を準備中に密告され逮捕され、同月一五日早朝に斬首された。この事件の新聞報道が七

月二〇日から続々と日本に届く。啄木が北海道で「女教師・秋瑾斬首」を最初に知ったのは七月二三日か二四日であろう。平出修は「清国人留学生抗議事件」に留学生教員として直接に巻き込まれ、経緯学堂を辞任することになる。そのあとも中国語を学び中国の動向に注目していた。平出修はその辞任のほぼ二〇カ月後の一九〇七年七月一三日＝一五日の「秋瑾起義＝斬首」に衝撃を受けたにちがいない。二年前に陳天華を追悼した秋瑾が九月七日、同じ錦輝館で、今度は追悼されるのである。陳天華の死が秋瑾の死に連なる。

　前掲の『秋瑾事跡研究』は、「［一九〇七年］九月七日には東京［清国人］留学生界が神田錦輝館における秋女士および三烈士［徐錫麟・馬宗漢・陳天華］の追悼大会を召集した。参加者は一二〇〇人あり、日本人・満洲族人・憲政党員・清国中央官庁密偵もいた。……大会は午前九時に始まり午後三時に閉会した」（郭三二七。［ ］は引用者補足）と記録している。千二百人の抗議集会である。「神田錦輝館」の近所に住み、その正面の「経緯学堂」で清国人留学生を教えたことがある平出修が、この事件を知ったことは確実である。

　その追悼集会に先立って、平出修の住所のすぐ傍の「秀光社」は、秋瑾追悼の意味を込めた『秋瑾詩詞』を同年九月六日に刊行した。あるいは先にみたように、実際は四日早く、九月二日に刊行されたかもしれない。秀光社は、孫文たちの機関誌『民報』を印刷していた。その創刊号（六千部）の刊行は「清国人留学生事件」発生直後の一九〇五年一一月二六日である。『民報』の最初の編集者は秋瑾の同志・陳天華である。

　平出修は、辞任後、中国語を学び、中国の動向に強い関心を寄せていた。平出修は、自分の法律事務所の近隣の中国関係書を印刷する秀光社に関心を寄せ、『秋瑾詩詞』の刊行を知ったにちがいない。平出修はさっそく『秋瑾詩詞』を求めたろう。平出修が所蔵していた社会主義文献のうちの、北一輝の『国体論及び純正社会主義』も、同じ秀光社が印刷したことが注目される（平出修一九六九：五八九。松本清張一七六）。当時は、国民主義・社会主義・共産主義・無政府主義などは、坩堝のように渾然一体となって渦巻いていた。その後の政治的分岐を逆に当時の混沌とした事態にさかのぼって密輸入してはならない。啄木や平出修の政治思想も当時の混沌とした状態に内在して把握しなければならない。

　啄木と平出修は互いに相手の住所を知り文通する間柄であった。平出修は「神田錦輝館」という「清国人留学生抗議事件」（一九〇五年一二月九日）・「『民報』創刊一周年紀念《ママ》会」（一九〇六年一二月二日。六、七千人参加）・「秋瑾追悼集会」（一九〇七年九月七日）の騒然たる現場の至極近くで生活していた。『秋瑾事跡研究』は、錦輝館で開かれた秋瑾・陳天華などの追悼集会には「日本人も参加していた」（郭三一七）という。そこに元「経緯学堂」教員の平出修が参加していても、なんら不思議ではない。平出修は身近に起きた「秋瑾事件」を受ける。ショックは精神を不安定にする。ショックをもたらした事件を誰かに話して、心は平静を取り戻す。平出修は「秋瑾ショック」を誰かに告げたい動機があった。

　一方、北海道の啄木も一九〇七年七月二〇日から数日後、新聞報道で「［中国の］女教師・秋瑾斬首」を知り、「日本の女教師」とのあまりの違いに衝撃を受けたであろう。「日本の男教師」の経験のある自分とも圧倒的に違う。啄木は一九〇五年五月下旬まで東京で平出修の比較的身近にいた。啄木の在京中、平出修は四月二五日からの新しい住所を啄木に教えたろう。四ヶ月後の九月から平出修は「経緯学堂」で清国人留学生に教えることになる。その新しい職場の経験を平出修は北海道の啄木に伝えたろう。その平出修に啄木が秋瑾について尋ねても不思議ではない。平出修は一九〇七年九月上旬、近所の秀光社から刊行された『秋瑾詩詞』を求め、啄木に送った可能性はかなり高い。《啄木・平出修（法律事務所）》という緊密な人間関係と《平出修・秀光社・経緯学堂・錦輝館》という近距離の地理関係とは、啄木が平出修を通じて『秋瑾詩詞』を秀光社から入手した極めて高い蓋然性を与えている。

第五章　啄木・平出修の秋瑾悼歌

[平出修の秋瑾悼歌]　このような蓋然性をさらに高めるのが、啄木だけでなく、平出修も、秋瑾を短歌で追悼したという事実である。つぎにそれをみる。

啄木は一九〇八年に東京に来て平出修に再会した。同年六月二二日に、「清国人留学生抗議事件」（一九〇五年一二月九日）・「秋瑾殉死追悼集会」（一九〇七年九月七日）の会場であった同じ「錦輝館」で「赤旗事件」が起る（第一六章で詳述）。啄木は衝撃を受ける。「赤旗事件」は「秋瑾斬首」を想起させる。その二重の衝撃が起爆剤になって「歌稿ノート」に「短歌爆発」が起きる。

同じ時期に、しばらく短歌を詠まなかった平出修が突然、再び短歌を詠い始める。なぜだろうか。北海道から身近に来た啄木の影響、特に啄木の六月下旬からの短歌爆発の影響であろう。平出修は三年前（一九〇五年）に明星歌会で詠い合った啄木の詠歌に「共振」したのである。啄木歌集「石破集」（全一一四首）が掲載された『明星』一九〇八年七月号に、平出修も歌集（全二五首）を載せた。一九〇三年（明治三六年）以来五年ぶりの詠歌である。

平出修はその第一一首で、秋瑾を詠う（平出修一九六五：六四。傍点強調は引用者。以下同）。

今はただ律《リチ》にてらして斬りもせず行けよと放つ思ふまにまに

「律」＝刑法によって「斬首」する。この被処刑者像を平出修に抱かせた人物は秋瑾を除いて誰もいない。この歌は、秋瑾が清朝末期の理不尽な「律《リチ》にてらして斬られた」出来事を念頭に、その反対の事態を想定して詠う。《いま思うのはただひとつ、自分の判断に任せてもらって、律＝刑法に基づく斬首執行はせずに、「行け」といって放免してやりたかったということだ》。いかにも法律家・平出修らしい着想ではないか。この「秋瑾斬首歌」は平出彬の『平出修伝』に引用されている（平出彬一八四）。息子の彬もこの歌が秋瑾斬首を詠ったものであることをよく知っていたのであろう。この詠歌に平出修の秋瑾衝撃の深さ・重さが表現されている。秋瑾は自分の周囲に纏い付くスパイ・蒋紀に密告され、一九〇七年七月一三日に逮捕されても、一言も供述しなかった。「供述なしには処刑できない。清朝の律例ではそうなっている。……［秋瑾は］いくら拷問にかけても、口を割らないことは、わかりきっていた。そこで、いい加減に供述書をつくり、秋瑾に拇印を押させた」（陳一八六。［ ］は引用者）と伝えられている。平出修はこの歌のつぎの第一二首でこう詠った（平出修一九六五：六四）。

世のかごと恐るるやから風神《フウジン》の袋の口を縫はむとかする

《世の悪者は世間の「かご＝訛語」を恐れる。何とかして風神の袋から吹き出る自分たちについての悪い噂が広がらないように、必死にその袋の口を縫合しようとする》というのである。訛語を流す者は他人の訛語を妄想し恐れる。平出修は悪が蔓延る社会を批判する。悪は悪だと実践で顕示したのが秋瑾である。秋瑾を斬首すれば、悪は存在しないことになるのか。そんなことはない。まったく逆である。秋瑾斬首のあと、中国全国の民衆のなかから、《秋瑾は誰も殺してはいないではないか、その処刑は律例に反するものだ》という批判が沸き起こる。秋瑾斬首に直接・間接に関わった者たちは皆、その後、奇っ怪な末路をたどり、死んでゆく（陳二〇〇七b：一八八以下）。では、秋瑾は「本懐を遂げた」というべきか。いや、秋瑾殉死は中国革命の開始を告げたにすぎない。秋瑾斬首のあと、怒濤のごとく「辛亥革命」の浪が寄せてくる。さらに「中華人民共和国」の樹立に向かう。

平出修は修辞家らしくこの「風神歌」の「袋」に繋げ、つぎの第六首を詠った（平出修一九六五：六三）。

劫《ゴウ》の世の傷手《イタデ》の膿《ウミ》の革袋《カハブクロ》さけなむとしてうめきわづらふ

この第六首は、《社会の矛盾が「膿」となって社会の革袋に充満している。膿が革袋を裂いて掃き出ようとするから、民衆は痛くて呻き悶える》と詠う。

平出修は『明星』最終号第三二首でもこう詠った（同六六）。

もの何かわかず重たき大なる袋を負ひぬ袋口《クチ》なし

この歌は《民衆は、中に何が入っているのか分からない重い大きな袋を背負わされている。その袋には口がないから中の物が噴出できず、軽くなることはない。民衆は巨大な重荷を強いられて生きるほかない》と詠う。長江流域で船を引くクーリー（苦力）の姿が浮かぶ。

平出修はさらに、つぎの三首を詠う（同六四）。

第一五首　よしさらば悔の火もゆる玉とらむしら玉多き島に放てよ
第一六首　夕露に小沓《ヲグツ》ぬれつつ来《コ》し君のおもかげすなり白ばらの花
第一七首　ああ少女そのしら玉に一点のあとを残しぬわが黒き爪

まず、中央の第一六首に注目したい。この歌の「小沓《ヲグツ》」は、先に引用した第一一首＝「秋瑾斬首歌」と関連がある。「秋瑾の纏足の象徴」である。秋瑾は伝統制度のために意図的に小さく歪められた足（纏足）を包む小さな沓を履いていた。秋瑾は「足のわりには、すこし大きい黒靴を穿いて、小さい足を隠していた」（陳二〇〇七b：四二）。しかし隠しても、ぎこちない歩き方で自分が纏足であることが分かってしまう。秋瑾はその屈辱を一歩一歩踏みしめて、紹興を、北京を、上海を、東京を、横浜を、歩いた。平出修宅の近くも歩いた。この歌の「来し」とは「日本に留学でやってきた」との意味である。この歌を「小沓歌」とよぼう。「小沓歌」は詠う。《白ばらの花を見ると、夕露に濡れた小沓を履き、纏足された足で不自由に歩く君の面影が浮かぶ》。この平出修歌で「白ばら」は秋瑾を想起させる象徴である。一九〇五年一二月九日「錦輝館」での「清国人留学生事件」を指導した秋瑾の衝撃、約二年後の一九〇七年九月七日の「秋瑾殉死追悼大会」の衝撃は、平出修にこのような秋瑾悼歌を詠わせたのである。

第一六首のキーワードは「小沓」と「白ばら」の「白」である。その第一六首「小沓歌」を第一五首と第一七首が前後から囲む。第一五首と第一七首をみると、両歌に「しら玉」＝「白玉」とある。第一六首の「白ばらの花」と連鎖して、第一五首と第一七首では漢字の「白」を「ひらがな」の「しら」で受け「玉」をつけ、「しら玉」とする。「玉」は秋瑾の「瑾＝玉」、そして「魂《たま》」である。第一六首の「小沓歌」の「白」との関連で、この第一五首と第一七首の「しら玉」も、「君」＝「秋瑾」の象徴である。

その第一五首は「悔いの歌」である。《君とは別れよう、別れには悔いの思いが火のように燃えあがる。悔いの玉（魂）を、白い玉（純白な魂）が満ちる島（いわば「秋瑾島」）に行って、そこに放とう。放てば、悔いの玉（魂）は浄化されるだろう》と詠う。

第一七首はこうである。《君の純白な魂を私の黒い魂で一点、傷つけてしまった、君を思い出すたびに、悔いの思いが疼く》。平出修にとって「玉＝珠」である。平出修は『明星』のつぎの八月号の歌集（全二七首）の第二三首で、「玉」を「珠」に変えて、つぎの「珠歌」を詠う（同六五）。

しろの珠むらさきの珠あけの珠何れをとりて君となすべき

多彩な「珠」が連鎖する歌である。君はそのうちのどの珠だろうか、と問う。三回も「珠」を繰り返し、「秋瑾」の「瑾＝珠・玉」を示唆する。平出修はその他の歌でも「玉」の歌を歌った（『明星』第七号第八首、第八号第二一首、最終号第五首を参照）。秋瑾の「瑾《たま》」が平出修の「魂《たま》」を捉えて放さない。

【啄木と平出修は秋瑾悼歌で韻を踏みあった】　啄木は平出修の詠歌に応えた。啄木は平出修の第一五首「悔の歌」（一九〇八年七月一〇日）を歌集「新詩射詠草 其四」（同年八月一〇日）第六首で、つぎのように次ぐ（第一巻一五三頁）。

悔といふ杖《つゑ》をわすれて来《こ》し人と共に出でにき寺の御廊《みらう》を

啄木は平出第一五首「悔の歌」を、まず①韻字「悔」で踏む。②平出歌第一六首「小沓歌《をぐつか》」の「来し」を自分の歌でも「来し」と踏む。「来し」は平出修歌では、秋瑾が「留日（日本留学）」で「来日した」ことを意味する。③死者を「悔いる」歌は「寺の御廊」に連なる。この啄木歌は《寺に来ても懺悔《ざんげ》することのない人と一緒に寺の回廊を歩み出た》と詠う。悔いが浄化されるのを祈願する平出歌とは対照的である。ここでも啄木は反語的である。

平出修は、「しら玉」という秋瑾を象徴する韻字を用いた歌二首（第一五首・第一七首）で「小沓歌」（第一六首）を囲んだ。自分の歌集の中で韻字を踏む、この平出修の手法（『明星』一九〇八年七月号）に対して、啄木は同じ手法で三ヶ月後『明星』一九〇八年一〇月号の歌集「虚白集」で、つぎのように応えた（第一巻一五四頁）。

第一首　ふる郷《さと》の空《そら》遠みかも高き屋《や》に一人のぼりて愁ひて下《くだ》る
第二首　皎《かう》として玉をあざむく少人《せうじん》も秋来《く》といへば物をしぞ思ふ
第三首　そを読めば愁知るといふ書焚《ふみた》ける古人《いにしへびと》の心よろしも

この三首はつぎのように緊密に結び合っている。
①第一首と第三首の「愁」は秋瑾絶命詞「秋風秋雨愁殺人」の「愁」の韻字である。
②中央の第二首の「玉」は「秋瑾」の「瑾＝玉」である。その「玉」が「秋来」の「秋」につながり、「秋玉＝秋瑾」となる。
③「秋瑾」の「秋」を、その前の歌の「愁」と後の歌の「愁」が囲む。
④この囲み方は、平出修が「しら玉」で前後から「小沓歌」を囲んだ手法を啄木が踏んだものである。
秋瑾「絶命詞」は、いまの日本人はほとんど忘れている。しかし、アジア・太平洋戦争の戦前・敗戦直後の日本の知識人に知られていた。そのころまでは秋瑾殉死は日本でも伝承されてきた。戦前戦中、芥川龍之介や竹内好が浙江省西湖湖畔に建つ秋瑾の墓を訪れている。羽仁五郎が三木清の獄死（一九四五年九月二六日、豊多摩刑務所）を悼んで、秋瑾のこの絶命詞を岩波茂雄への書簡で引用している（羽仁二一八）。わたしたち彼らの後の世代は、しっかりと伝えられてこなかった「社会的忘却事」に初めて接して驚き、《まさか》と

疑う。社会が忘却した未決問題がやにわに提示され発生する「懐疑」である。本来、ありうべからざる懐疑である。なぜか。日本は一九一五年の「対華二十一カ条要求」以後の中国侵略に敗北したにもかかわらず、その過去を顧みず無きことにしてきた。その忘却は、実は自分たちの存立根拠を放棄することでもあった。この社会的忘却は啄木研究の障害にもなってきた。秋瑾は啄木の同時代人である。日本に学ぼうとして留日し侮蔑され抗議＝帰国し決起準備中に密告され逮捕され斬首された人である。秋瑾斬首の半年後に掲げられた孫文たち中国同盟会の「三民主義」の第五の目標は、「中国と日本の両国の国民連合を主張する」である。両国は政治的に今よりも近かったのである。同伴し始めていたのである。

【《少人《せうじん》歌》のイロニー】　啄木は上記の第二首を『一握の砂』に若干表記を変えて収めるが（第一巻三九頁）、意味は基本的に同じである。この歌の「少人《せうじん》」は、杜甫「飲中八仙歌」でいう「美少年」をそのまま重ねている（近藤二〇〇四：九一）のではない。「若く美しい貴公子」（岩城一九八一：七三）のことでもない。「少人」は啄木の造語である。啄木は杜甫の「少年」をそのまま用いずに「少年」の「少」を残し「年」を「人」と替えて「少人」とし、意味を反語的にズラす。「少年→少人（＝小人）」である。杜甫の「少年」を「小人」に読み替えたことを暗示しているのである。「少人《せうじん》」とは「小人《しょうじん》（xiaoren）」のこと、「人徳のない人間」のこと、「自己卑下」の「我」である。「小人」は日本語では「少年、こども」の意味もあるが、漢詩では中国語の意味を基本にする。中国語の「小人」には日本語でいう「少年、こども」の意味はない。中国語で「少年」は日本語と同じ文字「少年（shaonian）」である。

「小人罪無し玉を懐いて罪あり」（『春秋左伝』桓公十年）という。啄木歌の「玉をあざむく」とは、この慣用句を踏んだ表現である。《清らかに輝いてみせて自分を玉と混同させる虚偽の人も、秋が来れば、一人前に物思いにふけるものだ》という自嘲の歌である。「欺く」には、さらに、「興に乗じて歌などを口ずさむ」

との意味がある。この意味で「玉にあざむく」とは、《玉（＝秋瑾詩）の興に乗じて（韻を踏んで、啄木が）歌を詠う》を意味する。つまり、こうだ。《①秋瑾詩に韻を踏んだ歌を詠い、②秋瑾になりすます小人も、秋が来るともなれば柄にもない罪深いことをしたな、と人間らしい反省するものだ》との歌である。「玉をあざむく」にはこの①と②の二重の意味がある。深いイロニーである。この歌の底に、高い気概をもって生き抜いた秋瑾が隠されている（秋＋玉＝秋瑾）。

[少人か小人か]　この歌の「少人」に関して文献史的に注目すべき事実がある。「虚白集」（一九〇八年一〇月一〇日）のこの歌の①「歌稿ノート」（同年年九月一二日平野宅徹夜会）にある元歌でも「少人」である（第一巻二四八頁）。しかし、「歌稿ノート」の三日後、②九月一五日の菅原芳子宛書簡では「小人」（第七巻二五六頁）である。もしこの「小人」が啄木の記述通りであるとすれば、上記の杜甫詩からのズラシはやめて、「人徳のない人間」という意味が文通での歌弟子・菅原芳子に直裁に伝わるように配慮したと思われる。同歌は約半年後の「明治四二年（一九〇九年）四月一四日より始まっている」（第三巻四六七頁）と推定されている「創作ノート」に基づいて③第一巻に収められた歌でも「小人」（第一巻三〇五頁）である。しかし、同じ「創作ノート」に基づいて④第三巻に収められた歌では「少人」（第三巻四二二頁）となっている。「創作ノート」の同じの文字が③「小」と④「少」の二通りに読まれている。③と④との何れか、原稿に直接当たって確定すべきである。②書簡の「小」も再点検する必要がある。[筆者の質問に答えて、函館市立中央図書館は、上記のうち、③と④とは「創作ノート」ではともに「少」であるとの書簡を寄せてくれた。記して謝意を表す。]

上記の第一首は、秋瑾詩「剣歌」第一一連「歸來帰来寂寞閉重軒、…」（帰り来たれば寂寞として高屋を閉ざし、）に韻を踏んだ歌である。秋瑾の「帰来」に啄木は「ふる郷《さと》」と韻字を踏む。以下、秋瑾の「寂寞」＝啄木の「寂寞」、秋瑾の「重軒」＝啄木の「高き屋《や》」と対応する。秋瑾が、帰郷してすぐに「重軒を閉ざす」

と詠うのに対し、啄木は「空遠《そら》みかも一人のぼりて愁いて下《くだ》る」と返す。いいかえれば、《一人で高楼に登って空遠く見晴らしてみたが、やはり愁いは晴れず下に降りた》と詠う。これは杜甫「登高」に直接に重ねた歌〔近藤二〇〇四：八九〕ではない。秋瑾詩「剣歌」に三重に韻を踏む歌である。特に、啄木歌の「寂寞」が秋瑾詩で文字通り重なる点に注目したい。

上記の第三首は、いうまでもなく、秦の始皇帝の焚書坑儒を念頭においた歌である。《秋瑾のその愁いに満ちた秋瑾の詩詞を読めば憂鬱になる。そんな憂鬱な書物は焼き捨てよ。始皇帝が儒者の書物を焼いた気持がよく分かるというものだ》という歌である。むろん、この啄木歌の本意は逆である。皇帝支配体制は秋瑾たち中国の女を実社会から切り離し纏足し幽閉し憂鬱にしてきた。その体制を打倒しようとする思いを詠った秋瑾詩の数々は愁いを表明している。皇帝の焚書の動機と全く対立する。しかし、啄木は《「秋瑾の愁い」と「皇帝の愁い」は同じである》といってみせる。この歌は《皇帝も民衆と同じ愁いを懐く、皇帝は民衆の同伴者である、その心たるや「よろし」》という反語歌である。ここに啄木が明治国家に対峙するポジションが示されている。文学史に政治史が滲み出る。今こそ、教訓的な歌である。

啄木は平出修の「小沓歌」に返歌を詠んだ。同じ歌集「虚白集」〔一九〇八年一〇月号〕第一八首で、つぎのように詠う〔第一巻一五五頁〕。

病む人も朱《あけ》の珠履《たまぐつ》塵はらひ庭に立たしき春の行く日に

①「朱《あけ》の珠履《たまぐつ》」とは、平出「小沓歌」と同じ「纏足用の小沓」である。その小沓には、朱など色彩艶やかなものがある。痛ましい装飾である〔高洪興〔二〇〇九〕の口絵を参照〕。②啄木歌の「珠履」の「珠」は平出歌第一五首・第一七首の「しら玉」の「玉」を踏む。③平出修の「夕露」に啄木は「塵」で応える。④「白

ばらの花」に「春の庭」で応える。

【斬首＝赤旗歌】　一方、平出修も『明星』の一九〇八年七月号に載った啄木歌集「石破集」の歌に返歌を詠んだ。啄木は「石破集」第三五首で秋瑾斬首をこう詠った（第一巻一四九頁）。

見よ君を屠《ほふ》る日は来ぬヒマラヤの第一峯《だいいっぽう》に赤き旗立つ

この歌は「秋瑾斬首」（一九〇七年七月一五日）と「赤旗事件」（一九〇八年六月二二日）を重ねた激烈な歌である。《君が屠殺される今日のこの日、見よ、エヴェレストの山頂に赤旗が翻っているではないか、アジア革命が始まったのだ、君の殉死はムダにはならないのだ》と詠う。ここで「君」とは、「中国の秋瑾」であり、「日本の管野スガ」のことである。啄木はこの「秋瑾（斬首）＝管野須賀子（赤旗事件）」に、そのころ日本に流行る「自然主義文学」を対照して、「東京人は山を知らず。時勢の推移の山の一つ来る毎に、彼等は直ちにその上に駆け上り、我等のエブ《マ》エレ《マ》スト峯はこれなりとす。最近の山は自然主義なりき」（第七巻二五五頁。強調点原文）と指摘した。啄木は「自然主義文学」を流行《ハヤリ》として関わる者を批判しているのである。

のちにみるように、啄木の時代の日本に進行する産業革命は、自然のみならず、人間の身も心もすべて、市場という広場で商品化し露出させる。万物商品化する資本主義の基礎づくりの最終段階である。啄木が自然主義文学を「現実暴露の文学」と呼んだのは、その商品化作用のことである。すべてを明るみに晒す。それは当然であるとする思想が「西」から押し寄せてくる。魯迅もそれに恐怖した（竹内好）。だからこそ、ひとびとは「私事を守らなければ」という必死の姿勢をとる。しかし「豊かさ」のために相互に監視し合い「私事」は縮減される。啄木の時代はその激流へ突入する転換期である。秋瑾斬首、赤旗事件はその激流の先端に起こった。

平出修は啄木歌の「屠《ほふ》る」を韻字して、四ヵ月後の『明星』（最終号）一九〇八年一一月号で詠う（平出修一九六五：六六）。

疑をきるべき刃あやまちてまたなく清き恋を屠《ほふ》りぬ

この歌の第一のキーワードは、啄木歌の「屠る」を次ぐ韻字「屠りぬ」である。この平出修歌は詠う。《刃《やいば》の使い道を誤った。疑念を晴らすべき刃でもって、この世にまたと無い「清き恋」を誤って屠ってしまった》。平出修は「清き恋」という。これは文字通りの「清き恋」か。「清き恋」の意味はこの歌の「疑・刃・屠」というキーワードが構成する文脈で規定される。暗く（疑い）、痛々しく（刃）、血なまぐさい（屠）状況での「清き恋」とは、何かの隠喩であろう。それは「清らかな思い」＝「秋瑾の革命思想」の隠喩であろう。《切るべきは、旧習悪徳が支配する、統治の正統性に疑念がもたれて当然な旧体制である。それなのに、その旧体制を打破しようとする至上の思想を抱く秋瑾を屠刀で斬首してしまった。逆ではないか。誤りではないか》。こう理解してこそ、この歌は一貫性をもつ。その一貫性にこの歌が啄木歌との韻字を踏んだ歌であることが浮かび上がる。平出修は用語「清き恋」を弾圧からの「隠れ蓑」にしたのである。

平出修はさらに他の歌でも啄木歌に返歌を詠んだ。まず、啄木は歌集「石破集」第一〇首（第一巻一四八頁）をつぎのように詠った。

あな苦《くる》しむしろ死なむと我にいふ三人《みたり》のいづれ先《さき》に死ぬらむ

この啄木歌を平出修は『明星』申歳第八号の第二首、第三首で次ぐ（平出修一九六五：六四）。

三人《ミタリ》をばえこそ忘れねうつくしき全きものの一人と見て
死ぬと云ふ別れむと云ふ会ふと云ふ中にも死ぬといふ人を見む

平出修は啄木歌一首をこの第二首と第三首に分けて詠った。「三人《ミタリ》」と「死ぬ」の韻字を啄木歌から次ぐ。この「三人」とは唐の三人姉妹の歌人「光《こう》・威《い》・裒《ほう》」のことである（次章を参照）。他方で平出修は啄木歌二首を一首にまとめて詠った。啄木歌集「石破集」第四六首と第四七首はこうである（第一巻一五〇頁）。

千人《せんにん》の少女を入れて蔵《くら》の扉《と》に我はひねもす青き壁塗《ぬ》る
限りなく高く築《きづ》ける灰色の壁に面《めん》して我ひとり泣く

第四六首は、数多の少女を幽閉する蔵の扉を青く塗装する能天気な（ひねもす）、加害者の歌、第四六首とは逆に第四六首は幽閉の家の壁に向かって一人泣く悲嘆の歌である。平出修はこの啄木歌二首をつぎの『明星』最終号第八首の一首にまとめて詠った（平出修一九六五：六五）。

灰色の壁と真黒のとびらとはわれらが住める家に用なし

幽閉を象徴する「灰色の壁」と「真黒《まくろ》のとびら（＝蔵《くら》の扉《とびら》）」は我々の家に無用であると詠う。ここで「まくろ」≒「くら」という音韻の類似性＝「依韻」も考慮されている。この歌はむろん文字通りに解してはならない。前後の歌の文脈をみれば、反語歌である。例えば、一首先の第一〇首はこうである（平出修一九六五：六五）。

わが心鏡ならねば虚言《ソラゴト》にまじるまことをうつすすべなし

《自分の心が真偽混濁の不透明の状態であるため、嘘の中の真実を弁別することができない》と省みる歌である。したがって、上の第八首は、女を幽閉する事態は日本でも存続していることを省みた歌と解することを求めている。

［去来急ぐ人を詠う］　啄木は「石破集」（一九〇八年七月）第二首でこう詠った（第一巻一四八頁）。

つと来りつと去る誰《た》そと問《と》ふ間《ま》なし黒き衣《きぬ》着る覆面《ふくめん》の人

平出修は『明星』最終号（一九〇八年一一月）で、この啄木歌につぎのように韻を踏む（平出修一九六五：六六）。

つと来りつと去る君は乙女鳥《ツバクラメ》ぬれ羽美くし恋の巷に

この平出修歌が上の啄木歌の韻「つと来りつと去る」を文字通り踏んだ歌であることは明瞭である。啄木歌は《黒衣を着て覆面をする無政府主義者の忙しい去来》を詠う。その人は誰かと問う。秋瑾である。秋瑾は一九〇四年夏に来日し、一九〇五年夏に革命資金調達のため一時帰国し、再び日本に戻り、留日学生を差別する日本政府に抗議して一九〇五年一二月に帰国する。まことに「つと来てはつと去る」、去来が急な人であった。他方、平出歌は、《君は美しい羽をつけた季節鳥のツバメのように「恋の巷」を去来する》と詠う。

これも単なる恋歌ではない。そのつぎの歌は右記の「居る」の歌である。この文脈からして、これらの平出修歌で「恋」とは「理想郷を思い描く革命思想」であろう。《君は、女も解放される共和国を中国に築くため在東京清国人留学生界に来たが、革命のため、すぐに国に帰っていった》と平出修は詠ったのである。

　啄木と平出修は一九〇八年にこのような政治性の高い秋瑾悼歌を詠いあった。遅くとも一九〇八年の夏から秋までに、二人はもう単なる「歌詠み仲間」ではなくなっている。それを超える志を共有していた。この共通の思想基盤が存在したからこそ、二人は一九一〇年の「幸徳事件」でも緊密な関係を結ぶことができたのである。『スバル』編集を協働した二人は単なる文学同人ではない。平出修が啄木に一九一〇年になって、無前提にいきなり幸徳事件の資料を貸すなどという危険な行為をすることはありえない。「啄木＝平出修の幸徳事件（一九一〇〜一一年）」に関する研究は、それに固着することなく、それ以前の「秋瑾事件」＝「赤旗事件」（一九〇七〜〇八年）に遡及しなければならない。そこから平出修と啄木の二人は同伴しはじめたのである。文学史は政治史と同伴し強靱であった。政治となって動く経済（産業革命）が根源的動力である（本書一八章を参照）。

［平出修に残る秋瑾衝撃］　平出修の中に秋瑾ショックが残る。その点で、平出修の評論「平塚明子の共同生活を評す」（平出修一九六五：一九六〜二〇五頁）がおもしろい。《因習打破を目指す新しい女の生き方》という点で、平塚明子（らいてふ。一八八六〜一九七一年）と秋瑾（一八七五〜一九〇七年）は対照的である。特に平出修のつぎの文に秋瑾衝撃が刻印されている。

　「斯くの如き自我［平出修のいう、愛人との肉欲生活のために父母との生活を止める平塚明子の自我］は、元来社会我［の］中に生存して行き得るものであるだらうか。もし生存して行けないとすれば即ち死である。斯の如き意味の自由を欲求するならば彼女は今日正に死んで居るものでは無からうか」（二〇四頁

上段から下段にかけての文。［　］、傍点強調は引用者）

に、平塚明子のように（平出修のいう）「個人的な肉欲」のためではなく、清朝末期の体制的因習を打破しようとして軍事行動を準備した「秋瑾」が対照的に浮かんでこないだろうか。

平塚明子＝「家父長が決める婚姻制度という因習」（平塚明子の父は優しい父親で平塚明子の「自由な生き方」を容認したと平出修は書いているが）→「《個我》の自由恋愛・共同生活の決行」。

秋瑾＝「家父長が決める婚姻制度という（纏足を含む）因習」（伝記には父親のことよりも母親が秋瑾の革命行動準備に理解をしめし、軍資金を与えた。秋瑾は、買官の夫を除き、家族思いであった）→「社会体制改革＝《社会我》の解放のための軍事行動準備」→「密告・逮捕・斬首死」。

という対照性がみられる。平塚の個人的行動と秋瑾の社会的・政治的行動と範囲と方向はまったく対照的である。平塚は男女関係の社会的規定に関心がない。好きな男と一緒に暮らすのが彼女の目指す自由である。《それさえ》できなかった明治の女がそうすることには意味がある。秋瑾の夫は官僚のポストを買い花街に出かける。そんな夫は人間として認められない。そのような男が沢山いる社会そのものを変えないで、女の人間としての自由など存在しない、と秋瑾は思う。秋瑾は思い詰め、社会を性急に変革しようと、沈着な計画もなく突進し、逮捕され斬首された。

平出修が「因習への性急な抵抗は死に帰着する」という論法を用いたところに、平塚明子とは具体的に全く対照的な行動を取った秋瑾が重ねられていると推定される。平塚明子の生き方は「死」に結びつかない。しかし、平塚明子の方に焦点を当て、平塚の「思想的死」に帰着させた点に、秋瑾の決死の行動＝斬首死＝「肉体的死」＝「精神的復活」の平出修への影響が存在する。爆裂弾で明治天皇を殺害しようと企てた「管野すが」は「人間解放」というよりは「女性解放」を「軸」に考え行動したのであろうか。そうであるとすれば、「秋瑾」とともに「管野すが」も、この平塚明子批判のなかで対比されていると推定される。

この評論での平出修の論調は「因習打破を目指す性急な行動を戒める」という論調である。平塚明子の共同生活の評価はもちろん、秋瑾の軍事行動準備の評価も否定的であろう。この評論は一九一五年（大正二年）二月、平出修の終末に書いた遺稿である。そこには、「歌稿ノート」の一九〇八年（明治四一年）から七年も後の、「幸徳事件」の後の平出修の思想が表明されている。『逆徒』の発禁処分（一九一四年九月）の後であることも関係する。平出修の評論「発売禁止に就いて」の最後の部分で、

「［平出修自身は］現代の社会法則に対しても十分の理解心と遵奉心とをもってゐるから、之が破壊撹乱を企てる様なことは決して考へたことはない。皇室を尊崇し、国民忠良の至誠を思ふことは人後に落ちない積りである」（同三八二頁）

と書き、「文面では」体制順応の良民であることを誓っている。これは「本心か、ジェスチャーか」、啄木が秋瑾の名前を書かなかったこと（ソフィア・ペロフスカヤの名前も書かなかった）に関連して、面白い点である。夏目漱石も日露戦争の頃は「天子批判」を書いたが、「幸徳事件」の頃は「天子の国の民であることは幸せ」と詠った（第二一章を参照）。

《秋瑾の一九〇五年の「取締規則」への抗議＝帰国→一九〇七年の決起準備＝逮捕・斬首→平出修の啄木との一九〇八年の秋瑾悼歌》の過程では、平出修は秋瑾の思想と行動を肯定的に評価していた。しかし、《一九一〇～一一年の「幸徳事件」→一九一五年の『逆徒』発禁処分》で「現体制に性急に立ち向かう行動は誤りである」と本心から判断するように旋回（＝転向）したのか、それとも、それは《官憲へのジェスチャー》なのか。この点はさらに究明すべきであろう。

これまでの研究では、「幸徳事件」被告への積極的弁護から『逆徒』発禁処分で旋回した、と判断されて

いると思われる。しかし、その数年前（一九〇七年～一九〇八年）まで視野を拡大するほうが、事態が良く見える。一九一〇年の「幸徳事件」は一九〇八年の「赤旗事件」で明治国家が思想弾圧を強化したことに始まりまる。その日本の政治過程は、秋瑾たちの反清朝国家運動に東アジアで連動しうる可能性があるとみられていたのである。秋瑾の清朝打倒行動（一九〇七年）を明治国家打倒に連動させないという国際的側面も、その体制固めを促進した。「日本の管野すが」（一九一〇年）は「中国の秋瑾」（一九〇七年）を継ぐ者であると、明治国家には見えたであろう。「帝政ロシア打倒を目指すソフィア・ペロフスカヤ」もそう映ったであろう。

［韻文の技、法廷の技］　平出修は啄木と秋瑾悼歌を詠い合った。平出修はそこで韻字詠歌法の力量を示した。平出修の修辞論をみよう。平出修は『明星』一九〇五年五月号に掲載された論文「韻文と技功」で書く。

「嗚呼技巧派とよ、技巧なくして何の詩ぞ、何の詩想ぞ。如何に構想の智に豊に、布置の才に富むと雖も、之が発表の形式に於て調節其宜しきを失はむか、其詩は何等の感興を惹く能はざるのみならず、却りて一種の悪感を感ぜしめ、詩としての存立をすら否定せらるゝに至るべし。殊に韻文にありては、其性質上、声調詞章の巧拙は、著しく其作物の価値に影響し、一字一句の末尚忽諸に附すべからざるものあり、技巧の重要なることは他散文詩の比にあらず、否むしろ技功ありて初めて韻文の存在ありと称するを適切なりと云ふべし」（平出修一九六五：一三五～一三六）。

先に見たように平出修が啄木と韻字を踏みあったことの背景が、ここにも示されている。平出修は、批評家たちが最近の詩歌は難解だと不平を鳴らすのに対して、難解だと思うのは、そう思う者自身が「一字一句の末尚忽諸に附すべからざる」ことを痛覚しておらず、語法の修養がないことを暴露しているのだ、と痛罵する。心と言葉は別々に存在すると思い、修辞家を「巧言令色なやつだ」と蔑む精神風土が平出修に立ちはだかる。平出修は断固としてその精神風土を批判する。この評価基準を身につけている平出修であればこそ、啄木が用韻法で詠歌した歌がすぐ分かり、返歌を詠ったのである。

如何なる評価尺度をもっているかによって、評価するものが表わす姿が異なる。実のところ、評価する者は自己の姿を評価する対象に無自覚に投影しているのだ。自分がもっている尺度を超えるものは評価することはできない。固有性をもたない表現は、相互に弁別することができない。没個性の間の弁別不可能性を、固有性をもつ作品に拡張してはならない。

表現者が表現対象にピッタリと即して言葉の技（＝レトリック）を駆使することによってのみ、表現対象は真の姿を現わす。対象そのものは、言葉を媒介しないでは姿を見せない。いや、それが存在するか否かも分からない。表現対象と表現技術とは相即の関係にある。一字違いで、意味が反転することもある。この危うさを自覚する者のみが、表現対象の姿を顕わにすることができる。平出修は三ヵ月後『明星』同年八月号に「韻文と技巧（再び）」を載せる。そこで、「詩の想」と「詩の形」とを二分する考えの誤りを指摘する。

「詩の想形を明確に分つは、人の観念の上なる、極めて抽象したる掟なることは、深く注意を要する事なり」（平出修一九六九：二七四）。

平出修は弁護士の仕事の傍ら、副次的な事柄として韻文を論じ、歌を詠んだのであろうか。そうではない。両者は本質的な深みでは同じ事柄である。「言葉の技」を必要とする活動としては、法廷も歌会も同じである。「言葉の技」とはレトリック（rhetoric）のことである。「弁論術・説得術・修辞学」ともいう。レトリックは、それが活動する「トポス（場）」によって「法廷・広場・議会」の三つに分けられる。「法廷」は「過去」に起きた出来事をめぐって争う場である。「広場」は「現在」まさに起きつつある出来事の現場である。「議会」は「将来」の事柄を決める場である。平出修は弁護士である。弁護士は「法廷」という「トポス」で依頼人の立場に立って案件に取り組まなければならない。提出された物的証拠を巡る的確な判断力、それを論証し、あるいは反証する表現能力が求められる。欧米の法廷映画はその格好の場面を提示する。弁護士は「優れたレトリシャン（弁論家）」でなければならない。平出修が弁護士として痛覚したのはこのことである。
したがって、歌人も「優れたレトリシャン」でなければならない。「優れたレトリシャン」たるべき表現者としては、弁護士も歌人も同じである。両者の違いは何を表現するか、その「トピカ（訴訟案件・歌題）」である。表現は言葉によるだけではない。表現者には表情・ジェスチャー・服装の的確さが求められる。表現は表現する「トピカ（事柄）・トポス（場）」に適合していなければならない。人々の身なりや物の「色・形・香り」も「場」を盛り上げ、あるいは壊わす。物事が進行する朝・昼・夜の時間帯や物事が進行するテンポにも適合しなければならない。表現者はそのような表現の広く深い範囲をわきまえ、それに適合した言葉で表現する。歌人も弁護士も。むしろ自称・他称の「歌人」が「表現」理解で狭く浅い。平出修がいらだつのはそのためである。

【《表現＝実体験》という錯誤】　表現技巧を重視する平出修に対立する技巧批判者たちは、《頭で考えたこと（詩の想）には、それに対応した事実が必ず実在し、その事実はすべて表現（詩の形）される。事実に即して表現すればよいのであって、言葉の技巧は余計な詐術である》と確信する。彼らは《事実は自存的に存在し自生的に姿を言葉に顕現する》と信じる。彼らは《実念《じつねん》＝観念論者（realist-idealist）》である。実は、これは奇妙な組み合わせなのである。哲学史上では実念論（realism）と観念論（idealism）とは対立するからである。しかし、彼らは《事実＝思惟（詩の想）＝表現（詩の形）》という等式が必ず成立すると信じて疑わない。だが、事実から自立して想念が働き、言葉という形になって表現され、その表現が新しい事実を生みだすこともある。この当たり前の経験が無意識に捨象される。表現の根拠はすべて物的事実のほかには存在しない、と誤認する。この《実念＝観念観》は奇妙な喜劇を生む。例えば、こうである。

或るパリ物語を書いた著者に偶然に出会った読者が《先生、この間、パリに行ってらっしゃったのね》と羨ましがる。パリに行った(と想像される)こと自体が羨望される。《パリなるもの》が先生を介して顕現する。《いや、あれはフィクションですよ》、といっても、《あら、嘘をおっしゃって、隠さなくても良いのよ》と笑って納得しない。納得しないこの方は典型的な「実念＝観念論者」である。この方は無意識に虚構を事実(なるもの)と取り違える。これが日本でいうところの「唯物論者(materialist)」の本態である。日本にはこの種の「唯物論者」が結構いる。近代的私的所有権で人間を含む事物を自由に(恣意的に)分離・結合するのが資本主義である。そのため、事物は「近代的私的所有」＝「価値」という抽象的一般が現象する具体的個別となる。資本主義では「物」は「単なる物」ではない。「価値」が現象する事態＝「物象化(Versachlichung, reification)」である。それを解明したのがマルクスの『資本論』である。「物象化」を客観的な「物」と信じて疑わないのが「素朴反映論的唯物論者」である。

《実念＝観念論》というこの《古層》は、言葉の翼を圧し折る。言葉が事実を超えて天翔ることができない。《実念＝観念論者》は《実感表現主義者》である。しかし、感じたとおりの表現で、必ず、事実はその真実の姿を顕現するか。いや、作品という独自の表現世界を構築することが出来ない。他方で、《表現に値する事柄とは何か》という肝心な問いをもたない「技巧主義者」も存在する。その空疎な表現技巧の堕落形態に反発して、《表現技巧など問題にならない。感覚で捉えたものを直接表現すればよい。それこそが真の表現だ》という「実感表現主義者」が対立するのである。平出修は両方のそれぞれの一面性をしっかり観て、論じたのであろうか。

第六章　韻字詠歌史を次ぐ啄木

〔啄木の韻字歌〕　秋瑾は、幼い少女の足を縛って小さく変形させる纏足《てんそく》を廃絶し、中国の女性をその悪習から解放したいと切望した。そのために纏足撤廃＝天足《ママ》会に入会した。秋瑾の纏足批判の詩が「有懐」である。「懐《おも》い有り」という意味である。「懐い」とは、纏足を廃絶したいという願いである。伝統共同体の呪縛から女を解放したいという切望である。秋瑾は自ら纏足の布を解いた。「有懐」のつぎにしめす第五句の最初の二語「放足」はその意味である。秋瑾は、足を纏足に固定する布地を解いたが、自然な足で歩くように自由に歩けなかった。秋瑾は不自由に歩みを進めながら、中国女性の自然な足の回復の道を探って、日本の街を歩いた。東京を、横浜を。秋瑾の纏足批判詩「有懐」の第三句、第五句、第六句、第八句はつぎのようである。（　）は高洪興（二〇〇九）の訳者・鈴木博の訳。傍点強調は引用者。以下同。〔　〕は引用者注。《　》は拙訳。

第三句「釵環典質浮滄海」（釵環《さつかん》〔簪《かんざし》・玉帯《たまおび》〕典質《しちいれ》し、滄海に浮かぶ）
第五句「放足湔除千載毒」（足を放ちて千載の毒を湔《あら》い除ぎ）
第六句「熱心喚起百花魂」（心を熱くして百花の魂を喚び起す）
第八句「半是血痕半涙痕」（半ばは是れ血の痕、半ばは涙の痕）
《頭に飾る簪《かんざし》や腰に巻く玉帯を質に入れ、滄海に浮かぶ〔滄海＝日本に留学する〕》

《纏足を縛る布地を解き、そこに累積した毒を洗い清めるのだ》
《自己を解放し心熱く、咲乱れる花のような魂を覚醒する［漢民族精神を再興する］》
《鮫人の織った絹布は血を流し織った痕跡でもあり、涙を流し織った痕跡でもある》

つぎの二首はすでにあげた。啄木は「有懐」の韻字を踏んだ歌を「緑の歌」第五四首（第一巻一六五頁）と「虚白集」第五五首（第一巻一五六頁）で詠っている。

頬につたふ涙のごはぬ君を見て我がたましひは洪水《おほみづ》に浮く
手なふれそ毒に死なむと君のいふ花ゆゑ敢て手ふれても見む

啄木は上記の「緑の歌」では、秋瑾詩「有懐」の四つの句のそれぞれから一語を拾い、最後から前にさかのぼる。啄木は秋瑾詩「有懐」第八句の「涙」を「頬つたう涙」の「涙」で、第六句の「魂」を「たましい」で、第三句の「滄海」を「洪水」で、第三句の「浮」を「浮く」で、それぞれ受け、連ねる。《君（秋瑾）が女権革命を準備するために「日本に留学する（＝浮滄海）」とき、内面に深く湛えた悲しみは「洪水＝大水」をなすようである。君はその流れる涙を拭おうともしない。その君を面前にして私の魂は君の涙の洪水《おほみづ》に浮かぶようだ》と詠う。秋瑾が日本留学の決意を詠う詩は、啄木歌では、秋瑾という女権革命家に心痛め相対する歌に転身している。

上記のもうひとつの「虚白集」第五五首では、秋瑾詩「有懐」の第五句の「毒」、第六句の「花」を連鎖させて詠う。

《君は自分の手には毒がついているから触れないで、というが、君は花のようだから、敢えて君の手に触れよう》

と詠うのである。秋瑾にとっての纏足の毒はきれいに洗い流したい毒である。その毒から解放された喜びが「花」である。「毒」と「花」は対立する。啄木にとって、「毒」は自分を惹きつけてやまない危険な「花」=革命思想という魅力に転化して詠っている。「毒」は「花」に転身している。このように、秋瑾詩「有懐」と啄木歌には緊密な関連が存在する。

このように、啄木は秋瑾詩からキーワードを選び連結し、別のイメージを描き出し、その別のイメージで元の秋瑾詩のイメージと対照する。こういう手法で詠歌した。これが秋瑾詩から啄木歌が誕生する姿である。この手法は、詩歌の世界では「和韻」という。すなわち「和韻」とは、

「他人の詩と同じ韻を用いてそれに和して詩を作ること。和韻には、次韻《じいん》・用韻《よういん》・依韻《いいん》の三種がある。

①次韻は同じ韻脚をその順に用い、

②用韻は同じ韻脚を、順を定めずに、用い、

③依韻は必ずしも同字ではなくても同じ韻の文字を用いるもの。

和歌で同様にすることにもいう」（『広辞苑』第五版）。

平出修は啄木と同じように韻文の重要性を認識していた。しかもすでに本書の第二章・第四章で見たように、啄木は評論「空中書」も短歌・詩の韻文に声調詞章の工夫をこらし、秋瑾詩「秋日獨坐」の韻を踏んだ。啄木が韻字の活用対象とした秋瑾詩詞は、むろん、中国詩詞の形式（日本でいう漢詩）で書かれている。漢詩を愛読した啄木は日本語で和歌や詩を詠った。両者の表現形式は異なる。和韻のうち、次韻は韻字を漢詩

の「句の末」、あるいは「連の末」におくので、「五・七・五・七・七」形式の短歌（短詩）にはそぐわない。啄木は、順序・位置に拘束されない「用韻」で短歌を詠った。上の秋瑾詩「有懐」を踏んだ啄木歌がその例である。さらに例をあげよう。啄木歌集「新詩射詠草 其四」第八首は、こうである（第一巻一五三頁）。

すでにして我があめつちに一条《ひとすぢ》の路尽き君が門に日暮れぬ

この歌は、秋瑾詩「有懐」の第一句「日月無光天地昏」の「天地（あめつち）」と第四句「骨肉分離出玉門」の「玉門（＝名門。秋瑾の実家は科挙官僚の家系である）の「門（君が門）」の二つの韻字を踏んだ歌である。《この広い天地には一筋の路が通っている。その路を辿ってやってきたら、君の家の門に辿りついた。もう日暮れになっている》という歌である。啄木自身が秋瑾の実家を訪れたという想像歌である。この歌の「路」は同じ歌集の第二六首（第一巻一五三頁）に繋がる。

路ここに岐《わか》れて三すぢ三すぢみな同じき靴のあとを印せり

この「路」は上の第八首の「路」を受けたものである。「靴あと（跡）」は秋瑾が歩んだ足跡である。《「路」が三つの方向に伸びている。どれにも君の同じ靴跡が印されている。君の思いは君が目指した三方に広がり、世界に届くのだ》と詠う。

啄木歌の秋瑾詩との押韻関係からみて、啄木はこのような漢詩の韻字の手法を知り活用する手腕を身につけていたと判断される。豊富に韻を踏む経文を父・一禎が読むのを聞きながら育った環境も、その手腕を育むのに寄与したと思われる。

これまでみてきた事例でみれば、啄木は特に「和韻」（次韻《じいん》・用韻《よういん》・依韻《いいん》）の中の「用韻」の手法を使ったと判断される。啄木はすでに一九〇五年に『唐詩選国字解』や『三体詩』を読んでいる（国際啄木学会四八四参照）。『三体詩』は、中唐・晩唐を中心とした七言絶句・七言律詩、五言律詩の三形式のみを収めている。啄木はそれらの読書で韻字を知って、詩や歌の創作だけでなく、例えば「空中書」の散文でも活用した（本書第二章を参照）。啄木は、藤田武治・高田治作への書簡（一九〇八年九月九日）で秋瑾詩「秋日獨坐」（秋瑾一九〇七：一七）を念頭に、約一ヶ月後の同年一〇月一三日に『岩手日報』に載せる評論「空中書（一）」に酷似した文を書く。

「新秋遂に都門に入れり。わが窓天に近く地に遠し。一碧廓寥として目に広く、眼下一望の甍の谷を隔てて小石川台に対す。虫聲杳《はる》かに下より聞え、秋風遮るものなくしてほしいまゝに室に充てり。独り秋風に坐して秋思深し」（第七巻二五六頁。傍点強調は引用者）。

啄木の「虫聲」は秋瑾詩の「蛩語（コオロギの鳴く声）」を踏み、啄木の「秋風」は秋瑾詩「秋日獨坐」の「秋風」をそのまま韻字する。啄木の「室に充てり」の「室」は、秋瑾詩「室因地僻知音少」（室［＝家］は僻地にあって親友は少ない）の「室」を次いでいる。啄木の「独り秋風に坐して」は秋瑾詩題の「秋日獨坐」を踏んでいる（本書第二章を参照）。

啄木は、一九〇八年六月二二日の「赤旗事件」に強烈な衝撃を受けて、つぎの六月二三日深夜から始まる「短歌爆発」がなお続く同年八月二二日、岩崎正宛の手紙で、「僕の歌がまた変わったよ。……漢詩も少し読んだ、詩は矢張唐時代が絶品だ、これにも［蕪村の俳句とともに］特別の味わひがあるよ」（第七巻二四七頁）と書く。啄木は爆発的に短歌を詠み、自分の歌の変化を自覚する啄木は、韻字のセンスをさらに磨くべく漢詩を読み直しているのである。読んだ漢詩の中に、上記の「秋日獨坐」を収める『秋瑾詩詞』がある。一九〇八年八月以前に公表した「石破集」（一九〇八年七月）・「新詩社詠草　其四」（同年八月）だけでなく、さらに同年九月、一〇月、一一月に公表する歌集にも、秋瑾詩に韻を踏んだ歌が多くある。

【韻字の元祖＝白居易・元稹】　和韻は元来、中唐の白居易《はくきょい》と元稹《げんじん》（＝元九）の漢詩の贈答から始まり、文人の間で流行したものと伝えられる。そこで、白楽天と元稹が韻を和した一つの例をみよう。白楽天が左遷されて任地に向かう船で詠んだ詩に「舟中讀元九詩」（謝一二二四）がある。その詩「舟中ニテ元九ノ詩ヲ讀ム」はこうである。（　）および《》は拙訳。傍点強調は引用者。以下同じ。

①　把君㋐詩巻燈前讀、（君《キミ》ノ詩巻《シカン》ヲ把《ト》リ燈前《トウゼン》デ讀《ヨ》メバ、）
②　詩盡燈㋑残天未明。（詩《シ》ハ燈残《トウザン》ヲ盡《ツク》シ天《アメ》ハ未《イマ》ダ明《アケ》ケズ。）
③　眼病㋒滅燈猶闇坐㋓、（眼《メ》ハ病《ヤ》ミ燈《トウ》ハ滅《メッ》シ猶《ナ》オ闇《ヤミ》ニ坐《ザ》シ、）
④　逆風㋔吹浪打船聲。（逆風《ギャクフウ》吹《フ》キ浪《ナミ》打《ウ》チ船《フネ》ガ聲《キシ》ム。）

《君が書いた詩の巻《ほん》を手に取り、灯火に照らして読んでいると、灯油が燃え尽き、夜はまだ明けない。視力が衰え灯は消え、闇の中で坐り続けていると、逆巻く風が吹き、浪が船体を打って軋む音がする》。

元稹はこの白楽天の詩を読み、韻字を踏んだつぎの詩「聞白樂天左降江州司馬」（白樂天ノ江州司馬ニ左降［左遷］セラレシト聞ク）（楊六五〇）を詠う。（　）は碇豊長の訳。《》は拙訳。

①　残燈㋑無焰影幢幢、（残燈《ザントウ》ニ焰《ホノオ》無《ナ》ク影《カゲ》ハ幢幢《トウトウ》トシテ、）
②　此夕聞君㋐謫九江。（此夕《コノユウ》ニ君《キミ》ハ九江《キュウコウ》ニ謫《チャク》スト聞《キ》ク。）

③　垂死病㋒中・驚・坐起㋓・、（死《シ》ニ垂《タ》レテ病《ヤマイ》ノ中《ナカ》驚《オドロ》キテ坐起《ザキ》シ、）

④　暗風㋔吹雨入寒窗・。（暗《クラ》キヨリ風《カゼ》吹《フ》キテ雨《アメ》ハ入《イ》リテ窓《マド》ハ寒《サム》シ。）

《残り灯の炎は消え物影が揺らめき、今夕、君が九江に左遷されたと聞いた。重病で臥していたが、驚いて起き上がると、暗闇から風吹き、雨が降りつけ、窓は寒い。》

楽天詩の韻脚は「明（ming²）」・「聲（sheng¹）」である。元稹詩では「幢（chuang²）」・「江（jiang¹）」・「窗（chuang¹）」である。［1は第一声、2は第二声の略］楽天詩と元稹詩では、

㋐　楽天詩第一句「君」が元稹詩第二句「君」に、

㋑　楽天詩第一句「燈残」が、文字順を替えて、元稹詩第一句「残燈」に、

㋒　楽天詩第三句「病」が元稹詩第三句「病」に、

㋓　楽天詩第三句「坐」が元稹詩第三句「坐」に、

㋔　楽天詩第四句「風吹」が元稹詩第四句「風吹」に、

それぞれ韻字されている。その他、楽天詩題「元九」の「九」が元稹詩第二句「九江」の「九」に韻字されているとみることもできる。さらに、意味上の連関でみると、楽天詩第二句「天未明」（空は未だ明けず）が元稹詩第二句「此夕」（この夕方）となっていて時間的に対照的である。楽天詩第三句「闇」が元稹詩第四句「暗」に、楽天詩第四句「船聲（船が浪に打たれ軋む音）」の「聲《ものおと》」が元稹詩第二句「聞君謫九江」（君が九江に左遷されたと聞く）の「聞く」に、楽天詩第三句「眼病」（眼の病）が元稹詩第三句「垂死」（死にかけて）に、それぞれ対応する。

［三姉妹・魚元機・秋瑾・啄木］　啄木の韻字を知るために、さらに、秋瑾詩の歴史的背景を例にとる。そ

の例はつぎの関連である。
①唐の三姉妹「光《こう》・威《い》・裒《ほう》」が詩を詠った。
②晩唐の魚元機（魚玄機ともいう）はその三姉妹の詩に「次韻」を踏んだ詩を詠った。
③清末の秋瑾は①と②との関連を念頭に、「次韻」を踏んだ詩を詠った。
④啄木は③の秋瑾詩に「用韻」を踏んだ短歌を詠った。
このような重層的な和韻の関連で、啄木の詠歌の基本手法をみよう。
㋐まず、《①三姉妹→②魚元機→③秋瑾》で韻字上の詳しい関連をみる。
㋑次いで、《③秋瑾→④啄木》への韻字の関連を、漢詩から和歌への転身でみる。
①まず、「光《こう》（Guang）・威《い》（Wei）・裒《ほう》（Pou）」の三姉妹詩のうち、引用の便宜上、つぎの第一七句から第二四句までを引用する。各連尾の（　）内は詠い手の名。第一八句、第二〇句、第二二句、第二四句の連尾の字の上の○印は韻脚。（　）内は辛島訳（一九六四：一七一）。《》は辛島訳・脚注を参考にした拙訳。

第一七句「窗前時節羞虚擲、」　（窗前《さうぜん》の時節《じせつ》虚《むな》しく擲《なげう》つを羞《は》ぢ、）
第一八句「世上風流笑苦諳。」（裒）（世上《せじやう》の風流《ふうりう》苦《はなは》だ諳《そらん》ずるを笑《わら》ふ。）
第一九句「獨結香綃偸餉送、」　（獨《ひと》り香綃《こうせう》を結《むす》んで餉送《しやうそう》を偸《ぬす》み、）
第二〇句「暗垂檀袖學通參。」（光）（暗《あん》に檀袖《だんしう》を垂《た》れて通參《つうさん》を學《まな》ぶ。）
第二一句「那知化石心難定、」　（那《すべから》く知《し》るべし石《いし》に化《くわ》するも心定《こころさだ》め難《がた》きを、）
第二二句「郤是爲雲分易甘。」（威）（郤《かへ》って是《こ》れ雲《くも》と爲《な》る分甘《ぶんあま》んじ易《やす》し。）
第二三句「看見風光零落盡、」　（風光《ふうくわう》の零落《れいらく》し盡《つく》すを看見《かんけん》し、）

第二四句「弦聲猶逐望江南。」（裒）（弦聲《げんせい》は猶《な》ほ逐《お》ひ江南《かうなん》を望《のぞ》む。）

《窓の前に季節が過ぎゆくのに無為に過ごすのを恥かしく思う。恋の道を深く思い込むのを世間では笑う。一人、香る絹衣を着て、わずかな時間も惜しむ。檀の芳香が漂う着物を密かにまとい、恋しい人のところに通うことを覚えた。たとえ心が石となっても、心は必ず惑う。却って心は雲ように浮遊する。このほうがどんなに甘受しやすいことか。風止み光も絶えるように青春が過ぎ去る。それを知り、名曲「江南を望む」を弦で奏で故郷恋しやと唱う。》

②魚元機には上記の三姉妹の詩を次韻した「次光威裒韻」（光威裒の韻を次ぐ）という詩がある（秋瑾二〇〇三：一一六）。魚元機（Yu Yuan-ji 八四三—八七一［?·］年）は「魚玄機（Yu Xuan-ji）」ともいい、晩唐時代の女道士である。詩をよくした。啄木は鴎外と度々会っているが、森鴎外の小説「魚玄機」の刊行は一九一五年（大正四年）七月であるから、啄木（一八八六—一九一二年）の没後三年のことである。啄木はそれを読めなかった。

魚元機は、嫉妬にかられ自分の侍女・緑翹《りょくぎょう》を刺し殺し、斬首刑に処せられた。秋瑾はのちに記す詩「偶有所感」（一九〇三年）を詠んだ四年後、反清朝軍事行動で斬首される。魚玄機の詩の第一七句から第二四句まではこうである。原文は郭（二〇〇三：一一六）により、（　）は辛島訳（一九六四：一六七）。《》は辛島訳・脚注を参考にした拙訳。

第一七句「但能爲雨心長在、」（但《た》だ能《よ》く雨《あめ》と爲《な》る心《こころ》は長《とこし》へに在《あ》り、）

第一八句「不怕吹簫事未諳。」（怕《おそ》れず簫《せう》を吹《ふ》く事《こと》未《いま》だ諳《そら》んぜざるを。）

第一九句「阿母幾嗔花下語、」（阿母《あぼ》幾《いく》たびか花下《くわか》に語《かた》るを嗔《いか》り、）
第二〇句「潘郎會向夢中參。」（潘郎《はんらう》會《かつ》て夢中《むちゆう》に向《むか》って參《さん》ず。）
第二一句「暫持清句魂猶斷、」（暫持《ざんじ》する清句《せいく》にも、魂猶《こんな》ほ斷《た》ゆ、）
第二二句「若睹紅顏死亦甘。」（若《も》しや紅顔《こうがん》を睹《み》なば、死《し》も亦《また》た甘《あま》んぜん。）
第二三句「恨望佳人何處在、」（恨望《ちやうぼう》す佳人《かじん》何《いづ》れの處《ところ》にか在《あ》る、）
第二四句「行雲歸北又歸南。」（行雲《かううん》は北《きた》に歸《かへ》り又南《またみなみ》に歸《かへ》る。）

《彼女たちの雨のような嬉し涙を流す心はいつま 0でも続いた。簫《しょう》を吹いたけれど、簫の名手・弄玉《ろうぎょく》のような吹き方を覚えなかった。が、別に心配はしない。仮母（娼妓館女主人）は彼女たちが花の下で恋を囁くのを何度も叱ったけれど、夢の中では美男子で詩才のある潘岳のような男が彼女たちのもとに通ってきただろう。彼女たちの清らかな詩句を暫し読んだだけでも、魂が消えるような恍惚を感じるだろうから、もしも彼女らの美顔を見たら、死さえも甘く感じることだろう。美しい男は何処にいるのだろうかと恨みがましく思う。雲が北に流れるように良い人についてゆくのか、はたまた南に戻って「江南を望む」の名曲を琴で弾くのだろうか。》

魚元機は三姉妹詩の「諳an^{1}（第一八句）・參 san^{1}（第二〇句）・甘 gan ^{1}（第二二句）・南 nan ^{2}（第二四句）」で韻字を踏んでいることが分かる［1は第一声、2は第二声の略］。第二二句で「死亦甘（si 三 yi 四 gan 一）」というように、「甘」の前に「死亦」がつく。この字句「死亦甘」は秋瑾詩に継承される。

③ 秋瑾は上記の三姉妹詩から魚元機詩への関連を知っていた。秋瑾は、その魚元機詩を念頭に、長いタイ

トルの詩「偶有所感用魚元機歩光威裒三女子韻」を詠った。その詩題は《偶々感慨を抱いて、光・威・裒の三姉妹の詩の韻を歩（＝踏）んで魚元機の詩を自分の詩作に用いた》という意味である。この詩は「七言古詩（七古）」である。一句は七字で、句数・韻に制約がない自由な漢詩の形式で詠われている。この秋瑾詩「偶有所感」も、啄木は読むことができた『秋瑾詩詞』（一九〇七：一二一—一二三）に収められている。秋瑾は、魚元機が三姉妹「光《こう》・威《い》・裒《ほう》」の詩（秋瑾二〇〇三：一一六—一一七参照）の韻を踏んだ詩を作った経緯に因み、この長い題の詩を書いた。秋瑾詩第一七句から第二四句までは、つぎのとおりである。（　）《》は拙訳。

第一七句「交游薄俗情都倦、」（交遊《こうゆう》は薄《うす》き俗情《ぞくじょう》にして都《すべ》て倦《あ》き、）
第一八句「世路辛酸味久諳。」（世路《せろ》は辛《から》き酸味《さんみ》にして久《ひさ》しく諳《さと》る。）
第一九句「綠螘拌將花下醉、」（綠螘《りょくぎ》と拌《いいあ》うか將《は》た花下《かっか》に酔《よ》うか、）
第二〇句「黄庭閒向靜中參。」（黄庭閒《こうていかん》に向《むか》い靜中《せいちゅう》に參《まじわ》る。）
第二一句「不逢同調嗟何益？」（同調《どうちょう》［知己］に逢《あ》わず、嗟《ああ》、何《なん》の益《えき》ぞ？）
第二二句「得遇知音死亦甘。」（知音《ちいん》に遇《あ》うを得《え》れば、死亦甘《しまたあま》し。）
第二三句「恨望故郷隔煙水、」（恨望《ちょうぼう》す故郷煙水《こきょうえんすい》に隔《へだ》つ、）
第二四句「紅牙休唱憶江南。」（紅牙《こうが》［紅色打楽器］休唱《きゅうしょう》し江南《こうなん》を憶《おも》う。）

《社交は上辺だけで、世に蔓延るのは俗情だ、もうすべてに厭き厭きした。世渡りは辛酸な味がする。このことは、もうとっくに分かっている。せめて緑色の蟻とでも口論するか、さもなければ、花の下で酒に酔うか。秋の色濃い中庭に相対して、静寂に身を浸す。心許せる友に巡り合わない。ああ、なにもいいことがない。自分を本当に理解する友に出会えたら、死さえも甘く感じるだろう。心の傷が痛むのを覚えながら故郷の方面を見やるが、霧深く遮られる。紅色の打楽器を打ち鳴らすのをしばらく止め、江南に思いを馳せる。》

秋瑾詩の第一八句「諳」、第二〇句「參」、第二一句「甘」、第二二句「南」は、①三姉妹詩から②魚玄機詩への韻字を踏んだものである。さらに、

「花下」は②魚玄機詩第一九句から③秋瑾詩第一九句へと韻字され、
「死亦甘」は②魚玄機詩第二二句から秋瑾詩第二三句へと韻字され、
「恨望」は魚玄機詩第二三句から秋瑾詩第二三句へと韻字され、
「江南」は①光威裒詩第二四句から秋瑾詩第二四句へと韻字されている。

このように、三姉妹詩の韻字は魚玄機詩を経て秋瑾詩まで次がれてきた。

秋瑾詩の第二一句・第二二句に着目すると、こう詠っている。

《本当に心許せる友人［同調］がいない。ああ、この世に生きていて何の益があろうか。そんなさみしい思いをしているとき、真の知己に巡り遇えれば、もう死んでもいい、死は苦痛ではない、甘いものとして受け入れられるだろう。》

④啄木は、《①三姉妹詩↓②魚玄機詩》を踏んだ③秋瑾詩「偶有所感」を短歌で次いだ。歌集「石破集」第一〇首（第一巻一四八頁）がそれである。

あな苦《くる》しむしろ死なむと我にいふ三人《みたり》のいづれ先《さき》に死ぬらむ

啄木歌の秋瑾詩への関連はつぎのとおりである。

㋐啄木歌「あな」は秋瑾詩第二一句「嗟《ああ》」を次ぎ、
㋑「死なむ」・「死ぬらむ」は第二二句「死」を次ぎ、
㋒「三人《みたり》」は秋瑾詩題「三女子」（光・威・裒）を次ぐ。
㋓啄木歌「苦《くる》し＝苦《にが》し」は秋瑾詩第二二句「甘《あま》し」の反語である。

このように、啄木歌は秋瑾詩「偶有所感」に四重に関連する。啄木はこの秋瑾詩に用韻を踏んだのである。三姉妹と魚元機に因んだこの秋瑾詩を読み、啄木は秋瑾詩の上の第二一句・第二二句のふたつの句を三姉妹の思いを表現したものとして読み換えたのである。すなわち、こう詠った。

《私に、光・威・裒の三姉妹が、ああ苦しい、寧ろ死んだ方がましだ、と訴える。その三姉妹のうち、誰が先に死ぬのだろうか。》

秋瑾詩の第二二句末尾の「死亦甘」（死もまた甘いものだ）は、魚元機詩の第二二句末尾の三字「死亦甘」を踏んだ「次韻」である。魚元機詩ではつぎのように詠った。

《彼女たちの清らかな詩句を暫し読んだだけでも、魂が消えるような恍惚を感じるだろうから、もしも彼女らの美顔を見たら、死さえも甘く感じることだろう。美男子は何処にいるのだろうかと恨みがましく思う。》

これに対し、秋瑾詩はこうである。

《真の友がいない。欲しい。心を分かち合える「知音」に遇えれば、死もまた甘いものと感じるだろう》。

「死もまた甘い」と思うのに、魚元機と秋瑾とでは、求めるものが異なる。「美男子と知己」という対比が面白い。秋瑾にとって「知音」とは「革命同志」である。

先に見たように、平出修もこの秋瑾詩を知っていた。平出修は上の啄木歌への返歌の一つでこう詠った。

三人《ミタリ》をばえこそ忘れねうつくしき全きものの一人と見て

平出修は、美しい「三人」をまるで一体化した一人のようである、と応えたのである。啄木の詩想は続く。同じ「石破集」の第二四首（第一巻一四九頁）でつぎのように詠った。

日に三たびたづね来《こ》し子は我と羞《は》ぢ苦《くる》し死なむといつはりをいふ

啄木は上記「石破集」第一〇首の「三人《みたり》」を「三たび」で踏み、「あな苦《くる》しむしろ死なむ」を二つに分けて踏む。まず、冒頭の①「あな」を、秋瑾詩第二一句の「嗟何益？（ああ、何の益ぞ）」の「嗟《ああ》」を念頭に、「嗟」＝「羞＋口」＝「羞じを口にする」と分析して踏む。②後半の「苦しむしろ死なむ」を「苦し死なむ」で踏む。この歌の意味はこうである。《ある日、子供が三度も訪ねてきて、その度に「あなた（＝歌の「我」）と私は共に羞《は》ずべき人間です、羞かしくて苦しいから、一緒に死にましょう」と偽りをいった》というのである。第一〇首では、「三人のうち誰が最初に死ぬのか」と傍観する問いであった。それに対して、この第二四首では、「あなたも一緒に死にましょう」と誘い込まれる。秋瑾は、大人の世間は世辞と偽善がはびこっている、真実を分かち合える親友が欲しい、と身もだえするように願い、上掲の詩を詠った。親友との真実の共有は闘いに向かう。ところが啄木は子供を登場させる。子供は三回も訪ねてきて「羞じを口する」。《私たちは羞ずべき人間、死すべき人間です》と偽悪を語る。偽悪の共有が死に誘う。啄木は、秋瑾が慨嘆する「大人の世渡り上手の偽善」を「子供の自己告発の偽悪」に転換する。啄木は「子供も人の心を食べる」と詠った。浙江省西湖の畔で秋瑾を偲んだ竹内好は魯迅の「狂人日記」を訳した。魯迅はその小説を「人を食べていない子供を救え」と結んだ。魯迅と秋瑾は清国人日本留学生である。啄木の同時代人である。

秋瑾と同じように、啄木も真の「知己」を求めた。開け来る資本主義世界の「無底の深淵」を直観するようになった啄木は、南の東京へ、逆に北海道に行き来した。「生活幻想」から目覚めた啄木は、釧路から函館の宮崎大四郎に手紙（一九〇八年二月八日）で、「函館が恋しい、君と吉野君と岩崎君と並木君が一番恋しい」（第七巻一七八頁）と訴えた。「歌稿ノート」に「短歌爆発」を記す最中（一九〇八年七月七日）、東京本郷より岩崎正に「矢張、僕らは餓ゑてゐる。情を貪りたい。一時に十人でも二十人でも自分を思ってくれる人が欲しい」（第七巻二三一頁）と書いた。啄木は上記の秋瑾詩に、自分と同じように無底の虚空から同じ実存に浮遊する友と結合し、這い上がろうとする孤独の人をみた。伝統的共同体の重圧のもとで、個人が、特に女が自由と解放を求めるとき、伝統共同体から白眼視され孤立し、しかも突進する先には、《資本主義の自由とは孤独でもある》という深淵が待っている。資本主義は伝統的共同体の家族・村の紐帯を解体し、すべての人を孤独者に転化する。貨幣が支配する世界である。

総てを包み込み、総てに変身し、総てを支配するためには、己れが空《くう》にならなければならない。そのように生きるように追い立てられる。それは「貨幣になること」である。商売も就職も生活も、貨幣とは無関係ではない。貨幣は「手段」とはいいながら、貨幣に拘束され、いつしか貨幣は生きる「目的」になる。しかし、貨幣とはそれ自体は「空」である。貨幣《カネ》とは「空集合《くうしゅうごう》」（Uchida, 2010c参照）である。すなわち、「内容をもたない自己を他のすべての内容をもつ要素と形式上の同一性に依拠しながら、自己を含むすべての要素を包摂し、さらに包摂する要素を外に無限に求める集合」である。数学史では「（バートランド・）ラッセルのパラドクス」といわれる事柄である。貨幣はそれ自体、自己を無限に外延し、かつ、すべてを内包しようとする形式である。貨幣は本性上、「世界市場」を創造する「世界貨幣」である。

資本主義になれば、人々はそのような貨幣を求めて生きる人間になるように仕向けられる。啄木の明治時代は、貨幣に向かって人々を殺到するように仕向ける資本主義が作動し始めた時代である。そこでは、総てを支配する自由＝空虚を無限に拡張する。貨幣の自己拡張衝動に依拠する自由はこれである。ドイツ青年学派のマックス・シュティルナーの『唯一者とその所有』の哲学がそれをむき出しに語っている。シュティルナーは明治時代には無政府主義の思想家として紹介された。貨幣は資本主義人間の虚無の根拠である。資本主義の貨幣に生涯を通じて注目し解明した、カール・マルクス（一八一八〜一八八三年）も、貨幣自体が虚無であり、貨幣を追いかけて生涯を生きる人間がニヒリズムにむしばまれる事態を経済学批判として解明した。『資本論』がその答えである。

『資本論』は、人間の栄光を直接に賛美しない。むしろ、人間の豊かな能力が転倒した姿で顕現している資本主義の姿態をイロニーに満ちた口調で語る。読者はその口調に耐え、資本主義の底に潜む人間解放の現実的可能性とは何かを熟慮し、その実現可能性を探究しなければならない。資本主義は、無邪気な楽天主義や単純な情熱主義では、克服できない。啄木は『資本論』の英語訳を読みかけ、死去した。啄木死後に誕生したソヴィエト型社会主義も崩壊した（一九一七〜一九九一年）。その苦い経験から眼を背けた社会主義・共産主義の主張は、同じ誤りを繰り返すだろう。その呼びかけに、ほとんどの人々は耳を貸さないだろう。

啄木の生きた明治時代から、貨幣による虚脱作用＝伝統共同体解体が本格的に始まる。「空《くう》な人間だと感じて苦しむ心は、乃ち何とかして空《くう》でなくなりたくないと云う弱い〳〵希望だ」と書いて、啄木が友人・宮崎大四郎などの書簡（第七巻一七三頁以下）で必死に訴える「虚無」の根拠は、諸個人が自分の個性を露わにする（＝商品として譲渡する）ことを要求する貨幣経済の浸透にある。かつて自然主義文学が対面した問題はこれである。日本の文学者・文芸評論家はそれを「流行」として受容したが、問題の所在がまったく判っていなかった。清朝末期の秋瑾が斬首されずに生きのびれば直面する困難も、これである。

【《秋風のこころよさに》に響く秋瑾】　啄木は自分の歌集の内部でも韻字を踏んだ（本書三七〜三八頁参照）。その例を『一握の砂』に収められた「秋風のこころよさに」の冒頭八首（『一握の砂』第二五三首〜第二六〇首）をみる（第一巻三九頁）。「改行印（／）」付き「一行書き」で引用する。❶〜❻は説明のためにつけた。

（第二五三首）　ふるさとの❸空遠《そらとほ》みかも／高《たか》き屋《や》にひとりのぼりて／❶愁《うれ》ひて下《くだ》る
（第二五四首）　皎《かう》として❶玉《たま》をあざむく少人《せうじん》も／❶秋来《あきく》といふに／物《もの》を思《おも》へり
（第二五五首）　かなしきは／❶秋風《あきかぜ》ぞかし／稀《まれ》にのみ湧《わ》きし❶涙《なみだ》の繁《しじ》に流《なが》るる
（第二五六首）　❸青《あを》に透《す》く／かなしみの❶玉《たま》に枕《まくら》して／❹松《まつ》のひびきを夜《よ》もすがら聴《き》く
（第二五七首）　神寂《かみさ》びし七山《ななやま》の❹杉《すぎ》／❺火《ひ》のごとく染《そ》めて日入《ひい》りぬ／❻静《しづ》かなるかな
（第二五八首）　そを読《よ》めば／❶愁《うれ》ひ知《し》るといふ❺書焚《ふみた》ける／❻いにしへ人《びと》の心《こころ》よろしも
（第二五九首）　ものなべて❶うらはなかげに／❺暮《く》れゆきぬ／とりあつめたる悲《かな》しみの日《ひ》は
（第二六〇首）　水潦《みづたまり》／❺暮《く》れゆく空《そら》とくれなゐの紐《ひも》を浮《うか》べぬ／❶秋雨《あきさめ》の後《のち》

右記八歌は、つぎの説明❶〜❻で示すように、言葉が蔦《つた》のように縺《もつ》れ合う。言葉を縺れ合わせて詠う歌は、すでに一九〇四年（明治三七年）、『岩手日報』に掲載された歌集「雑吟」（九首）に読める（第一巻一〇九頁）。そこですでに、同じ歌集の中でも「韻字を踏む詠歌法」を提示してみせているのである。以前の歌集を再編する場合も、この韻字詠歌法が駆使される。韻字詠歌法は上記「秋風のこころよさに」冒頭八首でも、つぎのように使われている。

❶　第二五三首・第二五八首「愁ひ」は第二五四首・第二五六首「玉」を夾む。その「玉歌」二首は第二五

五首「秋風」を夾む。第二五三首・第二五八首「愁ひ」、第二五四首「秋来」、第二五五首「秋風」、第二六〇首「秋雨」は、秋瑾絶命詞「秋風秋雨愁殺人」の「愁」・「秋風」・「秋雨」を示唆する。「玉《たま》」は「秋瑾」の「瑾《たま》」を示唆する。第二五三首・第二五八首「愁ひ」は、第二五五首「涙」、第二五六首「かなしみ」・第二五九首「悲しみ」と第二五九首の「うらはなかげに」に連なる。

❷ 最初の第二五三首は、秋瑾詩「剣歌」第一連「歸來寂寞閉重軒」（帰り来て寂寞重軒を閉ざす）を踏んだ歌である。最後の第二六〇首は秋瑾詩「有懐」第一句「日月無光天地昏」（日月光無く天地昏し）・第三句「釵環典質浮蒼海」（釵環《さっかん》を典質《しちいれ》し蒼海《そうかい》に浮《うか》ぶ）を踏んだ歌である。このことはすでにみた。

❸ 第二五三首の「空遠《そらとほ》みかも」は第二五六首の「青《あを》に透《す》く」に連なる。

❹ 第二五六首の「松」はつぎの第二五七首の「杉」に連なる。

❺ 第二五七首の「火《ひ》のごとく染《そ》めて日入《ひい》りぬ」の「火」は、第二五八首の「書焚《ふみた》ける」につながる。「日入《ひい》りぬ」は第二六〇首の「暮《く》れゆきぬ」・第二六〇首「暮《く》れゆく空《そら》」に関連する。

❻ 第二五七首の「静《しづ》かなるかな」はつぎの二五八首の「いにしへ人の心（儒者を処罰する秦の始皇帝の激怒）」とは対照的である。

このように、『一握の砂』においても、秋瑾は啄木を離れない。秋瑾は啄木歌の深層に潜む。潜んで、啄木歌を支える。『一握の砂』の基底をなすものは秋瑾である。『一握の砂』の歌集「秋風のこころよさに」は金田一京助に贈った歌集であるといわれる。啄木は、四度目の上京で、金田一で同じ下宿屋で暮らしを支えてもらい、「秋瑾衝撃」が詠歌となって爆発する文学創造を「歌稿ノート」に記録した。歌集「秋風のこころよさに」は、その一九〇八年六月下旬から秋にかけての「短歌爆発」の記録である。その主要歌はそのころの歌である（第二一章参照）。上記の第二五三首・第二五四首・第二五八首は「虚白集」（一九〇八年一〇月）

の冒頭三歌であり、第二五九首・第二六〇首は「虚白集」第一一首・第一七首である。その他、ここでは引用しなかった多くの歌も一九〇八年に詠った歌である。それらの中心に存在するのが、秋瑾である。

第七章　啄木は秋瑾詩「有懐」に韻字を踏む

［秋瑾詩「有懐」］　啄木の「歌稿ノート」に記録された「短歌爆発」の母胎となったのが秋瑾である。秋瑾には詩「有懐」（懐《おも》い有り）と題する纏足批判の歌がある。纏足の実態については、高洪興（Gao Hongxing）（二〇〇九）『纏足の歴史』鈴木博訳、原書房を参照されたい。無残・悲痛なものである。秋瑾は、けなげにも幼いころから、纏足で痛いのに我慢して乗馬を習った。その姿に生涯に一本の筋を貫徹する意志が伺える。つぎの七言律詩「有懐」は一九〇四年、秋瑾が最初に留学して在日中の作品である（秋瑾二〇〇四：一〇九注一）。読み下しは高洪興（二〇〇九）の訳者・鈴木博訳（三六七～三六八）による。［　］内は筆者の補足である。各句につけた番号①～⑧は、引用する便宜のためのものである。

　秋瑾「有懐」

①　日月無光天地昏、（日月ニ光無ク天地昏《クラ》ク、）
［昼も夜も光が射さず世は暗い］

②　沈沈女界有誰援？（沈沈タル女界、誰ガ援有ラン。）
［沈鬱な女の世界は誰が救援してくれるだろうか］

③　釵環典質浮滄海、（釵環《サッカン》［簪・玉帯］典質《シチイレ》シ、滄海ニ浮カビ、）

［頭に飾る簪や腰に巻く玉帯を質に入れ、青海原に漕ぎ出る（日本に留学する）］

④骨肉分離出玉門。（骨肉分離シ、玉門ヲ出ズ。）

［肉親と離別し名門の家を出る］

⑤放足湔除千載毒、（足ヲ放チテ千載ノ毒ヲ湔《アラ》イ除ギ、）

［纏足を縛る布地を解き、そこに累積した毒を洗い清めるのだ］

⑥熱心喚起百花魂。（熱キ心 百花ノ魂ヲ喚起ス。）

［自己を解き放ち心は熱く燃え、咲き乱れる花々のような魂を呼び覚ます］

⑦可憐一幅鮫綃帕、*（憐レムベシ、一幅ノ鮫綃《コウしょう》ノ帕《ハク》、）

［憐むべきなのは、伝説の鮫人が織った一幅の絹布だ］

⑧半是血痕半涙痕。（半バハ是レ血ノ痕、半バハ涙ノ痕。）

［その絹布は血を流し織った痕跡でもあり、涙を流し織った痕跡でもある］

（綃帕*＝南海の真珠の涙を流し機織する人魚姿の鮫人が織る絹布）

第三句の「浮滄海」とは「泛東海」と同じ「日本に留学する」との意味である。秋瑾は夫と別居し二児を残して日本に留学した。

［啄木歌の中の「有懐」］　啄木は一九〇八年＝明治四一年以後に、秋瑾詩「有懐」を念頭においた歌をたくさん詠っている。

啄木歌における秋瑾纏足批判「放足綃除千載毒」（纏足を縛る布地を解き、そこに累積した毒を洗い清めるのだ）のキーワード「足」・「沓」・「靴」・「珠履（纏足靴）」を念頭においた歌はつぎのように多くある。「石破集」

第六八・八七・一〇〇首（第一巻一五〇頁、一五一頁、一五二頁）がそれである。

（第六八首）　百万の雲を一度《いちど》に圧《お》しつぶす大いなる足頭上《づじやう》に来る

（第八七首）　まだ人の足あとつかぬ森林《しんりん》に入りて見出でつ白き骨ども

（第一〇〇首）　炎天の下《もと》わが前を大いなる靴《くつ》ただ一つ牛《うし》のごと行く

第六八首の「大いなる足」、第八七首の「足あと」、第一〇〇首の「大いなる靴」は秋瑾の纏足を象徴する。「大いなる足」は「有懐」でいう「放足」＝纏足をやめて自然の足にもどること願う意味である（秋瑾の足も、もどらなかったが）。第八七首は奇怪な歌である。人の足跡が残らない森深くに白骨を見つけたというのである。殉死した者（秋瑾）のものであろう。ここでも啄木の情念は深まり暗い。

啄木歌集「虚白集」第一七首（第一巻一五五頁）は、

水潦《みづたまり》暮れゆく空とくれなゐの紐《ひも》をうかべぬ秋雨の後《のち》

と詠う。「水潦」と「うかぶ」は、秋瑾「有懐」の「浮滄海」や「泛東海」に韻字を踏んだものである。その意味はこうである。「みづたまり」は「滄海＝東海＝日本」、「空」は「女性解放の希望」が写る空、「くれなゐ（紅）の紐」は「纏足靴の紐」である。日本に留学する船旅で秋雨が止んだあとに、暮れなずむ空がひろがり、海原には秋瑾が纏足を解いた紐（詩「有懐」でいう「放足」）が浮かんでいる、というのである。「秋雨」も秋瑾の辞世歌「秋風秋雨…」を連想させる。「虚白集」第二八首（第一巻一五五頁）の、

病む人も朱《あけ》の珠履《たまぐつ》塵はらひ庭に立たしき春の行く日に

はどうか。纏足の女が履かせられた沓は装飾性の高い靴であった（高二〇〇九の口絵を参照）。春が過ぎ行く日、病む人もその纏足靴の塵を払い、庭に立たせたいものだ、病から回復する希望を培うために。いや、「朱の珠履」の「塵を払う」だけでなく纏足そのものをやめたい。「病む」は実は社会病理である。啄木は秋瑾の直接に纏足を批判する歌だけでなく、それに関連する詩詞に重ねた歌を多く詠っている。「石破集」第三八首（第一巻一四九頁）は、

砂けぶり青水毛月《あをみなづき》の一方に高く揚りて天日《てんじつ》を呑む

と詠う。この啄木歌は秋瑾の詩「有懐」第一句、

「日月無光天地昏」（日月に光無く天地昏《くら》く）［昼も夜も光が射さず世は暗い］

に韻字を踏んでいる。啄木歌の「青水毛月《あをみなづき》」の「月」は、秋瑾詩の「日月無光天地昏」の「月」、啄木歌の「天日」は秋瑾詩の「天日」にぴたりと重なる。「有懐」の「日月…天」は、啄木歌の「月…天日」に対応する。これも啄木詠歌の「用韻」の例である。この啄木歌も秋瑾「有懐」も、天地が暗いというイメージで同じである。この暗さは自然現象のことではない。社会の暗さの隠喩である。先の歌の「病む」である。青水毛月《あをみなづき》は、秋瑾が天足・排満興漢を主張して起義して斬首された月（七月＝旧暦六月）である。秋瑾は天地が光無く昏い状態を詠う。啄木歌も、砂けぶりで太陽が覆われ暗い天地を詠う。この啄木歌は秋瑾斬首を弔う歌である。

「石破集」のつぎの第四一首（第一巻一四九頁）も「有懐」に重なる。

夜の家に入りて出でざる三人《にん》の少女の下駄をもちてわれ逃ぐ

この歌は「有懐」のつぎの第二句、第四句、第五句と結びつく。

「沈沈女界有誰援？」（沈沈たる女界、誰が援有らん）［沈鬱な女の世界は誰が救援してくれるだろうか］

「骨肉分離出玉門」（骨肉分離し、玉門を出ず）［肉親と離別し名門の家を出る］

「放足湔除千載毒」（足を放ちて千載の毒を湔《あら》い除ぎ）［纏足を縛る布地を解き、そこに累積した毒を洗い清めるのだ］

啄木歌の「夜の家に入りて出でざる」とは、生まれた少女は嫁ぐまで深窓に幽閉し世間に見せない旧習を守る家のことである。「少女」とは纏足された娘のことである。少女の「三人」とは、先にみた、魚元機が典拠とした詩の作者、三姉妹の「光・威・裒」に重ねているかもしれない。「下駄」とは、纏足の女が履く靴、啄木が「虚白集」第一八首でいう「朱《あけ》の珠履《たまぐつ》」の転喩である（高一〇〇九の口絵参照）。下駄＝珠履を盗むとで纏足の少女を困らせるという行為である。この「いたずら」の表現で、啄木は纏足批判を反語的に表明している。

「新詩社詠草　其四」第八首（第一巻一五三頁）も「有懐」を念頭におく歌である。

すでにして我があめつちに一条《ひとすぢ》の路尽き君が門に日暮れぬ

この歌が「有懐」に韻字を踏んだものであることは「あめつち」＝第一句「天地」、「門」＝第四句「出玉門」の対応関係ではっきりしている。秋瑾は、簪や玉帯を質にいれて換金し（「釵環典質」）、肉親（特に子供）と別れて（「骨肉分離」）、家を出て（「出玉門」）、日本に留学する（「浮滄海」）。啄木の歌は秋瑾とは逆の路を歩む。《この広大な地上に引かれた一筋の路を歩んできたら、君の家の門の前に辿り着いた。もう日が落ちている》と詠う。「虚白集」第六四首（第一巻一五七頁）も「有懐」の韻を次ぐ。

門辺なる木に攀ぢのぼり遠く行く人の車を見送りしかな

この歌のイメージはこうである。秋瑾が家族との縁を切り二人の子供を夫（王子芳）に預け、その家の門を出て（「有懐」第四句「骨肉分離出玉門」）、待たせてあった馬車に乗る。その決然とした秋瑾の姿を、門のそばの樹木に登っている啄木が、上から眺めているという構図になっている。映画の一場面のようである。「遠く行く人」とは東海＝日本へ留学する秋瑾という意味である（浮滄海、泛東海）。「虚白集」第六一首（第一巻一五七頁）は上の歌の続きを詠う。

春の雪はだらに残る山路《やまみち》を青幌《あをほろ》したる馬車一つきぬ

この歌の「馬車」は秋瑾の乗った馬車である。その馬車に啄木が遭遇したという。順序としては、先の第六四首からこの第六一首へという順序となる。「有懐」第四句「骨肉分離して玉門を出る」→「山路をゆく秋瑾を乗せた幌馬車と遭遇する」という順序である。実際は、秋瑾は北京の永定門の駅から天津の塘沽《タンクー》に汽車で出発する。永定門で夫と娘と別れる。娘の手を取ったとき涙を流した。天津から船で日本に向かった（永田一八三頁以下参照）。

秋瑾斬首は一九〇七年七月一五日である。その日本への新聞報道は同年七月二〇日以後である。啄木は、斬首後の殉死した秋瑾を知り、逆に斬首に至るまでの歩みを辿る。秋瑾の思想と行動に衝撃を受け、その思想に同伴するが、その現実的な危険を知り、遠ざかろうとする。その経緯を啄木はつぎの「石破集」第九首（第一巻一四八頁）に示す。

別るべき明日と見ざりし昨《きそ》の日に心わかれて中《なか》に君見る

この歌は「これから別れる君（未来の君）」と「まだ見ていない君（過去の君）」の「二つの君」を我が心に見るという歌である。秋瑾はすでに斬首されて現存しない。現存するのは、その「二人の君」に引き裂かれ、啄木の心の中に存在する秋瑾である。啄木が現実には出会ったことがない秋瑾は、「心の中の過去の存在と未来の存在」である。啄木はかつて、秋瑾斬首の後に秋瑾を知り衝撃を受けた。しかし、「秋瑾衝撃」が啄木に残した課題は大きすぎて、とても啄木は担いきれない。だから別れよう。秋瑾との出会いも別れも心の中の事柄である。このように「秋瑾への憧憬」と「秋瑾との別離願望」に引き裂かれた心境を、この歌は詠う。啄木の心のなかにのみ現存する秋瑾は、そこで「出会いの昨日＝過去」から「別れの明日＝未来」へと変貌する。この歌は非常に形而上学的である。

「新詩射詠草　其四」第一二首（第一巻一五三頁）も秋瑾の流離を詠う。

家といふ都の家をことごとくかぞへて我の住まむ家なし

秋瑾に「感時二首」という留学時の詩がある（秋瑾二〇〇四：一一一）。そこに「天涯飄泊我無家」（天涯漂泊し我に家無し）という件がある。上記の啄木歌の「我の住まむ家なし」はこの詩にかけているだろう。この歌は「有懐」第四句「骨肉分離出玉門」にも重なる。家族と縁を断って、家を出たが、住む家がない寂しさ厳しさを詠う。「虚白集」第五五首（第一巻一五六頁）も、すでにみたように「有懐」から韻を次ぐ。

手なふれそ毒に死なむと君のいふ花ゆゑ敢て手ふれても見む

この歌は「有懐」の第五句と第六句、

「放足湔除千載毒」（纏足を縛る布地を解き、そこに累積した毒を洗い清めるのだ）
「熱心喚起百花魂」（自己を解放し心は熱く燃え、咲き乱れる花のような魂を覚ます）

のうちの「毒」と「花」に韻字を踏み、意味をずらして詠っている。《君は、自分の手には毒があるから触れないでというが、花のような君に引かれるから、敢えて君の手に触れるよ》と詠う。秋瑾のいう「毒」は社会因習＝纏足の「毒」であり、それから解放されて花が咲き乱れる。対立的である。啄木歌は毒と花は一体化を求めている。啄木にとって、秋瑾の思想は毒のように危険だけれど、君のその思想に惹かれて君に近づく、という暗喩が詠われている。

「虚白集」第四七首（第一巻一五六頁）に、

すくなくも春さりくれば草も木も花咲くほどの心もて思《おも》ふ

とある。ここでは「毒」は登場しない。もっぱら「花」である。この歌は上記の「有懐」第六句、「熱心喚起百花魂」（自己を解き放ち心は熱く燃え、咲き乱れる花々のような魂を呼び覚ます）に重ねている。秋瑾は、熱をこめて（「熱心」）、花のように解放された魂（「百花魂」）を、呼び起こす（「喚起」）という。それを啄木は受けて、「花咲くほどの心」と集約している。

「虚白集」第六五首（第一巻一五七頁）、

月かげと我が悲みとあめつちに遍《あまね》き秋の夜となりにけり

がある。この歌は「有懐」第一句、

「日月無光天地昏」（日月に光無く天地昏《くら》く）

に韻字を踏む歌である。この啄木歌の「日月かげ（月光）」は「有懐」第一句の「月…光」に、「あめつち」は「天地」を継けている。秋瑾のこの第一句は第二句の、

「沈沈女界有誰援」（女権不在のこの世界を解放する手助けを誰がしてくれるのか）

で表わされた「悲しみ」の象徴表現である。啄木は秋瑾との関連を秋瑾の暗喩「秋の夜」で表現している。「虚白集」第九二首（第一巻一五八頁）に、

父のごと秋は厳《いかめ》し母のごと秋はなつかし家持たぬ子に

がある。この歌も「家持たぬ子」が「有懐」第四句「骨肉分離出玉門」に、「秋」は秋瑾に関連する。家出という点では、秋瑾と啄木は共通する。秋瑾は排満興漢・女権革命のために（日本へ）、啄木は生活費を稼ぐため（北海道へ）、小説家になるため（東京へ）というように、共に漂白の人である。とはいえ、家＝父母が懐かしい。懐かしい父母を「秋」にたとえているのは、秋瑾と自己を重ねるためである。「謎」（『申歳』第一〇号一九〇八年一一月八日）の第二五首（第一巻一六〇頁）、

美しき薔薇《さうび》をつつむ靄と見ば見よげにもありそれの面帕《おもぎぬ》

がある。《その人の姿は、バラをつつむ靄のように、美しい顔を薄絹の前垂れ帽子で隠している。わたしの顔を見たいでしょ、とそそるように覆っている》というのである。これは秋瑾「有懐」の第七句、

「可憐一幅鮫綃帕」（憐れむべし、一幅の鮫人の絹布）
［憐むべきなのは、伝え聞く鮫人が織った一幅の絹布だ］

の最後の「綃帕」の「帕」に掛けた語法である。珍しいこの語「帕」を「面帕」に言い換えて用いた点に、啄木の秋瑾詩詞へのこだわりが記されている。秋瑾詩詞では悲しい歌が、啄木歌では神秘性を漂わせる歌に変貌している。「新詩射詠草 其四」第二三首（第一巻一五三頁）に、

白妙の衣《きぬ》し真玉《またま》を頸懸《うなが》けて神のごとくにまぐはひもせむ

がある。「白妙の衣」は秋瑾のいう「綃帕」、すなわち、絹布である。「真玉」は美しい玉の謂いであり、さらに秋瑾の「瑾＝玉」にもかけている。あの『古事記』の神のように、美しい玉で飾った絹布を頸に懸けて、愛の眼差しでも送ろうか、と詠う。啄木は『古事記』（上訓）の「まぐはひして相婚（あ）ひたまひて」も念頭においている。秋瑾詩と古事記が啄木歌で融合している。

「緑の旗」第五七首（第一巻一六五頁。初出「釧路詞壇」一九〇八年三月一九日。第一巻一一八頁）、

一輪の紅《あか》き薔薇《さうび》の花みて火の息すなる唇《くち》をこそ思へ

も「有懐」の韻字を次ぐ。《一輪の紅いバラをみていると、あの人の火を吐くような舌鋒を思いだす》というのである。秋瑾は火傷をするような舌鋒激しい演説をした。そのために弁舌の訓練を留日生と一緒に行なった。この歌は先に取り上げた「有懐」第六句「熱心喚起百花魂」に韻字を踏んでいる。「紅き薔薇の花」は「百花」に、「火の息すなる唇」は「熱心…魂」に関連する。

上記の「有懐」第六句を念頭におく啄木歌が「謎」第四九首（第一巻一六〇頁）にある。

実《みの》らざる花ゆゑ敢て摘めといふそを解きがたき謎として経ぬ

《私が実を結ばない花であることは分かっています。だから、あえて私を摘んでくださいという謎を君はかけてきた。君は実を結ばない花だが、だからこそ、君は人の魂を熱した（喚起百花魂）。君の行動の帰結（紹興起義＝逮捕＝斬首）で、いまはその謎の意味が分かった。謎が解けた》というのである。謎とは、「成就しない革命」のことである。君（秋瑾）はそのことを十分承知していて、身を賭して、突撃していった。君は危険な花であった。

啄木は「有懐」第一句、第三句に重ねた歌を「緑の旗」第五二句（第一巻一六五頁）で詠っている。

（秋瑾）「日月無光天地昏」（日月に光無く天地昏《くら》く）

「釵環典質浮滄海」（釵環《さつかん》〔簪・玉帯〕典質《しちいれ》し、滄海に浮かび）

（啄木）**月のぼり海しらぐとかがやきて千鳥来啼《きな》きぬ夜の磯ゆけば**

秋瑾の「月…光…滄海」を啄木歌の「月…海しらじらとかがやきて」は踏んでいる。秋瑾「有懐」では、暗い天地と、（留学費を調達するために）質入する簪・珠帯が対比される。これに対して、啄木歌では、蒼白く照り返す月光のもとに飛来する千鳥が鳴いている海辺が詠われている。

啄木は『心の歌』「緑の旗」第四三首（第一巻一六四頁）でつぎのように詠う。

あかくと血のいろしたる落日の海こそみゆれ砂山来れば

啄木歌の「血のいろしたる」の「血」は秋瑾詩「有懐」第八句「血痕」、「落日の海」の「海」は第三句「浮滄海」の「海」を踏んでいる。秋瑾の「泛東海」＝日本留学は文字通り「血」を流す結果になった。秋瑾が日本に船で向かう途上の海は、彼女の流血死を予言するように、落ち行く太陽で真っ赤に色づいていた。歌の「砂山」は、陳天華が踏海＝自殺した東京大森海岸の砂山であろう。その砂は「万山」＝「牢固たる現状」を打ち砕いて粉々になる砂であろう（『石破集』第一首）。その砂山に立って、啄木は、血の色に染まった海をみつつ、秋瑾や陳天華もかつて見た海も夕日に赤く染まっていたであろう、と思い馳せているのである。

「新詩射詠草 其四」第三〇首（第一巻一五四頁）はつぎの「有懐」第一句・第二句に重ねている。

我を見て狂ひて死ぬる幾少女手らんぷをもて暗中を練《ね》る

「日月無光天地昏」（日月に光無く天地昏《くら》く）［昼も夜も光が射さず世は暗い］
「沈沈女界有誰援？」（沈沈たる女界、誰が援有らん。）［沈鬱な女の世界は誰が救援してくれるだろうか］

「夜の家」＝「昏い天地」のもとの家に閉じ込められた少女たちが、その様子を見ている啄木に気づいて、正気を失い死ぬ。彼女らの霊はランプを掲げて、その暗闇の社会を彷徨っている、と詠う歌である。

第二部

秋瑾詩を詠い次ぐ啄木

第八章　啄木の「秋瑾衝撃」と秋瑾詩「剣歌」

本章では、啄木歌と秋瑾詩「剣歌」との深い関連を示す例を多く挙げる。啄木歌に潜んでいる秋瑾詩詞を明るみに出す。啄木は自分の内面まで踏み込んでくる明治国家の権力に対峙した。その事情が啄木に表現の工夫を迫る。これこそが、啄木が歌に女性革命家・秋瑾をあからさまに表現することができない事情である。啄木歌に秋瑾が潜むのは、啄木が秋瑾を隠さざるをえなかったからである。啄木に秋瑾を隠すように強制する力が実在したことに気づくことによって、啄木歌が表層と深層との二重構造をなすわけが分かる。啄木歌の表層では生活者の哀歓を詠う。しかしその深部にはすぐれて政治的な緊張関係が孕んでいる。啄木は表面の表現では権力に従うとみせつつ、深部には権力を超える構えと時代を超える視点を据えつけている。深部に湛えた啄木の思いこそ、表面に浮かび上がる生活哀歌に時代を超える力を与えている。啄木歌は決して単なる抒情歌ではない。

啄木＝秋瑾関係論には事実関係の実証と作品間の緊密な内面的関係を分析する作業とが必要である。いいかえれば、作品論は、その作品を生みだすにいたった事実関係を解明する作業が不可欠である。さらに、或る作品が或る客観的事実を表現したものであると主張する場合、その主張はその客観的事実が存在したこと、さらに、その作品とその事実との対応関係を厳密に証明しなければならない。客観的事実は作品理解に一定の制約を与える。例えば、自明な例をあげれば、啄木の或る作品の「後」に制作された、啄木以外の人の作品は、啄木のその作品に影響を与えられるはずがない。

ここで注意すべきことは、啄木歌の秋瑾詩との作品上の関係は、啄木の生涯上の事実そのものからは自動的に立証することはできない、ということである。たとえ啄木が秋瑾の作品を読んだことが確実に実証されても、その作品が啄木の制作活動に影響を与えたか否かは、やはり啄木の作品に即して立証するほかない。作品の外部の事実をいくら累積しても、それは作品制作上の影響関係を自動的に立証しないのである。その間には断層＝超越がある。いわゆる物的実証主義からする啄木研究は作品内容に踏み込めない限界をもつ。作品研究に決定的な要件は、作品上の緊密な諸関係を積み重ねて解読することである。そのような解読ができてこそ、秋瑾の啄木への影響が立証される。作品上の対応関係の解読を累積することができた場合、もはや、それは単なる偶然の累積ではない。それは必然的な関連を立証しているのである。

先に秋瑾詩「有懐」などの例で示したように、啄木は彼独自の判断で秋瑾の詩からキーワードとなる文字（漢字）を選び繋げて、作歌する。啄木歌の世界は秋瑾詩の世界と一定の関連を保ちながら、それを転態し、異なる世界像を展開する。啄木が明るい歌を詠うとき、秋瑾の暗い詩詞に重ねている。秋瑾が陰を詠えば、啄木は陽を描く。啄木歌は明暗・陰陽の二重性をもつからこそ、読者に奥深い余韻を残す。その二層の深部に秋瑾が潜んでいる。啄木のそのような表現は、すぐれて文学的想像力の自由な作用の成果である。啄木歌の殆どは、現実世界を描写しているように表現するときでも、当該現実世界を超越している。啄木は写実歌や叙事詩を詠わなかった。特に「石破集」のような歌集では、想像力の「奇抜な」といってよい働きの成果である。とはいえ、現実世界とはまったく超越して、詠っているのではない。苛烈な現実世界から衝撃を受けながら、それに触発され、かつその現実世界を超えた象徴世界を描く。現実世界の触発とそれを跳躍台とした想像世界への超越が啄木歌の固有性をかたちづくる。

啄木は、一九〇七年、北海道を転転とするさなか、秋瑾が斬首された出来事（一九〇七年七月一五日、紹興）に遭遇し、「秋瑾衝撃」とでもいうべき経験をなめる。それが啄木歌の深層をなす、啄木歌を生む母胎となっている。固有の啄木歌はそのショックのほぼ一〇ヵ月後の一九〇八年六月下旬から本格的に生まれる。啄木の時代は国家権力が日本資本主義の基礎をきずきあげる産業革命の最中である。明治国家はその基礎づくりに妨げになるものは武断的に押さえ込んだ。「治安警察法」（一九〇〇年）などで、苛烈な言論弾圧を加えた。啄木はその弾圧をたくみに回避しつつ、秋瑾衝撃を核とする歌を詠ったのである。ところが、これまで啄木歌は、その表面をなぞって、読まれてきたのではなかろうか。あるいは啄木の個人史上の諸事実に依拠し、あるいは還元して、読まれてきたのではないだろうか。

啄木が『一握の砂』を刊行して（一九一〇年）、はや百年たつ。百年のちの今日、啄木歌のそのような二重構造を解明することは、啄木の必死の表現活動に内在し理解し味読する足場を固める作業ではなかろうか。啄木のその表現活動の核心に秋瑾が潜んでいるのである。

［秋瑾詩「劍歌」］　啄木歌と秋瑾「劍歌」・「寶刀歌」とは緊密な関連が存在する。では、啄木が秋瑾詩「劍歌」・「寶刀歌」を読みうる可能性は実際存在したのだろうか。存在した。少なくとも「劍歌」は、それを啄木が読むことができた現実的可能性がある。というのは、つぎのような事実が存在するからである。

啄木は「一九〇七年一〇月一五日刊行」の『小樽日報』第一号に「詩（無題）」と評論「初めて見たる小樽」を掲載した。その三九日前に詩「劍歌」を収めた『秋瑾詩詞』が「一九〇七年九月六日」に刊行されていた。『秋瑾詩詞』の刊行は、秋瑾起義＝斬首（一九〇七年七月一三日＝一五日）の直後である。その奥付には、刊行者＝王芷馥、印刷者＝藤澤外吉（東京市《ママ》神田区中猿楽町四番地）、印刷所＝秀光社（同上）と記録されている。この事実は、郭長海・李亜彬編著『秋瑾事跡研究』や郭延礼編『秋瑾研究資料』でも確認されている（郭・李三一二〜三一三；郭一九八七：六〇九）。記録されている刊行日は『秋瑾詩詞』の奥付にあるように「一九〇七年九月六日」である。あるいは、郭や李が記すように、現実にはそれより早く「一九〇七年八《ママ》月刊」（郭・李三一二；郭六〇九）、「一九〇七年九月二《ママ》日」（郭・李三二七）とあるように、実際は九月六日以前にすでに刊行されていたのかもしれない。

　啄木が『小樽日報』に公表した「詩（無題）」と評論「初めて見たる小樽」は、秋瑾詩「寶刀歌」を念頭においた表現と内容に酷似する。その二つの作品が掲載された日は「一九〇七年一〇月一五日」である。いいかえれば、啄木が一九〇七年九月六日（あるいは若干それより前）に刊行された『秋瑾詩詞』を入手し、秋瑾詩「剣歌」を読み、「剣歌」を念頭に「詩（無題）」と「初めて見たる小樽」を執筆したという「時間順序」は成立する。『秋瑾詩詞』刊行日＝九月六日からかぞえて三九日後の一九〇七年一〇月一五日に、啄木の「詩（無題）」と「初めて見たる小樽」を掲載した『小樽日報』第一号は刊行された。この間の三九日という時間上の余裕、あるいは、より厳密にみて、刊行日から入手日までに一週間かかっても、一ヶ月以上の時間余裕がある。この余裕は、啄木が「剣歌」を読み、「剣歌」を念頭にこの二つの作品を執筆した現実的可能性を十分にあたえる。その文献史的な事実に立って、啄木の「詩（無題）」・評論「初めて見たる小樽」と秋瑾「剣歌」とが内容上、緊密な対応関係を明示する。啄木は「寶刀歌」も「剣歌」に相前後して読んだであろう。というのは、「剣歌」にはなく、「寶刀歌」にある記述を前提にして書いたとしか判断できない部分が「詩（無題）」や「初めて見たる小樽」に存在からである。

　すでに本書第一章・第二章でみたように、啄木「詩（無題）」には、「剣歌」との対応関係がみられる。啄木「詩（無題）」の「右手《めで》に翳《かざ》すは何の剣、左手《ゆんで》に執《と》るは何の筆《ふで》」は、「剣歌」における「右手把剣左把酒」（右手に剣を握り左手に酒盃をもつ）（秋瑾二〇〇四：五〇）を念頭においたものである。

つぎに秋瑾詩「劍歌」を掲げる（秋瑾『秋瑾詩詞』一九〇七・二八。ただし第一〇句の「右手…」の「手」が落ちている）。後で引用するさいの便宜のために、各句に番号をつける。（　）は拙訳。［　］は訳者補足。

「劍歌」

（1）若耶之水赤堇鐵、（2）鋳出霜鋒凛冰雪。
（若耶渓の名水と赤堇山の名鉄、霜懸かる剣の切先を鋳出し凛冰《りんひょう》を雪《すす》ぐ。）
（3）歐冶爐中造化工、（4）應與世間凡劍別。
（歐冶子は炉中造化の名匠、まさに世の凡剣を別つ［君臨す］べし。）
（5）夜夜霊光射斗牛、（6）英風豪気動諸侯。
（夜な夜な剣が放つ光は蚪《みずち》射落し、英傑気風は諸侯［張華］を動かす。）
（7）也曾渇飲樓蘭血、（8）幾度功銘上將樓？
（すなわち樓蘭の血を渇飲するも、幾度の功名楼に達せんや。）
（9）何期一旦落君手？（10）右手把劍左把酒。
（何れの時ぞ諸侯の手中に落ちるや、右手に剣握り、左手に酒盃もつ。）
（11）酒酣耳熱起舞時、（12）夭矯如見龍蛇走？
（酒宴酣《たけなわ》にして耳熱く舞に立つ時、剣舞は夭矯《しなやか》にして昇龍を見るが如きぞ。）
（13）肯因乞米向胡奴？（14）誰識英雄困道途？
（肯《すす》んで米乞うに因《ため》に胡奴の肩をもつや。誰ぞ知る英雄道途に苦しむを。）
（15）名刺懐中半磨滅、（16）長謌居處食無魚。

（名刺懐中で半ば磨滅し、長歌居処し魚無く食す。）
(17) 熱腸古道宜多毀、(18) 英雄末路徒爾爾。
（天義人旧習道徳を宜しく盛んに誹謗すべき、英雄末路かくの如く虚し。）
(19) 走遍天涯知者稀、(20) 手持長劍爲知己。
（天涯遍く歩めども知者［親友］稀れにして、長劍を握り知己となす。）
(21) 歸來寂寞閉重軒、(22) 燈下摩挲認血痕。
（帰来れば寂寞として高屋を閉ざし、灯下に劍を摩れば血痕認む。）
(23) 君不見孟嘗門下三千客？(24) 彈鋏由來解報恩！
（諸侯は見ずや孟嘗門下三千人の食客を、鋏弾《さやはじ》くは報恩を解すに由来す。）

「劍歌」は秋瑾の日本留学以前の作品である。郭延礼（一九八七）によれば、「秋瑾は、日本留学中（一九〇四年、一九〇五年）に、中国同盟会に参加し、字「競雄」を改めて、故郷（湖南省）をもって名と為し自らを「鑒湖女侠《かんこじょきょう》」と号し、その英雄志向を際立たせた。「日本鈴木文学士寶刀歌」、「劍歌」、「紅毛刀歌」、「寶刀歌」、「寶劍」などは非常によく似ていて、その原作は古今の慷慨や悲歌を極めた」（郭一九八七：四八〇）。秋瑾は日本留学中にこのような活発な行動や、「寶刀歌」・「劍歌」など派手な剣舞をよくおこない、日本人の間にもよく知られていた。特に、秋瑾起義＝斬首をきっかけにして、「劍歌」だけでなく「寶刀歌」もその他の詩詞とともに、日本人の間に広まり読まれた可能性がある。その普及の波の中に啄木がいたと思われる。

［秋瑾衝撃と「劍歌」］

『秋瑾詩詞』は九月六日に刊行され、翌日、神田錦輝館で「秋瑾殉死追悼集会」が開かれている。秋瑾斬首から約二ヶ月後の一九〇七年九月下旬、啄木はエッセイ「秋風記」（第四巻一一五〜

一一一六頁）を書く。その直後に知人・綱島梁川の死去を知り、追悼文「友人・梁川綱島の死を弔う」を書く。この両者は「秋風記・綱島梁川氏を弔う」（第四巻一一四～一二二頁）と纏められる。その執筆状況の一端は、啄木が記した日記で確かめることができる（第五巻一六五～一六九頁）。

啄木は九月二〇日の日記で、綱島の死去を知ったと記し、綱島の他者と融和する温容な人格を称える。翌日九月二一日の日記には、「純正社会主義」（第七巻一四四頁）を主張する「北門新報」の小国に、それは「（程度の）低き問題」ではあるが勤労者の「必然の要求」に裏づけられた主張であることは認めると書く（第五巻一六七頁）。九月二四日の日記では「梁川氏を弔ふ」という追悼文を『北門新報』に書くことになったと記し、「自己実現の意志」と「自他融合の意志」の両面合わせて世界をみる自分の哲学を友人に主張したと書く（同一六八）。「秋風記」でも主張している（第四巻一二二頁）、この哲学は、前年の「渋民日記」（一九〇六年三月二〇日）にすでに記している（第五巻七九頁）。「秋風記」（一九〇七年）の後、「卓上一枝」（一九〇八年）でも再説する。追悼文の執筆は一九〇七年九月二七に終わる。「秋風記・梁川綱島を弔ふ」には刮目すべき文章（「梁川綱島を弔ふ」（二）一九〇七年九月二四日）がある。啄木は書く。

「秋は覚醒の時である。……世は今秋である。飾りもない偽りもない赤裸々の秋である。此秋の赤裸々のうちに躍る生命の面目も亦永劫に解き難き秘密ではなからうか。予の心は今、大いなる白刃の斧を以て頭を撃たれた様な気持がする」（第四巻一一六～一一七頁。傍点強調は引用者、以下同じ）。

第一に「秋風」という用語である。その用語は、題名「秋風記」だけでなく、本文にも出てくる。「「綱島梁川氏は」秋風の如き深沈の声を以て人の心の塵を吹き払った哲人、敬虔なる人生の戦士、一代の先覚者であった」（第四巻一二〇頁）。啄木はこの追悼文で「戦士」という戦闘的な表現を用いる。しかし綱島は、決して戦闘的な人間ではない。自他融和を説いた人物である。実際、啄木による綱島の人物表現、「あわれ十年病臥の人、肉落ち骨痩せて、透き入る許り蒼白き頬には幽かに紅の色がさして居る」とか、綱島の透明な魂に触れて「神を感じた」という描写（第四巻一一八〜一一九頁）がある。上の引用文の戦闘的な表現には、綱島とは別の人間、即ち、啄木の当時の戦闘的な理念像に共鳴する人間が隠れている。「秋風」といえば、秋瑾が斬首の前日に「秋風秋雨……」と辞世歌を書いた。秋瑾は「人の心の塵を吹き払った」・「戦士」・「先覚者」であった。

しかも、第二に、「大いなる白刃の斧を以て頭《かしら》を撃たれた様な気持がする」と書く。この表現は、秋瑾の最期の姿、「斬首」そのものではないか。啄木は「秋風記」で綱島の温容な人格を称えているのである。この「大いなる白刃の斧を以て頭を撃つ」という表現は、その綱島頌とは異質・異様な表現である。啄木はその表現に、強権国家のもとで真実を探求する者の不可避の運命を込めたのである。すでにみたように、明治国家は「治安警察法」（一九〇〇年制定）などで、労働運動・農民運動・言論活動を抑圧してきた。清朝国家体制のもとで、その体制を打破しようとする「紹興起義」の秋瑾の「斬首」を意味する「暗喩」を「秋風記」に忍ばせたのである。秋瑾の直接行動と斬首（一九〇七年七月一五日）は啄木を強烈に撃ったのだ。

秋瑾斬首が日本に新聞などで報道されたのは一九〇七年七月二〇日以後のことである。八月一八日より『函館毎日新聞』の編集局に入り、「月曜文壇」・「日曜歌壇」を担当した。啄木はそのころ新聞をふんだんに読める環境にいた。秋瑾斬首などの報道に接する可能性は十分にあった。ほぼ一ヵ月後、いいかえれば、『小樽日報』（第一号、一九〇七年一〇月一五日）に、三つの作品「詩（無題）」・評論「初めて見るたる小樽」・「短歌（二一首）」を掲載する二ヶ月前、啄木はその年の八月二七日の『日記』に「函館大火」（八月二五日〜八月二八日）のありさまをつぎのように書いている。

「…狂へる雲、狂へる風、狂へる火、狂へる人、狂へる巡査、…狂へる雲の上には、狂へる神が狂へる下界の物音に浮き立ちて狂へる舞踏をやなしけむ。…全市は火なりき、否狂へる一の物音なりき。高きより之を見たる時、予は手を打ちて快哉を叫べりき、予の見たるは幾万人の家をやく残忍な火にあらずして、悲壮極まる革命の旗を翻へし、長さ一里の火の壁の上より函館を掩へる真黒の手なりき。…大火は函館にとりて根本的の革命なりき、函館は千百の過去の罪業と共に焼尽して今や新しき建設を要する新時代となりぬ」（第五巻一五七頁。傍点強調は引用者）。

同じことを大嶋経男や宮崎大四郎あての書簡でも書いている（第七巻一三七～一四〇頁）。新聞も函館大火を報道した。例えば『東京朝日新聞』は一九〇七年二七日・二八日・二九日・三一日に報道した。三一日は「火元原因・延焼区域・焼失戸数・焼死者数・災後惨状・函館大火と保険会社」などの項目を設け、詳述した。啄木は日記に「焼失戸数一万五千に上る」（第五巻一五七頁）と書いているから、新聞報道などで事態を正確に把握していた。

しかし、啄木にとって函館大火はたんなる大火事ではなかった。万物一新の革命である。東京大空襲（一九四五年三月一〇日）の被災者たちが山の手に避難してきたとき、意外にも、晴れ晴れとした表情をみせていた、と伝えられる。そのことと共通する心境である。啄木は大火に「真黒な手」を幻視する。それは長きにわたる罪業を根本的に革命する兆しである。啄木は、大火に合わせて、ああ、コリヤ、コリヤ、と踊ったと日記に書く。

その約一ヶ月半のちの一九〇七年一〇月一五日に「詩（無題）」・評論「初めて見たる小樽」・「短歌二一首」を掲載した。そのほぼ二ヶ月後、啄木は一二月二七日の日記に書く。

「読淵明集。感多少。嗚呼淵明所飲酒。其味遂苦焉。酔酒酔苦味也。酔余開口哄笑。哄笑与号泣。不識孰是真惨」（第五巻一七八頁）。

すなわち、啄木は《陶淵明集を読む。感多少あり。ああ、淵明酒を飲むところなり。その味悉く苦いかな。酒酔は苦味に酔うなり。酔うて余は口開き哄笑す。哄笑すれば号泣となる。哄笑、号泣のいずれか真の惨憺たるか識らず》といった意味の漢詩を書いているうちに、《漢詩→秋瑾詩「寶刀歌」》と連想し、ほぼ二ヵ月前『小樽日報』第一号に題のない「詩」を「寶刀歌」・「劍歌」との相聞歌として書いたことを思い出す。注目すべきことに、上記の漢詩につづけて、つぎのように記す。

「噫、剣を与へよ、然らば予は勇しく戦ふ事を得べし。然らずば孤独を与へよ。人は生きんが為に生活す、然ども生活は人をして老ひしめ、且つ死せしむるなり。予に剣を与えよ、然らずんば孤独を与へよ」（第五巻一七八頁。傍点強調は引用者）。

と記す。「剣を与えよ…予に剣を与えよ…」と繰り返すのである。啄木は秋瑾詩「寶刀歌」第一七句、第二九句、第三二句、

「主人贈我金錯刀」（持主が金の象嵌の刀を贈ってくれた）

「我欲隻手援祖國」（自力で［片手に宝刀を握り］祖国を救いたい）

「援筆作此《寶刀歌》、寶刀侠骨孰與儔？」（［もう片手に］筆を執りこの「寶刀歌」を作る。宝刀と男気のいずれが同志だろうか）

を思い出しているのだ。秋瑾は人からもらった刀を宝物として讃え「寶刀歌」を詠った。このような秋瑾「劍歌」・「寶刀歌」に呼応して、啄木は「詩（無題）」で「右手に翳すは何の剣」と応えている。

啄木を苦しめるのは生活苦である。「寶刀歌」を作った秋瑾自身を苦しめたのは「纏足」である。纏足が象徴する中国女性を旧習に閉じ込める長き伝統に眠る現状である。阿片戦争（一八四〇～四二年）から始まる中国の近代化の胎動は、秋瑾を通じても、女の人間としての解放の主張となって吹き上がってきたのであ

る。啄木は、「詩（無題）」における上記の応答を思い出し、あたかも啄木自身を秋瑾に置き換え、剣を想像し、剣が欲しいと思い、「予に剣を与えよ」と書いたのである。生活苦という身近な不可避の問題に苦悶しているとき、秋瑾「寶刀歌」が啄木に蘇ってくる。すでに死んでいる秋瑾とのいわば想定相聞歌「詩（無題）」を詠った二ヵ月のちにも、啄木は秋瑾をしっかり覚えている。五日後の一九〇八年一月一日の日記に生活苦を強いる社会を破壊したいという怨念を記す。

「［一人前の働きをして居て何一つ悪い事をせぬ主人自身、あるいは家族の者が年末に借金するために奔走しなければならないという］此驚くべき不条理は何処から来るか。云ふ迄もない、社会組織の悪いからだ。悪社会を怎すればよいか。外に仕方がない。破壊して了はなければならぬ。破壊だ、破壊だ。破壊の外に何がある」（第五巻一九二頁。［］は引用者補足）。

懸命に働いている我に悪いところはない。その我を不条理に苦しめる社会はそれ自体が悪である。我をいわれなく窮乏させる社会は破壊あるのみではないか。我に剣を、強力な武器を、与えよ、と思う。ほぼ半年後に啄木は「剣歌」第三句・第四句、

「歐治爐中造化工、應與世間凡劍別」（歐治子は、まさに世の中の凡剣を君臨すべし）

を念頭において、啄木は歌集「石破集」（一九〇八年七月）の第七一首（第一巻一五一頁）で、

『工人《こうじん》よ何をつくるや』『重くして持つべからざる鉄槌《てつつゐ》を鍛《う》つ』

と詠う。啄木歌の「工人」は秋瑾「剣歌」の「炉中造化の名匠」を受けている。自分の生活苦を秋瑾のラデ

ィカリズムに直結し、自分の思想の支えにしている。《生活は生活、文学は文学》と切り離して、生活とは別世界で、気品ある文学を夢想し堪能するのではない。文学者が生活を写実するのでもない。リアルな生活が文学に迫り浸透してくるのである。このとき、秋瑾は啄木に深く痛切に内面化している。内面化した秋瑾はその後の啄木を捉えて離さない。啄木が「劍歌」に韻字を踏んだ例は第一〇章で示す。

第九章　啄木「無題詩」と秋瑾詩「寶刀歌」

啄木が秋瑾斬首から受けた衝撃は、一九〇七年一〇月一五日に発行された『小樽日報』（第一号）に掲載された無題の「詩」（第八巻三六二〜三六三頁）に明確に刻まれている。その詩は秋瑾の「寶刀歌」や「劍歌」を念頭においた詩である。その発行日は、秋瑾斬首の一九〇七年七月一五日から正に三ヶ月後の一九〇七年一〇月一五日であり、その日は、秋瑾の一周忌未満のいわば「祥月命日《しょうつきめいにち》」である。

つぎに秋瑾の詩詞「寶刀歌」、その拙訳、および啄木の詩（無題）をかかげる。それを掲げたすぐ後で、啄木詩（二〇〇四）や「詩詞世界　碇豊長の詩詞　秋瑾詩詞　宝刀歌」を参照した。「寶刀歌」の原文は秋瑾と比較して秋瑾詩「寶刀歌」の特徴を考察するさいの便宜のため、「寶刀歌」の各行の頭に番号（一）、（二）…などをつける。そのさい、郭二〇〇三：二四六〜二四七での、第四〇句を第四一句と第四一句とに、第四一句を第四二句と第四三句とに、第四二句を第四四句と第四五句とに、それぞれ引用便宜上、区分する。啄木「詩」の各行の頭に番号一）、二）…などをつける。上段の「寶刀歌」の［秋瑾①＝［（〇一）〜（〇四）］は、①は（〇一）行から（〇四）行までを含むことを意味し、下段の啄木「詩（無題）」の［啄木〇一）〜一四）＝秋瑾②］は、「詩（無題）」の〇一）行から一四）行までは「寶刀歌」②、即ち［（〇五）〜（〇八）］に対応することを意味する。引用が長くなるが、下記の対応関係を味読されたい。傍点強調は引用者。

秋瑾「寶刀歌」

［秋瑾①＝〇一）～〇四）］
（〇一）漢家宮闕斜陽裏、
（漢族の宮城には衰亡の光が落ち、）
（〇二）五千餘年古國死。
（五千年余の歴史をもつ祖国は死んでいる。）
（〇三）一睡沈沈數百年、
（もの倦む惰眠を貪り数百年経ち、）
（〇四）大家不識做奴恥。
（皆は奴隷状態を恥じと思わない。）
［②＝〇五）～〇八）］
（〇五）憶昔我祖名軒轅、
（思えば、古の祖先の名は軒轅［黄帝］であり、）
（〇六）發祥根據在崑崙。
（祖先の発祥の地は崑崙であった。）
（〇七）闢地黄河及長江、
（黄河と長江に広がる地帯を開発し、）
（〇八）大刀霍霍定中原。
（我が大軍は赫々たる戦果をあげ中原を平定した。）

啄木「詩（無題）」

［啄木〇一）～一四）＝秋瑾②］
〇一）浪《なみ》とことはに新らしく
〇二）寄せては雪と砕《くだ》け去り
〇三）無始《むし》の始《はじめ》ゆ永劫《えいごふ》の
〇四）終りに響く海潮音《かいてうおん》
〇五）其勇《そのいさ》ましき轟《とどろ》きに
〇六）若き産声打揚《うぶごゑうちあ》げて
〇七）此処《ここ》澎湃《はうはい》と潮白《しほしろ》き
〇八）北大海《きたおほうみ》の岸の上
〇九）ああ創生《さうせい》の曙《あけぼの》に
一〇）真《ま》素《す》裸荒《はだあら》の神の子が
一一）地韜《ぢたゝら》踏みて競《きそ》ひ出《で》し
一二）其有様《そのありさま》を見るが如《ごと》
一三）見よや雄々《をを》しく気負《きお》ひたる
一四）戦闘《たゝかひ》の子ぞ生まれたれ

［③＝〇九）～一二）］
（〇九）痛哭梅山可奈何？
（揚州梅花嶺に痛哭し如何にせむと思い、）
（一〇）帝城荊棘埋銅駝。
（帝城の荊棘は銅製駱駝を蔽い隠している。）
（一一）幾番回首京華望、
（何回か首を巡らし都を眺め、）
（一二）亡國悲歌涙涕多。
（亡国を悲しむ歌を詠い滂沱の涙をながす。）
［④＝一三）～一六）］
（一三）北上聯軍八國衆、
（列強八カ国軍が北上し我が国を攻め、）
（一四）把我江山又贈送。
（山河を奪ったのに、さらに献上するという。）
（一五）白鬼西來做警鐘、
（白人侵略者が西から侵入し警鐘は打ち鳴なり、）
（一六）漢人驚破奴才夢。
（漢人は驚いて奴隷根性の夢から醒めた。）
［⑤＝一七）～二〇）］

［一五）～二二）＝秋瑾①③⑦⑧］
一五）旧《ふる》き思想と悪徳と
一六）心腐れし迷信と
一七）虚偽と偽善と圧制の
一八）狭《せま》く苦しく濁りたる
一九）此世《このよ》にありて人は皆
二〇）其本性《そのほんじやう》を擲《なげう》ちて
二一）足《た》ること知らぬ貪婪《どんらん》の
二二）奴隷《しもべ》となれる今日《けふ》の時
［二三）～二八）＝秋瑾②］
二三）こはそも如何《いか》に赤裸々《せきら、》の
二四）新肌《あらはだ》太く力ある
二五）叫びの声は雷《らい》の如《ごと》
二六）躍《おど》り出《い》でたる眩《まばゆ》さは
二七）さながら遠き大漠《たいばく》に
二八）獅子《しゝ》の猛《たけ》るに似たりけり

（一七）主人贈我金錯刀、
（持主が金の象嵌の刀を贈ってくれたので、）
（一八）我今得此心英豪。
（今この刀を得て心は英雄豪傑のように高ぶる。）
（一九）赤鐵主義當今日、
（血を流し武装する覚悟で今日の状況に当たれば、）
（二〇）百萬頭顱等一毛。
（白骨と化す百万の輩は一本の毛の如く軽い。）
［⑥＝二一）～二四）］
（二一）沐日浴月百寶光、
（刀を日光に晒し月光に浸せば燦然と輝き、）
（二二）輕生七尺何昂藏？
（生死を超越し意気軒昂とならないか。）
（二三）誓將死裏求生路、
（誓ってまさに死裏に活路を求めるには、）
（二四）世界和平頼武裝。
（世界の平定には武装が必要だ。）
［⑦＝二五）～二八）］
（二五）不観荊軻作秦客、

［二九）～四一）＝秋瑾⑤⑥⑧⑨⑩］
二九）右手《めで》に翳《かざ》すは何の剣
三〇）左手《ゆんで》に執《と》るは何の筆《ふで》
三一）かざす剣《つるぎ》に照り映《は》えて
三二）黄金《こがね》の光荘厳《おごそか》に
三三）嚇灼《かくやく》として朝日子《あさひこ》は
三四）今北海《いまきたうみ》も照したり
三五）照す光に見さくれば
三六）天《てん》とこしへに蒼《あを》くして
三七）限りを知らず雲もなし
三八）海は自然の大胸《おほむね》の
三九）ゆるぎの濤《なみ》に休むなき
四〇）凱歌《かちどき》あげて活動の
四一）楽《がく》いさましく繰返す
［四二）～五五）＝秋瑾④⑦⑨⑪］
四二）ああ今ここに生れたる

（刺客を客と偽り秦に送るのを目撃しないか、）
（二六）圖窮匕首見盈尺。
（地図を丸め隠した匕首が身近で露見する。）
（二七）殿前一撃雖不中、
（が、皇帝の目前で一撃命中を果たさずとも、）
（二八）已奪專制魔王魄。
（既に専制魔王の心胆寒からしめたのだ。）
［⑧＝（二九）～（三三）］
（二九）我欲隻手援祖國、
（自力で［片手に宝刀を握り］祖国を救いたい、）
（三〇）奴種流傳徧禹域。
（奴隷根性が祖国全土に瀰漫している。）
（三一）必死人人奈爾何？
（魂が死んだ人々は汝（武器）をどうするか、）
（三二）援筆作此《寶刀歌》。
（［もう片手に］筆を執りこの「寶刀歌」を作る。）
（三三）寶刀之歌壯肝膽、
（寶刀の歌を詠い心は壮快になり、）
［⑨＝（三四）～（三七）］

（四三）戦闘《たゝかひ》の児《こ》よ願はくは
（四四）隠すことなく飾るなく
（四五）ありのままなる心もて
（四六）我《わ》が光明《くわうみやう》と信念に
（四七）弓ひくものを踏みつぶし
（四八）何憚《はゞか》らぬ声あげて
（四九）力の限り叫べかし
（五〇）旧《ふる》き思想は覆《くつが》へり
（五一）奸邪《かんじや》迷信はた偽善
（五二）世の圧制も悪徳も
（五三）朝《あした》の露と消え失せて
（五四）初めて茲《こゝ》に玲瓏《れいろう》の
（五五）新らしき代《よ》は造《つく》られむ
［（五六）～（六四）＝秋瑾②］
（五六）ああ心地《こゝち》よき進軍の
（五七）門出《かどで》眩《まばゆ》き朝姿《あさすがた》

（三四）死國靈魂喚起多。
（殉国する霊魂は盛んに覚醒す。）
（三五）寶刀侠骨孰與儔？
（宝刀と男気のいずれが同志だろうか、）
（三六）平生了了舊恩仇。
（今更ながら長年の仇は明白だ。）
（三七）莫嫌尺鐵非英物、
（この短刀が優れ物ではないことを嫌うな、）
〔⑩＝三八）～四一）〕
（三八）救國奇功頼爾収。
（汝［武器］で救国という重大な手柄を立てたい。）
（三九）願從茲以天地爲鑪、
（ここより、天地を炉となし、）
（四〇）陰陽爲炭兮、
（陰陽の気を炭［燃料］となし、）
（四一）鐵聚六洲。
（鉄は全土から集めよう。）
〔⑪＝四二）～四五）〕
（四二）鑄造出千柄萬柄刀兮、

五八）日射《ひざし》真面《まとも》に突立《つきた》ちて
五九）我《わ》が行く海を見渡せば
六〇）洸瀁《くわうやう》として涯《はて》もなき
六一）万古《ばんこ》の濤《なみ》の起伏《おきふし》よ
六二）足下《あしもと》近き巌《いは》鳴りて
六三）進めとばかり鞺鞳《だうたふ》の
六四）海潮音《かいてうおん》ぞ轟《とどろ》ける

（千本万本の刀を鋳造して、）
（四三）澄清神州。
（中国を払い清めるのだ。）
（四四）上繼我祖黄帝赫赫之成名兮、
（天帝より我が祖先黄帝は赫々たる名を継承し、）
（四五）一洗數千數百年國史之奇羞！
（数千数百年の国史の奇妙な羞恥を洗い落とすのだ。）

［「寳刀歌」と「詩（無題）」の対応関係］　秋瑾詩「寳刀歌」は四五句からなり切れ目はない。啄木無題詩は六四行、五聯からなる。啄木歌と秋瑾「寳刀歌」との関連をみよう。

［一］　まず、啄木詩の第一連〇一）～一四）は「寳刀歌」の②につながる。そこで、秋瑾が中国の中原の創世を称えれば、啄木は東海の国の誕生を詠う。特に、啄木詩の三）「無始の始めゆ永劫の」、六）「若き産声打揚げて」、九）「ああ創生の曙に」は、「寳刀歌」の（六）「憶昔我祖名軒轅」［古の祖先の名は軒轅（黄帝）であったことを想う］に対応する。「黄帝」は中国古代伝説上の帝王であり、陝西省の黄陵に祭られている漢民族の始祖とされる。康有為らの改革派（立憲派・変法派）が「孔子紀元」を主張したのに対し、秋瑾たちの革命派は「黄帝紀元」の立場であった（島田六一）。秋瑾は紹興軍事決起（一九〇七年七月一三日）の文書である「光復軍起義檄稿」の末尾を「願わくは黄帝及び祖宗の霊の加護を受け、旧業を光復して人びととともに革新せん」（秋瑾二〇〇四：二二、西二九九）と結んだ。

啄木詩の一〇）の「神の子」は「寳刀歌」の（四三）「神州」に重なる。啄木詩の一一）の「地鞴《ぢたたら》」は「寳刀歌」

の（三九）の「鑢」＝炉に重なる。啄木詩の一四）の「戦闘の子」は、「寶刀歌」の（八）の「大刀霍霍定中原」（我が大軍は赫々たる戦果をあげ中原を平定した）に重なる。

［二］　啄木詩の第二連の「前半」一五）から二二）までは、「寶刀歌」の①、③、⑦、⑧に対応する。その「後半」（二三）から二八）までは「寶刀歌」の②に対応する。啄木詩も「寶刀歌」も、若い産声をあげて誕生した国が、旧習・悪徳・迷信・虚偽・圧制が支配し、皆が欲望の奴隷になっている状態を悲嘆する。特に、啄木詩の一六）の「心腐れし迷信に」は「寶刀歌」の（三一）の「心死人人奈爾何」［心が死んだ人々は汝（武器）をどうするか］に重なる。

啄木詩の一七）の「虚偽と偽善と圧制の」は、「寶刀歌」の（二八）の「已奪専制魔王魄」（既に専制魔王の心胆寒からしめたのだ）に重なる。啄木詩の二二）の「奴隷」は「寶刀歌」の（三〇）「奴種流傳徧禹域」（祖国全土に奴隷根性が流布し満ちている）に重なる。

［三］　啄木詩の第三連二九）から四一）までは、「寶刀歌」の⑤、⑥、⑧、⑨、⑩に対応する。そこで啄木詩と秋瑾「寶刀歌」はともに、現状を打破するために用いる武器＝刀・剣を称えた件である。特に、啄木詩の二九）「右手《めで》に翳《かざ》すは何の剣」は「寶刀歌」の（二九）「我欲隻手援祖國」［自力で（片手に宝刀を握り）祖国を救いたい］に対応する。啄木詩の三〇）「左手《ゆんで》に執《と》るは何の筆《ふで》」は、「寶刀歌」の（三二）の「執筆作此《寶刀歌》」［（もう片手に）筆を執りこの「寶刀歌」を作る］に対応する。

秋瑾には「寶刀歌」とは別の「剣歌」と題する詩詞がある（第八章参照）。両歌とも秋瑾が北京に滞在中の一九〇四年の作品と推定されている。同時期の作品「剣歌」には、ずばり、「右手把剣左把酒」（右手に剣を握り左手に酒盃をもつ）（秋瑾二〇〇四：五〇）とある。啄木詩の上記の二九）「右手《めで》に翳《かざ》すは何の剣」および三〇）「左手《ゆんで》に執《と》るは何の筆《ふで》」は「剣歌」のこの件をも念頭に置いている。

啄木詩の三一）「かざす剣《つるぎ》に照り映《は》えて」は、「寶刀歌」の（一一）「沐日浴月百寶光」（刀を日光に晒し月光に浸せば燦然と輝き）に対応する。啄木詩の三三）「黄金《こがね》の光荘厳《おごそか》に」は「寶刀歌」の（一七）の「主人贈我金錯刀」（持主が金の象嵌の刀を贈ってくれた）に対応する。啄木詩の三八）「海は自然の大胸《おほむね》の」、三九）「ゆるぎの濤《なみ》に休むなき」、四〇）「凱歌《かちどき》あげて活動の」、四一）「楽《がく》いさましく繰返す」は、「寶刀歌」の（三三）の「寶刀之歌壯肝膽」（寶刀の歌を詠って心は壮快になる）に対応する。

［四］　啄木詩の第四連は秋瑾詩「寶刀歌」の④、⑤［（一九）（二〇）］、⑦、⑨、⑪に対応する。そこで共に、腐りきった現状を打破する果敢な戦闘を描写する。啄木詩の四六）「我が光明と信念に」は「寶刀歌」（一九）「赤鐵主義當今日」（血を流し武装する覚悟［赤鐵主義］で、今日の状況に当たれば）に重なり、啄木歌四七）「弓ひくものを踏みつぶし」は、「寶刀歌」二〇）「百萬頭顱等一毛」（白骨と化す百万の輩は一本の毛のように軽い）に対応する。

啄木詩の五〇）「旧《ふる》き思想は覆《くつが》へり」、五一）「奸邪《かんじゃ》迷信はた偽善」、五二）「世の圧制も悪徳も」は、第二聯のリフレインであり、「寶刀歌」の（二八）「已奪專制魔王魄」（既に専制魔王の心胆寒からしめたのだ）と（三〇）「奴種流傳徧禹域」（奴隷根性が祖国全土に瀰漫している）に重なる。

［五］　啄木詩の第五聯は第一聯のリフレインであり「寶刀歌」の②＝（〇五）〜（〇八）に重なる。

［六］　啄木詩の二七）の「大漠」＝ゴビ砂漠と六三）の「韃靼」＝ダッタンは共に、秋瑾が「寶刀歌」②で称える中国の大地＝「中原」を指示する。啄木は「北大海」＝「東海」を念頭に詠い、中国の「中原」と東海（日本）の「海潮音」を対比する。

［七］　秋瑾詩「寶刀歌」は、ポジティヴな内容と（□）とネガティヴな内容（■）が、

①■→②□→③■→④■→⑤□→⑥□→⑦□→⑧□→⑨□→⑩□→⑪□

という順序に構成されている。現状の否定的認識から始めて、過去を肯定的に回顧し、その肯定的過去が否定的現状と対比され、そこから将来を肯定的に展望するという構成である。「ネガ→ポジ→ネガ→（長い）ポジ」という順序である。この思惟様式は秋瑾のみならず、魯迅にも毛沢東にもあり、いや、おおよそ中国の普遍的思惟様式である。井波律子によれば、この様式は「否定を重ねたうえで、最終的に大いなる肯定に逆転させるという語り口である。魯迅に透けて見える漢文脈は…《切り崩し型》であり…《積み上げ壮麗型》ではなく、するどく切り崩していくタイプである」（井波一二五）。自己規定は、非自己規定（non A）を重ねつくした極点で、自己に再帰して獲得するのである［A＝non（non A）］ともいいかえられる（内田二〇〇九：二一八f）。

これに対し、啄木詩はつぎのようである。

第一節□→第二節前半■→第二節後半□→第三節□→第四節□→第五節□

過去の肯定的回顧から始め、否定的現状を憂い、それを打破する戦いによって、肯定的未来を展望するという順序、「ポジ→ネガ→（長い）ポジ」という順序である。秋瑾詩と啄木詩の展望する未来は共にポジティヴである。ただし、秋瑾詩と啄木詩とは、ポジとネガの順序が逆である。秋瑾詩では、ネガティヴな現状から始まり、ついで回顧されたポジティヴな過去がネガティヴな現状と比較され、現状が再度否定される。それだけ、現状が重く暗い。啄木詩はポジティヴな過去から始まり、ネガティヴな現状を指摘するが、それを打破する力を確認し、明るく将来を展望する。全体的に明るい。日本（＝東海）が小さな海洋国のためであろうか。

第一〇章　啄木歌と秋瑾詩「劍歌」・「寶刀歌」

啄木は、『小樽日報』に「詩（無題）」と「初めて見たる小樽」を掲載した八ヵ月後の一九〇八年六月下旬から記した「歌稿ノート」以後、秋瑾その人やその詩「寶刀歌」・「劍歌」を短歌創作に頻繁に深く援用している。そのなかで、啄木は秋瑾詩「劍歌」に重ねた舞いの歌がある。啄木は特に「劍歌」のつぎの件を好んだ。

（秋瑾）「右手把劍左把酒」（右手に剣握り、左手に酒盃もつ）（「劍歌」第一〇句）
「酒酣耳熱起舞時、夭矯如見龍蛇走？」（酒宴酣《たけなわ》にして耳熱く舞に立つ時、剣舞は夭矯《しなやか》にして昇龍を見るが如きぞ）（「劍歌」第一一句、第一二句）

この句を念頭に、啄木は『心の花』「緑の旗」第四八首（第一巻一六五頁）で、

（啄木）**いざ舞はむかざす桜の一枝と君がみ手とる我酔ひにけり**

と詠う（引用文の傍点強調は引用者。以下同じ）。「劍歌」では「右手に剣を握り、左手に酒盃をもつ」と詠い、武闘を誓い、舞いをまう。これに対して、啄木は《右手に「桜一枝」をもち、左手で「君の手」をにぎって、酒宴が佳境に入って酔いに浸りながら、さあ一緒に踊ろう》といざなう。華麗である。啄木がこの歌をつく

ったとき、既に詩（無題）（一九〇七年一〇月一五日）で秋瑾詩「剣歌」を援用したことを思い出しているだろう。「剣歌」第七句・第八句と第九句・第一〇句はとともに、「石破集」第七二首（第一巻一五一頁）でも援用されている。

（秋瑾）「也曾渇飲樓蘭血、幾度功銘上將樓？」（「剣歌」第七句・第八句）
（すなわち、樓蘭の血を渇飲するも、幾度の功名楼に達せんや、）
「何期一旦落君手？右手把剣左把酒。」（「剣歌」第九句・第一〇句）
（いずれ諸侯の手中に落ちぶれ流浪するか。右手に剣握り、左手に酒盃もつ。）

（啄木）**風楼《かぜろう》に満てり人みなさかづきを置けども未だ大雨《たいう》来らず**

啄木歌の「風が満ちる楼」は「剣歌」第七・八句の「樓」に韻字を踏み、「さかづき」は第一〇句の「把酒」（酒盃をもつ）に韻字を踏む。「風」が吹くので予感される「大雨」とは「戦闘」の暗喩である。これは「幾度功銘上將樓？」（幾度の功名楼に達せんや）、いいかえれば、《城攻めをして、幾度も功名を上げても、城主になれるだろうか？》という秋瑾詩における懐疑を、啄木歌は、城攻めに遭う諸侯の立場から詠う。《風向きが怪しげになってきた。さては、城攻めが始まるのか》と思い、酒宴を止めて、防御の準備をしたが、「大雨」＝城攻めが無い。その状態を詠ったものである。このような視点転換を啄木は秋瑾詩の援用でよく行う。

啄木は「剣歌」第一一句・第一二句を念頭におく歌も「虚白集」第六六首（第一巻一五七頁）で詠っている。

（秋瑾）「酒酣耳熱起舞時、夭矯如見龍蛇走？」（「剣歌」第一一句・第一二句）

（啄木）（酒酣耳熱く舞に立つ時、剣舞はしなやかで昇る龍を見るようではないか）
汪然《わうぜん》としてああ酒の悲みぞ我に来れる立ちて舞ひなむ
（酒飲して、なぜか悲しみが湧き上がる、立ち上がって舞いをまおう）

「飲酒↓舞い」という関連で啄木歌は秋瑾詩「剣歌」を踏まえている。酒で熱い思いが湧き起こり、その熱情が舞いを促す点で同じである。つぎの啄木歌「虚白集」第一〇二首（第一巻一五八頁）も、秋瑾詩「剣歌」第一一句・第一二句を念頭においている。同じ句をもちいた歌である。

（秋瑾）「酒酣耳熱起舞時、夭矯如見龍蛇走？」（「剣歌」第一一句・第一二句）
（酒酣耳熱く舞に立つ時、剣舞はしなやかで、天昇る龍を見るようではないか）
（啄木）**若き日はかへることなし燭《しょく》を増《ま》せ我も舞はむと大王《おほぎみ》泣くも**

啄木歌の「大王」は秋瑾詩「寶刀歌」第五句、第四四句の「黄帝」を念頭においている。《青春は短い。二度とは来ない。もっと灯りを増やせ。古えを思い、私も踊ろう。満洲族に支配されている現状を愁える若者が、漢族の光復を祈願して踊る舞いを見て、いまは亡き古えの帝王が泣いているだろう》というのである。

啄木は「剣歌」第二一句に韻字を踏んだ歌を「虚白集」第一首（第一巻一五四頁）と第三九首（第一巻一五六頁）で詠っている。そのうち「虚白集」第一首はすでに第五章で引用した。

（秋瑾）「歸來寂寞閉重軒」（「剣歌」第二一句）（帰来れば寂寞として高屋を閉ざし）

（啄木）ふる郷《さと》の空《そら》遠みかも高き屋《や》に一人のぼりて愁ひて下《くだ》る

（啄木）はたはたと黍《きび》の葉鳴れる故郷《ふるさと》の軒端なつかし秋風吹けば

啄木が右記の二首でそれぞれ「ふる郷」・「故郷」をいうとき、秋瑾の「帰来」＝「ふるさとに帰る」を念頭においている。啄木が「高き屋」、「軒端」というとき、秋瑾の「重軒」（軒を重ねた家＝「高（き）屋」）を念頭においている。右記の第一首では、秋瑾のように家を「閉ざす」のではなく、屋上に一人上って展望してみたが、やはり愁いは晴れず、「下りてくる」と詠う。第三九首では、なつかしい故郷から遠く離れて、秋風に黍の葉が鳴る「故郷の軒端」を偲んでいる。秋瑾詩での、城主になれず失意に陥った「寂寞」は、この歌では「望郷の思い」に変えられている。

啄木は「石破集」第三六首（第一巻一四九頁）でも「剣歌」第二一句・第二二句全体を念頭に詠っている。

（秋瑾）「歸來寂寞閉重軒、燈下摩挲認血痕。」（「剣歌」第二一句・第二二句）
（帰来れば寂寞として高屋を閉ざし、灯下に剣を摩れば血痕認む。）

（啄木）**かへり来《こ》し心をいたむ何処にてさは衣《ころも》裂き泣きて歩める**

啄木の「かへり来し」は秋瑾の「帰来」に、「心いたむ」は「寂寞」に、それぞれ対応している。啄木が「何処にてさは衣《ころも》裂き」というとき、自分の剣で人を切って刀についた「認血痕」（血痕を認む）という秋瑾の表現を、剣で切られた者の立場から詠っている。秋瑾詩は、剣手が剣にこびりついている血痕を摩る場面を詠う。これに対し啄木は、着ている衣を剣で切られた者の立場を詠う。このように、啄木歌は、秋瑾詩との関連を維持しつつも、立場・次元・時などを旋回させて、あたらしい歌を巧みに詠う。

つぎの啄木の『一握の砂』第三七〇首（第一巻五三頁）は「劍歌」の第二三句・第二四句に重ねた歌である。

（秋瑾）「君不見孟嘗門下三千客？　彈鋏由來解報恩！」（第二三句・第二四句）

（諸侯見ずや、孟嘗門下三千人の食客を、鋏《さや》弾《はじ》くは報恩を解すに由来す。）

（啄木）**乗合《のりあひ》の砲兵士官《はうへいしくわん》の／剣《けん》の鞘《さや》／がちやりと鳴《な》るに思《おも》ひやぶれき**

秋瑾は、門下三千人の食客が孟嘗への恩に報いるために、いざというときに剣を握り、鞘（鋏）が弾かれて鳴る場面を詠う。これに対し、啄木は、街中の電車で乗り合わせた砲兵士官の剣が、電車が揺れたためか、ガチャリと鳴るので、思いにふけっていた者（啄木）がビクリとした場面を詠う。砲兵士官は天皇の恩に報いるためか、常に帯刀して世間に出る。当時、砲兵士官には、剣術よりむしろ、騨丸の着弾距離を計算する数理能力が求められたのだが、兵卒を指揮する士官の魂は剣に宿ると信じ、電車に乗るときだけでなく戦場でも帯刀していた。背が低い陸軍士官は長剣が地面にぶつからないように注意しなければならなかった。戦闘に合理的な服装・装備よりも、軍人魂の象徴（陸軍将校＝長刀・海軍将校＝短刀）を下げることが優先された。秋瑾は武闘も辞さない覚悟を（日本）短刀装備で示した。

啄木は「寶刀歌」に重ねた歌も詠った。つぎの「虚白集」第九九首（第一巻一五八頁）がある。これは古代の帝王を慕い詠う歌である。「寶刀歌」第一句、第五句、第四四句を念頭においている。

（秋瑾）「漢家宮闕斜陽裏」（漢族の宮城には衰亡の光が落ち）

「憶昔我祖名軒轅」（思えば、古の祖先の名は軒轅［黄帝］であった）

「上繼我祖黄帝赫赫之成名兮」（天帝より我が祖先黄帝は赫々たる名を継承した）

（啄木）古の大《おほ》き帝《みかど》もあまたたび恋しきといふ我も然《しか》せむ

啄木歌の「古の大き帝」は「寶刀歌」の「黄帝」に韻字を踏む。古代の大帝と啄木が惹かれあっている関係を詠った歌である。秋瑾は現状批判基準を古の大帝の御世に求めた。

啄木は「石破集」（一九〇八年七月一〇日、全一一六首）の第八六首（第一巻一五一頁）で詠う。この歌は「剣歌」第一句・第二句と重ねている。

（秋瑾）「若耶之水赤厪鐵、鋳出霜鋒凛冰雪」（「剣歌」第一句・第二句）

（若耶渓の名水と赤厪山の名鉄、霜懸かる剣の切先を鋳出し凛冰《りんぴょう》を雪《そそ》ぎ）

（啄木）鉄壁を攀《よ》ぢてやうやく頂上に上《のぼ》れる時に霧またく霽《は》る

啄木は、「剣歌」の「赤厪山の名鉄」を「鉄壁」に、「霜懸かる剣の切先」を「霧」に、それぞれ置き換える。秋瑾の霊妙な剣への讃歌を、啄木は、人が俗世界を拒む高山の頂上に登り着いたときの様子に置き換える。両方とも脱俗性で共通する。

このような個々の秋瑾詩の活用を象徴するように、「虚白集」（一九〇八年一〇月一〇日。全一〇二首）は、冒頭三首（第一巻一五四頁）から秋瑾その人が浮かび上がる。

第一首　ふる郷《さと》の空《そら》遠みかも高き屋《や》に一人のぼりて愁ひて下《くだ》る
第二首　皎《かう》として玉をあざむく少人《せうじん》も秋来《く》といへば物をしぞ思ふ
第三首　そを読めば愁知るといふ書《ふみ》焚《た》ける古人《いにしへびと》の心よろしも

この三首はすでに第五章で詳しくみた。第一首＝愁。第二首＝玉（＝瑾）と秋、即ち秋瑾。第三首＝愁とある。第二首の「玉・秋＝秋瑾」を第一首および第三首の「愁」が囲んでいる。この「愁」は秋瑾絶命詞「秋風秋雨愁殺人」の「愁」である。

第一首は、先にのべたように、秋瑾詩「劍歌」第二一句・第二二句、

「歸來寂寞閉重軒、燈下摩挲認血痕」（帰来れば寂寞として高屋を閉ざし、灯下に剣を摩れば血痕認む）

を念頭においた歌である。秋瑾詩は、帰郷（「帰来」）して「寂寞」たる思いで高屋（「重軒」）を「閉ざす」という。これにたいして、啄木は《高屋の屋上に登ってみたが、やはり愁いの思いは晴れず、降りてきた》と詠う。初めから家を閉ざすのではない。一端、屋上に登って気分を晴らそうとしたが、やはり、愁いは晴れなかったと詠うのである。秋瑾詩との関連は明確である。

第二首《皎《かう》として玉をあざむく少人《せうじん》も秋来《く》といへば物をしぞ思ふ》は第五章も詳しくみた。ここでは若干新しい論点を加えて再説する。漢詩の世界では、小人《しょうじん》を「学徳のない人物」という意味で用いる。「自己卑下」に用いる場合もある。この歌はイロニーを込めた歌である。

ところで、岩城之徳（一九八一：七三）は『一握の砂』第二五四首（第一巻三九頁）の、

皎《かう》として玉《たま》をあざむく少人《せうじん》も
秋来《あきく》といふに
物《もの》を思《おも》へり

を引き解説する。この歌は「虚白集」上の歌と若干字句が異なるが、啄木が「虚白集」のその歌で表現した意味を変更するものではない。岩城は「少人」を「少年」の意味に解し、「玉」を文字通りの玉に解し、「白く美しくて玉と見まちがえるほどの少年も、秋が来るというと、なんとなく物思いもふけるのである」と解説する。岩城にとって「少人」は「若く美しい貴公子」である。《秋になると物思いに耽る》。岩城のこの「美少年」は、妙に屈折した精神構造をもっていることになる。「美少年」と「物思い」とは不具合であろう。

啄木のいう「少人《せうじん》」（しょうじん）は「少年」ではなくて、「学徳のない人物」である。啄木は、例えば『東京毎日新聞』一九一〇年三月一〇に掲載された歌（第一巻一三一頁）、

少年《せうねん》の軽《かろ》き心《こゝろ》は我《われ》になしげにく君《きみ》の手《て》とりし日《ひ》より

では、「少人《せうじん》」ではなく「少年《せうねん》」という文字を用い「せうねん」とルビをふっている。ルビ「せうねん」は久保田正文編（一九九三）『［新編］啄木歌集』岩波文庫三三五頁によるが、『石川啄木全集』第一巻巻末の索引におけるこの歌の順序からみても、この巻の編者も「せうねん（しょうねん）」と読んでいる。啄木は「少人」（小人）と「少年」とを区別して用いているのである。啄木にとって「少人《せうじん》」は「学徳のない人物」である。すでに指摘したように、「春秋左伝」（桓公十年）に「小人《しょうじん》に罪無し、玉を懐いて罪有り」とある。「小人」に「玉」＝財産は「不釣り合い」であること、「小人」が「玉」＝富を持つと、それを悪用し罪を犯すことを指

摘した文である。啄木歌はこの「小人と玉」を踏んでいる。これは「和韻」（次韻・用韻・依韻）のうち、同じ文字を用いながら元の順に捉われない「用韻」である。

　しかし、啄木は「春秋左伝」の「小人と玉」の意味を知りつつも、単純には踏襲しない。あたらしい意味を吹き込む。「あざむく」には、よく使われる「①まちがえさせる」という意味だけでなく、「②詩歌を吟ずる」の意味がある。この啄木歌の「あざむく」はこの二重の意味をもつ。すなわち、《①自分に光を当てて玉［秋瑾］と間違わせ、②歌詠みで負けじと張り合った小人［啄木の「自己卑下」の謂い］も、秋の訪れとともに物思いに耽る》という意味である。いいかえれば、《秋瑾には詠歌でとても敵わないのに、自分の文才の程度も弁えず、①秋瑾詩に韻字を踏んで秋瑾になりすまし、②詩歌を詠んだが、秋が訪れ物思いに耽り、馬鹿なことをしたものだと反省する》との意味である。**《皎《かう》として玉をあざむく少人《せうじん》も…》**の「玉」からも、秋瑾の「瑾＝玉」の意味が浮かんでくる。

　第三首**《そを読めば愁知るといふ書焚《ふみた》ける古人《いにしへびと》の心よろしも》**はどうか。「書焚ける古人」とは、いうまでもなく、秦の始皇帝のことである。彼の「焚書坑儒」の故事を念頭においた歌である。啄木歌は《その人の書いたものを読むと深い愁いに陥る。だから始皇帝の気持はよく分かる》という歌である。啄木が詠う対象の人物は「始皇帝」そのものではない。始皇帝の裏に潜む人物こそ、啄木が詠いたい人物である。そのひとの書いたものは、啄木を憂鬱にさせるというのである。そのくらい、その人の書き物は愁いに満ちているというのである。秋瑾は、詩「寶刀歌」・「剣歌」・「有懐」・「寄東瑆妹」・「偶有所感」などの多くの憂愁の詩を詠った。

　こうして、「虚白集」冒頭三首は、漢籍の世界を背景とした歌として連なり、しかも、第一首＝秋瑾「剣歌」第一一句との関連と秋瑾絶命詞「秋風秋雨愁殺人」の「愁」、第二首＝「秋＋玉＝秋瑾」、第三首＝絶命詞の

「愁」というように、秋瑾悼歌が重層的に連なっていることは分かる。

「虚白集」冒頭の「秋瑾連関」はこれに尽きない。それは「虚白集」の第二首から第九一首をへて第一〇一首へと広がる。

第二首　皎《かう》として玉をあざむく少人《せうじん》も秋来《く》といへば物をしぞ思ふ　（第一巻一五四頁）

第九一首　秋風は寝つつか聞かむ青に透《す》くかなしみの珠《たま》を枕にはして　（第一巻一五八頁）

第一〇一首　一片《いっぺん》の玉掌《て》におけば玲瓏《れいろう》として秋きたるその光より　（第一巻一五八頁）

これらいずれの歌も「秋と玉・珠（＝瑾）」という語を用いている。この対となる用語が結ぶ像は「秋瑾（玉・珠）」である。

［大嶋経男の影響と秋瑾詩］　ここで一九〇七年一〇月一五日の啄木にもどり、秋瑾詩「劍歌」・「寶刀歌」との関連をみる。啄木の「詩（無題）」と評論「初めて見たる小樽」の成立に関連して見逃せないのは、啄木が親愛と尊敬の心を終生いだいた大嶋経男（一八七七—一九四一年）の存在である。啄木は『一握の砂』第三二四首（第一巻四八頁）で、

とるに足《た》らぬ男《をとこ》と思《おも》へと言《い》ふごとく／山《やま》に入《い》りにき／神《かみ》のごとき友《とも》

と、大嶋を称えている。大嶋は漢籍にも通じていた。しかも、エッセイ「わかうどのなげき」を書いている（『紅苜蓿《べにまごやし》』第三冊、一九四〇年一月一日刊。筆名「野ゆり」。目良一六七〜一七二）。その論調は啄木の「詩（無題）」（一九〇七年一〇月）や「卓上一枝」（一九〇八年二月）を髣髴させる。このエッセイの内容は啄木の「詩（無題）」や評論「初めて見たる小樽」に強く関連する。「わかうどのなげき」はこう始まる。

「維新の事業 ― 武力発展 ― 精神閑却の結果 ― 今の家庭 ― 今の教育 ― 旧形式と新思想 ― 分解的科学 ― 小主観的宗教 ― 若人の嘆 ― 第二維新の事業」。

これは大嶋の時代認識を要約したものである。明治維新はなるほど物質文明を実現しつつあるが、その代償として、ものごとを単に部分に分解するだけの人間を生むだけである。全人格的な人材育成には失敗している。人は小我に自閉し窮屈な小世界に閉じ込められ、凡庸な平均主義が跋扈している。そんな環境で、若人はもがき嘆いている。秋瑾との関係で注目すべきことに、大嶋は家庭を問題にする。

「誠に見給へ。今の家庭とは何か。…主人は出でて、常に務に服し、晩景、家に帰れば、乃ち、声酒狼藉、以至楽となし、家婦は、終日、庖厨に、魚菜を友として、所天の晤言も、多くは解す可からず。此間、悪因縁以外、何等の趣味かある。何等かの理想かある」(目良一六九)。

大嶋は、秋瑾と同じように、現実の教育も批判する。

「又、見給え。新捷の勢栄を帰すべき教育はいかに。……今の学校は、余りに、平均主義なり。凡庸中心なり。九十九の凡才を養ふべく、穏健を標榜するは、誠に善し。……彼等は、大天才の、人為に成らざるを、名として、豪をも、英をも、同糅して一概に相量らむとす。かくして、若き人の元気は沈滞せり。青年の意気は銷沈せり」(同)。

家庭と教育、これは啄木の課題であり、秋瑾の課題であった。

大嶋の慨嘆は続く。世にいう救済者、癒しの名手の多くは実は、造詣浅く現実世界の改革を回避し、聖主や上帝に名を借りて旧習旧慣を礼拝するのみであって、小さな自我にしがみついている輩にすぎない。中世の迷信を継承し祭りあげ、人を憐れみ恵んで嬉しがる者である。しかし、大嶋は嘆いてばかりいない。第二の維新を展望する。

「されども、友よ。思ひ給え。われらが皇考は、身を軍国に奉じ、夙夜、肝膽を砕きて、勇往邁進四十年、武威を、地表に宣揚しつるに非ずや。……八州《やしま》の国船、滂湃たり高潮に乗り出でなむとして、ここに、第二の維新の事業は、そが承継者の手を待てり」（同）。

大嶋は祖国の行き詰まりを慨嘆する。気概のある天才若人に現状打破を期待するイメージを海洋国で表現する。この問題像は、啄木の「詩（無題）」（一九〇七年一〇月一五日）に継承されている。一九〇七年（明治四〇年）を大嶋は第二の明治維新の時期であるととらえたのである。そのヴィジョンを啄木が継承する。

こうして、大嶋経男「わかうどのなげき」＝啄木「詩・予の見たる小樽」＝秋瑾「寶刀歌」・「剣歌」という関連がみえてくる。大嶋経男は一九〇七年七月二四日、ちょうど「秋瑾斬首」が函館に新聞で伝えられたころ、日高に去る。その際、啄木にとって貴重な本を貸している。一九〇七年七月の秋瑾起義の衝撃は、啄木が同年九月下旬札幌から小樽に移り一〇月一五日の『小樽日報』第一号に載せた、この「詩（無題）」だけでなくて、同じ号に掲載された評論「初めて見たる小樽」や短歌二一首にもしるされている。

まず、その評論をみよう。それは『小樽日報』の記者に就任する挨拶ではない。啄木の自由論である。同時代批判である。そこから、注目すべき個所を引用する。

「人は誰しも自由を欲するものである。服従と自己抑制とは時として人間の美徳であるけれども、人生を司配《ママ》する事、此自由に対する慾望ばかり強くして大なるはない。……自由に対する慾望とは……自己自らの世界を自己自らの力によつて創造し、開拓し、司配せむとする慾望である。我自ら我が王たらむとし、我が一切の能力を我自ら使用せむとする慾望である。……此慾望の最も熾《さか》んな者は則ち天才である。天才とは畢竟創造力の意に外ならぬ。世界の歴史は要するに、此自主創造の猛烈なる個人的慾望の、変化極りなき消長を語るものであるのだ」（第八巻三五八〜三五九頁。○は原文）。

啄木は、自由とは人間の本性である、その本性は特定の個人、すなわち「天才」に如実にあらわれる、とみる。さきにみたように、大嶋経男も天才を宣揚していた。天才とは創造力であり、新しい時代を切り開く指導力である。世界の歴史は、ひとり天才が作り上げてきたのだ、という。然るに現状はまるで逆になっている。伝統をただ墨守するだけの保守と、伝統にひたすらこだわり執着し過去を回顧するのみの老人が未来を閉ざしている。そこで啄木はつぎのように批判する。

「自由に対する慾望は、しかし然し乍ら、既に頻多なる死法則を形成した保守的社会にありては、常に蛇蝎《だかつ》の如く嫌はれ、悪魔の如く恐れらる丶。之他なし。幾十年若しくは幾百年幾千年の因襲的法則を以て個人の権能を束縛する社会に対して、我と我が天地を造らむとする人は、勢ひ先づ奮闘の態度を採り侵略の行動に出なければならぬ。四囲の抑制漸やく烈しきに従つては遂に之に反逆し破壊するの挙に出る。階級と云ひ習慣と云ひ社会道徳と云ふ、我が作れる縄に縛られ、我が作れる狭き獄室に惰眠を貪る徒輩は、茲に於て狼狽し、憤激し、有らん限りの手段を以て、血眼になつて、我が勇敢なる侵略者を迫害する。斯《かく》て人生は永劫の戦場である。……勝つ者は少なく、敗る丶者は多い」（第八巻二五九頁。傍点強調は引用者。以下同じ）。

上の傍点で引用した件は秋瑾「寶刀歌」の第三句、「劍歌」第一七句・第一八句、「寶刀歌」第二三句を念頭におく。

「一睡沈沈数百年」（深い眠りに入ってもう数百年がたつ、さあ目覚めよ）

「熱腸古道宜多毀、英雄末路徒爾爾」（天義人旧習道徳を宜しく盛んに誹謗すべき、英雄末路かくの如く徒労なり）

「誓將死裏求生路」（誓ってまさに死裏に活路を求める）

さらに、先覚者の悲劇的末路を詠う、つぎのような「劍歌」の件を念頭においているだろう。

「肯因乞米向胡奴？　誰識英雄困道途？」（第一三句・第一四句）
（肯《すす》んで米乞うに因り胡奴の肩をもつか、誰ぞ知る英雄道途に苦しむを）
「名刺懷中半磨滅、　長謌居處食無魚。」（第一五句・第一六句）
（名刺懐中で半ば磨滅し、長歌居処し魚無く食す）
「熱腸古道宜多毀、　英雄末路徒爾爾、」（第一七句・第一八句）
（天義人旧習道徳を宜しく盛んに誹謗すべき、英雄末路かくの如く徒労なり）

啄木は、秋瑾をなぞるように、惰眠を貪る輩は先覚者の行動に「狼狽し、憤激し、有らん限りの手段を以て、血眼になって、我が勇敢なる侵略者を迫害する。斯《かく》て人生は永劫の戦場である。……勝つ者は少なく、敗る丶者は多い」と慨嘆する。

現状はこうである。しかし、人間の本性は自由を希求することにある。自由とは、自己にふさわしい世界を自力で創造する者、つまり天才である。啄木は、人間の本質を自由にもとめ、その自由をもっとも明確に体現する者が天才である、とみる。ところが現状はまるで逆である。因習的法則が、自由という個人の権能を抑圧し支配している。いま、天才が生きる世界は無残である。彼らの天才の芽は摘まれ踏みつけられている。しかし、果敢な者が現れ、その現状を打破しようと戦う。天才は因習が支配する世界に反逆しそれを打破し、自由の天地を創造しようと奮闘する。逆に、旧世界の支配者は自由な世界を創ろうとする者を迫害する。遺憾ながら、勝者は少ない。敗者が圧倒的に多い。

時代の支配的な慣習に反逆して自由を求めて果敢な精神を詠ったもの、それは秋瑾の「寶刀歌」である。そのエートスに打たれて詠ったのが啄木の「詩（無題）」である。啄木の評論「初めて見たる小樽」の内容は、右で見た秋瑾「寶刀歌」・「剣歌」や「啄木詩」の基調とまったく同じである。

啄木に強い影響をあたえた大嶋経男も評論「わかうどのなげき」で現状打破を訴えた。しかし、海潮音が響く日本を船の国に喩えて、その論調は明るい。啄木の論調は明るい大嶋だけでなく、斬首された秋瑾の暗い重々しい影響のもとで、その重圧に耐えて力強く激しい。

啄木の力がこもる論調は、同じ『小樽日報』に載った短歌二一首にみられる。その歌集には、翌年（一九〇八年）の六月二三日深夜から始まる「歌稿ノート」での「短歌爆発」の振動の兆しが読める。この歌集は、のちの歌集「石破集」（一九〇八年七月一〇日）を先駆けるように、異界の表現とでもいうべき歌がある。霧が濃く視界が暗い（第一首、第三首）、病・香煙・死・悲しき思い出（第六首）の歌が詠われている。そこからいくつかの歌をみよう。第六首（第一巻一一二頁）はこうである。

わが被《かづ》くみだれ黒髪《くろかみ》今日《けふ》よりは蛇《へび》ともならむかかる恨《うら》みに

「みだれ髪」は『明星』の与謝野晶子を連想させる。しかし、ここでは「みだれ黒髪」と「黒」が強調される。しかも、黒髪は蛇に化ける。「恨みで蛇になろうとしている」という怨念歌である。ギリシャ神話のゴルゴン三姉妹の一人で、自分の蛇の頭を見た者を石に変えたというメドーサ（Medusa）のイメージである。『明星』の表紙はメドーサで飾られていた。人間解放を切望する女が抑圧されて、その情念がメドーサになっているのである。男は戦慄しないのか。同じ『小樽日報』の第二〇首（第一巻一一三頁）も暗い。

一片《ひとひら》の肉《にく》に飢《う》ゑたる黒犬《くろいぬ》と恋《こひ》なき我《われ》といづれさびしき

ここでも「黒」が基調となっている。のちに啄木は、「黒は死の色である」という（第一巻二四九頁）。「犬（狗）」は「羊」とともに、漢族にとっての宿敵、彼らを支配する仇敵＝満洲族の象徴である。餓えた犬が貪る肉は誰かが死んで残した肉である。それは誰か。この第二〇首は、一年後の「石破集」の第四四首（第一巻一五〇頁）、

飢ゑし犬皆来て吠えよ此処にゐて肉をあたへぬ若き女《をみな》に

につながる。「石破集」では「恋なき我」は消え、死して肉を犬に与える若い女になる。「捨身飼虎する女」である。『小樽日報』の歌では「恋なき我」の背後に「女」が潜んでいたのだろうか。一九〇八年六月二三日夜から突如始まる啄木の短歌爆発の記録「歌稿ノート」の異界表現のきざしは、すでにここ『小樽日報』に伺える。「秋瑾起義＝斬首」の啄木への衝撃はすでにこの『小樽日報』の歌集にも響きはじめている。

［ニーチェ・女性解放・スピノザ］　一九〇七年九月執筆の「秋風記」の約一ヶ月後、同年一〇月一五日、秋瑾祥月命日に『小樽日報』に《秋瑾との問答歌》というべき「詩（無題）」や評論「初めて見たる小樽」（第八巻三五八〜三六一頁）を載せた。その二週間後の一〇月三一日に、第二章でみた詩「恋」を掲載した『小樽日報』に「冷火録（三）」（第八巻四〇二〜四〇三頁）の題で、ニーチェ論を載せる。啄木は、ニーチェの『超人』の明治青年にとっての意味を主張する。

「宗教から国家を解放し、王権から人民を解放し、教会から学術と文芸を解放し、成文の信条から真の信仰を解放し、更に立入っては古い社会律から女子を、両親の希望から其子を解放して来た近代的思潮

の大勢の理の当然として正に個人を一切から解放せねば止まぬのである。‥超人といふ語は畢竟《ひつきやう》近代人の理想を最も簡潔に現はしたもの、…………何時の世に於ても社会に多数の凡人と少数の天才との戦闘《たたかひ》が絶えぬ。此天才者が詮《つま》る所超人の境に憧《あこが》る、勇ましい人生の戦士である。斯《か》くの如き天才は、戦って闘って、時として勝ち、時として敗れる」（第八巻四〇三頁。傍点強調は引用者。〇強調は原文）。

啄木は、敗れても長い歴史の上では、一時の敗者か、一時の勝者か、いったいどちらが永遠に生きる勝利者であろうかと書いて、この評論を結ぶ。この論調は先にみた評論「初めて見たる小樽」と同じである。超人は、啄木にとって、旧秩序からの近代的解放を主張する人間像である。現状の矛盾に覚醒した者は「何者」に導かれて、現状を打破し克服する天才＝超人である。この天才論は『小樽日報』第一号に掲載した「初めて見たる小樽」における天才論と同じである。

注目すべきことに、啄木はこの評論で「女子の古い社会律からの解放」を主張する。啄木は「女権獲得の人」秋瑾を思い描いていたであろう。すでにみたように、啄木は『小樽日報』同年一一月二九日に、秋瑾が留学した実践女学校の校長・下田歌子が清国から下田のもとに留学する女性がたくさんいると論評している（第八巻四四四～四四六頁）。留学生の一人として秋瑾を念頭においているだろう。

啄木はやがて「エリート・モデル」を棄て、人間はすべて生活者にすぎない、《生活の必要》に即して生きよ、という観点に到達する。その観点の移動は彼自身の新聞記者としての社会凝視が促した。連載記事「百回通信」執筆（第二二章参照）がその機会を与える。

啄木は、右記の日記（一九〇八年一月一日）や評論「冷火録（三）」から一ヶ月あと、一九〇八年二月にエッセイ「卓上一枝」で「革命の声」・「革命の血」と書く。秋瑾斬首の衝撃は啄木を熱く燃やす。このころ、いかなる思想をいだいていただろうか。啄木は書く。

「人は常に自己に依りて自己を司配［＝支配］せんとす。然れども一切の人は常に何者にか司配せらる。此《何者》は遂に《何者》なり。我等其面を知らず、其声を聞かず。之を智慧の女神に問へども黙して教ふる所無焉《なし》」（第四巻一三五頁。［］は引用者補足）。

「何者」とは「スピノザ的自然」のことである。自ら万物を生む自然（natura naturans）である。啄木はスピノザを知っていた（第四巻四四頁。同一二五頁も参照）。内面から吹き上げてくる行動への衝動は「何者」が促す行為である。啄木はその衝動をニーチェにつなげる。

「ニイチェの見たる所は唯自己拡張の意志而已《のみ》。……根本意志に両面あり、自己拡張の意志は其一面にして、自他融合の意志は其他面なり。宇宙に此両面あり、人生に此両面あり、個人に此両面あり。人生一切の事、皆此両面に帰結して剰す所なし」（第四巻一三四頁）。

この見地はすでに二年前の日記や一年前の「秋風記」で記していた。現状は「歪んだ人為」であり、打破すべき対象である。現状を打破する者は、「深部の自然」＝「スピノザ的自然」に促されて行動する。そのころ啄木は、自己の思想基盤である「ニーチェ的超人」を「スピノザ的自然」に根拠をもつものである、とみていたのである。

一九〇八年一月、啄木は釧路に移り『釧路新聞』の記者になって論説を執筆する。その一つに「新時代の婦人」（『釧路新聞』一九〇八年一月二八日）がある。そこでロンドン発の電報を伝える。

「倫敦に於ける婦人参政権論者の一団は隊を組んで首相邸を襲ひ、屋内に闖入せむとして端なくも警官の阻む所となり、激烈なる反抗の後数名の婦人は捕縛せられたりと。婦人にして斯くの如き暴挙ある、決して慶すべき事にあらずと雖《いへど》も、沙翁［シェクスピア］を有するを以て自国第一の名誉なりとせし英国の婦人にして、既に之等の事ありとせば、以て時代の急激なる推移を見るべく、弱き者なりし婦人が漸く其社会的地位を向上せしめつゝあるを証すべきにあらざるか」（第八巻四七〇頁。［］は引用者）。

啄木は翻って、日本北海道の東端の釧路の女性の動向に注目する。

「例を外国の事に借来るまでもなし。昔時我が国の婦人、多く深窓幽閨の裡に生活を葬りて，其日夕悉《ことごと》く消極的なる女大学式の桎梏《しっこく》に甘んじ、活社会に対して何等交渉する所なかりき。然《しか》かも現時の日本婦人は如何。彼等は男子と共に孜々《しし》として智力を磨き、体力を養ひつゝに非ざるか」（第八巻四七一頁）。

啄木は、幾多の社会的事業の一例として、当地釧路の「愛国婦人会」を紹介する。「愛国婦人会」は、秋瑾が留学した実践女学校校長・下田歌子が主催する組織の釧路支部である。すこし前、啄木は『小樽日報』で下田歌子論を書いた。啄木が下田歌子やそれに関連することを書くとき、秋瑾が影のようにつきそっている。「彼の空前の戦役」＝日露戦争で愛国婦人会が「窈窕《えうてう》たる…熱烈たる同情」、即ち、美しくたおやかで熱い心をもって、外征兵士を後援したことを特筆する。しかも、この婦人会は「平和的事業」でも貢献しようとしていると紹介する。

「果然、鳥は籠を出でて野に飛べり。日本婦人も亦時代の大勢に誘はれて雄々しくも深窓幽閨裡を出でぬ」（第八巻四七一頁）。

啄木はそのうえで、「家庭《ホーム》」とはこれまで「座敷牢」（第八巻四七一頁）ではなかったか、と指摘する。こう書いたとき、啄木は、秋瑾が詩「乍別憶家」（別れてすぐ家を憶う）の第八句「料得深閨也倚欄」（奥深い女の部屋は座敷牢［倚欄《いらん》］だと分かった）と批判したことを念頭においている（既述）。その秋瑾詩は啄木が時期的に読むことができた一九〇七年九月六日東京刊行の『秋瑾詩詞』に収められている（秋瑾一九〇七：一五）。啄木はこの評論で、秋瑾詩「乍別憶家」でいう「深閨」を「深窓幽閨」といいかえ、「倚欄」を「座敷牢」といいかえている。啄木はさらに「消極的なる女大学式の桎梏《しっこく》」とも書く。女大学の教育はもはや時代の要請に対応できていないという。こう指摘するとき、啄木は、秋瑾が文部省の出した通達「清国人留学生取締規則」に抗議して実践女学校を退学して帰国し、二年後の一九〇七年に紹興起義し斬首された果敢な行動を示唆している。

このような対応関係は、啄木がこの評論をその秋瑾詩に重ねていることを明確に示している。啄木は釧路に移っても、「秋瑾熱」から冷めていない。

第一一章　啄木歌に潜む秋瑾・陳天華

啄木の「詩（無題）」以後の短歌を読んでいると、啄木は秋瑾を忘却せずに詠っている、と思われる歌の数々に出会う。「石破集」第一首（第一巻一四八頁）はこうである。

石ひとつ落ちぬる時におもしろし万山《ばんざん》を撼《ゆ》る谷のとどろき

「落下する石」とは、ただの「石」ではない。斬首され紅い血しぶきをあげて地面に落下する秋瑾の首の比喩である。「落下する一つの石は万山を震撼させ谷が轟く」とは、「秋瑾が決起して斬首された事件は、清朝末期の中国全国を揺さぶり覚醒させる」という意味である。これに対応する歌が「石破集」第七三首（第一巻一五一頁）である。

我怖る昨日枯れたる大木の根に見出でたる一寸の穴

秋瑾は『中国女報』「創刊の詞」に「わずかなことの始まりが、終わりには最後には巨大になる」と書いた（秋瑾一九七一：三一九）。「枯れた大木」とは、内部腐敗し崩壊寸前の大国＝「清朝末期」を指す。そこに「一寸の穴」、いいかえれば、その崩壊の第一手を下す人間がいるとの意味である。秋瑾はその第一手であろうとして決起した。「石破集」第一九首（第一巻一四九頁）はこうである。

空半ば雲にそそれる大山《たいざん》を砕かむとして我斧《われをの》を研ぐ

これは、「一石落下、万山震撼」を詠う第一首を受けて、秋瑾のあとを追って、自分も不動に見える「大山」＝現状を打破するために、「斧」＝武器を準備しよう、という歌である。この歌も上記の「寶刀歌」第四一句「鐵聚六洲」（鉄は全土から集め）と第四二句「鑄造出千柄萬柄刀兮」（千本万本の刀を鋳造する）を想定している。「石破集」第二首（第一巻一四八頁）が面白い。

つと来りつと去る誰《た》そと問《と》ふ間《ま》なし黒き衣《きぬ》着る覆面《ふくめん》の人

この歌は第四章の「啄木と平出修と間の秋瑾追悼の返歌」のところで引用した。秋瑾は日本留学のために二度（一九〇四年と一九〇五年）来日している。二度目の来日＝帰国のあと、紹興で軍事反乱を準備中に逮捕され、斬首される。「問う間もない」迅速な生き急ぎである。秋瑾は周囲の者が止めるのも聞かずに、死に急ぐように反乱を企て、逮捕され、「秋風、秋雨は人を愁いに陥れる」と詠って、屠刀で斬首される。上記の歌の「黒衣」は無政府主義の象徴である。啄木にとって黒は「死の色」である（第一巻二四九頁）。黒衣を纏い覆面をする秋瑾像は啄木にとって、殉死する無政府主義者である。

無政府主義の元祖クロポトキン（Pyptr Alekseevich Kropotkin 一八四二～一九二一年）の『麵麭の略取』は最初に一八九二年にフランス語で出版され、最初の日本語訳は幸徳秋水や大杉栄が『日本平民新聞』に「明治四一年（一九〇八年）の一月から八月にかけて」訳した（クロポトキン一九七二：三一三、塩田庄兵衛「解説」）。その訳は英訳からの重訳である。啄木はちょうどその『麵麭の略取』が連載されている期間の、一九〇八年六月九日（赤旗事件の一三日前）の日記に平民書房に宿泊している旧友・阿部和喜衛が訪問したことを記す。

七月一九日の日記に阿部から「日本に来てゐる支那の革命家の話をきく」（第五巻三〇五頁）と記す。啄木は阿部から『麺麭の略取』を知り、秋瑾や「赤旗事件」（同年六月二二日）の管野須賀子のことを聞いたろう。「石破集」第四九首（第一巻一五〇頁）は「麺麭の歌」である。これは単に食物のパンの歌ではない。貧しく飢えた勤労者を励ます歌である。

ひもすがら君見ず飢ゑしわが心大熱《だいねつ》の火に黒麺麭《くろぱん》を焼く

君に会えない。我が心は君に飢えている。その飢えは、食べ物に餓えた者がせめて不味い黒麺麭（パン）でも焼いて貪り食べるのに似ている。その飢えに比すべき熱き憧憬を秋瑾に啄木はいだく。啄木が「麺麭」と詠うから、単純に、この歌はクロポトキンと関係があるというのではない。その翻訳掲載の時期、平民書房の阿部和喜衛との関係、その啄木歌が詠われた時期とが対応するから、その歌の「麺麭」とはクロポトキンの『麺麭の略取』と関係があるというのである。

「石破集」第四首（第一巻一四八頁）はこうである。

我つねに思ふ世界の開発《かいはつ》の第一日《だいいちにち》のあけぼのの空

秋瑾は旧体制を破壊し新世界を開発する。この歌は秋瑾詩「寶刀歌」第六句・第七句、

「發祥根據在崑崙」（祖先の発祥の地は崑崙であり）
「闢地黄河及長江」（黄河と長江にまたがる大地を開発し）

に重ねている（秋瑾二〇〇四：五五―五六、碇「秋瑾詩詞」）。秋瑾は原初復帰をめざし前進する。秋瑾が生きた清朝末期から伝統的婚姻法を廃絶する動きが高まり、秋瑾の死後、江西中華ソヴィエト共和国が成立した一九三一年の翌年、そこでは新しい婚姻法が制定された。生産労働・衣食住・児童生育・疾病・衛生などの民衆の生活問題の解決の主要な一環として制定された。それまでは金がなければ妻を迎えられなかった。だから老年婚や童養媳（少女を奴隷として買い取り将来家男の妻とする慣習）があった。

啄木は東京に憧れ上京した。一方、北海道に向かった。「文明北上論」を論じた。文明は南蛮文化の導入地・九州から本州へ、本州の関西へ、関東へ、東北へ、そして北海道へと北上する。文明開発は文明の北上史であるというのである。啄木は、文明北進に導かれて、北海道を彷徨した。文明の発信地・東京に四回も来た。四度目の東京で死んだ。啄木は「石破集」第二一首・第二三首で、この「文明北進主義」（第五巻一九三頁）を詠った（第一巻一四九頁）。

かぞへたる子なし一列驀進《ましぐら》に北に走れる電柱《でんちゅう》の数
『いづら行く』『君とわが名を北極の氷の岩に刻まむと行く』

秋瑾が死んで約三〇年後、啄木が死んで約二〇年後の一九三六年ごろ、陝北ソヴィエト区では纏足・溺嬰（嬰児殺し）・乞食・失業が禁止された。中華人民共和国成立（一九四九年）とともに、纏足・溺嬰（嬰児殺し）・売買婚・童養媳が法的に禁止された（仁井田一九七四①：一〇六～一〇八）。清朝末期の秋瑾が望んだことは、女の足も、男の足と同じように、のびのびと育つ世界である。それを許容しないのが旧習である。「石破集」には「靴」・「沓」・「足」を詠う歌が多い。それらは秋瑾の纏足を象徴する表現である。秋瑾は一九〇六年一二月一七日上海で『天足会（不纏足を推進する会）』に参加しその会を継承し主導する。「纏足は秋瑾にとって仇敵である」（永田三二三）。秋瑾は纏足批判の詩詞「有懐」を作った（第七章で既述）。つぎの「石破集」第六首（第一巻一四八頁）は秋瑾のその決意が詠われている。

靴のあとみなことごとく大空をうつすと勇み泥濘《ぬかるみ》を行く

この歌の「靴」とは、むろん、単なる靴のことではない。纏足を強制された秋瑾が履いている「小さな沓」、平出修の歌のいう「小沓《ヲグツ》」である。秋瑾は、自分が歩み「ぬかるみ」にできる穴に水が溜まり、そこに晴れ晴れとした「大空が映るだろう」と自分を励まし「勇んで」突進していった。秋瑾は突進して処刑された。惨死した秋瑾は啄木に、座視せずに立てという。上記の第七五首も、啄木の怠惰な態度を批判し決起を促してやまない。啄木は『明星』申歳第九号（一九〇八年一〇月一〇日）に歌集「虚白集」を載せる。その第九一首（第一巻一五八頁）はこうである。

秋風は寝つつか聞かむ青に透《す》くかなしみの珠《たま》を枕にはして

この歌の元歌は「歌稿ノート」にある（第一巻二五〇頁）。上記の歌はこうである。床に横になり秋瑾の苛烈な死を思えば、青く透き通る悲しみが美しい珠のように浮かぶ、そのとき屋外に密やかに鳴り響く秋風の音を聞こう、と詠う。この歌に注目すべき言葉がある。「秋風」と「珠」である。「珠」は「瑾」とも書く。秋瑾の「瑾」である。「秋風」は、秋瑾の斬首の際の辞世歌《秋風秋雨愁殺人（秋風、秋雨は人を深く悲しませる）》を念頭においている。秋瑾は常日頃《秋風秋雨・・・》と書いてきた［例：『風雨口號』（風雨を吟ず）］。ところが《秋風・・・》と書くべきところを、秋瑾は処刑を目前にして、間違って《秋雨・・・》と書き始めてしまったので、そのまま、かまわず《秋雨秋風・・・》と書き続けたと推定されている（永田四二〇ff）。気丈な秋瑾にしても、斬首刑を目前にして、心惑うところがあったのだろうか。心急《こころせ》き、冒頭の「秋風」を飛ばし、最初に「秋雨」と書いてしまったのか。

「石破集」第八二首（第一巻一五一頁）はこうである。

祭壇《さいだん》のまへにともせる七燭《しちしょく》のその一燭《いっしょく》は黒き蝋燭《らふそく》

この歌の「黒い蝋燭」も「黒の歌」である。斬首された秋瑾を弔うために、黒い蝋燭を赤く灯し祭壇に供えるのである。こうして、つぎの第四四首（第一巻一五〇頁）が詠われる。

飢ゑし犬皆来て吠えよ此処にゐて肉をあたへぬ若き女《をみな》に

暗いイメージである。先にみた『小樽日報』第一号に載せた歌集の第二〇首（第一巻一一八頁）、

一片《ひとひら》の肉《にく》に飢《う》ゑたる黒犬《くろいぬ》と恋《こひ》なき我《われ》といづれさびしき

が詠い直されたものであろう。餓えた犬よ、集まれ、吠えよ。潔く決起し斬首された若い女に吠えよ。見よ、女は進んで死して、自分の肉をお前らに食わせようとしているのだ。犬（狗）は、秋瑾たちにとって、満洲族の象徴である。この二つの歌より一〜二年前、夏目漱石は『帝国文学』一九〇五年一月号で論評「趣味の遺伝」で、この二首のイメージと酷似した文を書いた。

「《人を屠《ほふ》りて飢えたる犬を救え》と雲の裡《うち》より叫ぶ声が、逆《さか》しまに日本海を撼《うご》かして満洲の果迄響き渡った時、日人《にちじん》と露人《ろじん》は［］はったと応えて百里余る一大屠場を朔北《さくほく》の野に開いた」（水川一一六。［］は

引用者)。

この漱石の文は、日露戦争とそれを進める日本天皇・露西亜皇帝への漱石の批判であると理解されている。

先の第二〇首のイメージを引き継ぐのが「石破集」第二五首（第一巻一四九頁）である。

血を見ずば飽《あ》くを知らざる獣《けだもの》の本性《ほんじやう》をもて神を崇《あが》めむ

人間には飢えた犬と同じ者がいる。斬首された死体から吹き出る紅い血潮が肺病に効くと信じ、その紅血を含んだ血饅頭を大枚払って、肺病を病む子供に食わせる。民衆のその暗愚を魯迅は小説「薬」で描いた（内田二〇〇八：二一七〜二一八）。血饅頭は肺病に効くから、誰かが斬首されるように願う。期待する。他者の臓腑をむさぼる。カニバリズムである。貧者富者の暗愚を魯迅も啄木も見ている。獣の如き人間にわが身を与える者、「捨身飼虎」する者はどのような思いを抱いているか。人間の身体を含め、《すべてを効用性（utility）の相の下に見る》、これが人間欲望の本性に応える開発ではないか。今日、一層浸透している事態ではないか。秋瑾の悲劇は昔話か。

斬首された女は死の世界を招く。

それがつぎの「石破集」第三七首（第一巻一四九頁）にある。

鳥飛ばず日は中点《ちゆうてん》にとどまりて既に七日《しちにち》人は生まれず

鳥も翼を窄め枝に止まり、秋瑾の惨死を悲しんでいる。太陽は真上に止まり動かない。子も生まれない。静寂がゆきわたる。白昼の死の空間である。

続く「石破集」第三八首（第一巻一四九頁）は暗い昼間を詠う。

砂けぶり青水毛月《あをみなづき》の一方に高く揚りて天日《てんじつ》を呑む

青水毛月（あをみなづき）とは旧暦の六月、新暦で七月である。七月一五日は秋瑾斬首の日であり、命日である。その日、秋瑾の惨死を悼んで、砂塵が上空の太陽を覆い隠し、昼なのに辺り一帯が暗い。自然も秋瑾の死を悼んでいる。「石破集」第一六首（第一巻一四八頁）がその哀しみを受ける。

西方《さいはう》の山のあなたに億兆の入日《いりひ》埋めし墓あるを想ふ

「西方」は「佛の国」であり、日本の西の国、中国である。秋瑾だけでない。彼女の前、彼女の後に、突進した人間、突進する人間がいる。「入日」は寂滅である。「億兆」を数える者が死んでいった。歴史は生者、死者がつくる。生々滅々である。死屍累々である。それだけの墓がある。その墓の一つが秋瑾の墓である（竹内実一七二～一七四参照）。秋瑾の大きな第一歩が旧習を突き破り新しい歴史を開くが、秋瑾に決起を促されても、啄木は動かない。その心象を「石破集」第九三首と第九九首（第一巻一五一頁、一五二頁）が「一滴の血・血の一滴」に詠う。

九十九里つづける浜の白砂《しらすな》に一滴《いつてき》の血を印《しる》さむと行く

一盞《さん》を飲みほすごとに指を噛み血の一滴をさかづきに注《さ》す

《九十九里も続く白浜に一滴の血を垂らし（第九三首）、あるいは、指を噛んで流れ出る血を盃に垂らして（第九九首)、せめても、自分の臆病を印す》というのである。啄木がこうするのはなぜだろうか。清国人留学生・陳天華《ちんてんか》(一八七五〜一九〇五年)は「排満興漢」を訴えるため「指を噛み血書を書き送った」(晴海八)。上の第九三首の「九十九里つづける浜」とは通常の理解では「千葉県外房の九十九里浜」を指すだろう。しかし、「石破集」の文脈では「九十九」は別の意味を含む。秋瑾の愛読書に陳天華の檄文『警世鐘』がある。そこに、

「手ニ鋼刀ヲ執ルコト九十九、仇人ヲ殺シ尽クシテ方《ハジ》メテ手ヲ休メム」

とある(陳七二。桑原四六七。傍点強調は引用者)。「九十九里…」は「九十九の鋼刀…」と響きあう。「仇人」は「復仇」ともいう。日本語で「復仇」の音読は「復九」と同じく「九、九、九…」と九を復することに通じる。「石破集」第九三首の三首前の第九〇首(第一巻一五一頁)にも、

今日《けふ》九月《くぐわつ》九日《ここのか》の夜の九時《くじ》をうつ鐘を合図に山に火を焚《た》く

がある。この歌の「九・九・九」も「復九」=「復仇」である。この歌の「鐘」は陳天華の『警世鐘』の「鐘」を暗示する。「山に火を焚く」とは、警鐘を合図に「復仇」に立ち上がる、「革命行動」に出るという意味である。啄木はすでに一九〇七年八月二五日からの函館大火に、万物が狂い「革命の旗」が翻るのを幻視し、翌年元旦に「破壊だ、破壊だ、破壊の外に何がある」と書いた(第五巻一五七頁、一九二頁)。この歌は秋瑾の愛読書『警世鐘』の執筆者・陳天華を詠った歌であろう。秋瑾も「寶刀歌」第二九句に「我欲隻手援祖國」(右手に宝刀を握り祖国を救いたい)とあるように「排満興漢」の復仇に燃えた。その他、「新詩社詠草　其四」にも「九・九・九」をもちいた第一六首(第一巻一五三頁)がある。

怒る時かならず一つ鉢を割り九百九十九割りて死なまし

この歌は「歌稿ノート」の「七月十六日」のなかにある（第一巻二三九頁）。《たった一つの鉢を九百九十九の破片になるまで粉々に割らなければ晴らせない怒りが積もり積もっている》と詠う。このように「九・九・九」というように、「九を復すること」＝「復九」は「復仇」に通じる。まさに「復仇」を念頭に「九・九・九」という「復九歌」を「復仇歌」の暗喩として、啄木は詠っているのである。秋瑾もそうである。先に詳細に分析した「寶刀歌」は、唐以来の中国女性の被抑圧史に対する復仇歌である。秋瑾が強烈に影響を受けた中国人からの留学生に陳天華がいた。彼の本名は陳星台である。彼は「警世鐘」を書いた。これは漢族の満洲族への「復仇論」である。秋瑾が詩「寶刀歌」第一五句で、

「白鬼西來做警鐘」（白人の侵略者が西から侵入し、警世の鐘は打ち鳴なる）

と詠んだのは、日本軍などの「八カ国軍北京占領」（一九〇〇年八月十四日）や陳星台の『警世鐘』を念頭においているからである。復仇は「九世復讐（九世之讐）」ともいう。子子孫孫まで復讐を忘れないぞ、という意味である。「復仇」と同じ意味である。

「石破集」第七五首（第一巻一五一頁）につぎの歌がある。

誰そ雲の上より高く名をよびてわが酣睡《かんすゐ》を破らむとする

この歌の「酣睡」は、秋瑾「寶刀歌」第三句の「一睡沈沈数百年」（深い眠りについてもう数百年経った、さあ、惰眠から覚めよ）や、「寶刀歌」第一五句「白鬼西来做警鐘」（白人の侵略者が西から侵入し警鐘は打ち鳴なる）に重ねている（秋瑾二〇〇四：五五、碇「秋瑾詩詞」）。すでにみた「新詩社詠歌　其四」第三三首・第三四首（ともに第一巻一五四頁）もそうである。

山々《やまぐ》を常世《とこよ》の深き眠りより覚まさむとして洪鐘《こうしょう》を鋳る
あな懶《もの》う倦《う》みぬうとまし百とせも眠りてしかるのちに覚めなむ

『小樽日報』第一号（一九〇七年一〇月一五日）に「詩（無題）」で秋瑾「寶刀歌」との相聞歌を詠った啄木は、同号に評論「初めて見たる小樽」で「我が作れる狭き獄室に惰眠を貪る徒輩は、云々」と書いた（第八巻三五九頁）。そのとき、秋瑾「寶刀歌」の上記第三句「一睡沈沈数百年」に重ねている。上記第三三首の「洪鐘」（大きな鐘）の「洪」は、秋瑾が加盟した「三合会」が属する反清朝革命結社「洪門」（永田二一八）の意味を含む。右記第三三首と第三四首の元歌は、「歌稿ノート」の七月二二日の個所に記録されている（石川一九五六：一〇）。ただし、第三三首の「常世の」は啄木の「明治四一年歌稿ノート　暇ナ時」では「千万世の」、「覚まさむ」が「さまさむ」であった（第一巻二四一頁）。この七月二二日とは、先に指摘した阿部和喜衛が再訪した七月一九日の三日後ある。その「(七月)二十二日」の第二首、第一〇首、第一一首、第一五首（第一巻二四一頁）は皆、惰眠を戒める歌である。

百年《ももとせ》も眠りて覚めむその日にも汝等猶且つ我を愛づるや
我鐘を鋳むとす高き山々の千万世の眠りさまさむとして

この二つの歌（第一巻二四一頁）も、秋瑾「寶刀歌」第三句「一睡沈沈数百年」に重ねたものである。一九〇八年七月一九日の阿部和喜衛の啄木宅への再来と中国革命家の話は啄木を刺激し、ほぼ一年前の秋瑾斬首の衝撃を再現したのである。「七月二十二日」の上記の歌に挟まれて第九首（第一巻二四一頁）がある。

流されしならず自ら行きもしきみ国の涯の遠き浜にも

これは陳天華が、東京大森の砂浜で、うっかり海流に巻き込まれ溺れ死んだのではなく、自らすすんで踏海＝抗議自殺したことを念頭におく歌である。君の国、中国の遠方の浜でも同じようなことが起こったのではなかろうか、と詠っているのである。啄木の東海歌はこの文脈で理解すべきである。啄木は秋瑾と陳天華をつぎの歌で結びつける。「（七月）二十二日」の第一二首（第一巻二四一頁）はこうである。

背よと呼び吾妹《わぎも》と答へやがてただ死なむとのみに恋はしにきや

ここで啄木は　陳天華と秋瑾を恋人どうしに喩えている。「あなた」とよべば、「妻よ」と答えるだけで、あとはただ殉死にまっしぐらに突進した二人を悼んでいる。彼らの死体は山々から出土する。つぎの第一三首（第一巻二四一頁）がそうである。

山といふ山をくづさば各々に皆二組の骨や見出でむ

上の歌のいう「山々をくづす」は「石破集」第一首（第一巻一四八頁）につながる。「骨」といえば、「石破集」第一九首（第一巻一四九頁）はつぎの歌が想起される。すでに第二章で引用した。異界を詠うものとして啄木歌研究家を途惑わせてきた歌のひとつである。

はてもなき曠野《ひろの》の草のただ中《なか》の髑髏《どくろ》を貫《ぬ》きて赤き百合咲く

この歌は秋瑾詩「紅毛刀歌」第一六句（郭二〇〇三：一四二）、

「髑髏成羣血湧濤」（髑髏は累々として群れを成し、血は大波を湧き起こす）

を念頭においている。戦場の痛ましい実相の歌である。先に本章で引用した漱石の文に重なるイメージである。秋瑾のいう「髑髏」をそのまま受け、「血」を「赤き」で受けている。さらに「湧濤」という大きな水の世界を「はてもなき曠野」と広い地上の世界に転形している。啄木は秋瑾のいう「血」を髑髏の空洞を貫く「赤いユリ」に置き換える。「血」が「赤い百合」に変身する。

「石破集」第七一首（第一巻一五一頁）も注目される。

『工人《こうじん》よ何をつくるや』『重くして持つべからざる鉄槌《てっつい》を鍛《う》つ』

「工人」＝労働者は「持つことを禁じられている鉄槌」＝武器を作っている。この歌は、秋瑾「寶刀歌」第四一句・第四二句の、

「鐵聚六州」（鉄は全国から集め）

「鑄造出千柄萬柄刀兮」（千本万本の刀を鋳造する）

に重ねている（秋瑾二〇〇四：五六；碇「秋瑾詩詞」）。歌集「謎」第三〇首（第一巻一六〇頁）、

千萬の蝶わが右手《めて》にあつまりぬ且つ君も来ぬ若き日の夢

の「千万」も「寶刀歌」の上記第四二句に重ね、「右手に集まる蝶」は「寶刀歌」第二九句、

「我欲隻手援祖國」〔自力で（右手に宝刀を握り）祖国を救いたい〕に重ねている（秋瑾二〇〇四：五六：碇「秋瑾詩詞」）。「隻手」＝片手には「自力で」の意味がある。その後に、（右手に宝刀を握り）と挿入したのは、秋瑾「剣歌」第一〇句に、

「右手把剣左把酒」（右手《めて》に剣を握り左手《ゆんで》に酒盃を持つ）

とあるからである（秋瑾二〇〇四：五〇）。すでにみたように、啄木が「詩（無題）」で「右手《めて》に翳すは何の剣／左手《ゆんで》に執るのは何の筆」と書いたとき（第八巻三六二頁）、「寶刀歌」の上記の第二九句だけでなく「剣歌」第一〇句にも重ねている。上記啄木歌では「宝刀」が「蝶」に変わる。『明星』歌集「謎」第二三首（第一巻一五九頁）はこうである。

陰山《いんざん》の玉にみがきし剣よりもするどき舌は何に研《みが》ける

陰山《インシャン》は、現在は中国の内モンゴル自治区の東西四〇〇km、標高一五〇〇～二〇〇〇mの山脈のことである。歌でいう「陰山」の「玉」は秋瑾の「瑾」に通じる。歌に「剣」とある。秋瑾は詩詞「剣歌」・「寶剣歌」・「寶刀歌」・「紅毛刀歌」・「日本鈴木文学士寶刀歌」を書いた（秋瑾二〇〇四参照）。秋瑾は脇差に「寶刀」を差していた。啄木は、秋瑾「寶刀歌」との相聞歌「詩（無題）」を公表した時（一九〇七年一〇月一五日）から約二ヶ月後、同年一二月二七日の日記に秋瑾の「寶刀歌」を念頭に「予に剣を与へよ、然らば予は勇しく戦ふ事を得べし」と記していた（第一巻一七八頁）。上記の歌がいう「するどき舌」とは「舌鋒鋭い」ということである。秋瑾は舌鋒鋭い演説家であった（永田二一七九～二一八〇）。弁舌を鍛えるため弁舌訓練会をつくり

実行した。秋瑾は一九〇五年一二月九日、「錦輝館」での「陳天華追悼集会」で留日生に激烈な檄を飛ばした。歌集の題名「謎」は「秋瑾が隠されている謎」という意味である。啄木は上の歌の元歌を一九〇八年一〇月一〇日夜の「歌稿ノート」に記している（第一巻二五二頁）。すでに何回か引用した「石破集」第三五首（第一巻一四九頁）はこうである。

見よ君を屠《ほふ》る日は来ぬヒマラヤの第一峯《だいいっぽう》に赤き旗立つ

秋瑾は一年前の清朝末期の一九〇七年七月一三日に反清朝の軍事行動を準備中に密告され逮捕され、一五日午前四時に斬首された。処刑場は紹興の城内の古軒亭口である（竹内一六九参照）。この歌が公表されたのは一九〇八年七月一〇日である。秋瑾の命日（七月一五日）に近い。啄木の「詩（無題）」の発表月日は秋瑾斬首三ヶ月後の一九〇七年一〇月一五日である。一五日は秋瑾の祥月命日である。秋瑾を斬首した刃物は「屠刀」である（永田四三五）。その屠殺の日にヒマラヤの第一峯＝エベレストに「赤旗」が立つという。この歌が一九〇八年六月二二日の「赤旗事件」と「清国人留学生抗議事件」とに触発されて詠った歌であることはすでに指摘した。屠殺された者の死は歴史的転機となる殉死である。啄木は秋瑾斬首の一年後でも、秋瑾を強く記憶している。

［黒は死の色］　一九〇七年の函館大火のころから、啄木には「革命↓赤（紅）↓流血↓死↓黒」という連想がはたらいている。啄木の生活苦という現実が革命を求めさせるからである。「黒」は決死の無政府主義（アナキズム）の象徴色である。つぎの年の一九〇八年六月下旬からの「歌稿ノート」につぎのような、用語「黒」をもちいた歌がある。

①　黒布の針の穴より我覗く見ゆるものみな美しきかな　（第一巻二三七頁）
②　皆黒き面がくししてひそくと行けり借問《しゃもん》す誰が隊なるや　（第一巻二四〇頁）
③　夜の空の黒きが故に黒といふ色を怖れぬ死の色かとも　（第一巻二四九頁）
④　見よ今日もかの青空の一方のおなじところに黒き鳥とぶ　（第一巻二五四頁）
⑤　大いなる黒き袋ぞ魚のごと空を泳げり風きそひ吹く　（第一巻二四二頁）

①は、「黒布」は死者の服のことである。《死を覚悟して世界を見れば、みな美しく見える》という世界像である。②は先にあげた「石破集」第二首に関連する。《無政府主義者のように、黒面が見えないように密やかに行く隊は誰たちだろうか》という歌である。③は《黒は死の色である》という啄木の色彩感をしめす重要な歌である。④は、《今日もまた青空に黒鳥は舞い上がっている》という不吉な予兆を詠う。⑤は④に似ている。《大きな黒袋が鯉幟のように空を泳いでいる》という不吉なイメージの歌である。なぜ「黒」なのか。「黒＝死」は「反乱・革命」が決死覚悟の行動であるからである。「黒」は「革命」に連鎖する。

啄木は「革命・反乱」の語をもちいた歌を詠った。つぎの歌を「歌稿ノート」の一九〇八年六月二五日の個所に残している（第一巻二三五頁。傍点強調は引用者。以下同）。「石破集」をまもなく公表するころである。

若しも我露西亜に入りて反乱に死なむといふも誰か咎めむ

《自分がロシアで反乱に加わり死んだとしても、誰が咎めることができようか》という歌である。

つぎの「歌稿ノート」の一九〇八年七月二六日の歌も、革命の日が来るのを待つ歌である（第一巻二七五頁）。歌集「新詩社詠草　其四」を準備しているころである。

ことさらに燈火を消してまぢ〳〵と革命の日を思ひつゞくる

燈火を消して真暗の部屋で、じっとその日と思い詰めるという。革命の到来を待つ日もあったが、それは過ぎし日のことと詠うのが、つぎの一九一〇年八月二六日夜の歌である（第一巻二七七頁）。

気にしたる左の膝のいたみなどいつか直りて秋の風吹く

歌がいう「左の膝のいたみ」の「膝」とは文字面通りの「足の膝」のことではない。左翼思想のことである。《革命の思想の洗礼を受けながら、革命の行動に赴かなかった。革命熱の夏の盛りはもう過ぎて、いまは秋風が吹く。あれは一時の熱病だったのか》と自省する歌である。

つぎの歌も革命の歌である（第一巻二六八頁）。一九〇八年一〇月二三日の歌である。歌集「小春日」（第一五章参照）のころである。

手をとれば何事もなし革命の日をまつ如く待ちてありしが

歌にいう「手をとれば」とは《革命の準備をしていたのだが》という意味である。《しかし、何も起こらなかった、なんだ》という気持ちと、《起こらなくてよかった》と安堵する気持が重なる。

［短歌爆発の目撃者・金田一京助］　「歌稿ノート」に記録された一九〇八年六月二三日深夜からの「短歌爆発」はこのように革命歌を「通奏低音」とする詠歌である。下宿を「赤心館」から「蓋平館別荘」へと啄木と同伴した金田一京助はこの「短歌爆発」をつぎのように記している。

「専ら小説に行こうと苦しんでいた石川君、小説がうまく書けなくなって、しょう事無しに、歌を虐使することに由って自己鬱散をするのだと云い云い歌を書いて居たものだった。併し、やはり歌興が湧くとでもいうものか、後には、歌が出て来て眠れない、という程になり、一夜七十首、段々八十首・九十首、仕舞いには百餘首、と云ったような猛烈さで、私は日毎にそれを読んで聞かされて居たものだったが、その時の歌の一々は記憶しないけれど、受けた一般的印象の記憶では、所謂つっかかるような歌、空想的な歌（後の『悲しき玩具』の時代には全然それが無くなるが）がまだ多かった。『一握の砂』は、この時代以後の歌の集なので、それらの歌が始の方に集まっている」（金田一八一）。

「歌稿ノート」に記録された「短歌爆発」が「石破集」・「新詩射詠草　其四」・「虚白集」・「謎」などの歌集に公表され、そのなかには『一握の砂』の始めの部分に収められた歌があることを証言している。重要な指摘である。『一握の砂』は一九〇八年六月下旬からの短歌革命に母胎をもつのである。

しかし、金田一京助はその歌を「つっかかるような歌、空想的な歌」として理解したという。「短歌爆発」を経験する啄木にもっとも身近にいた金田一にしてさえ、この理解である。金田一は、最近の錦輝館での「赤旗事件」、二年前、同じ錦輝館で鋭い弁舌で留学生を鼓舞した「秋瑾衝撃」で、啄木から噴出する短歌創造を、「つっかかるような歌、空想的な歌」として聞いたのである。啄木は出来立てほやほやの歌の意味・背景・典拠（秋瑾詩詞）などを一切、金田一に説明しなかったのであろう。金田一はその説明を受けなかったので、啄木から聞いた歌の意味が分からずに、啄木の「歌稿ノート」の歌を「反抗歌・空想歌」としか形容できなかったのである。金田一による「歌稿ノート」の歌の「反抗歌・空想歌」という没概念的な形容を無批判に継承し用いてはならない。「歌稿ノート」の歌の数々はそれらが生成する背景と結びつけて読まなければならない。

ただ一点、金田一は思わぬことを書いている。「見違えるほどしんみりした歌」として、『一握の砂』の第二六一首・第二六〇首・第二五九首・第二五五首として収められた四首を、この順序であげている（金田一・八一〜八二。ルビ引用者補筆）。

秋立《あきた》つは水《みづ》にかも似《に》る／洗《あら》はれて／思《おも》ひことごと新《あたら》しくなる
水潦《みづたまり》／暮《く》れゆく空《そら》とくれなゐの紐《ひも》を浮《うか》べぬ／秋雨《あきさめ》の後《のち》
ものなべてうらはかなげに／暮《く》れゆきぬ／とりあつめたる悲《かな》しみの日《ひ》は
かなしきは／秋風《あきかぜ》ぞかし／稀《まれ》にのみ湧《わ》きし涙《なみだ》の繁《しじ》に流《なが》るる

これらの元歌はみな「歌稿ノート」にある。金田一が啄木から聞いたのは「歌稿ノート」の歌である。この四首は「歌稿ノート」ではこうであった。

秋立つは水にかも似る洗はれて思ひことごと新らしくなる　（第一巻二五〇頁）
水たまり暮れゆく空と紅の紐と浮べぬ秋雨の後《のち》　（第一巻二四六頁）
「あるいは、《水たまりくれゆく空と紅の紐を浮かべぬ秋雨の後》（第一巻二六〇頁）」
ものなべてうらはかなげに暮れゆきぬとりあつめたる悲みの日は　（第一巻二四九頁）
かなしきは秋風ぞかし稀にのみ湧きし涙のしゞにながるゝ、　（第一巻二四七頁）

この四首はまず「虚白集」第九首・第一七首・第一一首・第五二首として公表された後、『一握の砂』「秋風のこころよさに」に収められた。すでにみたように、これらは秋瑾悼歌である（巻末の「啄木歌索引」参照）。

〔天才に甘え特権があるか〕

それにしても、金田一京助は不当に批判されてきた。金田一は「赤心館」から「蓋平館別荘」までの生活で、啄木を物心両面で徹底して支えた。金田一はその後、結婚し家庭生活に責任がある立場になり、啄木をそれまでのようには支えられなくなった。しかし、この事情は、金田一の「赤心館・蓋平館時代の啄木への献身」を決して帳消しにするものではない。金田一が結婚後に啄木と「疎遠」になったからといって、金田一を心ない人間として評価してはならない。その後、啄木が金田一に心を開いて、『一握の砂』冒頭に「函館なる郁雨《いくう》宮崎大四郎君／同国の友文学士花明《かめい》金田一京助君／この集を両君に捧ぐ」（石川二〇〇三〔七〕）と献辞を書いても、金田一は「疎遠」を持続させた。これは金田一の心狭い対応である。しかし、金田一のその貢献は無かったことにはならない。金田一自身、その「心狭さ」をのちに反省している。

そもそも、普通の大人なら誰でもそうであるように、啄木自身が自分の生活に責任があるのである。金田一は自分への啄木の甘えを寛い心で受け入れた。だからといって、啄木の金田一への甘えに便乗して、金田一を批判してはならない。「天才」には甘える特権があるのだろうか。第一、啄木自身が自分の甘えに気づくのである。啄木は、妻・節子の家出の間、時評「百回通信」を執筆しつつ、生活現実の根拠を深く凝視した。普通の人々が懸命に生活している姿を知った。それまで自分が蔑ろにしてきた「生活の大切さ」を知った。自分の甘えを痛覚し、「生活への態度」を旋回させたのである。啄木は以前から「自己拡張の意志」と「自他融合の意志」の両立を思想核心としてきた（第四巻二三四頁）。その思想に対応する生活姿勢をようやく獲得したのである。啄木の「甘えからの脱却＝回心」を評価する者は、金田一の啄木への「疎遠」を理由に金田一を批判してはならない。啄木の「回心」は私的に限定された妻・節子だけに対するものではない。啄木のせっかくの「回心」を「金田一批判」の中に矮小化し溶解させてはならない。批判者たちは、一方で啄木の「妻の家出＝回心」を評価し、他方で「回心」した啄木に対して金田一が「疎遠」であったといって、金田一を厳しく批判する。金田一の啄木へのかつての親切がかえって徒になっている。これは理性を欠いた批判である。この金田一批判は「啄木贔屓」＝「金田一への甘え」である。

啄木はせっかちな生き方を反省した。啄木が「百回通信」での回心をさらに徹底した『性急な思想』（一九一〇年二月一三〜一五日。第四巻二四六〜二五〇頁）について、今井泰子は指摘する。

「夫婦の関係や不健康といった日常生活上の事情が、国家の問題という高度に社会的な次元の問題と同列に扱われている点に、啄木の国家意識が、まずは、ごく体験的な領域から発想されていった経過を、窺うことができる」（岩城・編一一二）。

啄木は「百回通信」で、今井のいう「同列」的なつかみ方から抜け出る端緒をつかみはじめていた。その後に残された短い余命でも、その端緒をつかもうと模索した。しかし、もっと大切なことは、日常生活と国家をまず同列で扱う啄木の視点がもつ根源性である。両者が社会科学的認識で媒介されても、その根源性は維持されなければならない。その根源性のない社会科学は、かえって、人の眼を曇らせる。あるいは、傍観者をつくる。

【啄木の革命歌】　啄木は一九〇八年六月下旬から、啄木は革命歌を持続して詠った。決して一九一〇年の幸徳事件の衝撃で突然、革命に関心を寄せるようになったのではない。これまでの「幸徳事件＝啄木革命覚醒説」は訂正しなければならない。むしろ、上記の革命歌は、啄木のこれまでの個人的な世界での衝動的な革命の志向・行動が、現実の革命運動に直面し、驚愕し戦慄し、思わず身を引く動揺を詠ったものである。

啄木の思想的転換の始まりを記録するものである。

「歌稿ノート」には、「石破集」に収められなかった、つぎの歌がある。両方とも「赤＝紅」語をつかって詠う。

喪服着し女はとへど物いはず火中に投げぬ血紅の薔薇　（第一巻二二九頁）
女なる君乞ふ紅き叛旗をば手づから縫ひて我に賜へよ　（第一巻二三五頁）

最初の歌の「喪服」＝「黒衣」とは、一九〇七年七月一五日に斬首された秋瑾の暗喩であろう。問われても無言なのは、女が死者だからである。惨死の象徴色＝喪服の「黒」と革命の象徴色＝火・血紅・薔薇の「赤・紅」が対照しあう。第二首の「紅き叛旗」とは、「歌稿ノート」執筆（一九〇八年六月二三日夜から）直前に東京神田の「錦輝館」で起きた「赤旗事件」（一九〇八年六月二二日）の被告・管野須賀子の象徴であろう。管野は同年八月一五日に法廷で「自分は最も無政府主義に近き思想を抱持し居れり」と明言した（『熊本評論』三〇）。その法廷の傍聴席に幸徳秋水がいた（同六）。その三日前の八月一二日、秋水は内山愚童に赤旗事件の「弔い合戦」の必要を語る（絲屋二七五）。その結果、秋水の意図を超えて大逆事件が起こる。

啄木にとって、秋瑾と陳天華の二人は一組である。二人を結びつけて詠う。「虚白集」第一九首と第六二首である。

醒むる期《ご》も知らぬ眠りに入りなむと枕ならべしそのかの一夜《ひとよ》　（第一巻一五五頁）
ただよへる方舟《はこぶね》見ればむくろ二つ枕ならべぬ眠るごとくに　（第一巻一五七頁）

二人は漢族の満洲族から独立運動＝「排満興漢」に命を賭けて死んだ。そのうち、第一九首は、ふたりの死後の眠りは、あたかも覚醒し殉死したことなどを思わせない眠りであることを詠う。方舟が漂っている。見れば、骸がふたつ枕並べて眠っているかのように横たわっている（第六二首）。二人とは秋瑾と陳天華である。この二つの歌は、秋瑾「寶刀歌」第三句「一睡沈沈数百年」と第一五句「白鬼西来做警鐘」に重なる。啄木はこの二行を好んで活用している。

このような「異様な」ともいえる歌が「石破集」や「虚白集」に多くある。「啄木歌爆発」ともいえる一九〇八年六月二三日からの啄木の詠歌は、なにが生んだのだろうか。啄木の実存の最深部にある「生活苦」という切実からくる「革命願望」の帰結が「死」であることを社会現実が啄木に明示する。《生活苦＝革命願望＝不可避の死》という関連が坩堝になって啄木を熱し創作衝動を駆り立てる。これが短歌爆発の病跡学的な真相であろう。

「歌稿ノート」以後、「石破集」・「新詩社詠草　其四」・「虚白集」・「謎」などの歌集には、死の影が漂う。歌によってはグロテスクともいうべき歌がある。これらの歌に相対するには覚悟がいる。だから、研究者はそれらの歌集研究を忌避し、それらの歌集の深部に二〇世紀初頭のアジアの激動が潜んでいることを突き止めなかったのであろう。それらの歌は読み飛ばされてきたのである。忘却されてきたというより、啄木歌固有のものとして認知されてこなかったのである。

東海歌は「歌稿ノート」に書かれ、「石破集」・『創作』「自選歌」・『曠野』「創作自選歌号より」。『一握の砂』に載った。東海歌は一貫して「アジアの激動」とでもいうべき歴史現実の磁気を含む。しかし、東海歌が置かれた位置がその歴史現実から離れれば、その磁気が弱まる。『一握の砂』東海歌は当初の歴史現実の磁気が最も弱まった文脈にある。東海歌は『一握の砂』だけで読むと、そこにも啄木が含めた歴史現実の意味が分からない。啄木のクロポトキン・幸徳たちの無政府主義への本格的な関心は、一九一〇年の大逆事件以後のことではない。二年前の一九〇八年の赤旗事件から始まる。

「歌稿ノート」・「石破集」から「謎」までの歌集に表現された、このような歴史現実が東海歌誕生の背景にある。「石破集」は一見「異界」の表現に見える。しかし、秋瑾・陳星台（陳天華）・管野須賀子・幸徳秋水など、啄木の同時代人と結びつけて読むとき、その実像が浮かび上ってくるのである。清朝末期中国の秋瑾・陳天華の実践的課題は漢族独立＝女性解放をめざす近代革命であり、明治末期日本の管野須賀子・幸徳秋水の課題は産業革命が生んだ勤労者の労働＝生活条件改善をめざす第二次市民革命であった。しかし、それらの市民革命は無残な結果を生み出す（本書第二〇章参照）。

第一二章　秋瑾詩「泛東海歌」と啄木「東海歌」

〔秋瑾詩「寄柬珵妹」〕　『秋瑾詩詞』に詩「寄柬珵妹」（柬妹《かんていまい》に寄す）がある（秋瑾一九〇七：一四、秋瑾二〇〇三：六六〜六七）。そこで秋瑾はつぎのように詠う。（　）は拙訳。

「寄柬珵妹」（柬妹《かんていまい》に寄す）

①　錦鱗杳杳雁沈沈、（美魚は遥か遠く、雁は静寂をたもち、）
②　無限愁懐獨擁衾。（限り無き愁いを懐き一人衾《ふとん》を抱く。）
③　閨内惟餘燈作伴、（閨《ねや》でただ余り灯を伴と作《し》ていると、）
④　欄前幸有月知心。（欄前に幸い月のぼり我が心を知る。）
⑤　數聲落葉鳴空砌、（落葉音を立て空漠な庭に鳴りひびき、）
⑥　一點無聊托素琴。（鐘一時《いっとき》を告げ気が滅入り飾りなき琴に心を託す。）
⑦　輪與花枝稱姊妹、（花籠［輪］と花枝を姉妹とよび、）
⑧　不堪遥聽暮江碪。（暮れゆく江《かわ》に遥か鳴りわたる砧《きぬた》の音は聴くに耐えぬ。）

この秋瑾詩を念頭に韻字を踏んだ啄木歌が「石破集」第五四首（第一巻一五〇頁）である。

笑はざる女等《をみなら》あまた来て弾《ひ》けどわが風琴《ふうきん》は鳴らむともせず

秋瑾詩第六句の「素琴（飾りなき琴）」が啄木歌では「風琴（オルガン）」に、第七句の「姉妹」が「笑はざる女等」に、それぞれ韻字を踏んでいる。秋瑾は、孤独で愁いに満ちた自分の心を琴に托して奏でる、と詠った。琴は秋瑾の心を奏でたであろうか。啄木は《笑みを失った女たちが大勢やってきて、私（秋瑾）の風琴（琴）を鳴らそうとしたが鳴らなかった》と詠う。秋瑾に共振した女たちの心に風琴（琴）も共振して、沈鬱なのだ。啄木歌で、女たちの閉塞感は一層強まっている。

魯迅は秋瑾を知っていた。秋瑾斬首を小説「薬」で描いた。魯迅を研究した竹内好も秋瑾を知っていた。竹内好は一五年戦争中に中国を訪れ、秋瑾の墓がある中国は浙江省の西湖の畔に佇む。風景とは、心象に射抜かれた自然・人間であるとみる。風景に人間は自己責任がある。そのような眼をもった竹内好は旅をする。さらに蘇州にゆき街を歩む。

「僕が一番感心したのは、蘇州であった。［略］蘇州の街を、僕は放心したように、さまよいつづけた。何でもない横丁や、川筋に、怕《おそろ》しいほどの魅力があった。風のない、春の日の昼下がり、楊柳の新芽が深々と浅黄の陰を作っている。音もなくクリークを上下する荷舟。両岸は赤い地肌の石で畳んである。家々の裏口から、高い石段が水際まで下りて、そこには砧を打つ女たちの姿が見える。［略］僕は、感に堪えなかったのである。やや誇張して云えば、僕の抱いている支那文学の想念が、ここに実現されているのではないかと疑った。夢に辿り着いた感じである」（竹内好二四一。傍点強調は引用者）。

竹内好が「砧を打つ女たちの姿が見える。……僕は、感に堪えなかった」と書くとき、秋瑾詩「寄柬珵妹」（柬珵妹《かんていまい》に寄す）」第八句、

「不堪遥聴暮江碪」（遥か聴く暮江の碪《きぬた》に堪えず）

を念頭においているだろう。竹内好は『秋瑾詩詞』（一九〇七年）に収められた秋瑾のこの詩のこの句を読んだことがあり、それを思い出したのである。あるいは、その三年後に出た、もう一つの秋瑾遺稿集『秋女士遺稿』（一九一〇年）に収められたこの詩（一九〜二〇頁）を読んだのかもしれない。友人・武田泰淳は戦後、秋瑾を小説『秋風秋雨人を愁殺す』で描いた。羽仁五郎も三木清の獄死を悼む岩波茂雄あての手紙を「秋風秋雨愁殺人！」と結んだ（飯田二一八）。秋瑾斬首＝殉死は戦中の心ある人たちには知られていたのである。近代日本史にも影響を与えた秋瑾は戦後日本では忘却されてこなかっただろうか。

竹内好は、家々の裏口から水際まで下りてきて、砧を打つ女たちの姿を見て、感に堪えなかった。女たちが今日も繰り返す家事姿に、たまらなくなったのである。一九〇七年七月一五日に紹興で打ち首刑に処せられる秋瑾も、生前（竹内好の蘇州への旅の三〇数年前）、詩「寄柬珵妹」（柬珵妹に寄す）第八句で、竹内好と同じ感慨を詠っていた。竹内好は「支那文学の想念」とは、この風景なのだと思い知る。彼は中国の風景に沈む。浸る。中国の風景は竹内好に身体化した「支那文学」になった。

啄木の歌集「新詩射詠草 其四」第七首（第一巻一五三頁）は、つぎの歌である。

青ざめし大いなる顔ただ一つ空にうかべり秋の夜の海

この歌が秋瑾詩「有懐」第三句「…浮滄海」を念頭においた「用韻」であることはすぐ分かる。啄木歌の「青ざめし」の「青」は秋瑾詩「浮滄海」の「滄」、「うかべり」は「浮滄海」の「浮」、「海」は「浮滄海」の「海」である。秋の夜、日本留学に向かう海原の上空に、「青ざめた大きな顔」が浮かんでいる、というのである。

この「青ざめた大きな顔」とはなんだろうか。

[日露戦争・陳天華]　秋瑾は陳星台の「警世鐘」を座右の書として読んだ。秋瑾も一九〇五年に未定稿「警告我同胞」を書いた（秋瑾二〇〇三：三六五～三六八、碇豊長、漢詩 秋瑾Qiujin, 二〇〇九／〇七／二六）。そこで秋瑾は、一九〇四年、中国から留学でついたばかりの横浜で目撃した光景を記す。仇敵・清朝の軍隊を破ったのがこの日本軍か、と感慨深げに注目する。秋瑾はその姿が羨ましい。秋瑾は、日露戦争でからくも勝利して沸き起こる、日本の好戦的な愛国主義が民主主義を排除するものであることに気づいていない。竹内好は、日本人が初めて国民主体として歴史に登場したのがこの日露戦争であるとみる（竹内好一九七三：五〇～五二）。愛国国民が軍国主義の姿で登場したのである。

一九〇七年、日清日露の戦いに勝った日本では、陸海軍がその成果に乗じてさらなる軍事予算を要求するようになった年である。同年四月一九日、啄木が北海道に向けて出発する（五月四日）の約二週間前、校長排斥のストライキを指示した日、「明治天皇は、政府・軍部が上奏した『帝国国防方針』と『帝国軍用兵綱領』を裁可した」（水川一四四）。その約一〇ヶ月後、啄木は釧路新聞の記者となっていて、その新聞に論説「予算案通過と国民の覚悟」を掲載する。そこで啄木はつぎのように主張した。

「議場内外の民論極力其通過を呪詛したるに不拘、六億の大予算は遂に吾人の予測の如く下院を通過したり。……吾人は、彼の政府に盲従するを以て愛国の本義なるが如く説く偽愛国家の言動を憎むこと蛇蠍《だかつ》のごとし。……事実に於て此大予算が軍事費の偏したるは争ふべからず。吾人が独り静かに考へ来るの時、国民全体を苛税に苦しめてまで猶軍備の完成を遂げざるべからざるの理を発見する事能はず。……吾人は茲《ここ》に此杜撰《づさん》なる予算を以て、直ちに之時代の大勢［世界列強の軍拡時代］の為に止むを得ざるものなりと断ぜざるを得ず」（第八巻四八八～四八九）。

啄木はこのとき、軍国主義的愛国とは対極に立ちつつも、英米仏独など世界列強の軍拡の勢いをみると、止むを得ないと判断し妥協的であった。幸徳たちの絶対非戦とは距離があり穏健的であった。啄木は三年後、『一握の砂』第一一四首で詠う（第一巻二一頁）。

一隊《たい》の兵《へい》を見送《みおく》りて／かなしかり／何《なに》ぞ彼等《かれら》のうれひ無《な》げなる　（一九一〇年八月一四日作）

啄木の見る日本兵は悲しく愁いを漂わせる。飢える家族を残して戦地に向かうからだ。そのころ、特に東北地方に飢餓が襲った。秋瑾は日本兵を啄木のようには見ない。日本の民衆は兵隊の行進に歓喜する。日露戦争に出征する軍人を日本の民衆は歓呼の声を上げて「万歳、万歳、帝国万歳、陸海軍万歳」と送り出す。日本軍では上官が兵卒を思いやり、軍人家族には扶助金が出る。だから、敗北しては帰国できないとの思いを秘めて戦場に向かう。日本の兵隊は決死の覚悟で戦う。それにくらべて清国の軍隊はどうか。上官は兵卒の手柄を横取りし兵卒の給与をピンハネする。兵卒に理由なく暴力を振るう。兵卒は上官の下僕である。中国の兵卒の現状は、ただひとつ、彼らに教育がないからである、と秋瑾は書く［秋瑾二〇〇三：三六五～三六八、碇豊長（二〇〇九）秋瑾「警告我同胞」］。このとき秋瑾は密かに、留学終了後、帰国して反清朝決起を実行するために建軍することを構想しはじめている。のちにその構想は「光復軍起義檄稿」となる。秋瑾はそこでつぎのように書く。

「今や危機は迫り、まさにやむをえざる状況である。このために大挙報復を行って、近くは二百余年に及ぶ漢族奴隷化の恥を雪ぎ、遠くは二兆万里の豊かなる大地を有する新帝国を開こうとするものである。目的は曖昧にわたることなく明晰を旨とし、事を行うには瑣末に流れることなく簡明を旨とせよ。願わくは黄帝及び祖崇の霊の加護を受け、旧業を光復して人びとともに革新せん」（西・編二九九。永田三五三も参照)。

秋瑾の論調は「寶刀歌」を思い出させる。秋瑾は教育に中国の未来を託す考えを抱いた。そのため日本留学を勧め、日常言語での評論雑誌『白話』を刊行した。秋瑾は「女権」(「勉女権歌」一九〇七年作)という「民主主義」と「排満興漢」という愛国(漢族)主義を一括して闘った。啄木も勤労者の生活を守る民主主義の実現を主張し、その実現を自ら担う者は愛国主義者でなければならないと主張した。秋瑾と啄木にとって「民主＝愛国」なのである。したがって、彼らにとって教育は「国民教育」でなければならない。

陳天華は一九〇五年秋に文部省が出した「清国人留学生取締規則」を報道した『東京朝日新聞』の文面「清国人の特有性なる放縦卑劣なる意志」で恥辱を受けたと抗議して、一九〇五年一二月八日、東京の大森海岸で自殺する(島田六五)。のちに啄木は「石破集」(一九〇八年七月一〇日刊行)の第九一首(第一巻一五一頁)はつぎのように詠う。

茫然として見送りぬ天上をゆく一列《いちれつ》の白き裳《も》のかげ

この歌は、空高く流れゆく雲がなす列は、白い喪服を纏い悲しみ歩む人々の葬列に見える、という。実際、死して帰国した陳天華の葬儀への参列者たちは白い制服を着て葬列し、棺を岳麓山の墓に運んだ(晴海二六)。上の啄木歌とこの事実との符合は偶然か。陳天華の字は「星台」である。「石破集」第八九首(第一巻一五一頁)、

大空《おほぞら》の一片《いっぺん》をとり試みに透《すか》せどなかに星を見出でず

の「星」は陳星台の象徴である。この歌は陳星台を弔う追悼歌である。先に記したように、陳天華は踏海＝

自死の前に書いた「絶命書」に「東海にこの身を投げて、諸君（中国留学生）のために紀念とする」と書いた（島田七〇）。「東海」といえば、啄木歌集『一握の砂』劈頭歌がある（第一巻七頁）。

東海《とうかい》の小島《こじま》の磯《いそ》の白砂《しらすな》に／われ泣《な》きぬれて／蟹《かに》とたはむる

東海歌にはその成立状況からして、この歌の深部には、

東海にわが身を投げて諸君らの紀念《ママ》とぞする我が絶命書

とでも詠うべき、啄木の陳天華像が存在する。その意味で東海歌は陳天華悼歌である。啄木は『一握の砂』（一九一〇年一二月一日刊行）を編集する際に、「歌稿ノート」（後述）から一首、いわゆる「東海歌」を選び、その巻末に特筆大書した（石川一九五六：最終頁参照）。東海歌は一九〇八年六月下旬から啄木を捉えた現実の衝撃が詠わせた歌の一首である。

［秋瑾詩「泛東海歌」と啄木歌］　秋瑾も日本留学（＝東海に泛《うか》ぶ）の決意を印す。つぎの詩「泛東海歌」（秋瑾二〇〇三：一五七、秋瑾二〇〇四：九九～一〇）がそれである。秋瑾は留日前の一九〇四年にこの詩を作った（郭二〇〇三：一五八）か、あるいは、秋瑾の二回目の日本留学時の「一九〇五年夏の作品」であると推定されている（秋瑾二〇〇四：九九注一）。秋瑾はこの詩の写しを紹興起義（一九〇七年七月一三日）のとき所持していた。この詩が秋瑾の清朝に対する反逆の証拠とされた（陳二〇〇七b：四五）。いま、浙江省紹興の秋瑾記念館（紹興秋瑾故居）に掲示されている。番号（1）～（24）は、のち引用する便宜のため、筆者がつけた句番号である。（　）内は拙訳。傍点強調は引用者。

秋瑾「泛東海歌」

（1）登天騎白龍、（2）走山跨猛虎。

（天に登るに白龍に騎《の》り、山を走るに猛虎に跨《またが》る。）

（3）叱咤風雲生、（4）精神四飛舞。

（叱咤すれば風雲生じ、精神四《よも》に飛舞する。）

（5）大人処事当与神物游、（6）願彼豚犬諸儿安足俉！

（大人［徳行高尚の人］、事を処すに当《まさ》に神物［宝刀］を游《あそび》［帯着］に与《あずか》るべく、
願くば彼の猪狛の輩安《いずくん》ぞ俉《ご》する［迎える］に足らんや。）

（7）不見項羽酣呼鉅鹿戦、（8）劉秀雷震昆陽鼓。

（項羽 鉅鹿戦に酣呼［喊声震天］するを見ず、劉秀［光武帝］昆陽の鼓を雷震する。）

（9）年約二十餘、（10）而能興漢楚、（11）殺人莫敢当、（12）万世欽英武。

（年《よわい》二十余能く漢楚を興し、殺人にも敢えて抵抗するものなく、万世は英雄を敬う。）

（13）愧我年廿七、（14）于世尚無补。

（我が年《よわい》二十七を恥じ、世に於いてなお裨益することなし。）

（15）空負時局憂、（16）無策駆胡虜。

（ただ時局の憂いを負い、胡虜を駆る策無し。）

（17）所幸在風塵、（18）高気終不腐。

（幸するところ乱世にあり、高気［気高き志］は相変らず。）

（19）毎聞鼓鼙聲、（20）心思輒震怒。

（大小の鼓の聲《おと》鳴るを聞くたび、心思輒《すなわ》ち怒りに震える。）

(21) 其奈勢力孤、(22) 群材不為助？

（其《もし》や勢力孤立せば奈《いかん》せん、郡材［多くの人材］助けざらんや。）

(23) 因之泛東海、(24) 冀得壮士輔。

（之によりて東海に泛《うか》びて、冀《ねがわ》くは壮士［気概勇壮の将士］の輔《たす》けを得ん。）

第二三句にある「東海に泛《うか》びて」とは「日本に留学して」という意味である。秋瑾詩「有懐」にいう「浮滄海」（滄海に浮ぶ）も同じ意味である。秋瑾は、漢族復興を目指し、まずは日本に留学し、革命に備え、弁舌能力を高め、乗馬を習い、武器（爆弾）製造法を学び、剣舞を舞い、同志を糾合する。啄木はこの秋瑾詩「泛東海歌」に重ねた歌を多く詠った。

例えば、「石破集」第五首（第一巻一四八頁）はこうである（傍点強調は引用者。以下同じ）。

大海《だいかい》にうかべる白き水鳥《みづとり》の一羽《いちは》は死なず幾億年《いくおくねん》も

この歌の「大海にうかべる」は「泛東海歌」第二三句「泛東海（東海に泛《うか》かべる）」に韻字を踏んだ歌である。歌にいう「白き水鳥」とは秋瑾のことである。啄木は詩「白い鳥、血の海」（第二巻一七五～一七六頁）を詠んだ。「白鳥」は死の象徴である。そのイメージをすでに『小樽日報』一九〇七年一〇月二六日で詠っている（第一巻一一二頁）。

かず知《し》れぬくれなゐの鳥《とり》白《しろ》の鳥《とり》君《きみ》をかこめり花《はな》の散《ち》る時《とき》

「石破集」第四二首（第一巻一四九頁）で「泛東海歌」の韻字を踏む。こうである。

　相抱くとき大空に雲おこり電光《いなづま》きたり中《なか》を劈《つんざ》く

この歌がいう「雲おこり」は「泛東海歌」第三句の「風雲生」に、「電光きたり」は第八句の「雷震」に、それぞれ韻字を踏んでいる。《俄かに暗雲生じ稲妻光り天地轟く、抱き合う二人の中を裂く、別の重要な使命があるではないか、と天命が戒める》という歌である。

啄木は『一握の砂』冒頭の「東海歌」をまず「歌稿ノート」で詠い、「石破集」第六四首として公表した。上記の「石破集」二首は秋瑾詩「泛東海歌」に韻を踏んだ歌である。では、同じ「石破集」の収められた東海歌は秋瑾詩「泛東海歌」とまったく無関係であろうか。「歌稿ノート」の最後に東海歌を特筆大書したとき、「歌稿ノート」は秋瑾追悼歌集であるとの意味を込めたのではなかろうか。とすれば、『一握の砂』冒頭歌としての東海歌も同じ意味を帯びるだろう。注目すべきことに、「石破集」第六四首の東海歌のつぎの歌（第六五首）は、秋瑾の同志・陳天華への悼歌である（第一巻一五〇頁）。陳の字《あざな》は「星台」である。歌の「星」は陳の象徴である。

　日くれがた先づきらめける星一つ見てかく遠く来《こ》しを驚く

一九〇五年一二月八日、陳天華は「清国人留学生取締規則」に抗議し東京大森海岸で踏海自殺する。絶命書に「**東海にわが身を投げて諸君**への**紀念《ママ》とする**」と書いた。にもかかわらず、秋瑾詩「泛東海歌」・陳天華「絶命詞」と啄木「東海歌」はまったく無関係であるといえるだろうか。啄木の東海歌については、つぎの第一三章で詳しくみる。

啄木は秋瑾詩「泛東海歌」を踏んだ歌をさらに詠った。「新詩社詠草 其四」第一六首（第一巻一五三頁）はこうである。

怒る時かならず一つ鉢を割り九百九十九割りて死なまし

これは「泛東海歌」第二〇句、

「心思輒震怒」（現況を思えばすなわち心怒りに震える）

を念頭においている。「九百九十九」は、現況を覆して復仇するぞという「復仇」の念がこめられている。陳天華は復仇論を書き、それを秋瑾は愛読した。「新詩社詠草 其四」第一七首（第一巻一五三頁）はこうである。

君が名を常にたたへき洛陽の酒徒にまじれる日にも忘れて

この歌の「洛陽」は「泛東海歌」第八句、

「劉秀雷震昆陽鼓」（劉秀［光武帝］昆陽の鼓を雷震する）

に重なる。啄木歌の「洛陽」も秋瑾詩詞の「昆陽」も共に中国河南省の地名である。「新詩社詠草 其四」第三七首（第一巻一五四頁）はこうである。

直径《さしわたし》一里にあまる大太鼓つくりて打たむ事もなき日に

これは「泛東海歌」第一九句・第二〇句、

「毎聞鼓鼙聲、心思輒震怒」（大小の鼓鳴るを聞くたび、心思輒《すなわ》ち怒りに震える）に重なる。「輒ち」＝すなわち、鼓鼙《こへい》＝大太鼓（おおつづみ）と小太鼓（こつづみ）、である。秋瑾の心境は怒りに震えている（心思輒震怒）のである。啄木歌の末尾の「事もなき日に」とは、秋瑾の心情とは逆に、平穏な日に巨大な太鼓を打ちたい、という意味である。啄木は、革命は起こらない平穏な日を望む。啄木は秋瑾に惹かれつつも、秋瑾から離れたいのである。啄木は秋瑾に引き裂かれている。

「虚白集」第四九首（第一巻一五六頁）はこうである。

風こそは物よく知らぬ万人《ばんにん》の胸《むね》にも入りつ出つ吹くなれば

この歌は「泛東海歌」第三句・第四句、

「叱咤風雲生、精神四飛舞」（叱咤すれば風雲生じ、精神四方《よも》に飛舞する）

と重なる。啄木がいう「万人の胸」は秋瑾のいう「精神四」を踏んでいる。物事をあまりよく知らない万人の胸に風が吹き込み、吹き出る（「飛舞」）、つまり啓蒙する。事物・人びとの交流＝交通こそ人々を啓蒙する。啄木は秋瑾が日本に留学してきたのもそのためである。「泛東海歌」は秋瑾の日本留学の目的を詠う歌である。「風雲生（風雲が生じる）」とは、なにやら只事ではないこと（革命）が起こる前兆を告げることを意味する。「留学→革命準備」である。

「虚白集」第八七首（第一巻一五八頁）はこうである。

秋の辻四すぢの路の三すぢへと吹きゆく風のあと見えずかも

この歌も「泛東海歌」第三句・第四句、

「叱咤風雲生、精神四飛舞」（叱咤すれば風雲生じ、精神四方に飛舞する）

に重なる。「四すぢ」は「精神四」の「四」を踏み、「吹きゆく風」の「風」は「風雲生」を踏む。《秋風が四すじから三すじへと吹き、風の経路が狭まってゆく。その風の流れたあとは残らないかもしれない。陳天華・秋瑾の風は吹き渡ったが、その痕跡は不明となるかもしれない》と詠う。啄木が決死の彼らに密かに距離を置こうと退く姿勢を示す。啄木は彼らに衝撃を受けつつ、恐れ戦いている。

「虚白集」第九〇首（第一巻一五八頁）はこうである。

久方の天《あめ》なる雲の白妙の床《とこ》に誰れ泣く秋風ふけり

この歌は「泛東海歌」の第一句・第二句と第三句・第四句、

「登天騎白龍、走山跨猛虎。」（天に登り白龍に騎《の》り、山を走り猛虎に跨《また》がる）

「叱咤風雲生、精神四飛舞。」（叱咤すれば風雲生じ、精神四方に飛舞する）

の用韻歌である。この啄木歌の「天」・「雲」・「白」・「風」はそれぞれ「泛東海歌」第一句「天」・「白」と第三句「雲」・「風」を次ぐ「用韻」である。《遥かな天の雲は白砂のように白い床にみえる。そこに横たわり誰かが泣いている。その天上から冷たい秋風が吹き颪《おろ》してくる》と啄木は詠う。歌の「秋風」は秋瑾の暗喩である。「誰が泣いているのか」と問われ、「秋風＝秋瑾」であるとの答えが潜んでいる歌である。啄木のこの秋瑾像は悲しい。

つぎの「虚白集」第九四首（第一巻一五八頁）はすでに指摘した。

倒れむ日遠き都に雷のごと響《ひゞき》おくれと大木《おほき》に教《をし》ふ

この歌は「泛東海歌」第八句、

「劉秀雷震昆陽鼓」（劉秀〔光武帝〕昆陽の鼓を雷震する）

に重なる。秋瑾の「昆陽」を啄木は「遠き都」と次ぐ。「雷震」を「雷のごと響おくれ」と次ぐ。《大木が倒れて大地を撃ち響かせる音は、遠い都＝昆陽に雷が轟くように響きゆけ》というのである。啄木は「石破集」などで用語「大木」をよくつかう。ここで「大木」とは、革命途上で殉国する革命家のこと、具体的には、陳天華や秋瑾のことであろう。無駄に死ぬな、敵に倒されるときも、ドサァーと大音を立てて世を震撼せよ、というのである。

「虚白集」第九七首（第一巻一五八頁）はこうである。

長安《ちやうあん》の驕児《けうじ》も騎《の》らぬ荒馬に騎《の》る危さを常として恋ふ

この歌は「泛東海歌」の第一句・第二句・第八句、

「登天騎白龍、走山跨猛虎。」（天に登り白龍に騎《の》り、山を走り猛虎に跨《また》がる）
「劉秀雷震昆陽鼓」（劉秀［光武帝］昆陽の鼓を雷震する）

を用韻した歌である。秋瑾のいう「白龍」が「荒馬」に変えられ、秋瑾の「騎白龍（白龍に騎《の》る）」を啄木は「荒馬に騎る」で次ぐ。秋瑾の「昆陽」を啄木は「長安」で次ぐ。秋瑾は幼い時から、纏足の痛みをこらえて乗馬の訓練をした（孔二六〜二七）。

周到に編集された歌集「石破集」・「新詩射詠草 其四」・「虚白集」・「謎」などは、陳天華・秋瑾を追悼した歌が多くある。右記の「新詩射詠草 其四」第一六首、「虚白集」第八七首は『一握の砂』第三六首（第一巻一一頁）、第二六三首（第一巻四〇頁）として収められている。秋瑾詩「泛東海歌」は『一握の砂』に継承されているのである。

第一三章　東海歌誕生の背景

［西の国・中国から観た東海＝日本］　啄木東海歌初出の「歌稿ノート」は一九〇八年六月一四日から始まるが（第一巻二二五頁）、「短歌爆発」が起きるのは、一九〇八年六月二三日深夜からである（同上）。すでにみたように、秋瑾詩「泛東海歌」は「（留日前の）一九〇四年」か「一九〇五年夏の作品」であると推定されている（秋瑾二〇〇四：九九注一）。したがって、啄木が「歌稿ノート」執筆時（一九〇八年六月下旬）には秋瑾の「泛東海歌」を知っていて、「歌稿ノート」に東海歌を詠んだ可能性が十分ある。実際、前章（第一二章）で確認したように、啄木は秋瑾詩「泛東海歌」との関連で、多くの歌を詠った。

神谷忠平は「石川啄木《東海の小島》歌について」（神谷二〇〇六）で啄木の東海歌の「東海」の意味について、鋭く指摘している。

「もしも、啄木にとっての《東海の小島》が《日本》だとするなら、《日本》を含む世界の海洋を、高所から鳥瞰するような視線が介在することになる。しかも、《日本》を東の方角に位置する小島だと認識する場所は、あくまでも《日本》を外側（かつ西側）である。つまり、《東海》とは西側からみた海であり、第三者的な視点による呼称なのだ。…《東海の小島》を《日本》と捉えると、この歌はスケールの大きさを増し、魅力的な解釈が生成することになる」（神谷二〇〇六：一八。引用文の《　》は原文では「　」）。

筆者は、神谷が指摘する、啄木東海歌を、啄木自身が日本の西側から自己を見ている歌と判断する。しかも、神谷のいう「日本の西側」とは、中国であると判断する。例えば、啄木は直接体験できなかったことであるが、上海から飛び立ち東京成田に向かって東に飛ぶ機上から眼下をみると、まず黄色く漂う水面が広がる。やがて蒼い海原になる。まもなく日本列島の上空に来る。啄木東海歌は、中国という日本の西に位置する隣国からみた視点を、啄木の自己認識に媒介させている歌である。象徴的には、啄木東海歌は啄木が自己を中国の陳天華・秋瑾と比較して詠んだ歌である。啄木の同時代の日本、特に東京（の神田区）には清国人留学生が数千人いて熱して活動していた。一九〇六年、留日生数は最高に達し、一万二千人いた（小島一三）。彼等は日本を「東海」と呼んだ。その坩堝の中に啄木もいたのである。「東海」といえば、中国からみた日本のことであり、日中関係で日本をみるその視点は日本人にも浸透していたのである。

秋瑾詩「泛東海歌」にあるように、秋瑾は愛国＝排満興漢の愛国主義に燃える。秋瑾はこの詩で、二十七歳まで生きてきても（実際は、秋瑾は一八七五年一月八日生まれであるから、この詩の作成を年一九〇四年、あるいは一九〇五年でも、この年齢「二七歳」には数年のズレがあるが）、祖国に貢献することを何一つ実行してこなかったではないかと自己を批判し、戦場にこそ我が幸がある、東海＝日本に留学して、愛国人士と連帯し祖国を解放するのだと書いて意気軒昂である。その秋瑾に比べて、自分（啄木）自身はどうか。何一つ実行しようとしていないではないか。自分は、東海＝日本の小島の磯に這いずる蟹のような矮小な存在であると痛感する。これが啄木東海歌である。

啄木東海歌は二重の意味を含む。文字の上では、これまでよくそう理解されてきたように、《東海→東海に浮かぶ小島→小島の磯→磯の白砂→白砂に横這いする蟹＝我》というように、次第に焦点を絞り、その蟹と遊ぶのが啄木であるという歌である。この歌は、日本人の「住所表記」に典型的にみることができるように、広いところから徐々に絞り込んで目的地に至る、日本人の空間意識を示している。広い視野から焦点を徐々に絞り込み、小さな極点に辿る。その極点が蟹（＝短歌か？）＝啄木という小さな存在である。小さな存在を浮き立たせる表現法である。啄木東海歌は日本人の空間意識に合致していることも、愛唱される理由の一つであろう。これは啄木が関心を示した映画の撮影技術を連想させる表現技法（ズーム・イン）でもある。

しかし、啄木東海歌には、その表現の裏に隠された意味が潜んでいる。陳天華・秋瑾の死を覚悟した闘いである。彼らの愛国主義的武闘主義的行動＝殉死である。啄木東海歌では、その底にある彼ら清朝末期中国の革命青年の熱情が、哀感を漂わせる表層の表現の裏からじわりと滲んでいる。この底に潜む陳天華＝秋瑾の殉死の悲痛さこそ、表面の哀感を裏打ちする根源である。陳天華＝秋瑾の殉死こそ、啄木東海歌を生んだ母胎である。啄木東海歌を生み出した力である。啄木は彼らのその根源に比較して、自分はなんと小さな存在であるか、とおのれを見ているのである。

啄木は小樽にいるとき（一九〇七年一〇月）、『小樽日報』に掲載した「詩」と評論「予の見たる小樽」で秋瑾に精神的に同伴した。ところが、東京に来て「赤旗事件」（第一六章参照）という身近な事件に遭遇し、明治国家権力の武断的な人民支配に慄き、それに抵抗する者たちの実践の苛烈さに触れて、驚愕し、我が身を引いた。自分の周囲の日本人の中にも、あの秋瑾や陳天華と同じく戦う者がいる。しかるに自分はどうか。北海道にいるとき日記に、日々誠実に仕事に励んでいるのに年末にも借金をしなければ年を越せないのは、自分が悪いのではなく、そのような窮地に陥れる社会そのものが悪いからだ、「破壊だ、破壊だ、破壊あるのみだ」と書いた。なのに、いま、恐れ慄いている。そのような自己を果敢な陳天華＝秋瑾と比較して、啄木は東海歌を詠ったのである。

［「歌稿ノート」東海歌の文脈］　啄木「東海歌」には秋瑾・陳天華との強い関連がある。このことをつぶさにみよう。東海歌は、最初は「歌稿ノート」（一九〇八年六月二四日）に書かれ（第一巻二二八頁）、ついで「石

破集」第六四首（第一巻一五〇頁）として公表された。東海歌は「歌稿ノート」の一九〇八年「六月二四日午前」の五八首の第八首である（第一巻二二八頁を参照）。「歌稿ノート」における東海歌とその前後の歌四首を掲げる（第一巻二二八頁）。

（第一〇四首）　ただ一目見えて去りたる彗星の跡を追ふとて君が足ふむ
（第一〇五首）　身がまへてはつたと我は睨《にら》まへぬ誰ぞ鬼面して人を赫すは
（第一〇六首）　もろともに死なむといふを郤《しりぞ》けぬ心やすけき一時を欲り
（第一〇七首）　野にさそひ眠るをまちて南風に君をやかむと火の石をきる
（第一〇八首）　東海の小島の磯の白砂に我泣きぬれて蟹と戯る
（第一〇九首）　青草の床ゆはるかに天空の日の蝕を見て我が雲雀《ひばり》病む
（第一一〇首）　待てど来ず約をふまざる女皆殺すと立てるとき君は来ぬ
（第一一一首）　〈水晶の宮の如くにかずしれぬ玻璃盃をつみ爆弾を投ぐ〉
（第一一二首）　百万の屋根を一度に推しつぶす大いなる足頭上に来る

まず第四首の「彗星」は、陳天華（字が「星」台）のシンボルであり、「足」は秋瑾の象徴である。《陳天華殉死＝遺言を執行する秋瑾の強烈な意志を知り、思わず秋瑾の世界に踏み込んでしまった》という啄木の驚きを詠う。「彗星」＝陳天華の後を追い、不覚にも「君の足」＝「秋瑾の纏足」を踏んでしまった。さらに「踏足」には直裁に「足を踏む」という意味だけでなく、「その世界に踏み込む」という意味もある。ここでは、革命の世界に入るという意味である。陳天華＝秋瑾＝啄木の継続性を示す歌である。

第五首は、のちに第一五章で詳しくみるように、秋瑾が自分の男装姿の写真を見て詠った詩「自題小照男装」（男装姿の自分の写真に自分で題をつける）を啄木が読んで詠った歌である。「鬼面の人」とは「男装した秋瑾」の厳めしい姿の人のことである。啄木は自分を革命に誘う人・秋瑾が恐いのである。

第六首では、啄木は第五首の革命への誘いを受けて戦慄している。《叛逆へ参加し一緒に死のうという秋瑾・陳天華から逃れたい》という啄木の戦きと怯懦を示す歌である。

第七首は、《そんなに自分に圧力をかける秋瑾は、もうたまらない、いっそのこと野火を起こし焼き殺そうか》という啄木の暗い想念を詠う。

第八首の東海歌に続く第九首は、《草原に寝ころび、大空を見上げていると日蝕になり、暗闇へ急変する事象に、上空を飛ぶ雲雀が慄いている》。その姿を詠う。「我が雲雀」とは、「赤旗事件」・「清国人留学生抗議事件」などに衝撃を受けた啄木自身のことである。

第一〇首は、《何時か決起すると期待してきた日本の女たちがその期待に応えずグズグズしている、いっそのこと皆殺しにするかと決意する。そのとき、同じ女だが中国の秋瑾がやってきた》。その驚きを表現する。啄木は日本の女の不甲斐なさを嘆く歌を多く詠っている。

第一一首は、《膨大な数の美しい玻璃盃を爆弾で破壊して、すっきりしたい》と詠う。啄木のそのような思い、現状打破願望の歌である。この願望はすでにこの年（一九〇八年）の元旦の日記に書いていることは第二章でみた。

第一二首のいう「大いなる足」とは秋瑾詩「有懐」でいう「放足」のことである。《「小さな足＝纏足」を強いられてきた秋瑾が、足を大きく伸ばし、「百万の屋根」＝伝統秩序を「一度に」破壊する》。その強烈な秋瑾思想を表す。

このように、「歌稿ノート」における東海歌は、日本と中国の激動を表現する状況を詠う歌で囲まれている。この文脈を離れて「東海歌」を分離し孤立させ、この一首をのみを「縦読み」し、感傷的な抒情歌として誤読してはならない。東海歌は、啄木が現実に進行するアジアの激動に衝撃を受けた精神状態のなかから誕生したのである。具体的に焦点を絞れば、陳天華（陳星台）の遺言＝「絶命書」のいう「東海にわが身を投げて、諸君（清国人留学生）の紀念とする」や秋瑾自身の詩「泛東海歌」「東海に浮かぶ（＝日本に留学する）決意を詠う詩」を念頭に、啄木が自分の怯懦、自分の矮小性をみつめる歌である。

東海歌が最初に公表されたのは「歌稿ノート」と同年の一九〇八年の七月一〇日刊の『明星』申歳第七号である。東海歌はその「石破集」第六四首である。啄木はその公表に際して「歌稿ノート」から歌を一一四首選び、独自に編集し配列している。「石破集」における東海歌とその前後の歌は、「歌稿ノート」での語句のひらがな表現を漢字表現に変えるなどの若干の変更がある。しかし、「歌稿ノート」東海歌の前後四首とは、つぎの一首を除けば、基本的に同じである。すなわち、「歌稿ノート」の第九首（第一巻二二八頁）、

青草の床ゆはるかに天空の日の蝕を見て我が雲雀《ひばり》病む

が、「歌稿ノート」の「六月二十五日」の歌（第一巻二三二頁の第三首）が若干修正されてつぎの「石破集」第六五首（第一巻一五〇頁）におきかえられる。

日くれがた先づきらめける星一つ見てかく遠く来《こ》しを驚く

この歌はすでにみたように、陳天華を追悼した歌である。「星一つ」の「星」は陳天華の字、陳星台の「星」のことである。この一首の入れ替えは、この陳天華悼歌のほうが啄木東海歌に隣接する歌としてふさわしい

と啄木が判断したためであろう。

以上のように、「歌稿ノート」の東海歌と同じく、「石破集」の東海歌も、その前後を秋瑾・陳天華（星台）への一首を除き同じ配列の悼歌で囲まれている。陳天華・秋瑾に比べて、自分はなにをしているのか。東海（日本）にいて、《小島→磯→白砂→蟹》というように焦点を絞って最後に残るような、矮小な存在でしかないではないか。東海歌はこういう啄木の自省の歌である。日本に留学し反清朝打倒を目指す中国青年の果敢さに、啄木は撃たれ、自省する。その衝撃と内省を詠う歌が啄木「東海歌」である。「東海歌」が最初に詠われた「歌稿ノート」の前後の文脈と、そのときの啄木を囲む状況を考慮して、「東海歌」が含む意味を理解しなければならない。「東海歌」には殉死した秋瑾・陳天華が潜んでいるのである。

第一四章　短歌革命に旋回する啄木

［啄木日記の病跡学］　啄木は釧路に移って三ヵ月後、小説家になることを夢見て、一九〇八年四月下旬、北海道から東京に来る。啄木は五月四日から「赤心館」に住む。ほぼ一ヵ月後の一九〇八年六月九日に、近くの弓町の「平民書房」に寝停まりしている友人、阿部和喜衛がやってくる。その平民書房の屋上で、大杉栄は政府批判の演説を行って逮捕された（一九〇八年六月一日の金曜日屋上演説事件）。東京にやってきた啄木を取り囲む環境は、中国の民族主義＝排満興漢運動や日本の社会主義・無政府主義の坩堝である。注目すべきは、啄木のその頃の日記である。啄木が一九〇八年（明治四一年）七月一七日、一八日、一九日に書いた日記である。

七月一七日の日記には、まだ夏七月中旬の夕方なのに、「何となく頭の中に秋風の吹く心地だ。母が妻が恋しくなった」と書く。「死を欲する心が時々起こって来る」（第五巻三〇三頁）と記す。ここでは「秋風」、「母・妻という女」、「自殺」がキーワードである。一九日の日記には、「平民書房」に宿泊している旧友・阿部和喜衛から「日本に来てゐる支那の革命家の話をきいて、いっそ支那に行って破天荒な事をしながら、一人胸で泣いてゐたいなどと考へた」（同三〇五頁）と記す。阿部は啄木にしきりに中国留学生の動向や日本の社会主義運動の動きを伝えたであろう。この七月一九日の日記では「支那革命家」、「破天荒なこと（＝決起）」、「胸で泣く（＝愁える）」がキーワードである。以上の啄木日記における「秋風」・「愁える」・「女性」・「支那革命家」・

「決起」・「自殺」と、秋瑾の絶命詞「秋雨秋風愁殺人（＝秋風・愁える）」・秋瑾の属性「女性支那革命家」・秋瑾の「逃亡勧告拒否、（自殺同然の）決起＝斬死」という対応は、偶然ではない。啄木の当時（一九〇八年七月）の日記には、啄木自身の「自分の心の深いところ」（同三〇三頁）に潜在してきた「秋瑾の決死の決起＝斬首」が表出している。ここに啄木における秋瑾との病跡学的（pathographical）な対応関係がある。啄木の足跡が遺した「物的証拠」にはこの日記が含まれる。

［清国人留学生抗議事件］　阿部が啄木に伝えたと思われる事件のなかに、すでに何回か指摘した「清国人留学生取締規則」がある。一九〇五年、文部省は清国人留学生に関する取締規則、すなわち清国人留学生には革命分子がいるから、よろしく取り締まるようにとの通達を出す。それに抗議して、陳天華（字は陳星台）は遺書「絶命書」を書き遺して、一九〇五年一二月一八日、東京の大森海岸に踏海自殺した。陳天華は「絶命書」でいう。

「小生、心にこの言葉［『朝日新聞』が載せた記事のなかの清朝留学生は］「放縦卑劣」であるということの言葉を痛《かな》しみ、わが同胞が一刻もこの言葉を忘れず、この四文字を除き去るように努力して、この四文字の反対を為し、堅忍奉公、学にはげみ国を愛してほしいのであるが、同胞が聴いてくださらないのではないか、そして、忘れておしまいになるのではないか、と恐れる。それゆえ、**東海にこの身を投げて、諸君のために紀念《ママ》とする**」（島田七〇。ボールド体は引用者）。

注目すべきことは、陳天華は単に『朝日新聞』の「放縦卑劣」という言葉だけに怒っているのではないという点である。陳天華は「絶命書」の始めて、「東瀛《とうえい》［＝東海＝日本］」を終南の捷径（官界で出世する近道）と考える者は利禄が目的であって、責任に当ることがそれではない。いちばん不肖な者は、学問にもとりかからぬうちに操行（私徳）がまず腐敗し、かの国の新聞だねとなるもの、数え切れぬほどである」（島田六九）と指摘していることである。新聞種になることが、われわれ清国人留学生たちに存在するのだ、それを無くしてほしい、と願ったのである。まずもって問題はわれわれにあるのだ、というのである。《悪いことはみな自分の外部にある》と考えてはいけない、と陳天華は戒めているのである。気高い思いではないか。ただ高い地位、多額の収入を求めて日本に留学して、まともに勉強していない留学生が多々いるのだ、それを正さないで、日本政府、日本の新聞だけを批判すればよいということではない、と注意しているのである。自己に批判の刃を向けるこの観点は、抗議＝帰国しないで日本に留まり、のち「狂人日記」・「阿Q正伝」を書いた魯迅に継承される。問題を自分の外に外部化するな、というのである。《だって、みんながしてたから…》といって《自分隠しをするな》というのである。外部化を拒否するその精神は、日本の中国侵略を生み出したのは、わたしたち中国人がだらしなかったからです、と応える共和国成立後（一九四九年）の中国の態度に継承されている。

秋瑾たち留学生たちは陳天華の踏海＝自死の翌日、一九〇五年一二月九日に追悼集会を開く。場所は東京神田「錦輝館」である。陳星台の『警世鐘』などを愛読した秋瑾は、その集会の事実上の指導者であった。その集会の主席に選ばれた秋瑾は、留学生全員は即刻に抗議帰国しよう、と訴えた。賛同をしぶる留学生たちに向い、秋瑾は「もし帰国して満洲人に投降し、友を売って栄達を求め、漢人を厭えるものがあれば、わたしの一刀をくわらせますぞ」といい、短刀を演壇につき立てた（竹内実一四五）。秋瑾は陳天華の考えを代弁したのである。八日後、秋瑾は二〇〇〇人の留学生を引き連れて横浜から抗議＝帰国する（一九〇五年一二月一七日）。

〔短歌革命としての「石破集」〕

この事件が起きた三年後に同じ「神田錦輝館」で「赤旗事件」が起きる。この「二重の錦輝館事件」が啄木を小説から短歌に引き戻す。その啄木の短歌は逆説的な存在である。啄木が、生活が第一であり、《雅なるもの》に至上の価値をいだき作歌することをやめ、生活を規定する経済・社会・政治（権力）に関心を向けるようになったとき、短歌を詠うことは《どうでもいいこと》になった。まさにそのとき、『一握の砂』に集約されるような秀歌が詠えるようになったのである。啄木の固有歌はそのような逆説的存在性格をもつ。啄木の残した事実がそう語っている。そのような固有性をもつ啄木歌は、作歌をなにか《至上なこと》《雅なるもの》《抒情歌》であってほしいと思うひとびとにとっては、《穏やかならない存在》である。「歌稿ノート」の以後の啄木歌は、もはや『明星』的な抒情歌ではない。一見、抒情歌的にみえる語彙の連鎖の深部から、その外見を溶解する異質なものが滲み出ている。それこそ啄木歌の固有性である。それを読み取り、啄木歌を誤読から救済しなければならない。

啄木の「短歌革命」ともいうべき出来事は、一九〇七年から一九〇八年の期間に起きた。即ち、

一九〇七年〇七月一五日　秋瑾斬首（日本への第一報は『大阪朝日新聞』など七月二〇日）。

一九〇七年〇八月二七日　函館大火に「革命の旗が翻る」のを幻視する。

一九〇七年一〇月一五日「詩」・評論「初めて見たる小樽」・短歌二一首（『小樽日報』）。

一九〇七年一一月二九～三〇日　下田歌子論（『小樽日報』）

一九〇七年一二月二七日　日記に「予に剣を与えよ」と記す。

一九〇八年〇一月〇一日　日記に生活苦を強いるすべてを「破壊せよ」と記す。

一九〇八年〇六月〇九日　平民書房に住む旧友・阿部和喜衛が訪れる。

一九〇八年〇六月二二日　赤旗事件。（一九〇五年一二月九日「清朝人留学生抗議事件」。
共に「錦輝館」で発生）

一九〇八年〇六月二三日　二五日まで「歌稿ノート」に歌二五〇首ほど作る。

一九〇八年〇六月二五日　日記に「頭がすっかり歌になっている」と記す。
一九〇八年〇七月〇一日　『心の歌』「緑の旗」（第一二巻第七号）
一九〇八年〇七月一〇日　「石破集」（『明星』申歳第七号）
一九〇八年〇七月一九日　阿部和喜衛から支那の革命家の話を聞く。
一九〇八年〇八月一〇日　「新詩社詠草　其四」（『明星』申歳第八号）
一九〇八年一〇月一〇日　「虚白集」（『明星』申歳第九号）
一九〇八年一〇月一三〜一六日　「空中書」（『岩手日報』）
一九〇八年一一月〇三日　「小春日」（『岩手日報』）
一九〇八年一一月〇八日　「謎」（『明星』申歳第一〇号［終刊号］）
一九〇八年一二月〇一日　「浪淘沙」『心の歌』（第一二巻第一二号）

啄木の「詩（無題）」は秋瑾の詩詞「寶刀歌」と切り結ぶ問答歌である。その応答関係については、すでに拙稿「啄木の秋風、秋瑾の秋風」（内田二〇〇八）で示したし、本書第九章で詳細に明らかにした。秋瑾斬首（一九〇七年七月一五日）の一一ヶ月以後（一九〇八年六月下旬、特に六月二三日から同月二七日まで）から、啄木は秋瑾を短歌で詠いはじめる。「歌稿ノート」とそれをもとにした「石破集」以後の啄木歌には、《雅なるもの》の対極にある、苛烈な現実とそれに対抗する秋瑾の象徴表現があり、秋瑾の斬首死を追悼する、沈痛な思いに浸す悲歌がある。《雅なるもの》から離脱して、歴史現実に下降しそれを直視するように変化したこと、これが啄木歌を旋回させる軸である。

「詩（無題）」を公表した一九〇七年一〇月一五日以前の啄木歌と、一九〇八年の「歌稿ノート」・「石破集」とを対比してみよう。

①一九〇七年一〇月一五日以前の、啄木自身の固有性を示すこと乏しく明星派に身を寄せる作風に対して、

②「歌稿ノート」・「石破集」は、それ以前の歌から自らを切断する作風が生成し貫徹している。「石破集」は、それまでとはちがう「異界」の表現に満ちている。

①と②との間（一九〇七年一〇月一五日の「詩（無題）」から一九〇八年六月下旬の「歌稿ノート」直前までの期間）は過渡期である。「詩（無題）」は啄木を触発させるもの＝秋瑾事件に出会った衝撃を記す。しかし短歌に固有性をもって表現されるまでほぼ八ヶ月要した。その間の歌は「歌稿ノート」・「石破集」の固有性を獲得していない。その懐妊期間を過ぎて、突如、「歌稿ノート」・「石破集」が出現する。これは「短歌革命」である。それらは『明星』の世界から離脱する啄木の固有性を獲得している。

［第二の短歌革命］　啄木自身は「石破集」をどのようにみていたのであろうか。啄木は、一九〇八年六月二六日に「石破集」の原稿を与謝野鉄幹に送り、それを読んだ鉄幹と晶子の反応を六月二八日の日記に「過日の歌の話。与謝野氏は驚いてゐる。晶子さんも予の心をよんでから歌を作ったと云った」と記す（第五巻二八九頁）。鉄幹・晶子は「石破集」に衝撃を受けたのである。「石破集」は不可解な歌集ではなかった。「石破集」は解読を回避すべき歌集ではない。

「石破集」が公表される一九〇八年七月一〇日の三日前、同年七月七日の菅原芳子宛の書簡で「今度の明星の載るべき小生の作には（無論全力を尽くしたのでもなく、ふとしたる心地にて作ったのに候へど）随分と露骨な、技巧をあまり用ゐざる心のままのよみ方をいたし候間」（第七巻二二五頁）と記す。しかも、「『明星』に載る歌にても十分の八までは好まぬ歌に候」（同）と書いて、鉄幹の『明星』編集を批判する。もう、《雅なるもの》には不満である。それから決別しているのである。

七月二一日の菅原宛の書簡では「今月の明星に出した作の如きは、先月廿何日かの晩に、ふと歌を作ってみたい様な気がしたので、布団の上に寝ころんでゐて気紛れに百四十首許り書いたうちより出したのに候。然しながら小生は、歌を読むことは大好きに候。そは、現時の文壇に於て、最も進歩してゐるのは和歌に候へば也」（第七巻二三六頁）と指摘し「明星の歌は今第二の革命時代に逢着したるものの如く候」（第七巻二三七頁。傍点強調は引用者）という。

菅原宛のこの二通の手紙の間にある日、一九〇八年＝明治四一年七月一〇日の日記には「比日三時頃に『明星』が来た。巻頭には予の歌「石破集」と題して百十四首。……晶子女史の作は巧みではあるが、まるで生気なし。……与謝野氏の直した予の歌は、皆原作より悪い。感情が虚偽になってゐる」（第五巻二九九～三〇〇頁）と記す。右記七月七日の書簡の「露骨で、技巧をあまり用ゐざる心のままに」詠んだという述懐は、晶子歌の評価基準、鉄幹による啄木歌訂正への批判基準となっている。『明星』経営では与謝野鉄幹・晶子に感謝しつつも、肝心の短歌に関する見解では自分が彼等を凌駕し新たな短歌革命を起こしていると自負する。短歌革命を記録する「石破集」の核心に存在するのが、秋瑾である。

［鉄幹の啄木歌添削］　啄木は鉄幹による「石破集」改稿に不満である。その不満は、啄木は投稿歌ゲラを校正していないことを示唆する。鉄幹の「石破集」啄木歌の改定の一端を見よう。

「石破集」に収めた一一四首の元の歌は『石川啄木全集』第一巻所収の「歌稿ノート」にある。そこには「石破集」第四五首の元歌（第一巻二二五頁）から、「石破集」の第六首の元歌（第一巻二三七頁）まで載っている。「歌稿ノート」の元歌と『明星』に掲載された「石破集」の歌を比較すると、異なる部分がある。「石破集」を投稿するとき啄木自身は、①「歌稿ノート」記載の歌をそのまま送稿したのか、②それを改稿して送稿したのか、のいずれを想定するのかによって、その鉄幹の改訂内容も異なる可能性がある。今、比較可能なのは①＝「歌稿ノート」で必要な改稿を行い送稿した」という想定である。それを前提に元歌と鉄幹の改定＝『明星』掲載歌を比較する。「石破集」は「秋瑾追悼歌集」とみる筆者の観点から、「石破集」で一番重要な歌は第三五首である。「歌稿ノート」のその元歌と第三五首とを引用する。

元　歌：**見よ《（ああ）》君を屠《ほふ》る日は来ぬヒマラヤの第一峯に赤き旗立つ**　（第一巻二三六頁）

掲載歌：**見よ君を屠《ほふ》る日は来ぬヒマラヤの第一峯《だいいっぽう》に赤き旗立つ**　（第一巻一四九頁）

元歌と掲載歌は「第一峯」のルビの有無を除き同じである。上記の（ああ）は、啄木が「歌稿ノート」の元歌で「ああ」を抹消し「見よ」に訂正したことを示す。この訂正歌を鉄幹に送ったのであろう。君が斬首されたことをきっかけにして、見よ、エベレストに赤旗が立つではないか、と詠う。アジア革命が始まるという。このときまでに啄木が知りえた、斬首された者は秋瑾のみである。この歌は秋瑾悼歌であり、秋瑾賛歌である。同時に、「赤き旗立つ」と詠って、ごく最近の「赤旗事件」にも重ねている歌である。「秋瑾斬首」と「赤旗事件」がこの歌一首にまとめられているのである。

「石破集」掲載歌第一首を元歌と比較しよう。元歌の（千仞の谷…）も啄木が抹消＝訂正した部分をしめす。

元　歌：**石一つ落して聞きぬおもしろし轟と山を把る谷のとどろき《（千仞の谷轟々と鳴りて湧きわく谷の叫びを）》**　（第一巻二三六頁）

掲載歌：**石ひとつ落ちぬる時におもしろし万山《ばんざん》を撼《ゆ》る谷のとどろき**　（第一巻一四八頁）

啄木は「石を落とす」と他動詞で表現する。落とした石で谷が轟くのを待っている。轟いたので「おもしろい」

と思う。鉄幹は「石が落ちた」と自動詞に直した。鉄幹は《万山を轟かせるために石を落とすとは、危険な行為だ》と慄いたのか。鉄幹の訂正歌では、轟きを聞く人間は受動的である。面白さは偶然発生した現象になる。啄木の必然的・能動的表現か、鉄幹の偶然的・受動的表現か、この観点の違いは、秋瑾を念頭におく啄木にとって決定的に重要である。そのため、鉄幹が改定した歌は「感情が虚偽になってゐる」という不満が生まれたのである（宮崎一九五六：四～六参照）。

［意味ズラシ反論法］　これまで啄木作品が秋瑾詩詞に韻字を踏んでいる例を多くあげ、特に啄木歌を秋瑾詩詞との関連で分析してきた。さらに啄木歌の誕生の編集過程をみてきた。ここで、このようにできあがった啄木歌の解釈法をめぐる問題の一つを考えてみよう。すなわち、或る啄木歌の或る解釈に対して、《その歌の中の或る語彙には別の意味がある》と指摘して、その解釈が不正確、あるいは誤りであるという批判法があちこちでみられる。この批判法は正しいのであろうか。そこで、この《意味ズラシ反論法》を点検しょう。

問題を単純に定式化する。そのさい、問題となる歌に使用されている語彙に元来存在しない意味を付与する誤用の場合や、その歌の解釈に一貫性が欠如している場合は除外する。

いま、全部で六の語彙に、それぞれ五つの意味があるとする。通常、各語彙の五つの意味のうちからそれぞれ、一つの意味を選択するさいに、他の［六・マイナス・一＝］五つの語彙の意味の選択と緊密に関連させて選択する。すると、各語彙は六つの意味で連鎖しているから、

［一／五］×六＝六／五の確率

となる。

他方、「意味ズラシ批判法」では、各語彙は連関せず、断絶しているから、それぞれの意味の結合は、まったくの偶然となる。いま、それぞれの語句に《意味ズラシ反論》を徹底して実行する場合、いいかえれば、

各語彙の意味連関を考慮せずに、各語彙に別の意味があることを指摘する場合を考える。全体の意味連関は存在しない。従って、全体の確率は、「五分の一」の六乗＝「一五六二五分の一」の確率である。

したがって、確率の相対比は、

「六／五　対　一／一五六二五」、したがって、「一八七五〇　対　一」である。

これが《意味ズラシ反論法》を徹底＝純化すると露呈する、その正体である。ただ一つの語彙に《意味ズラシ批判法》を行う場合にも、この不合理は内在しているのである。或る歌の一貫したの理解のほうが、「意味ズラシ批判法」の理解よりも、確率的に圧倒的に確かなのである。しかも注意すべきことに、語彙の多義性が高まり、使用した語彙の数が増えるほど、《意味ズラシ反論法》の妥当性は加速度的に低下する。そもそも、人間は文章を書く場合（ものを語る場合も）、使用する各語彙が意味の上で接続するように語彙の意味を選択して用いる（「意味接続原則」）。しかも、人間は自分にとって重要な経験を優先して表現する（重要経験優先原則）。この原則は、人間は各語彙の意味がバラバラに断絶する表現は行わない、自分にとって重要な経験は優先的に表現するという当然の原則を確認するものである。《意味ズラシ反論法》が無意識に前提にするのは、意味の不連続の選択を意図的に持続的に行う場合の確率である。この批判法は、まったく意味のない語彙の連続を語るという、奇っ怪な書き手（話者）を無自覚に想定する。普通の人間は語彙使用でこのような使用（意味ズラシ反論法的使用）を絶対に行わないのである。人間の表現能力の特性に反する《意味ズラシ反論法》は、まったく無意味・無効である。このような各個撃破的な批判は、「確かな有意味な批判」にはならない。

重要な点は、語彙（だけではないが、そ）の別の意味の可能性を提示しても、先に提示された意味の可能性そのものの無効性を立証したことにはならない、という点である。或る歌の或る語彙にいくつかある意味の中から、その歌の一貫した理解に適合する、ある意味を選択することは、その歌の文脈を離れて、その語彙に選択された意味以外の意味があることは否定していないのである。それを否定していないのに、その語彙の別の意味を言い立てた本人は「その解釈の無効を宣告した」と錯覚し得意になり、周囲も「的確で有効な批判である」と誤解し同調する。この場面は何と形容したらよいのだろうか。当人たちは真剣であるだけに、困った事態である。

《或る歌の或る語彙に別の意味を対置することは、その対置した意味を含むその歌の一貫した理解があることを前提とする》。その一貫した理解がなく、ただ或る語彙の別の意味を単に対置する行為は批評にはならない。これは歌に限らず、文献解釈の原則である。上の前提の要求に応えられないのが、ただ一語の意味に別の意味を対置して有効な批判をしたと思い込む《意味ズラシ反論法》である。このような不毛で不自然な反論法が跋扈してきたからこそ、《歌は実証になじまないという限定》が生まれたのではないだろうか。

啄木や平出修は秋瑾悼歌を詠っただけでない、平出修は啄木と秋瑾追悼歌を詠み合ったとする筆者の立証（第四章参照）も、語彙上のまったくの偶然の一致なのではない。一見偶然にみえる事象が連鎖する場合、それは、或る共通の根拠をもつ必然性の現象形態である。この必然性は、「秋瑾衝撃」を啄木と平出修が共有した事実にある（先の二番目の原則が先鋭的火急的な場合は「衝撃的経験優先表現原則」となる）。しかも、「語彙の意味の必然的な連鎖」を表現する「韻字詠歌法」の観点からする啄木歌・平出修歌の研究は、語彙の別の意味を思いつきや恣意で対置する不毛な反論法を除外する基準となる。

カール・ポパー（Karl Popper 一九〇二〜一九九四年）という哲学者が提案した「反証可能性（falsifiability）」は立証基準として有効である。《立証は反証可能なかたちで提示されなければならない。その条件を満たした立証は反証されるまで受容されるべきである》というものである。ポパー基準では、或る歌の或る理解に対応する具体性をもって、別の理解が有効に対置されるまでは、その理解は受容されて当然であるとするものである。アド・ホック的《意味ズラシ反論法》はこの要請に応えられない。短歌の語彙は多義的で実証の根拠として使用すべきではないという判断は、《意味ズラシ反論法》の弊害を受けたものであろう。《意味ズラシ反論法》が跋扈するにまかせると、文学作品の理解は、作家の個人的事実に限定しそれに機械的に還元する「素朴実証主義」に陥るか、あるいは、各自勝手に鑑賞すればよいとする「自由放任主義」になるか、であろう。啄木文学作品はそのような扱いでよいのだろうか。

啄木歌を理解するためには、キーワード（他の典拠からの韻字や、その歌の隠喩の背景）に着目しなければならない。『一握の砂』からそれ以前の啄木歌集に遡って、《ああ、ここがその歌の初出ですね》と確認することで終わる読み方では、啄木歌は決して分からない。逆である。遡及とは逆の、啄木歌の形成過程を構成する異なる段階を一歩一歩踏みしめる読み方である。（一九〇八年六月二三日深夜からの）「歌稿ノート」→「石破集」→「新詩社詠草 其四」→「虚白集」→「謎」→……→『一握の砂』という啄木歌形成史過程に内在し、それぞれの歌集の文脈における各歌の固有の意味を丹念に押さえる。しかも同じ歌でも、それが収められた歌集とその位置＝文脈に規定されて意味が変貌する過程を内在的に理解する。『一握の砂』でも、それまでの過程で帯びてきた重層的な意味をつかむ。このような読み方をして、初めて、啄木歌はその真の姿を顕現する。啄木は秋瑾詩詞を、韻字を自由に踏む「用韻」の対象にした。啄木は短歌・詩・散文の制作で用いる文字に明敏な感覚を働かせた。文字と文字とをイメージ豊かに結合した。文字と文字、歌と歌、短歌と詩、詩と散文とを、啄木は自由自在に連結する（第二章参照）。意味を反転する。表現次元を移動する。啄木歌の読者は、啄木のその豊かで伸びやかで、しかも鋭い文字感覚に即して、啄木作品を読むように求められている。この作業は、いわゆる「鑑賞」を超える。

生前、大野晋は「日本語を勉強しているうちに、日本語では脚韻は踏めないとますます思うように至っていた」(大野八〇)とのべた。啄木は、日本語で脚韻を踏むことは不可能であるが「韻字を踏んで詠うこと(用韻)は短歌や詩でできる」と考え実践した。大野は啄木の「韻字詠歌法」を知っていたら、それをどのように評価したであろうか。

第三部
啄木の同時代像と文学

第一五章　啄木歌集「小春日」と秋瑾詩「男装」

［歌集「小春日」と秀光社弾圧］　第二章で指摘したように、陳の亡き後、『民報』は弾圧を受ける。「一九〇八年一〇月一九日、『民報』は第二四号で日本政府により［新聞紙条例違反で］発禁処分を受けた。事件の発端及び経過については清国政府の依頼によるものである」（片倉芳和二〇〇四：四〇）。「外務省保管記録」には「宋教仁ハ民報ノ発行ヲ中止スル旨其印刷所ナル秀光社ニ通知シタル」（同。傍点強調は引用者）とある。『民報』は留日清国人学生を中心とする反清朝革命派の機関誌である。清国政府の依頼で明治政府は秀光社の刊行する『民報』を発禁処分にする。「『民報』誌上にかかげた《革命心理》が、日本官憲によって起訴され、東京地方裁判所刑事法廷で新聞紙条例違反で公判に附された。《牛込区新小川町一の八清国人章炳麟（三四）》が被告である」（田中一一二）。ここでも日本と清国は国際同盟する。政治過程を一国主義の枠内のみでみてはならない。秋瑾殉死（一九〇七年七月一五日）は反清朝革命派留日学生を鼓舞する。清国政府は日本政府に協力を求める。日本政府にとってもこれは他人事ではない、幸徳・管野・大杉たち国内の革命派も同じことを企むだろう、と判断し、すでに同年六月二二日に「赤旗事件」で弾圧体制を強化している。

秀光社弾圧事件は、啄木が東京で歌集「虚白集」を出した（一九〇八年一〇月一〇日）の九日後のことである。啄木歌集「小春日」はその弾圧の一五日後、『岩手日報』の一九〇八年一一月三日に掲載される。この歌集は、すぐあとにみるように、その内容からして、秀光社弾圧事件に対する啄木の機敏な反撃である。啄木は北海道滞在中に秋瑾詩「剣歌」や「寶刀歌」を用韻し、実践女学校校長・下田歌子を論じるという間接話法で秋瑾の女権拡張論を取り上げた。一九〇八年四月下旬、上京した啄木は平出修住所のすぐ近くにある秀光社の建物を見て、ああ、これが平出修から受け取った『秋瑾詩詞』を印刷した秀光社だな、と感慨深く確かめたにちがいない。啄木はそのころ平出修の住居にたびたび訪れている。啄木は平出修宅の近所の秀光社への明治政府の弾圧を知って、歌集「小春日」を公表し、日記にも些細なことを記録すべきだろうかと反語歌を詠った。強かな啄木がここにいる。啄木日記は文字通りに読んでよいものだろうか。啄木は書きたいことは全部日記に正直に書いたのだろうか。このことをこれから確かめよう。

　啄木は秀光社弾圧事件の一五日後、歌集「小春日」(『岩手日報』一九〇八年一一月三日)を公表する。そのうち注目すべき四首(第一巻一一〇頁)を記す(傍点強調は引用者。以下同じ)。

第七首　五月雨逆反《さつきあめさかぞ》りやすき弓のごと此頃君《このごろきみ》の親《したし》まぬかな

第八首　道《みち》ばたに菫《すみれ》を多《おほ》く見出《みい》でつつ歩《あゆ》む心地《こゝち》にみ言葉《ことば》をきく

第九首　埋《うづ》もれし玉のごとくに人知《ひとし》れず思《おも》へるほどの安《やす》かりしかな

第一〇首　松《まつ》の風ひる夜《よ》ひびきぬ人《ひと》とはぬ山《やま》の祠《ほこら》の石馬《いしうま》の耳《みゝ》に

まず、第七首の「五月雨」+「逆反り」+「弓」、この三つのキーワードの連関で浮き出てくる意味はなにか。この歌の理解の鍵はこの問いにある。「五月雨」は旧暦の五月、つまり新暦では梅雨時の六月である。その年(一九〇八年)の六月二二日には「赤旗事件」が起きた。歌の「弓」は平民書房のある「弓町」の「弓」の謂い、「逆反り」は「赤旗事件」などで反逆する者の謂いである。つまりこうである。《赤旗事件を起こしたような反逆者に似た、君にこのごろ親しみを覚えなくなった》と詠っているのである。

第八首は、秋瑾詩「有懐」第六句「熱心喚起百花魂」（天義に生きる人の熱き言葉は数多の花の如き魂を喚起する）を「用韻」した歌である。《菫が咲き乱れる（百花）道を歩む心地（魂）で秋瑾の檄（熱心）に鼓舞（喚起）された》との意味である。

第九首は逆に、玉（＝瑾＝秋瑾）を心深く埋めて安堵する歌である［啄木歌集「謎」第二七首、第三六首を参照（『全集』第一巻一六〇頁）］。第八首の「み言葉」は秋瑾のその「警世の訴え」である。第九首は、啄木が苛烈な秋瑾思想から離れて安堵する心境の歌であり、「石破集」第一一一首（第一巻一五二頁）につながる。

第一〇首は「馬耳東風」にかけた歌である。啄木は李白を愛読した。李白の詩「答王十二寒夜獨有懐」にちなむ「馬耳東風」の意味を逆転している。この歌の「松を揺るがす風」は、単なる自然現象のことではない。革命家の「警世の訴え」の隠喩である。これを抒情歌的に読んではならない。《革命家の警世の訴えは、石馬の耳には響くが、肝心の人間の耳には聞こえない》という意味である。ここでも啄木は反語的である。この歌は革命家の孤立を詠った歌、その孤立に啄木自身も加担しているという自責の歌である。

啄木は、歌集「小春日」より半月前の一九〇八年一〇月一三日・一四日・一六日に『岩手日報』で独白の中国革命情勢論を含む「空中書」を公表した。啄木は平出修の自宅をよく訪れた。平出修の近所に秀光社がある。その啄木が中国（革命）同盟会（正式組織名には「革命」語はない）の機関誌『民報』を刊行する秀光社を知らないはずがない。しかも、「空中書（一）」では、秋瑾詩「秋日独坐」に酷似する韻字「秋風獨坐」を使い、さらにその秋瑾詩を多様に用韻した。「空中書（三）」では「剣花」と書いて「秋瑾」を暗喩した（第四章を参照）。啄木は右記第九首第一〇首と題詞［「男装」の反語「女装」（を凝らして）］で、中国同盟会会員・秋瑾を暗示しつつ、秋瑾は「埋もれ人に知られていない」と修辞法的な反照・反語を語る。この反照・反語で密かに啄木は明治国家による秀光社弾圧に意趣を返したのである。以下、詳しくみよう。

〔秋瑾詩《男装》とその時代的意味〕　啄木は「詠歌と歌の編集」で「韻字」の論理を通した。第七首は日本の「赤旗事件」を詠う。注目すべきことに、第八首・第九首の上から五字目の「玉＋菫」は秋瑾の「瑾」を示唆する。第一〇首が秋瑾を含む革命家の孤立を詠う。こう読むことで、この四首は一貫した意味をもつ。その他の如何なる読み方がありうるのだろうか。しかも、啄木は歌集「小春日」の題詞に「観菊《くわんぎく》の士女装《しぢよさう》を凝《こ》らして‥集《あつ》まるべし」と書いて、男装した秋瑾を反語的に仄めかしたのである。「観菊《くわんぎく》の士女装《しぢよさう》を凝《こ》らして」の件は、通常は「観菊の士女、装を凝らして」と読むだろう。しかし、「玉＋菫」やのちに指摘する歌集「小春日」の最後の三首の意味との関連を総合すれば、「観菊の士、女装を凝らして」と読んで、「男装」した秋瑾の反語を込めたと理解するのが正確である。啄木は「歌を縦読み」するだけでなく、歌集全体を「一つの表現世界とする編集法」・「歌を横に連結する編集」で独自の手法を生み出した。それは基本的に「韻字詠歌法」によるものである。

秋瑾には「長袍《チャンパオ》」（長いガウン）と「馬掛《マークワ》」（一種のチョッキ）の姿（陳二〇〇七b：一九三）の写真がある（孔一一一参照）。いわゆる中国服として日本に知られているものは、実は満洲族の服装である。「清朝以前の伝統的な漢族の衣服は、長袍《ガウン》を帯で結ぶもの、すなわち日本の和服の様式であった」（陳二〇〇七a：四八六）。というより、和服の源流は漢族の服装なのである。秋瑾の短刀片手に写真に写っている、有名な和服姿は漢族の伝統服装に近い。秋瑾のこの服装は反清朝の意志を身なりで表現するものである（本書カバーの写真を参照）。そのころすでに日本の男は丁髷・帯刀を止め、洋装に変わりはじめ、女もやがて徐々に洋装に移ってゆく。青鞜派の和洋折衷ドレスがその始まりである。彼女らに履く「ブルー・ストッキングと靴」は男との対等性を主張する。すでにフランスでは、ジョルジュ・サンド（George Sand、本名Aurore Dupin。一八〇四

〜一八七六年）が男装していた。近代は女が「男並みに自由を！」と要求する段階をくぐらなければならない。「男装」は、男中心の「第一次市民革命」（一六四九年・一六八九年のイギリス市民革命、一七八九年のフランス革命、一八六八年の明治維新）に対する女の対等意識の突出した表現であった。それを解決するには、男女同権を実現する「第二次市民革命」が不可避である。女性の参政権獲得は、イギリスは一九二八年、フランス・日本は一九四五年である。中国は、秋瑾死後の革命根拠地で男女同権が実現する。それは一九四九年に誕生した中華人民共和国に継承される。啄木は明敏な時代感覚で、女のそのプロテストをいち早くとらえ、時代の言論制約のなかで彼女らに同伴したのである。啄木は、わざわざ通常の意味「観菊の士女、装を凝らして‥‥」と書いて自足するような存在ではない。啄木の表現を常識的な読みに解体してはならない。

秋瑾は自分の「男装」についての詩を詠った。啄木は、『秋瑾詩詞』（一九〇七年刊行）に収められている、つぎの詩「自題小照男装」（秋瑾一九〇七：二九—三〇）を読むことが可能であった。この詩は、秋瑾が自分の男装姿の肖像写真を見ながら詠ったものである。（）と《》は拙訳。

「自題小照男装」（小照《ショウショウ》［自分を写した写真］ヲ「男装《ダンソウ》」ト自《ミズカ》ラ題《ダイ》ス）

①　儼然在望此何人、（儼然《ゲンゼン》ト在望《ザイボウ》ス此《コ》レ何人《ナンピト》ゾ、）
②　俠骨前生悔寄身。（俠骨前生《キョウコツゼンセイ》ニ寄身《キシン》スルヲ悔《ク》イル。）
③　過世形骸原是幻、（過世《カセイ》ハ形骸《ケイガイ》ニシテ原々《モトモト》幻《マボロシ》是《ナ》リテ、）
④　未來景界却疑眞。（未來《ミライ》ノ景界《ケイカイ》ハ却《カエ》ッテ眞《シン》ヲ疑《ウタガ》ウ。）
⑤　相逢恨晩情應集、（相逢《アイオウ》テ晩情《バンジョウ》ヲ恨《ウラ》ミ應《マサ》ニ集《ツド》ウベク、）
⑥　仰屋嗟時氣益振。（仰屋《ギョウオク》シ時氣《ジキ》ヲ嗟《ウラ》ミ益々《マス》振《フル》ウ。）

⑦　他日見余舊時友、（他日余《タジツアマリ》トサレシ舊時《キュウジ》ノ友《トモ》、）
⑧　爲言今已掃浮塵。（言《ゲン》ノ為《タメ》ニ今已《イマスデ》ニ浮塵《フジン》ヲ掃《ハラ》ウ）

《眼前に見える［＝在望ス］厳《いかめ》しい姿のこの人は一体、誰なのか。それは正義感に燃える人である。その人は前世の受け身の生き方を悔る。過ぎし時は無内容なものであり、もともと幻影にすぎない。では、未来の世界は真実なものか、といえば、それも疑わしい。同志がこの末期的な世情に憤慨し結集する。天を仰ぎ時勢を嘆き、意気を盛んにする。旧くからの友はかつて余計者として排除されたが、いま、言挙げするため、塵芥《ちりあくた》の輩を払い除けるのだ》。

まことに男性的な詩である。いろいろ考えてみたが、やはり、男のような姿で男のように考え行動しないと、女は人間として自由になれないのだ。そのように決断し、世直しに立ち上がろうと決意する歌である。当然、その表情は、いかめしく険しい。

［啄木は秋瑾詩《男装》を用韻する］　啄木がそのような秋瑾の男装写真をみたと想定して詠ったのが、つぎの啄木歌である［「石破集」第一三首（第一巻一四八頁）］。上の秋瑾詩第一句「儼然《ゲンゼン》ト在望《ザイボウ》ス此《コ》レ何人《ナンビト》ゾ」（眼前に見える厳《いかめ》しい姿のこの人は一体、誰なのか）を受けた歌である。

いかめしき顔して物を思ひたるかたへに臥して仮寝《うたたね》ぞする

啄木歌がいう「物を思ひたる」とは、上に示したような秋瑾詩第二句以下の悲憤慷慨し決起する内容を指している。その啄木歌のいう「仮寝《うたたね》ぞする」は、秋瑾詩「寶刀歌」第二句「一睡沈沈数百年」（ひとたび惰眠に陥ってもう数百年たつ。さあ目覚めよ）を次いだものである。秋瑾の革命決起の決意を固めた厳然たる「男装」の姿のそばで、寝転んで惰眠を貪る自分を仮想して詠っている。同じ「石破集」第六一首も、つぎのように詠う（第一巻一五〇頁）。

身構《みがま》へてはつたと我は睨《にら》まへぬ誰《た》そ鬼面《きめん》して人を嚇《おど》すは

この啄木歌も、男装写真を見る視点を秋瑾自身から啄木に移動した歌である。写真の男装の秋瑾は、鬼面のような厳めしい表情で啄木を嚇す。啄木はたじろぎ、身構えて、秋瑾を睨みかえす。「一体、この人は誰だ（「誰そ」＝「此何人」）」とつぶやいたのである。これらの啄木歌は啄木が『秋瑾詩詞』に収められた、秋瑾詩「男装詩」を読んだことを確証する。このような背景があって、啄木は歌集「小春日」の題詞で、反語的に「女装を凝らして集まるべし」と書いたのである。

第一六章　啄木「日記歌」と「赤旗事件」

［啄木「日記歌」］　啄木は上記の歌集「小春日」（一九〇八年一一月三日）の第七首・第一〇首を五日後の歌集「謎」（一九〇八年一一月八日）にも収め、『一握の砂』で若干変更し、その順序で第二九四首・第二九五首に採用している（第一巻四四頁）。

秋《あき》の雨《あめ》に逆反《さかぞ》りやすき弓《ゆみ》のごと／このごろ／君《きみ》のしたしまぬかな
松《まつ》の風夜昼《かぜよひる》ひびきぬ／人訪《ひとと》はぬ山《やま》の祠《ほこら》の／石馬《いしうま》の耳《みみ》に

一九一〇年一二月一日に刊行された『一握の砂』も、ほぼ二年前の一九〇八年の歌集「小春日」における啄木の思想的抵抗を継承している。特に、「小春日」第七首の「五月雨」を、『一握の砂』第二九四首では秋瑾絶命詞を暗示する「秋の雨」へ、「赤旗事件」から「秋瑾起義＝斬首」へ、変えていることが注目される。『一握の砂』にも秋瑾が潜む。啄木研究家はこのことに気づかなければならない。啄木は歌集「小春日」の「玉＋菫＝瑾」と「女装（男装した秋瑾の反語）」で『民報』の同人・秋瑾をほのめかす。この隠喩は、啄木の愛用書『秋瑾詩詞』の印刷所・秀光社への官憲の弾圧に対する啄木の強かな抵抗である。ここにも啄木の真実が潜んでいる。その姿を洞察してこそ、啄木は今日に再生する。

啄木は正直者といわれる。では、啄木は書きたいことはすべて、書くことができたのか。啄木は、その問いの答えを推測する手がかりを残している。啄木は「日記」について不思議な・奇妙な歌を詠んでいる。右記の『岩手日報』の歌集「小春日」の最後の第二〇首（第一巻一一〇頁。「日記《にっき》」のルビは村上・他編三頁による）である。

摩合《すれあ》へる肩《かた》のひまよりはつかにも見《み》きといふさへ日記《にっき》するものか

歌集「小春日」を締めくくるこの歌は、表面的に解すれば、《人との摩れちがいにできた肩と肩の隙《ひま》から見えた物事のようなささいなことでも、いちいち日記に書くべきなのだろうか》という意味である。それでは、なぜ啄木は、文字面ではどうでもよいようなこの歌を、わざわざ詠ったのだろうか。その裏に、それとは反対の意味を込めたからである。その意味とは何か。それは、《瑣事とは反対の、非常に重要な事でも、いや、非常に重要なことだからこそ、日記にさえ書けないことがあるのだ》という反語である。この歌はそのような意味の反語的な歌である。啄木は日記についてのこの反語的な歌＝「日記歌」で、歌集「小春日」を締め括ったのである。この終わり方は痛烈である。《この歌集「小春日」は決して些事を詠ったものではないのだ》という暗喩を「日記歌」に込めているのである。「小春日」で書いたことは、些事ではない、重大事である。それは、「小春日」の先に詳述した四首（第七・八・九・一〇首）で示された秋瑾追悼の意味である。秀光社弾圧への密やかな批判である。

「日記歌」は『岩手日報』掲載の「小春日」で一九〇八年一一月三日に発表された。その五日後の一一月八日に刊行された『明星』「申歳」第一〇号（最終号）の啄木歌集「謎」第四七首（第一巻一六〇頁）はつぎの通りである。

摩合《すれあ》へる肩のひまよりはつかにも見きといふさへ日記《にき》に残りぬ

「小春日」の「日記するものか」とは反対に、「日記に残りぬ」と変更されている。今度は、《どんなささいなことでも日記に記録し残しました》というのである。《些事でさえ日記に書くべきなのだろうか》が今、反転する。《些事でも日記に書き残す》に変化する。啄木は「些事と日記」をめぐって、同じ頃、相反する歌を詠ったのである。この両義的な詠い方にも、啄木が反語で権力を陰で笑う姿がほのかに伺える。「謎」の「日記歌」は『一握の砂』第二七一首（第一巻四一頁）では、文言が少し変えられているが、意味は同じである。

摩《す》れあへる肩《かた》のひまより／はつかにも見《み》きといふさへ／日記《にき》に残《のこ》れり

啄木は同じ時期（一九〇八年一一月上旬）に《日記に些事を書かない、いや、書く》と相反する表現を残した。意図的である。なぜか。《些事まで日記に書くべきなのか、いや、些事でさえ日記に書いた》というアンチノミーには、実は意味がないからである。書く内容が瑣事であるかぎり、《書く、書かない》という問い自体が《瑣事》である。無意味である。啄木は、この無意味な問いをわざわざ発してみせているのである。したがって、問いは、日記に書く内容は《瑣事か、重大事か》という問いに転じる。この問いは《日記に書くことで迷うのは、些事だけなのか、いや、些事ではなく、重大事さえ、いや、重大事だからこそ、日記には書けないのだ》という焦点ズラシが潜む。《日記に重大事は書くべきか》が真の問いである。啄木は「日記歌」を《些事さえ日記に書いた》という文字面通り意味で書いたのではない。その文字通りの理解は馬鹿げた誤解である。「日記歌」は《重大事さえ、いや、重大事だからこそ、日記にも書けないのだ》との隠喩である。

啄木は、歌と歌が相互に緊密に関連する文脈を設定して、歌集を編集した。啄木歌は各首を編集の文脈から切り離し、「一首ずつ・縦読みするだけ」では分からない。啄木歌は、孤立されて読まれるとき、無意味な歌になる歌が多い。意味不明な歌が多い。この二種類の「日記歌」それぞれが、その好例である。両歌を纏めて、相互に対照して読まなければならない。両歌の反語的なアンチノミーの裏に、啄木が込めた真の意味が潜む。各歌を個別的に読めば、馬鹿げた意味の歌をまじめに受け止めることになる。《啄木歌は文脈で読むこと》を求めている。

［歌集「謎」の「謎歌」］　歌集「謎」にはもう一つ、注目すべきことがある。その歌集では、先にあげた歌集「小春日」の第七首、第八首、第九首、第一〇首の四首が再編集＝配置換えされている。すなわち、

①「小春日」第七首は「謎」第三五首に、「小春日」第八首が「謎」第三六首にまとめられている。

②「小春日」第九首は「謎」第二七首に、「小春日」第一〇首は、「謎」第二八首をはさんで第二九首におかれている。

①と②は五首も離れている。特に、「小春日」（一九〇八年一一月三日）第八・九首のそれぞれの第五字は「玉＋菫＝瑾」を暗示していたが、「謎」（一九〇八年一一月八日）で両歌は九首も離れている。読者は歌集「謎」での秋瑾の「瑾」の暗示は読みとれない。たった五日後の変更である。啄木はこの二つの歌集をほぼ同時に、相互に比較しつつ編集＝再編した。啄木は歌集「小春日」で秋瑾を示唆し、歌集「謎」では秋瑾を隠す。しかも、《些事は日記に書くべきなのか》から、《些事も日記に書いた》と反転させる。意図的である。権力に対抗する機略である。啄木は、この二つの変更を見抜く慧眼な読者を想定していただろう。そもそも、歌集の題名が「謎」である。この歌集のいう「謎」とは、この歌集はそのような隠喩を含んでいるという意味である。歌集「謎」の最後から四首目（第四九首。第一巻一六〇頁）はこうである。

実《みの》らざる花ゆゑ敢て摘めといふそを解きがたき謎として経ぬ

この「謎歌」がいう「実らない花」とは何か。実現不可能なこと、それは革命である。警世の吶喊を挙げて突進した者たち、秋瑾たちが啄木に託した課題である。その課題に取り組めば死は不可避である。生存条件を獲得するための活動が生存そのものを危うくする。これはジレンマである。「解きがたき謎」である。そういう意味を歌集題名「謎」に託したのである。それが証拠に、その歌の直前の歌（第四八首。第一巻一六〇頁）はこうである。

生死《いきしに》の危き境すでに去り我等安けし別れたるゆゑ

秋瑾たちが活動した、死ぬか生きるかという危険な活動の外部に出て、自分たちは安堵して生活している。もう革命とはオサラバしたのだ。こう詠っているのである。安全地帯に逃れている啄木の自責の歌である。「実らざる花」という「謎」の意味はこの文脈にある。しかも、その「生死の…」歌の直前の歌が、あの「日記歌」である。第四七首「日記歌」→第四八首「生死歌」→第四九首「花＝謎歌」と連続する。

［歌集「小春日」の「沈黙歌」］　ここで、歌集「小春日」にもどる。その歌集の最後の歌「日記歌」の直前の二首（第一八首と第一九首。第一巻一一〇頁）はこうである。

烏羽玉《うばたま》の夜《よ》につつまれて立《た》つ山《やま》の黙《もだ》せる心《こころ》人《ひと》知《し》るらめや
言葉《ことば》なき国《くに》より来《こ》しといふ如《ごと》も黙《もだ》すを常《つね》として逢《あ》ひしかな

第一八首は、《真っ暗な闇夜につつまれた山が沈黙する思いをひとは分かっているのだろうか》という意味である。ここでいう「山」はむろん、単なる山の謂いではない。「黙せる山の心」とは《大きな変動エネルギーを秘めた存在》のことである。第一九首も「沈黙」を詠う。《あたかも言葉がない国から来たように、いつも沈黙を守るその人と逢った》という。

両歌とも「沈黙歌」である。深夜の山が沈黙する。異国の人も沈黙する。「暗闇の山」・「沈黙の人」、ともに「黒」が象徴する。「黒」は、啄木にとって、「無政府主義」と「死」の象徴色である。「沈黙」するのは、その人が「死者」だからである。啄木が知りえた、この二つの属性をもつ人間は、秋瑾である。秋瑾は斬首死した無政府主義者である。「沈黙する山」は「秋瑾殉死」で高まる中国社会の革命熱の謂いである。すでに「石破集」第二首（第一巻一四八頁）でも同じ無政府主義者を詠っている。

つと来たりつと去る誰《た》そと問《と》ふ間《ま》なし黒き衣《きぬ》着る覆面《ふくめん》の人

この歌はすでに啄木と平出修との間の反歌の例の説明でとりあげた。その黒衣・覆面の人は、来り去るのが早い異国人である。「誰何《すいか》」する間もなく来ては去っていった。やはり「沈黙の人」である。このように、歌集「小春日」の「秋瑾悼歌」の四首（第七・八・九・一〇首）と「沈黙歌」二首（第一八・一九首）を受けて、「小春日」最後に第二〇首「日記歌」がある。それらの文脈におかれた最後の「日記歌」からは、《日記に重大事（秋瑾）は書かない、沈黙を守るのだ》という反語的意味が浮上する。啄木は表現・発言について熟慮していた。啄木は表現について明確な戦略をもっていたのである。

啄木が反明治国家的言動をすることが非常に危険である、と認識していたことは、一九〇八年の啄木の短歌「石破集」（第一一一首・第一一三首）などにも示唆されている。その元歌が書かれた「歌稿ノート」（一九〇八年六月下旬以後）には、啄木の権力恐怖が詠われている（第一巻二三五頁）。

かく弱き我を生かさず殺さざる姿も見せぬ残忍の敵
ふと深き恐怖をおぼゆ今日我は泣かず笑はず窓をひらかず

幸徳事件（一九一〇年）より二年前の一九〇八年の啄木は、すでにこのように明治国家権力を恐れていた。啄木は秋瑾の誘いに応える結果に惨死を思い、慄いているのである。啄木の時代は「新聞紙条例」（一八六九年）・「集会及政社法」（一八九〇年）・「治安警察法」（一九〇〇年）などの言論弾圧法＝体制の時代である。ごく最近、「赤旗事件」も起きた。啄木はその制約下で著作活動をしたのである。その制約条件に啄木が如何に対抗し表現したかを読み取らなければならない。啄木のあっけらかんとしているかに見えるスタイル（生き方・文体）に、彼の強かな構えが潜んでいる。

［啄木の「二重生活」と日記の空白］　自分に生活苦を強いる権力を絶滅したい。しかし、それは命を賭した戦いである。生活そのものを無に帰する危険な行為である。生活を脅かす原因を批判する行為が生活そのものを脅かすというジレンマ、これが啄木の抱え込んだ矛盾である。そのジレンマの捕囚となって、表現までが瑣事に惑溺し、その原因から逃亡していないか。これが、啄木のもう残り少ない生涯で、答えなければならない課題である。その課題は啄木に「短歌革命」として、さらには「散文・小説への移動」として立ちあらわれてくる。「歌稿ノート」・「石破集」から『一握の砂』へという啄木の歩みは、この重圧の下ですすめられたのである。

注目すべきことに、啄木は、北海道流離の前半のほぼ四ヶ月の間（下記の③④⑤⑥⑦の間。一九〇七年五月

一二日から同年九月五日まで）、日記を書かなかった。一一六日間の空白である。すなわち、

①五月四日　一家離散。
②五月五日　雑誌『紅苜蓿』の編集開始。
③五月一一日　函館商工会議所の臨時雇用。
④六月一一日　小学校代用教員。
⑤八月二日　老母迎えに青森との往復。
⑥八月一八日『函館日日新聞』の遊軍記者。
⑦八月二五日からの函館大火。『紅苜蓿』・小説「面影」の原稿焼失。
⑧九月一一日　小学校を退職。
⑨九月一六日　札幌の『北門新報』校正係になる。
⑩九月二八日『小樽日報』の記者になる。

啄木は、日記にも書いているように「自然の力」に身をまかせて流離するかのように、転職を重ねる。日記の空白期間には、上の③から⑦までの時期が含まれる。

この空白期間に、「啄木＝秋瑾関係」にとって重大な出来事が起きている。秋瑾の紹興起義＝斬首（一九〇七年七月一三日・一五日）である。その事件は既述したように、日本には同年七月二〇から新聞で報道され始める。北海道にいた啄木は、数日遅れて、その事件を新聞で知ったに違いない。知ったのはおそらく七月二三日か二四日であろう。ちょうど大嶋経男が函館から日高に去るころである。「拝借の御本、永々誠に難有御礼申上候」と大嶋に手紙で伝えている（第七巻一三三頁）。⑩の『小樽日報』に関連して、啄木は同紙の創刊号（一〇月一五日刊行）に、無題の詩と評論「初めて見たる小樽」を載せる。そこで、秋瑾詩「剣歌」および「寶

刀歌」を用韻する。啄木はそれ以前に秋瑾詩「剣歌」・「寶刀歌」を読んでいたであろう。先に記したように、『秋瑾詩詞』が刊行されたのは、その奥付では同年「九月六日」であり、郭によれば四日早く「九月二日」である。東京で発行された新聞が北海道の函館まで届くのに「三日か四日か」を要したことから推して、九月上旬に刊行された『秋瑾詩詞』が北海道の啄木に届くのは「遅くても」九月一五日ごろまでであろう。入手がさらに五日遅かったとしても、九月二〇日には到着する。『小樽日報』第一号の一〇月一五日刊行まで、まだ二五日間ある。啄木が『秋瑾詩詞』を『小樽日報』に活用する時間上の余裕は十分あったのである。

奇縁というべきか、『秋瑾詩詞』の刊行日である九月六日に、啄木は五月五日から前日までの空白を追記している（第五巻一五四～一六〇頁）。それは主に上記の②から⑦までの内容である。そのなかに、「④六月一一日からの小学校代用教員の記述」で「職員室の様子、とくに一五名のうち八名の「女教員生活を観察したり」（第五巻一五五頁）とある。この記述は六月一一日の記述ではなく、九月上旬（六日）の記述であることに注意したい。六月に観察した日本の女教員の姿は、七月下旬に知った「中国の女教師・秋瑾の斬首」と強い対照を結ぶことになった。勇雄《いさお》しい中国女教師・秋瑾の像は、その後の啄木歌に日本の女を特徴づけるイメージの基準になる。『一握の砂』第一四二首の「（一九一〇年＝明治四三年）九月九日夜」の「歌稿ノート」にある元歌（第一巻二七八頁）がその一つである。

ふがひなき我が日の本の女らを秋雨の夜にのゝしりしかな

「日の本」は日本、「秋雨」は秋瑾絶命詞「秋風秋雨愁殺人」の「秋雨」である。ここでも啄木は秋瑾を暗喩している。日記を再開した一九〇七年九月六日は、まさに『秋瑾詩詞』刊行の日、「秋瑾殉死追悼大会」が「神田錦輝館」で開かれる前日である。啄木はその刊行や大会を準備する動きを少し前に平出修などから知ったかもしれない。

［啄木詠歌の制約条件］　啄木は《秋瑾は啄木の深層心理に内面化している》と了解できる記録を残している。歌集「小春日」では、秋瑾の名を《玉＋菫＝瑾》と暗示している。少し後に書いた評論「空中書」でも秋瑾を「剣花」と示唆した。秋瑾は「明治国家にとって危険な人物」であり、その危険性と不可分の要因として「文学創造上の秘密」であったろう。

一九〇八年六月二三日からの「歌稿ノート」における「赤旗事件」（一九〇八年六月二二日）、さらに「清国人留学生抗議事件」（一九〇五年一二月九日）のインパクトは、すでにみたように、明確である。「石破集」と「新詩射詠草　其四」における五割を超える秋瑾悼歌の割合（本書巻末の「啄木歌索引」を参照）は、秋瑾の強烈な思想磁場で啄木歌が詠まれたことを示す。その磁場としての秋瑾の名そのものは、啄木は日記にも、自覚して、書かなかった。因みに、啄木の友人・平出修の死後、家族は彼が残した遺稿などを「白い風呂敷包み」に入れ、ひっそりと隠し、陽の目を見る日をじっと待っていたのである［平出彬（一九八二）「白い風呂敷包み」参照］。

今日、どの程度までに言論は自由であろうか。しかし、啄木の明治末期に比較すれば、はるかに自由である。啄木死後約一〇〇年の今日の言論情勢を、無自覚に、啄木の時代に遡及してはならない。《啄木も、今の我々と同じように、書きたいことは何でも書けた、なのに秋瑾の名を自分の著作・日記・書簡に書かなかったのは、啄木が秋瑾を知らなかったからである、あるいは、秋瑾は啄木にとって重要な存在ではなかったからだ》と安易に思い込んではならない。そう誤認すると、その今日的な霧で覆われ、啄木の実像は見えない。そう誤認するのは啄木をみる視軸が大きくズレているからである。見えるのは、啄木の虚像である。啄木理解は、啄木にのしかかる時代の重圧を内在的に理解することを前提とする。

荻野富士夫（二〇〇八）によれば、「治安警察法」（一九〇〇年）第八条違反で、一九〇一年の社会民主党は結党直後に禁止された。その結党宣言書を掲載しただけの新聞も「新聞紙条例」違反で告発された。「民主主義樹立・階級制度廃止・財産公平配分」などの理想を結党趣旨とするのは「社会の秩序を害する」というのがその理由である。足尾鉱毒事件に関わる「川俣事件」（一九〇〇年）では結局、もともと平穏であった多衆の集合にも「兇徒聚衆罪」が適応されることになった。その後、小作争議・都市民衆騒擾事件に「兇徒聚衆罪」が適応されていく。

ちょうど日本留学の秋瑾が革命派留日生に対する「清国人留学生取締規則」に抗議＝帰国する三ヶ月前、一九〇五年九月には「日露戦争」からの戦勝物を楽しみにしていた民衆がその無配に不満を爆発させた「日比谷焼打事件」にも「兇徒聚衆罪」が適応された。一九〇七年二月には「一私人」にも適応された。一九〇八年四月、ちょうど啄木が上京したころ、「足尾暴動事件」の南助松らに、騒擾に指導者が有ったか無かったかに関わりなく「兇徒聚衆罪」が適応された。人々が集まる「例会・茶話会・演説会」の中止・解散、社会主義者への執拗な視察取締が強化されている。『平民社』同人は、明治国家司法権力の無差別といっていいほどの告訴・罰金・投獄を「裁判攻め」といって批判した。社会運動家に対する弾圧は、一九〇八年六月二二日の赤旗事件の前後から一段と加速がつく。この言論弾圧体制は、明治日本に限らず、おおよそ資本主義を構築しようとする使命をもった国家（原蓄国家）の一般的特性である。その残虐性を「日本固有の封建遺制」と誤認してはならない。原蓄国家の残虐性を啄木は歌で記録したのである。

［赤旗事件］　秋瑾たちが抗議集会になった陳天華追悼式が開かれた錦輝館（東京市神田区錦町三丁目一八番地）は、三年後の一九〇八年六月二二日のいわゆる「赤旗事件」の舞台となる（《参考文献》『熊本評論』参照）。啄木が北海道から上京してから二ヶ月後のことである。「赤旗事件」とは、一九〇八年六月一九日、出獄し

東京に戻ってきた山口義三の歓迎会を石川三四郎主催で一九〇八年六月二二日東京神田の錦輝館で開催したときに起きた事件である。同志たちは、午後六時ごろ歓迎会が終わり会場の錦輝館から門を通過して出ようとしたとき、警察官が待ち構えていた。警察官は山口の同志たちがもっていた赤旗を取り上げようとする。両者がもみ合いになり、「治安警察法」（一九〇〇年公布）違反、官吏抗拒罪の嫌疑で、集会に参加した者のうち一四名が逮捕される。逮捕者は、堺利彦、山川均、大杉栄、荒畑勝三（寒村）、宇都宮卓爾、森岡永治、徳永保之助、佐藤悟、百瀬晋、村木源次郎、管野須賀子、大須賀里子、神川松子、小暮礼子の一四名である。第一回公判は一九〇八年八月二〇日に開かれる。

満田検事の立会のもと、島田裁判長は、「被告人たちは山口義三出獄歓迎会の開催後六月二二日午後六時、《無政府》とか《無政府共産》とか書いた赤旗を翻し、場外に出て、無政府党万歳と絶叫し、または《革命歌》を高唱したか」と尋問する。堺利彦は「私たちは赤旗を翻すようなことはしていません。私が会場内にいたとき同志の一人が門前で混乱が発生したと伝えにきたので、急いで出てみると、同志たちと警察官の間に騒擾が始まっていたのです」と答えた。裁判長は被告人たちの思想信条について尋問する。

裁判長「被告は無政府主義者か」。

被告は答えなければならない。堺利彦は答える。

堺利彦「いいえ、私は社会主義者です」。

裁判長「無政府共産という言葉を用いたことがないか」。

堺利彦「共産という言葉は社会主義者一般に認められ、かつ信じられていますが、私は自ら進んで無政府という言葉を用いたことはありません」。

裁判長は山川均、大須賀里子、百瀬晋、村木源太郎にも同じ尋問を行った。裁判長は「赭衣を纏い眼光爛々たる」

大杉栄を呼び証言台に立たせ、赤旗の製作について尋問する。

裁判長「革命歌を唱え、無政府党万歳と絶叫したか」。

大杉栄「まったくそのとおりである」。

裁判長は同じような質問を荒畑勝三、佐藤悟、徳永保之助、森岡永治に対しても行った。裁判長が宇都宮卓爾に対してと訊く。

裁判長「赤旗を場内に持ち込んだのは、他派の社会主義を困らせるためか」。

宇都宮卓爾「そうではありません。自分たちの旗幟を鮮明にするためです」。

裁判長が小暮礼子、神川松子、管野須賀子の三人の女性被告にも思想信条に関して尋問する。ただひとり管野が答える。

管野須賀子「私は最も無政府主義に近い思想を抱いています」。

［無政府主義の婦人］　のちに（一九一〇年）、啄木はこの証言について「所謂今度の事」でつぎのように書いている。

「帝都の中央に白昼不穏の文字を染めた紅色の旗を翻して、警吏の為に捕はれた者の中《うち》には、数人の若き婦人も有った。其婦人等 ― 日本人の理想に従へば、穏しく、しとやかに、万《よろづ》に控へ目で有るべき筈の婦人等は、厳かなる法廷に立つに及んで、何の臆する事なく面《おもて》を掲げて、『我は無政府主義者なり。』と言った。それを伝へ聞いた国民の多数は、目を丸くして驚いた」（第四巻二七三〜二七四頁）。

引用文中の「我は無政府主義者なり」との証言は管野須賀子のものである。「歌稿ノート」のつぎの歌は「赤旗事件」で法廷に立つ「数人の若き婦人」を詠った歌である。

判官よ女はいまだ恋知らず赦せと叫ぶ若き弁護士　（第一巻二二七頁）
よしさらば汝の獄にその少女共に置かむと云へわが判事　（第一巻二三三頁）
若しも我露西亜に入りて反乱に死なむといふも誰か咎めむ　（第一巻二三五頁）
女なる君乞ふ紅き叛旗をば手づから縫ひて我に賜へよ　（第一巻二三五頁）

最初の歌は一九〇八年六月二三日深夜の歌であり、二・三・四番目の歌は二日後の六月二五日の歌である。「赤旗事件」の発生直後の歌である。「赤旗事件」の裁判が最初に開廷する日（同年八月二〇日）の約二ヶ月前の歌である。啄木は「赤旗事件」直後からこの事件を知っていたし、その裁判が開かれる前にその行く末を具体的に予見する想像力をもっていた。第三首は、「露西亜」のソニア・ペロフスカヤを、第四首は管野スガ（須賀子）をそれぞれ念頭において詠ったものであろう。

啄木が「赤旗事件」を知ったのは、「幸徳事件」が起き「所謂今度の事」（第四巻二七二～二七七頁）を書いた一九一〇年（明治四三年）ではない。啄木は《一九一〇年に初めて》社会主義に自分の事柄ととして関心を抱いたのでは、決してない。彼は「赤旗事件」発生（一九〇八年六月二二日）の直後からそれに関心をいだいていた。社会主義・共産主義・無政府主義が坩堝になって渦巻く初期日本「社会主義」（広義）の運動の有様に関心をもって注視していたのである。

［赤旗事件の判決］　上記の管野須賀子の証言のあと、赤旗をめぐる事実認定をめぐって検察、警察官証人と被告人との間で論争が展開する。警察が赤旗を場外で翻させまいと制止して赤旗を奪い、あるいは、赤旗を竿に巻けと要求したなどの状況が明らかになってくる。

管野須賀子は、神川松子が不当逮捕に至るまでの状況を説明したのを受けて、証言する。

「いま、神川松子さんがのべたところと同じですが、私は警察官が赤旗を渡さない理由を聞こうとする間もなく、突然突き飛ばされて、かつ、非常な暴力をもって腕を捩じられ、警察の門内に引き込まれたのです」。

そのあと、荒畑、堺、山川、大須賀、小暮、宇都宮、徳永、などの証言が続く。最後に、裁判長が予審調書を読み上げ、被告山川・森川・大杉・神川に弁明させる。

注目すべきことに、この日、幸徳秋水が他の者たちと新聞記者席にいて傍聴していた。裁判所の場外には百余名の人たちが詰めかけていた。

二日後の八月二二日午前九時から東京地方裁判所で第二回公判が開催された。傍聴しようと約四百人が押しかけた。ここでも赤旗をめぐる状況証言が展開する。注目すべきことは、事実認定では争うが、自分が社会主義者であるということで罰せられるのならば、甘んじてその罰を受けると述べる被告・管野須賀子がいたことである。検察は、男性被告はみな赤旗製作にかかわったことが明確であり、このことをもって治安警察法第一六条違反に相当すると主張する。第一六条とはこうである。

「街頭其ノ他公衆ノ自由ニ交通スルコトヲ得ル場所ニ於テ文書、図画、詩歌ノ掲示、頒布、朗読若ハ放吟又ハ言語形容其ノ他ノ作為ヲ為シ其ノ状況安寧秩序ヲ紊シ若ハ風俗ヲ害スルノ虞アリト認ムルトキハ警察官ニ於テ禁止ヲ命スルコトヲ得」（豊島・他二七七〜二七八）。

要するに、治安当局が「状況安寧秩序を乱す表現」とみなす行為はすべて禁止するという規定である。まさにこの規定どおりに赤旗事件なるものがつくられ、裁かれる。卜部喜太郎弁護士は発言する。

「警官が何の法律の条文をよっても他人の所有物（赤旗）に手をかけ得る何等の権利ももたないと信じます。……十数名の警察官の行為は不法行為です。むろん、被告等がこれに対して防衛したとしても官吏抗拒罪が成立する理由はありません。…よって被告全員が無罪の判決を下すよう希望します」。

そのあと、被告人のうち数名（堺利彦など）が弁論をおこなった。

堺利彦「法律には《社会主義者となるものは罰すべし》という名文も見受けられません。なにゆえに、厳罰するのでしょうか。甚だ奇怪至極です。むしろ失笑に値します」。

さらに、問題の《無政府》とか《社会主義》とかという用語の定義に関する尋問がまったく行われなかったのに、その用語に関する被告の証言だけで刑罰を下そうとするのは「奇怪の事」であるとも主張した。堺利彦の「堂々一時間余りにわたる弁論」の後、山川均、荒畑勝三、神川松子も弁論した。

同年九月二〇日、錦輝館赤旗事件の判決が出る。

大杉栄　重禁錮二年六月罰金二五円、
堺利彦　重禁錮二年罰金二〇円、
山川均　同上＝重禁錮二年罰金二〇円、
森岡永治　同上、
荒畑勝三　重禁錮一年六月罰金一五円、
宇都宮卓爾　同上、
大須賀里子　重禁錮一年罰金一〇円（控訴審で執行猶予）、
村木源太郎　同上、
佐藤悟　同上、
百瀬晋　同上、
小暮礼子　重禁錮一年罰金一〇円（五年間刑の執行猶予）、

徳永保之助　同上、

管野須賀子　無罪、

神川松子　無罪。

判決後、佐藤悟は声を荒げて「これはいわゆる法律だ、我々はただ実行、実行」と叫んだ。大杉栄は、呵呵と笑った（『熊本評論』＝巻末「参考文献」参照）。

大杉栄は、かつて一九〇八年一月一七日、本郷平民書房の屋上での「金曜講演会迫害事件」のさい、臨検警部の講演中止、集会解散命令を受けた時も、大笑いした。大杉はその事件で、治安警察法違反で禁錮一年の罰で巣鴨刑務所に入獄した。

［錦輝館から赤心館へ］　その「金曜講演会事件」の現場であった平民書房に寝起きする阿部和喜衛が啄木の赤心館に尋ねてくるのが、その五ヶ月後の一九〇八年六月九日である。その後、「赤心館」に住む啄木は、「平民書房」に宿泊する阿部和喜衛から、「錦輝館」で起きた極く最近の「赤旗事件」及び三年前の「清国人留学生抗議事件」を聞いたと推定される。「赤旗事件」は新聞報道でも知ったであろう。あるいは、平出修や東京外国語学校支那語科に学ぶ並木武雄からも聞いたであろう。この二重の「錦輝館事件」が啄木に衝撃をあたえる。その衝撃が短歌革命「歌稿ノート」を生む。その磁場で啄木「東海歌」が誕生する。その短歌革命の命脈は一九〇七年の秋瑾斬首に淵源する。啄木は「赤旗事件」とともに「清国人留学生抗議事件」を知る。一年前の秋瑾斬首（一九〇七年七月一五日）を思い出す。この二つの事件の現場はともに「錦輝館」である。秋瑾・陳天華の「錦輝館」→阿部の「平民書房」→啄木の「赤心館」という情報連関が啄木に与えた衝撃が「歌稿ノート」を生む。その連関＝衝撃を明示するように、啄木は「赤旗事件」の直後の一九〇八年六月二三日の夜から「歌稿ノート」に短歌を爆発的に書く。その中にこの事件の被告のひとりである管野須

賀子（一八八一～一九一一）を先にあげた歌で詠う（第一巻二三五頁）。

　女なる君乞ふ紅き叛旗をば手づから縫ひて我に賜へよ

　管野すが（須賀子）はこのあと二年半しか生きられない。幸徳事件での死刑が待っているからである。管野須賀子はその運命を予感したであろうか。須賀子も秋瑾のようにまっしぐらに、死して生きるように、突進した。啄木はのちの「所謂今度の事」（第四巻二七二～二七七頁。一九一〇年六月～七月稿）で、日本人が「無政府主義」について知ったのは、第一に「赤旗事件」（一九〇八年六月二二日）のとき、第二に「今度の事」＝「幸徳事件」（一九一〇年五月）であると書く。この二つの事件は連動していた。幸徳たち自身も、社会も、そう見ていた。啄木は、その一九一〇年になって初めて「赤旗事件」を知ったのではない。そうでなくて、その二年前のまさに「赤旗事件」そのものが起きたその日一九〇八年六月二二日か、あるいは二三日に知った。その衝撃を「歌稿ノート」に上の歌で表現したのである。

【赤旗事件＝言論統制の旋回】　啄木が上京して間もなく発生した一九〇八年六月二二日の「赤旗事件」以後、明治国家は急速に反国家主義思想をいだく者を警戒し「四六〇人の社会主義者の名簿」を作成し、一人一人調べ上げ、個別的にその行動を監視する体制を築いた（荻野一九八四：七一参照）。啄木とは小樽での出会いから付合いのあった西川大二郎や、様々な文献を牛乳《ママ》店の店頭で閲覧させた「豊生軒」の藤田四郎（第六巻二二六頁参照）も監視下にあった（碓田二〇〇〇以下参照）。啄木はその警戒網の周辺にいたのである。このような情勢のなかでは、「秋瑾」という名を記すことが危険な政治的意味を帯びることは当然である。思想上の影響があるとみられたクロポトキンの「思想の枠」を超えて、秋瑾は実際に「反清朝軍事行動」を準備し密告され斬首刑にあった人物である。日本に留学し滞在し「取締規則」への抗議運動＝反明治国家活動を実行した人間である。革命を実行した人間である。クロポトキンよりもはるかに現実的に危険な存在である。しかも、殉死した秋瑾はその後も日本にいる清国人留学生を革命運動に鼓舞する存在である。秋瑾の反清朝行動の影響が帝国日本に浸透し、反帝国日本運動に反転することは防止しなければならない。明治国家はこう警戒したであろう。一九〇八年六月二二日の「赤旗事件」がその警戒の始まりである。啄木はその事件の衝撃を「歌稿ノート」に歌で記録した。一九一〇年に「幸徳事件」が起き、啄木死五年後の一九一七年に「ロシア革命」が起き、一九一九年に「三・一運動」、「五・四運動」で東アジアの激動が本格化する。啄木が秋瑾の名を中国時評「空中書（三）」で「剣花」とだけ隠喩で示唆したのは、ひたひたと迫る歴史現実を直感していたからであろう。

「幸徳事件」以後の啄木は危険と知りつつも、秘密にという枠内で、一段と社会主義・無政府主義への関心を強め、積極的に関連文献を読み記録を取った。しかし、その記録は公表を目的としたものではなく、「後々への記録のため」のものである。あと少しで消滅するいのちを自覚しつつ取った痛ましい記録である。啄木は生活保持と思想堅持との「二重生活」に生きるようになった。啄木は「幸徳事件」の発生（一九一〇年五月）の少し前、同年三月一三日づけの宮崎大四郎宛の手紙でも書く。

「今日の我等の人生に於て、生活を真に統一せんとすると、其の結果は却って生活の破壊になるといふ事を発見した、―君、これは僕の机上の空論ではない、我等の人生は、今日既に最早到底統一することの出来ない程複雑な、支離滅裂なものになってゐる、……僕は新しい意味に於ての二重の生活を営むより外に、この世に生きる途はない様に思って来出した、……所詮［生活というワナから］のがれる事ができないのだから、そのワナにかかった振りをしてゐて、そして、自分自身といふもの［啄木固有の思想核心］をば、決して人に見せないようにするのだ」（第七巻二九六頁。○強調は原文。［　］は引用者補足）。

痛ましい確認である。日本資本主義の原蓄過程の明治期社会に生きる者の痛覚である。啄木のこの二重生活は、すでに一九〇七年から一九〇八年にかけての日記や短歌にも記されている。秋瑾の名は啄木の「二重生活」の深部に潜む。それは「人には見せないように」隠された。啄木が記録したところから、決して記録されることはなかった《啄木の真実としての秋瑾》をつかまなければならない。その作業は、啄木没後一〇〇年の二一世紀初頭に生きるわれわれの生活現実を自己省察する足場をつくることに寄与するだろう。

［赤旗事件と歌集「緑の旗」］「赤旗事件」の約五か月後、啄木は断稿「連想」（一九〇八年一一月一六日）でつぎのように書く。ちょうど歌集「小春日」を公表した少しあとである。

「僕は煙草と茶が所好《すき》である。それよりも所好《すき》なのは、曰く、陰謀、曰く、破壊、曰く、反逆、曰く、革命、曰く、旗、曰く、女、曰く、爆烈弾、曰く、秘密結社、曰く、暗号電報、而《しかうし》て眠《ねむり》。……革命の思想は予に於て米の如きものである。其誘惑は常に絶えない。……革命を談じ、野蛮を説き、女の話をし、空中飛行艇を想ふ時、煙草と茶は甘露よりも美味《うま》い」（第六巻二六八頁。傍点強調は引用者）。

「曰く」の後に続く言葉の数々、特に「反逆・革命・秘密結社」が結ぶ人物像は啄木にとって誰だろうか。一九〇八年は「幸徳事件以前」である。それは秋瑾であろう。「秘密結社」は秋瑾たちの「光復会」を想起させる。啄木にとっての「反逆・革命・秘密結社」は、しかし、観念上のことである。革命を実行する勇気があるのか、と自問する。

「汝自身で社会を転覆する大革命を企て、且つ汝自身其一隊の先頭に立って緑の旗を揮る勇気があるか？　熱心があるか？……無い、悲しいかな無い。金のない如く、其勇気も熱心も無い！」（第六巻二六八〜二六九頁。傍点強調は引用者）。

「緑の旗」といえば、この断稿より四ヶ月前、歌集「緑の旗」を一九〇八年七月に『心の花』に公表している。そのなかに文字通り「緑の旗」を詠った歌がある（第一巻一六三頁）。

若きどち緑《みどり》の旗《はた》をおし立てて隊《たい》組《く》み夏の森中をゆく

この歌で啄木は《人里離れた緑濃き夏の森中を、緑旗を立てて進む》と詠う。「緑旗」は森の「緑」に溶けて見えない。なぜ、このようなナンセンスな歌を詠ったのか。「人が大勢行き来する街中を、赤旗を翻して行進する」の反語を詠ったのである。この歌集「緑の旗」の公表は一九〇八年七月である。六月二二日の「赤旗事件」はつい最近の出来事である。《赤旗を街頭で翻すとは、けしからん、「治安警察法」違反である》という官憲の弾圧へのイロニーである。《いけませんか。そうですか。では、誰も居ない森で、森の色と同じ色の緑の旗を静かに立てて歩きましょう》というのである。相手の主張を徹底すると奇妙な事態になる反論法である。

歌集「緑の旗」は五八首からなる。そのうち、第一三首のこの「緑旗歌」を除いて、第一首から第二〇首までの一九首はすでに『小樽日報』（一九〇七年一〇月一五日〜同年一一月一日）に掲載した歌である。その旧歌からの第五首は「みだれ黒髪…蛇」を詠い、第九首は秋瑾詩「秋日獨坐」第五句「半壁緑苔蛩語響」の「壁のコオロギ」の韻字を踏んだ歌である。さらに『釧路新聞』「釧路詞壇」一九〇八年二月〜三月に掲載された歌から一七首（第一巻一一六〜一一八頁）が「緑の旗」に収められている。（第二一、二二、二三、三〇、三一、三二、三三、三四、三五、四六、四七、五二、五三、五四、五五、五六、五七首）。特に第五四首（第一巻一六五頁）、

頬につたふ涙のごはぬ君を見て我がたましひは洪水《おほみづ》に浮く

は、啄木がすでに一九〇八年三月（日付未詳）で、秋瑾詩「有懐」に韻字（涙・魂・浮滄海＝洪水に浮く）を踏んで詠っていたことを証拠づける（ただし「たましひ」は「魂」と表記。第一巻一一八頁）。この歌は啄木の四回目の上京の一ヶ月前の歌である。秋瑾詩詞に韻字を踏む詠歌は、同年六月二三日深夜からの「短歌爆発」以前から始まっていたのである。新旧両歌には秋瑾と秋瑾詩詞に重なる歌が数多くある（第三六首・第四三首・第四八首・第五四首・第五七首など）。歌集「緑の歌」は啄木歌が一九〇七年から一九〇八年へと連続しているいることを示唆している。一九〇八年六月二三日深夜からの「短歌爆発」には、一九〇七年一〇月からの前触れがあったのである。

三年ののち、啄木は一九一一年（明治四四年）五月七日の日記で、「赤旗事件」を「緑旗歌」のイロニーで抵抗するほかないような状態を「理想主義」とよぶ。これは理想に燃えた実行の人の心ではない。

「言論の自由のない日本に於ては、かうした名の下に一つの道徳的運動を起こしたらどうだろうといふに過ぎなかった。『理想主義（新道徳の基礎）』かういふ本をかくことを空想した。実際我々のすべてはすでに理想主義者なのだから…」（第六巻二一二頁）。

啄木は、日本には言論の自由が存在しない、と見ている。だから、すべての改革は心の中だけでの出来事でしかない。つまり、空想である。空想の中では豊かに想像が膨らむ。その分、現実はつましく大人しい。心の中では《この歪んだ世を見返してやっているのさ》と念じつつも、表面ではことを荒波立てない善人を装うのである。現実に実行できないことを頭の中で行う。考えること自体がなにか新しいことを生み出すと思念（＝私念 meinen）するようになる。実践に対する思惟の先行性が実践抜きの思惟に終わる。その分、思惟の内部ではすぐれて実践的になる。後生のために、今は考えるだけである。後進国ドイツが観念論を生む思想土壌もそうであった。一九一一年（明治四四年）一月二四日、啄木は日記に書く（第六巻一九一頁）。

「夜、幸徳事件の経過を書き記すために一二時まで働いた。これは後々への記念のためである」。この記録はとても公表することができるものではない、と啄木自身が判断しつつ作成した記録である。同年六月五日、秀光社で印刷され発禁処分を受けた北一輝『国体論及び純正社会主義』の哲学の部分を出し直した「純正社会主義の哲学」を読んだと日記に書く（同二一四）。この書物は発禁処分を受けなかったが、国禁の書に準ずるものである。秋瑾だけでなく、北一輝も孫文の中国同盟会に所属していた。東京は当時、中国同盟会の拠点であった。一一月一七日の日記にはクロポロキンの『ロシアの恐怖』を筆写したものを製本したと記録する（同二二二）。「明治四四年当用日記補遺」では、その年は社会主義の問題について思考し読書し談話することが多かったが、「ただ為政者の抑圧非理を極め、予をしてこれを発表する能はざらしめたり」（同二二六）と記す。上記の荻野の指摘する明治司法権力の暴発が啄木のいう「為政者の抑圧非理」に対応する。啄木のこの社会主義は「生活の必要」を要求する思想である。そこに「一九一七年ロシア革命思想」を逆輸入するのは歴史の偽造である。

［日記歌と橋浦時雄事件］　啄木は死をまじかに、日記は焼却するように、と妻に遺言したと伝えられる。その主な理由は、啄木自身と石川家の私事を秘匿するためだけではないだろう。その遺言の重要な理由の一つが、このような危険な記録を消して、家族友人などに累が及ばないようにと判断したことにあろう。啄木日記は好奇の眼で読むべきものではない。対象に何を見るか。見る者の姿が見る対象に投影する。

近藤典彦は「幸徳事件（大逆事件）」との関連で「橋浦時雄事件」を指摘する（近藤二〇〇四：一四六以下）。橋浦時雄は「幸徳事件」の裁判が始まる少し前、一九一〇年一一月八日の『因伯時報』に書いた「巷頭微語―革命と暗流―」によって新聞紙条例違反容疑で連行され、数日後、日記を押収された。「日記の押収」である。即座に、啄木の「日記歌」を連想するではないか。橋浦時雄の日記に「不敬」の条があったとされ、不敬罪で禁固四ヶ月の判決を受けた。平出修はこの事件を啄木に語り、日記・書簡に大逆事件のことを記すことは危険であると注意し、啄木は大逆事件のことを記すことをその公判終了後まで待ったという（近藤二〇〇四：一七二〜一七三）。このきわどい挿話からも、啄木の時代認識の冷静さ、同時代の閉塞状況に反語的な意味を込めた歌を詠んだ動機が浮かんでくる。この事実は啄木の「日記歌」に込めた意味を示唆する。啄木の「日記歌」は、「幸徳事件」より約一年半前の一九〇八年一一月三日・八日に詠われた。その頃、啄木と平出修はしきりに会っている。二人が話し合ったのは同人誌『スバル』編集のことだけではないだろう。「遅くとも」その頃までに、啄木は秋瑾の名を短歌・詩・小説・評論・書簡だけでなく日記にも直接書いてはいけないと判断したと思われる。秋瑾の名前が啄木の書いた物がない根拠がここに存在する。

「歌稿ノート」の最後の頁には東海歌が一頁取りで大書されている。その二頁前には「金星会名簿」がある。名簿はさらに三頁前に続く。その二頁目に「鳥取県岩美郡大岩村大字岩本／泡人　橋浦泰雄」とある。橋浦泰雄は「日記《不敬》事件」の橋浦時雄の兄である。後に日本プロレタリア美術家同盟に参加し、柳田国男に民俗学を学んだ。泰雄が鳥取にいるとき、啄木は泰雄に短歌の指導をした。「歌稿ノート」の最後が一九〇八年一〇月「一〇日夜　千駄ヶ谷徹夜歌会作」で終わる（第一巻二五一〜二五二頁）。ほぼ一九〇八年六月から一〇月の間に橋浦泰雄への短歌指導の関係が始まっただろう。同年六月二九日の日記に「金星会の歌を直した」（第五巻二九〇頁）とだけ書く。弟の「橋浦時雄日記《不敬》事件」が発生するのは一年後である。啄木は短歌で《自分は安全地帯で惰眠を貪っている》との歌をよく詠んだ。啄木が現実に立つポジションの反対を詠っているのである。

第一七章　秋瑾の時代、清朝末期の中国

本章とつぎの章で、秋瑾の清朝末期の時代と啄木の明治時代の同時代を比較して、これまでみてきた二人の生き方と文学作品の時代背景に視野を広げる。啄木については啄木が秋瑾斬首を知り、それに衝撃を受ける一九〇七年からみる。秋瑾の場合は、なぜ秋瑾が日本に留学するにいたったのか、その理由をみる。欧米列強の圧力の元で、中国は近代化にいったん挫折し、近代化に「成功」した日本に留学し、清朝打倒＝中国革命をめざすようになる背景から説明を始める。本章は秋瑾が中心となる。

啄木は、札幌に滞在中、一九〇七年（明治四〇年）九月に四回分載（一八日・二四日・二六日・二七日）のエッセイ「秋風記・綱島梁川氏を弔う」（『北門新報』）を執筆する。その年、一九〇七年は、日清戦争（一八九四～九五年）から数えて一二年後、日露戦争（一九〇四～〇五年）の二年後である。いずれにも日本が勝利した。日露戦争の戦費はイギリス・アメリカから借金し、ロシアから奪った賠償金で返済した。辛うじて戦勝したのである。しかし、日本は一等国になったと、官民挙げて戦勝に酔いしれた。日本は必ず勝つ、勝ったら、たっぷり褒美をやる、と明治政府は国民に約束したが、戦勝後、なにもくれない。怒った民衆は交番を焼き討ちした。そのころ、啄木は清朝の中国に強い関心を持っていた。『一握の砂』収録の三一九首（第一巻四七頁）、

朝《あさ》な朝《あさ》な

支那《しな》の俗歌《ぞくか》をうたひ出《い》づる
まくら時計《どけい》を愛《め》でしかなしみ

や一九〇七年の日記などにも、清国との出会いが記録されている。以下しばらく、清朝末期の中国の様子をみよう。清末の状況は、秋瑾をして日本に留学することを決意させるような状況であった。それを知れば、啄木が秋瑾と彼女の作品の上での出会いを生み出す基盤が了解することができる。

［西洋東漸と清朝末期中国］　清朝が日清戦争（一八九四～九五年）で日本に敗れたのには理由がある。西洋東漸を迎え撃つ制度（資本主義国家体系）の建設に挫折したからである。宋朝（九六〇～一二七九年）から清朝（一六三六～一九一二年）まで持続した中国の統治体制は次のようなものであった。頂点の「皇帝」と皇帝に仕える「科挙官僚」、その下で実務を担当する下級官僚（胥吏《しょり》）、その下に「均分相続制」を同族的一体化で統合する「宗族《そうぞく》」、宗族から田畑（官戸など）を賃借りする小作人（佃戸《でんこ》）から成り立っていた。「皇帝＝官僚」は全国を上から統治し、今日いう郷鎮以下の地域支配は「宗族」に委ねる。中国の統治機構は「皇帝＝官僚」と「宗族＝佃戸」の二重構造になっていたのである。科挙官僚のほとんどは、宗族の「義田」からの収入で科挙試験を受け合格した者であり、見返りに出身宗族の「族益」に貢献する。

官僚は儒教的教養で徳治する建前になっていたが、実際は俸給が小額なため「寄贈・手数料・副業（密貿易・墓碑銘揮毫・土地経営）」でレント（経済剰余）を獲得し、同族出身の商人に特権＝「商業の自由」を付与しレントを得ていた。剰余は族益として狭隘な同族に滞留し祭儀に浪費され、国民経済の拡大＝再生産のファンド（基金）に活用される経路と制度がない。官僚に高い地租を定められ収奪される自作農は自己所有の土地（編戸）を地租代わりに手放し、小作人（佃戸）に転落する。彼らの土地は地租の安価な「官戸」として宗族に払い下げられ族益の基盤となる。収入不足の小作人は、宗族が族益を投資して経営する都市ギルドに出稼ぎに行っては帰郷する。佃戸は小作料が支払えず、流民となり中国の底辺に淀み、暴徒となる。のちに彼らの一部が「三大規律八項注意」の八路軍などに組織され、宗族が支配する土地を貧農下層中農に解放する。賀龍《がりゅう》（He Long 一八九六〜一九六九年）が代表者である。

族益に励む科挙官僚には、中国の資金・生産物・資源・土地など近代化に不可欠な資源を体系的に組織して中国近代化の政策体系を構築する問題関心がない。清朝科挙官僚は、海外から商業的野心をいだいてやってくる者たちに、彼らの儒教的教養で優越感をもって対し、中国には何でもあるから外国に学ぶべきものはないという「尚古主義」を墨守するが、一九世紀産業革命前後の欧米列強が製品と原料の世界市場をもとめ、特使が清朝官庁内にドカドカやってきて、ああしろ、こうしろと指図すると、科挙官僚はただ諾々するだけである。科挙官僚たちが儒教的教養を誇り実践的な事柄を見下す「徳治」の無能ぶりを、早くも一八三四年、広東通商の貿易監督官として派遣されたイギリスのジョン・ネーピアに対して暴露する。

清朝官僚は、「商業の如き俗事は商人自身によって決定されるべきもので、官の関わるべき事柄ではない」と虚勢を張り、ネーピアに広東から退去させた。ところが、その翌年一八三五年、近代国家構築の資金を蓄積するために決定的な条件である清朝の関税収入の監督権限を、何と、外国人に委譲してしまう。地方下級官僚（書吏・衙役）はほとんど無給であったため、地方政府は正規の租税徴収以外に地方的徴収［傜役《ようえき》（労役）＝付加税（銀納）］を行ってきた。彼らは人民から手数料（陋規《ろうき》）も徴収する。そのレントは「下級官僚→州県官→府省上級官僚」と上納され吸い上げられてゆく。清朝レント・シーキング・システム＝「規礼の上納制」である（山本一五〜一六）。そのような見入りに汲々とする清朝科挙官僚はひたひたと押し寄せる新時代の波に気づかない、気づいても対応できない。貴重な資源が古い権益を守る軍事費に費やされ、あるいは、外国に流出するのを傍観している。

［戊戌の変］　一八九八年、官僚の中で梁啓超（Liang Qichao 一八七三～一九二九年）・譚嗣同（Tan Sitong 一八六五～一八九八年）たちが動き出す。彼らは、領土・主権・国教の擁護、民族の自立、内治革新と外交の研究、経済学の実践などの綱領を掲げ、徳宗（＝光緒帝［一八七一～一九〇八年］、在位一八七五～一九〇八年）を戴いて、財政・教育・軍制・司法・産業・文化など各部門の政治改革を実践する立憲君主制を樹立する。しかし、この改革は約百日（一八九八年六月一一日～同年九月一六日）しか存続しなかった。徳宗の伯母・西太后は袁世凱（Yuan Shikai 一八五九～一九一六年）と組んでクーデタを起こしたからである。西太后は徳宗を幽閉し改革派を斬首し、あるいは追放してしまう。いわゆる「戊戌の変」である（橘一九四三：二四～二五参照）。そのような官僚の無能と腐敗を散々見せつけられてきた中国の青年たちは、清朝を打倒しなければならないという「民族主義」をいだくようになる。それは、欧米列強に対抗する国民意識であるよりは、まず満洲族による漢族支配＝清朝を打倒しようとする「排満興漢」の民族意識である。その意識の高揚を示す事件が一九世紀末から二〇世紀初頭にかけて、起こる。広州事件（一八九五年）、恵州事件（一九〇〇年）、広東新軍事件（一九〇〇年）、黄花岡事件（一九〇二年）、第二湖南事件（一九〇六年）、黄岡事件（一九〇七年）、欽廉事件（一九〇七年）、安慶事件（一九〇七年）、安徽新軍事件（一九〇七年）などが、それである（橘一九四三：四三―四五。一部訂正）。

［徐錫麟・秋瑾の軍事決起と秋瑾斬首の外電］　「安慶事件」は啄木が「秋風記」を公表する約二ヶ月前（一九〇七年七月）に起きる。安慶事件とは、徐錫麟《じょしゃくりん》（Xu Xi-lin 一八七三～一九〇七年。一九〇四年、光復会に入会）と秋瑾《しゅうきん》（Qiu-jin 一八七五～一九〇七年。一九〇六年、中国革命同盟に加盟）が起こした軍事クーデタである。二人とも浙江省紹興出身であり日本に留学した経験がある。彼らは長きに亘って漢民族を支配してきた満洲族

の打ち立てた清朝に対し「排満興漢」の旗を掲げて決起し、失敗する。この行動が起爆力になって満洲族支配は終わるようになる、と確信しての決起である。

安慶事件とは、①「漢族光復を目的として上海に光復会を興した徐錫麟等が、光緒三三年［一九〇七年＝明治四〇年］七月六日に安慶の巡警学堂の卒業式に、安徽の大官を鏖殺《おうさつ》［皆殺し］しようとした事件である。巡撫恩銘を刺したのみで他は悉く取り逃がし、徐等は守備兵に捕はれて斬られた。［②］浙江の大通女学校長で革命党の名花［＝剣花！］である秋瑾女史もこの事件［同年七月一三日］に坐して殺された」（橘一九四三：四三‐四六、一部訂正、［ ］は引用者補足）。秋瑾は清朝軍が迫り来るなか、周囲の者たちに逃亡を勧められるが、拒否し、逮捕され斬首される。徐錫麟と秋瑾の両人を知っていた魯迅がのちに、秋瑾の決起については「薬」（一九一九年）で、徐錫麟の決起については小説「范愛農《ファンアイノン》」（一九二六年）で描く（魯迅一九六四a：三四～四四、一九六四b：二五二～二六一）。

「徐錫麟事件、秋瑾事件ともに、日本にもかなり詳細に報道された」（沢本三）。この二つの事件は『大阪朝日新聞』・『大阪毎日新聞』・『東京朝日新聞』・『読売新聞』などの日本の新聞でも報道された。徐錫麟の決起については最初に、『大阪毎日新聞』が一九〇七年七月一八日付けで、『大阪朝日新聞』が七月一九日付けで、それぞれ報道する（沢本二〇〇八）。『大阪毎日新聞』は「安徽巡撫暗殺の光景」と題し、「直ちに東轅門の側に引立てて先ず其腹を抉りて祭酒をなし、更に其首級を梟《きょう》せりと云う」と報道した。魯迅は「范愛農」で「徐錫麟の心臓を抉られる。恩銘の護衛兵によって、炒められ、きれいに食われた」と記す。

秋瑾の決起はどうか。まず『大阪毎日新聞』一九〇七年七月一九日に「女教師の処置」と報道される。秋瑾斬首（一九〇七年七月一五日早朝四時）から数えて四日後の報道である。翌日七月二〇日には秋瑾の「斬首」が報道される。『東京朝日新聞』一九〇七年（明治四〇年）七月二〇日には、「徐錫麟党与又斬殺」という見出で「逝江省紹興県明道学堂の教師秋瑾は故徐錫麟の党与なりと認定され斬罪に処せられ学堂も同時に閉鎖を命ぜられたり」（沢本一七）との記事が載る。さらに同紙の七月三一日にはつぎのような記事が載った。「数年前まで北京政府は革命党を草賊と同一視し、世人も亦之を厭ひ注意せざりしが、革命党は近来急に勢力を得土匪が乱を起すにも尚口を革命に藉《か》り、努めて声を大にし、政府も亦之を恐るること虎の如くになれり。是れ革命党の不屈の精神と漸次節制ある運動を為せるに因るならんも、殊くに安徽巡撫の暗殺に関し官憲の処置惨酷を極め、刺客を野蛮の刑［斬首］に処せるのみか犯罪と何等関係なき店舗を閉鎖し学生を殺し、遂に女教師秋瑾を死刑［斬首］に処したるより、皆冤を恨み民心愈離れたるに因る故に今は革命党の勢力増加を当然とし世人暗に同情を寄するの形勢あり」（沢本一九）。

秋瑾の処刑については、女なのに斬首とはひどい、と同情する報道が多かった。しかし、この同情の裏にある、女を男の下に見る通念こそ、秋瑾をして決起に赴かせたものである。秋瑾は女（清朝の女）に生まれてきたことを呪った。女に纏足を強制し家に閉ざす儒教国家体制に対して、男装し、詩吟を歌いつつ剣舞を舞い、女であることを消し去り、自由の人であろうとした。秋瑾は、決起の六ヶ月前、一九〇七年一月一四日に創刊した中国最初の女性向けの新聞『中国女報』を口語文で刊行し、その巻頭で、中国の女性は自分たちをなにも分からないままに据え置く《暗黒》から脱出するためにこの新聞を発刊する、と宣言する。「世論を左右する力を備え、国民を監督する責任を担うものとして、新聞を措いて何があろうか」（永田三一七）と訴える。啄木が自己の精神革命を成し遂げたのも、新聞への徹底した関与であった。秋瑾は詩人であった。秋瑾は、逮捕され供述を要求されたとき、陶澹人の漢詩「秋暮遺懐」の一節、

「秋雨秋風愁殺人（チュウ・ユィ　チュウ・フォン　チュウ・シャ・レン）」

と記しただけであった（竹内実一六六～一六七）。その辞世歌は、《秋雨、秋風、厳しい季節の秋、愁いは深ま

り、耐えがたい》との意味である。秋瑾は自分のいままでの作歌の習いからして「秋風秋雨…」と書くべきなのに「秋雨秋風…」と誤記しそれに気づいたが、そのまま続けたとの説もある（永田四二二）。この歌は、秋瑾斬首のあと上海の新聞が報道した（竹内実一六七〜一六八）。日本にも報道された。魯迅は秋瑾斬首についての小説「薬」で、秋瑾を男子革命家に変えて描く。首と胴体が「ドスン」という音を立てて切り離される。斬首された体から流れ出る血は肺病に効くと民衆は信じる。銀貨を出して、秋瑾の血を含ませた「人血饅頭」を買ってくる父親、それを肺病の子供に差出し「さあ、お食べ、病気が治るから」と勧める母親、食べる子供をみて満足する両親を魯迅は描く。秋瑾の決起＝斬首は民衆にとって「薬」をもたらす「幸福」に反転する。

武田泰淳は、中国研究者の日本兵として中国戦場で「東洋文庫の書庫にもないような明刊本も馬糞の山の下積みになっている」現場を目撃し、「だきしめる物一つなく文化ということの軽々しさよ。愛することもなく利用することばかりを知っている《研究》が何であろうか」（武田六九）と苦悶した。武田は戦中の上海で、秋瑾斬首の場面を再現する劇を観た。その幕切れで秋瑾が、「秋雨」と「秋風」の順序を入れ替えた辞世歌「秋風秋雨愁殺人（チュウ・フォン・チュウ・ユィ　チュウ・シャ・レン）」と叫ぶのを観て、戦後、小説『秋風秋雨人を愁殺す』の書名に採用する。

［秋瑾斬首を知る啄木］　一九〇七年の五月に北海道に渡った石川啄木は、まさにその「安慶事件」の年（一九〇七年）の八月一八日から『函館日々新聞』の遊軍記者となり、九月一六日からは北門新聞社の記者となる。『北門新報』に「秋風記」を載せる。啄木も「秋風」である。「安慶事件」が日本にも報道されるこの時期、啄木は新聞記者であり、内外の動向にいち早く知るポジションにいた。啄木は中国に強い関心を抱いていた。例えば、ほぼ一年後（一九〇八年）の時論「空中書」（一九〇八年一〇月一三日・一四日・一六日）で、上記の孫文たちの「広州事件」（一八九五年）に関与した「哥老会」に言及している。

啄木は日清日露の戦勝で大国意識に逆上せ上る日本人を批判し、「哥老会、常に人材を擢んで海外に学ばしめ、資金幾億、皆一私人の名を以て世界各所の銀行にあり、兵力八十余万、訓練欠く所なく、其制度の整頓せる、恰も一大国家の如し」と中国の中南部の民間の動向を紹介する。さらに一〇〇年後の今日を見据えて、「世界二十一世紀の劈頭に大呼するもの、夫れ李杜［＝李白と杜甫］二聖を出せる民乎」（第四巻一四四〜一四五頁）と予見する。啄木は李白や杜甫などの漢詩を精読していた（池田一五四）。二〇世紀初頭の清朝官僚の無力、民間の底力を対比し、李白・杜甫を生んだ中国の民衆が二一世紀初頭までに中国の大きなプレゼンスを示すだろうと見通している。

啄木は「百日通信」（一九〇九年一〇月五日〜二一日『岩手日報』）の第三回で、西洋東漸への中国の対応の一つである「洋務運動」の担い手、張之洞《ちょうしどう》（Zhang Zhidong 一八三七〜一九〇九）の死去（一九〇九年）に際し、張の経歴を詳細に紹介し「儒家より出でて真の活儒たり。学識共に嶄然《ざんぜん》として一世に秀で、加ふるに身を持する清廉にして徳望敵を作らず……よく時世と共に移るの明ありき」と、その清朝穏健改革派の面目を評価する（第四巻一七八〜一七九頁）。啄木は、死去する少し前、清朝を打倒する「辛亥革命」（一九一一年）が起こるや、「革命戦が起ってから朝々新聞を読む度に、支那に行きたくなります」と切望した（第七巻三七〇頁）。

このように、啄木の中国知識は深く広い。

第一八章　産業革命の時論家・石川啄木

啄木は、一九〇八年四月下旬、東京に移ってからほぼ一年半あとに執筆したシリーズ時事評論「百回通信」（『岩手日報』一九〇九年一〇月五日～一一月二一日、全二七回となる）を執筆した。ちょうど、妻・節子が家出して（一〇月二日～一〇月二六日）、不在中の仕事である。啄木はその評論で、明治後期日本の生活現実の根拠となっている諸問題を正面から取り上げ、論じる。執筆する過程で、生活現実を改善するためには、国家の社会政策が不可欠であるとの認識にたどりつく。「社会主義」とは、やたら激する言動ではない。激して、どうなるものでもない。そうではなくて、勤労者の生活要求は国家の社会政策を通じて着実に実現する経路をとるほかない、と判断するようになる。啄木は、そのような認識に到達したとき、妻が一身に背負ってきた労苦を深々と内省していたにちがいない。すこしのち、『一握の砂』第三六一首で、一九〇八年正月、妻子を残し釧路に単身赴任する自分を駅頭で見送る妻を詠った（第一巻五二頁）。

子《こ》を負《お》ひて
雪《ゆき》の吹《ふ》き入《い》る停車場《ていしやば》に
われ見送《みおく》りし妻《つま》の眉《まゆ》かな

啄木は「百回通信」で多種多様なトピックスをとりあげる。例えば、イギリス皇帝とローマ法王との席順の問題、日本東北地方の開発の在り方、張之洞、満洲問題、進歩党内紛、図書館建設の「シチズン・ライフ（市民生活）」の改善上の意義、伊藤博文の暗殺死と「伊藤＝日本のビスマルク」との評価、永井荷風＝「田舎小都市の放蕩息子」との評価などである。

［文明北進の地・北海道］　啄木は当時の国会における「地租軽減論争」と「工場法案」を論じる。明治日本の経済的基盤を論じるものである。明治国家は日本資本主義の基礎を築き上げる本源的蓄積（原蓄）国家である。啄木がこの時事評論で論じた諸問題のなかで、この二つの問題が最も重要である。啄木の「革命熱」を冷却し、啄木に沈着に現実改革の道筋を開示したのは、この二つの問題である。前章でみたような清朝とは違って、明治日本は、上部の「明治国家（天皇＝官僚）」は下部の農業部門の「地主＝小作人関係」を「富国強兵型近代化」の源泉（資金・労働力・食糧・工業用原燃料・帝国将校兵士などの供給源）に徹底的に転化する。その源泉から原蓄資源を吸収することで、日本の産業革命は進む。明治国家は、国家の頂点に立つ皇室・官僚・軍隊は、国民の地租によって支えられているのだから、我々国民すべてに参政権を付与せよという要求が、国民から出ることを予見し、岩倉具視の建議などによって（大江一三八〜一三九）、民有地にほぼ匹敵する官有林四八二万町歩を一旦皇室財産とし宮内庁に移し、さらにそれを内務省が皇室財産として管轄し、明治国家に協力する者に徐々にその官有地を払い下げ、彼らから地租を徴収しその見返りに参政権を付与するという戦略を実施した。富国強兵の蒸気機関車は無慈悲に驀進する。そのなかには金持の愚かな男が女の運命を決める理不尽も含まれる。つぎの『一握の砂』第二二六首（第一巻三五頁）はそのひとつの場面を詠う。

肺《はい》を病《や》む／極道地主《ごくだうぢぬし》の総領《そうりやう》の／よめとりの日《ひ》の春《はる》の雷《らい》かな

啄木は日本の国土を変貌させる「開発」にも注目している（『一握の砂』第二四七首。第一巻二八頁）。

ふるさとに入《い》りて先《ま》づ心傷《こころいた》むかな／道広《みちひろ》くなり／橋《はし》もあたらし

北海道の開拓は幌内炭鉱の石炭を開発することから始まった。まず「（小樽近くの）手宮〜札幌〜幌内」の建設から着手され、一八八二年（明治一五年）に開通した（中西一九九）。啄木が北海道を流浪した一九〇七年九月七日（この日は偶然、秋瑾追悼集会が神田錦輝館で開催された日である）、『東京朝日新聞』は「北海道の鉄道」と題し「北海道鉄道線路之図」を掲げて「函館〜小樽〜札幌〜岩見沢〜旭川〜釧路」という北海道主要線路の敷設完了を報道した。北海道鉄道距離は総計六五〇哩《マイル》に達し、その国有化が始まると報じた。加えて、「北海道の鉄道が其の拓殖の進捗に一層大なる累進的の効果を与ふる」が、「しかし七百哩足らずの鉄道を以て広大なる北海道の土地と対比すれば未だ満足すべからざる事は勿論である」と書いて、さらなる鉄道敷設を求めている。

啄木のいう「文明北進」の北海道開拓には当初は主に流刑囚人を動員した。そのうち、石狩川と須部都《すべつ》との合流地を開発拠点にする。そのために一八八〇年（明治一三年）、監獄地を須部都太（スベツブト）に決めた。そのあと三九年間、囚人たちは周囲の地域の開拓だけでなく、峰延・美幌・市来知・幌内・滝川・旭川・網走・釧路まで、つまり北海道全土に通じる道路の建設をした。初代監獄所長の月形潔が作成した意見書には、「先年ノ無用ノ地ヲ開墾シテ、万代不尽ノ富源トナシ以テ国益ヲ興シ、以テ囚徒ヲシテ生業ニ就カシムルノ盛旨ニ外ナラズ、……伊藤［博文］公ニ至テ議全タクナリ……」（寺本三二。［　］は引用者補足）とある。刑期を終えた服役者は自分たちが開拓した土地の払下げを受け、耕作し続けた。この「払下耕作法」を提案する「意見書」は「是、北海道集治監ノ目的ハ、開拓殖民ニ在ルヲ以テ、今日ヨリ着々其方面ニ進路ヲ取リ…」と展望している。日本資本主義の原蓄期の戦略の一環である。在監囚年度別数をみれば、一八八一年（明治一四年）の四六〇名から徐々に増え、ピークは一八八九年（明治二二年）、二、三六五名に達し、それから徐々に減り、一九一七年（大正六年）の三六六名に至る（寺本三九）。その間、合計四六、七二二名の服役者がその開発に強制動員されたのである。囚人労働の後を担ったのが、いわゆる「土工部屋（タコ部屋）のタコ労働」である。

啄木は一九一一年一月に詠う（第一巻二一一頁）。

真夜中《まよなか》の電車線路《でんしゃせんろ》をたどり来《き》て
鶴嘴《つるはし》を打《う》つ群《むれ》をおそる、

啄木は何故に恐れるのか。新聞社での夜勤の帰り道で遭遇したことか。勤労者の黙々と働く姿には、なにか大きな力がたまってきているのではないか、それが近々爆発するのではないか、と戦いたのではないか。弱いから黙っているのではない。幸徳たちの処刑のころの歌である（一九一一年一月号『秀才文壇』）。

【税制改革論争】　こうして開発され始めた全国土地総面積のうち、民有地総面積の占める割合は一八八四年（明治一七年）では三二・五％であったが、一九二四年（大正一三年）には四九・四％に及んだ（猪俣一一八）。明治国家は、農民を、地主に小作料を納め国家に地租を納税しない小作人か、国家に僅少の地租を納税しかつ地主に小作料を納める自小作人かに転化し、彼らにとって参政権は縁無きものにした。明治国家権力を握る者たちは「財産者のみに参政権がある」というイギリスやフランスの「第一次市民革命」に学んだ。皇室が明治国家から無償で与えられた財産のうち土地だけでも約三六〇万町歩（三六〇万ヘクタール）

あった。その他、現金・有価証券が一八九九年（明治三二）当時の金額で約四〇〇〇万円あった（『角川新版日本史辞典』一三六一）。明治天皇は無償で日本最大の地主・金融資産家になった。国民や兵士が天皇を崇拝するには、天皇は圧倒的な財産家にならなければならなかったのである。

地主に小作人が収める小作料＝地代は、①地主の明治国家への「地租」と「②産業資金（銀行預金・株式所有・企業経営資金）」に配分される。当初、明治国家は明治二〇年（一八八七年）成立の初期所得税制、即ち、所得をすべて個人に帰属するところで課税する「総合課税制」を敷いた。それでは産業資金が遅遅として蓄積されない。そこで地主資金をより多く産業資金に転化するために、一二年後、明治三二年（一八九九年）に「分類所得税制」に改正する。すなわち、所得を「法人所得・資本利子所得・個人所得」の三種類に分類し、それを基礎にそれぞれ課税することに変更した。地主層は「土地所有課税である地租」と「土地賃貸＝小作料への所得税」の両方に課税されることになった。

さらに、田畑に対する課税率が地価の二・五％から三・三％へ引き上げられ、地租が増徴された。これは農業所得の三割に相当する。一方、地主層の負担する個人所得税のうち、株式配当収入については個人所得には総合課税されず、きわめて軽微な法人源泉徴収方式が採用されて、地主層の配当所得は、個人所得としては、一切課税から免れることになる（中村政則八四）。

この税制改革によって、地主資金は、農業生産性向上のための土地投資（灌漑施肥など）や土地取得よりも、農業以外の産業投資に誘導される。農業部門よりも鉱業・工業・商業・金融業の部門に流出し、鉱山・工場・商店・銀行などが建設される。地主層は、土地所有課税（地租）と土地貸与からの所得（小作料）課税を、小作料を増やすことによって、小作人に転嫁する。農業投資が停滞し農業生産は上がらず、小作料が上がる。当然、農民は「地租軽減」を要求することとなる。

「分類所得税制」に継ぐ、明治国家の所得税政策の第二の画期は、日露戦争費調達のための「非常特別税」［一九〇四～一九〇五年（明治三七～三八年）］である。これらの動向は啄木の「百回通信」（一九〇九年＝明治四二年）の四年前のことである。明治維新以後の日本資本主義確立のため原始的蓄積（原蓄）の政策体系構築は、先にみた清朝末期の無方向性＝無体系性と対照的である。一八九七年（明治三〇年）に成案を見ながら廃案になった「工場法案」は、「分類所得税制」導入の年である一八九九年（明治三二年）に農商工高等会議に諮問される。しかし、日露戦争（一九〇四～〇五年＝明治三七～三八年）の勃発によって頓挫することとなる。日露戦争のさなか、戦費調達の名目で所得税は一五割も増徴された。地租の増徴も断行された。この両年で、市街地・郡村宅地・その他の土地に対してそれぞれ二〇％、八％、五.五％まで課税率が引き上げられた。「この二度にわたる所得税及び地租の増徴が主として労働者階級・農民大衆の負担の元に断行された。……この《非常特別税》の創設をみた明治三八、三九年は、地代の資本への転化を本格的に軌道づけた、きわめて重要な画期をなした」（中村政則八六）のである。非常時・日露戦争はその動輪である。

［地主利害か民衆利害か］　第一次・第二次内閣で「日英同盟締結」・「日露戦争戦勝」・「戦費外債調達」・「日韓併合」「大逆事件処理」などを推進する桂太郎（一八四七～一九一三年）の内閣が第二六回議会に提案した地租軽減問題は、桂内閣が商工業を重視するために、《商工・対・農の政界縦断》が将来の日本に必ず起こるという意味で重要であるとみて、啄木は、「百回通信」七号（第四巻一八二～一八三頁）で論じる。

「減租問題の骨子は、桂卿の内閣が此度の国庫の自然増収及び行政整理による剰余金約三千万円を折半し、税制整理及び官吏増俸を行はんとするに対し、［反対派は］官吏全体の増俸を不急の事とし、之を下級官吏にのみ止めて、而して其資源を以て地租五厘減を行はしめんとするものに有之候。而して其反対派は、軽減論者の所謂下級官吏とは判任官以下の事ならんも、統計の示すところによれば官吏中最多数なるは即ち判任官にして、従って増俸額の最多なるも判任官なるべく、其総額約一千万円に上るが故に、残る五百万円を以て全国地租の五厘減を行はむとするが如きは到底算盤に合はぬ話なりと申居候」（第四巻一八二頁）。

これは財政剰余金の配分問題である。（a）一方は税制整理と官僚の給与増額に充てろと主張し、（b）他方は、いや官僚の給与増額は「下級官僚」にとどめ、残る大半は地租軽減に回せと主張する。（a）は、いやその案は非現実的だ。官僚の大半は「判任官」であって、その基金だけで剰余金の六割以上が必要となる。地租軽減基金は残る三割ぐらいとなる。地租軽減がそんなに少なくてよいのかと突く。

因みに、少し後の一九一九年（大正八年）の「文官人員及び年報」でみると、雇庸を除く官吏の人数と給与の内訳は、勅任官八五二人＝三、五四八、六九〇円、奏任官九、八四四人＝一五、六九八、三三二円、判任官八五、三九五人＝三八、〇九三、四九七円である（東京政治経済研究所一一二）。判任官の人数は官吏の八八・九％を占め、判任官の年報は官吏の年報の六六・四％を占める。その限りで（a）の反論は妥当する。

（a）の主張は「税制整理＋官吏全体（多数は判任官）の増俸」である。そのうち。「税制整理」とは「所得税・営業税の軽減」のことである（つぎに引く「百回通信」十一号参照）。つまり、明治三二年の税制改正以来、地主層は地主資金を産業投資に向けるように誘導されてきた。桂内閣がいう「税制整理」とはそれをさらに加速させようとするものである。これは地主層の利害を代弁するものである。

（b）の主張は、下級官僚と農民の地租の直接負担（小規模の自作農）と間接負担（地租増徴を小作料増額に転嫁される小作農）の利害を代弁する。さらに狭い宅地に高い地租を課税され余裕のない生活者の利害も代弁する。（a）は「減租反対派＝多額納税議員の多数」であり、後者（b）は「減租派（政友会＝農党）」である。このように利害対立の構図を啄木は描いて、さらに、議会は解散し、官僚・対・民党の対峙が再現するだろうと予測する。

啄木は「百回通信」一一号でも「地租減租問題」を取り上げ、今回は自説を明示する。

「今日の日本に於いて自然増収の如きあらば、之を積極的事業に支出して以て戦後大経営を全うし国力の発揮的事業に期すべきに、桂卿の政策茲に出でず、増収……を官吏増俸、所得税営業税の軽減等に用ひんとするが故に、そんな余裕があるならといふ訳にて国民多数の宿願たる減租論起り来りたる次第にて、米価低落の今日之を抑制せんとするは却って反抗の度を高むる所以なるべく、政友会の党議が如何に決すべきかは未定の問題なれども、現時議会内に於ける減租論の勢力日を逐ふて盛んなりつつある者の如し」（第四巻一八六頁）。

（ａ）増収を官吏への増俸と所得税・営業税を軽減するために使うという案と、いや、（ｂ）減租に活用すべきであるとの主張との対立を再確認する。国民多数を占める小農は減租を求める。地主層の納税の内訳でみれば、地租よりも所得税（小作料・利子配当金）・営業税（銀行・工場・商店など事業経営から生じる利益に対する課税）の比率が増えてきている。二〇世紀初頭の日本の地主層はもはや土地地所有よりも金融投資や事業投資を主な収入源にする、非農本的な資本家的地主に転化していた。

［地主資金の産業資本への転化］　彼らは、アダム・スミスの『国富論』に出てくる、農業資本家として農業投資に熱心な地主ではない。資本家的地主ではない。「地租比重の低下、所得税割合の増大化傾向は、一八九二年度［明治二五年度］の地租、所得税納入額をそれぞれ、一とすれば、一九二四年［大正一三年］には、地租が僅か一・八七倍の増加率しか示していないのに対し、所得税にいたっては実に六九倍の増加率を示す」（中村政則八二。元号を西暦に訂正して引用）。したがって、（ａ）の主張は、税制を管理＝運営する官僚の報酬を増やすことによって、所得税や営業税を減らすように誘導しようとする資本家的地主の利害を代

表する。

「分類所得税制」が導入されたのは、一八九九年（明治三二年）である。その直後、一九〇二年（明治三五年）からの明治政府の主要財源の割合（％）を『日本経済図表』（猪俣編を参照）みると、地租は一九〇二年（明治三五年）の二八・四％から、一〇年後の一九一二年（大正一年）の一七・六％、さらに一〇年後の一九二二年（大正一一年）には七・二％に、と減少の一途をたどる。これに対して、所得税は一九〇二年（明治三五年）には四・五％にすぎなかったが、一九一二年（大正一年）には九・一％に、一九二二年（大正一一年）には二二・三％に増加する。営業税も、一九〇二年（明治三五年）は四・一％であったが、一九一二年（大正一年）には六・〇％、一九二二年（大正一一年）には七・五％になる。地租は一九一六年（大正五年）には税収の一七・六％に減少し、同年の所得税（一三・五％）と営業税（五・五％）の総和一九・〇％に凌駕されている（猪俣三五七）。税制による地主資金の資本への転化効果は明白である。

地主層は商業資本家・金融資本家を兼ねるようになる。その立場から産業資本家を支配し、レントを貪る。産業資本利害が資本主義全体をリードすることは歴史上まれである。イギリスの土地貴族スペンサー家は名門百貨店ハロッズのオーナーである。日本の地主は農業投資に冷淡なレントナー（資本家的地主）であった。日本最大地主・天皇家も巨額な土地資産・金融資産を所有していた。総じて、土地資産家は商業・金融資産家に転化し、金融市場を通じて産業資本家を支配する。資本主義は総じて「レントナー国家資本主義」である。その国家はレントナー利害を遂行する国家である。イギリスのインド支配、オランダのインドネシア（ジャワ）支配、日本の朝鮮支配がその典型例である。

啄木は執筆時期が不明の評論文「農村の中等階級」（第四巻三八七〜三八八頁）で、「産業時代と謂はる、欧州の近代文明は既に随処に農業の不振、農村の疲弊《ひへい》を馴馳した。同じ弊害は今や我邦にも現はれてゐる」（第四巻三八七頁）と指摘している。それは「為政者の商工業偏重の政策」（同）のためである。そこで課題は農業振興であり、その方策が論じられている。「副業奨励・勤倹貯蓄・購買販売組合設立・信用組合設立・村有財産造成・青年団体結成」などである。啄木はこれらのアイディアを至極尤もなことと評価しながらも、なぜかそれを実現する方策を論じるのではなく、「封建時代の道徳を新日本の標準道徳とする内閣の連中の保守思想に就いては、没分暁《ぼつぶんげう》でもあり不可能である」といいつつも、当面「二宮流の消極的道徳を極端に行ふなども時に取って一方法であることは拒み得ない」（第四巻三八七〜三八八頁）と指摘する。それらのアイディアの実現可能性を疑っていたのであろう。「尊徳イデオロギー」を止むをえない対応策として受容せざるをえない農村現実を知っていたからであろう（吉田孤羊一九五二：一二六〜一三二参照）。

啄木の死（一九一二年＝明治四五年）の数年後、農本主義的家族主義の立場から見ていた佐藤昌は大著『産業革命と農業問題』（一九一六年＝大正五年）で、「政治及び社会の健康を維持せんためには、必ずや進取的性質を有する商工業的思想と保守的なる面も確実鞏固なる農業的思想とを加味する所なかるべからず」（佐藤三〇六〜三〇七）と主張して、農工商のバランスのとれた発展を希望する。ところが、帝国議会では「資本家的代表者のみが、政治及び社会上の其勢力を恣にせんか」（佐藤三〇六）と書き、上述の《地主層の資本家への転化》を事実上指摘している。

彼ら資本家に転化する地主は、土地を他の動産と同じようにみなすようになっている。「労働力の商品化」・「技術の商品化」・「資金の商品化」と共に資本主義成立の基本条件のひとつである「土地の商品化」が税制の後押しで加速化する。こうして資産すべてがレント（rent 経済剰余）を生み出す源泉に転化する（土地＝地代、労働力＝賃金、技術＝特許使用料 royalty、資金＝利子）。さらに、「レントを生み出す可能性そのもの」が証券＝金融商品に転化し金融商品がさらにレントを生む。この連鎖は重層化し膨張する。

佐藤は、「小農没落＝両極分解」が急速に進んだイギリスと、小農が保護温存されたフランスとを対比して、フランスの愛国心の強固な基盤がその保護温存にあるという。しかるに日本では「農工問題に関して国民的大論争の偉観を見ることなく、其十分なる研究と激烈なる論争とを試みることなく、此重大なる農工問題が有耶無耶の間に決定せられ、農業者は何等の不平何等の競争もなく、何時か都会の資本的代表者の為に圧し去らるるに至るなきか」（佐藤三〇七）と予見する。

日本では税制に誘導されて地主が資本家に転化し、農業政党が資本政党に変質してゆく。財政収入に占める地租の割合も急速に減少する。取り残された農民の利害を代表する政党がない。その代表が出てきても弾圧され懐柔される。そこで日本農本主義者と軍部の一部が農民利害を代表して、一九三一年からの大陸侵略＝土地・資源収奪に貧農を動員する経路（満蒙開拓団）が浮上してくる。啄木死後、ほぼ二〇年のことである。『悲しき玩具』第六二首で啄木は詠う（第一巻八六頁）。

百姓《ひやくせう》の多《おほ》くは酒《さけ》をやめしといふ。
もつと困《こま》らば、
何《なに》をやめるらむ。

［産業革命と社会主義の登場］　つぎの啄木歌はよく知られている。一九一〇年の春と夏の歌である。

心よく我《われ》に働《はたら》く仕事《しごと》あれそれを仕遂《しと》げて死《し》なむと思《おも》ふ　（第一巻一一三頁）
はたらけど働《はたら》けど猶我《なほわ》が生活楽《くらしらく》にならざりぢつと手《て》を見《み》る　（第一巻一一七頁）

これらの歌の時代背景を考えてみたい。「百回通信」二三号で啄木は、イギリスの社会主義的予算案をめぐる動向を紹介し論じる。まず、「社会主義」と聞けば眉をひそめる人がいだく偏見を正す。

「世には社会主義とさえ言へば、直ちに眉をひそむる手台多く候。然し乍ら、既に立憲政体が国民の権利を認容したる以上、其政策は国民多数の安寧福利を目的としたるものならざる可らざる事勿論に候。此第一義にして間違ひなき限り、立憲国の政治家は、当然、社会主義と称せらるる思想の内容中、其実行し得べきだけを採りて以て、政策の基礎とすべき先天の約束を有する者と可申候。」（第四巻一九九頁）。

なぜ社会主義の主張と要求が出てくるのか。その根拠をつかまなければならない。啄木は、日本も明治以降、立憲政体に移行した以上、明治国家の政策の主な目的は「国民多数の安寧福利」を目的とすべきである、という。しかも、国民の安寧（well-being）というその目的は政体中枢が自発的自動的に実現するということはない。それよりも、在野の者たち、特にいわゆる社会主義者が要求することから、国民の安寧がいまだ実現していない実態明確になることが多い。彼らが主張し要求するから、国を労働で支えている国民自身の生活安定が、当然解決すべき問題として提示されるのである。したがって、立憲国の政治家は、社会主義者の主張から、いったいなにを政策の基礎とすべきか、その要点を学ばなければならない、という。現実社会には欠陥がある。それを直視することだ。社会改革には国家の政策が不可欠である。啄木は国家の社会政策の必要性・重要性を認識したのである。国家の任務としての社会政策とは無関係に、やたら「社会主義！」と叫んでみても、無効・無意味である。「社会主義」は「国家」と結合しなければならない。社会主義は夢想ではない。着実に実現する経路と手法を見定めなければならない。「国家社会主義」こそ、当面の選択すべき形態である。啄木のこの開眼には、一九一〇年前後の日本の「産業革命の進展」という歴史的背景があった。

イギリスやフランスの場合に典型的にみられるように、産業革命からさまざまな社会問題が発生しそれを解決する要求が出てくる。その運動は「社会主義（socialism）」という形態をとることが多い。同じ動向が日本でも産業革命の過程からも発生してくる（近藤二〇〇〇：一二〇以下参照）。そもそも、産業革命は単なる狭義の技術革新＝「工業化（industrialization）」ではない。産業革命は「生産諸関係の根源的な変革」をもたらす、資本主義的技術革新である。その規定を抜きにした単なる「なだらかな工業化」ではない。

［産業革命は存在しなかったか］　カール・マルクスは、産業革命を賃金労働者が失業する可能性をもつ「作業機（ミュール紡績機がその代表）」の開発を軸とする生産諸関係の変化を産業革命の典型例として規定した。第二次世界大戦後、国際政治に独立主体として登場したアジア・アフリカ・ラテンアメリカ諸国を経済開発で再統合＝支配しようという先進国の戦略にとって、先進国と同じように、当地の「産業革命」が「社会主義」を勃興させ、勤労者の要求が高まるのをあらかじめ封じ込めたい。開発利益を独占したい。その理論戦略が「工業化説」である。日本でも流行した学説である。

「工業化説」はいう。《イギリスにでさえ、産業革命は発生したことなどないのだ。産業革命によって急激に増大する富は歴史上存在したことはなかった。存在したのは、なだらかな「工業化」である。富は少しずつしか増えない。だから、勤労者に配分できる富はそんなにない。社会主義的な過大な要求は、そもそも無い物ねだりである》。こう言い含めて、「工業化説」は当初から失業・貧困・疾病・伝染病など「社会政策問題」を無関係な問題として回避あるいは排除した。「工業化説」はしたたかであった。開発経済学とタイアップした「工業化説」は戦後世界の日本を含む経済学界に急速に浸透し流行になった。先進国（多国籍企業）による途上国開発のための理論戦略は成功したのである。しかし、その後、《途上国に進出してくる先進国生まれの国際資本は開発成果を独占している》という途上国から批判を受けて、《いや、「経済開発↓社会開発→人間開発」という順序でしか、開発の成果は配分されませんよ》というように理論的に妥協した。

しかし、中国をみよ。一九七八年の「改革開放戦略」以後の急速な経済発展は「なだらかな工業化」であろうか。中国の「産業革命」の明確な展開で、「なだらなか工業化説」は静かになり、代わって、一種の「黄禍説（yellow peril）」が登場していないだろうか。中国産業革命の中から、中国の勤労者も諸要求をはっきりと示すようになっている。このコースは、かつてのイギリス・フランス、そして啄木の日本がたどったコースである。啄木はイギリスの経験を参照して日本の産業革命の問題を考えている。非常に的確である。

産業革命では、急速な技術革新が社会政策課題とセットになって進行する。それを経済学史的に代表するのが「バートン＝リカードウ機械問題」である。技術革新で不要になった人手は他に働き口がみつかるか、どうかをめぐる論争である。D・リカードウは最初、見つかると考えたが、友人R・バートンの意見を受け入れて、必ずしもその保障はないというように見解を変更した。産業革命から労働者の生活状態を改善しなければならない諸問題が発生している。失業・長時間労働・低賃金・労働災害・貧困・疾病・低学歴・短命などがそうである。その問題解決を代弁するのが初期社会主義者たちである。彼らの主張と活動に刺激されて労働者も主体として自覚し自立してくる。イギリスやフランスを典型とする「産業革命＝労働運動＝社会主義運動」という歴史的に普遍的な動向が明治末期の日本にも展開し始めた動向を、啄木は鋭く把握しているのである。啄木の「工場法案」をめぐる論述がそうである。

その動向は、結局、資産家中心の「第一次市民革命」の後の、資産家だけでなく勤労者も政治主体として認知する「第二次市民革命」に帰着する（後述）。啄木は「百回通信」執筆時から一年数ヵ月後の一九一一年四月～五月ごろ、「基督教信者」でも「徹底した意識を有った唯物論者」でもなく、「実際的社会主義者」を高く評価した（第四巻三三三頁。第三巻二二六頁も参照）。「実際的」とは、「観照（theoria）」とは反対の「実践（praxis）」の立場にたつことである。啄木の重視する「生活の必要」の見地に立つことである。啄木は「近世社会主義は所詮近世産業時代の特産物である。其処に掩ふべからざる特質がある」（第四巻三三三頁）と的確に指摘している。産業革命が勤労者の生活問題を生みだし、社会主義がその実践的解決を要求したとの意味である。啄木のその観点を、認識論的観点から「無神無霊魂論」を容認しない観点であると論定する研究がある（近藤一八七以下参照）。しかし、レーニンの唯物論は新カント派に立場にたつ。それは、存在するものの発生根拠を問うマルクスの「存在＝発生史（onto-geneaology）の観点」ではない。レーニンの論定基準には、新カント派的認識論（世界観党＝無謬認識装置）からする排他的な党派性が潜んでいる。ブルジョアジーが発達しなかった後進国の知識人が彼らに代わって担う「上からの近代化」の観点である。

［啄木の工場法案の評価］　これまでみてきた地租軽減問題は、農民という直接生産者の負担を軽減する問題である。これに対して啄木がとりあげる、もうひとつの問題「工場法案」は、もう一方の賃金労働者という直接生産者の労働諸条件を改善する問題である。地主資金を産業資金に転化し、その資金で雇用される直接生産者の問題である。啄木は「百回通信」二五号でその問題を取り上げる。一八九九年（明治三二年）に農商工高等会議に諮問された工場法案は、一九〇四～〇五年間の日露戦争に阻まれ、帝国議会に提出されなかった。ようやく「工場法」は一九一一年に公布され、施行は資本家の反対で一九一六年にのばされることになる。啄木は書く。

「政府が去る明治三三年［一九〇〇年］四月以来、十個年の日子を費して調査研究を重ねたる工場法案。。。は、此程漸く草案脱稿の運びに至り、愈々当期議会に提出の事に決定したる由に御座候。案は即ち工場組織に伴ふ危害を予防し、職工の衛生、教育、風紀、生活等を改善し、以て一国工業の秩序ある進歩を図るを目的とするもの。欧米先進国にありては夙に制定せられ居る所にして、所謂近世労働問題に関係し、既に生起し、若しくは将に生起せんとする種々の社会的問題と交渉する者なるに於て、識者の真面目なる注意に値する者に御座候。」（第四巻二〇一頁。〇強調は原文）。

啄木は比較史的観点にたって、日本の当時（二〇世紀初頭）の基本問題を考えるヒントを欧米の過去にもとめている。まず注目したいのは、啄木が工場法案を「欧米先進国にありては夙に制定せられ居る所にして、所謂近世労働問題に関係」するとみていることである。工場法案を労働問題に関連させ、労働条件を改善する運動、社会主義運動との関連でみているのである。工場法案が提出される時代背景には、工場で教育され訓練されて育ってくる直接生産者の力量がある。勤労者はいつまでも命令に諾々と従っているばかりなのではない。仕事で必要な知識技量を身につけ、それでもって発達する「一般的な知性」で自分たちの境遇を社会全体で考えるようになるのである。

一〇年近く費やして、ようやく提出された工場法案はどんなものか。それは、資本家の要求に押されて、工場法の適用範囲を時期的に漸進的に拡大する方式を採用することになった。そのため、大眼目である労働時間は、「一六歳未満の男子及び一般女子に対して八時間以上一二時間以内」となり、「あっても無きに等しい範囲」に限定される。「一二歳以下の小児労働の禁止、傷病者扶助・休息時間・誘拐雇人予防・工場の構造設備などの規定」を除いて、一切の制限を設けていない。これはこの法案の欠陥であると啄木は断じる。「今回の工場法案なるものは、実に唯従来勅令を以て規定し若くは行政警察の方針として採用し来りたる所のものを形式的に一括したるに過ぎずと言ふべし」（第四巻二〇二頁。傍点強調は原文）。

啄木は、明治国家が勅令などで通達してきたことをそのまま、まとめたものがこの工場法案なるものである、と厳しく評価する。特に「労働者失業問題を閑却」したことには不満である。啄木は「其最も主要なる「失業」問題を閑却したるは、将来帝国の領域に発生する労働問題に予め危険を保留して置く者とも謂うべし」

（第四巻二〇二頁）と指摘して、つぎの年（一九一〇年）の「幸徳事件」、さらには、暗い昭和（前期）時代（一九二六～四五年）を予見している。啄木は、問題を大きく見ている。

「一般近世政治思想の根本的特色は、人類の生活を担保し、安心して之を改善せしむるにあり。此傾向を最も端的に代表する者は善意に所謂社会主義にして、其思想的経路は近世文明を一貫する解放運動に繋がり、即ち人類の現状を生活の圧迫其物より解放せんとするものにして、其学術的基礎は、人生に対する経済学的研究を成就するに在り。而して実際に一般労働者の生活を担保する所以の途は、実に先づ其不合理なる失職の危険を防止するの点に存せずんばあらず」（第四巻二〇二頁）。

近代政治の根本は万民の生活の安寧の維持＝保護にあり、そのため次第に発達してきた経済学的研究にこそ、その解決策を求めなければならないというのである。特に失業こそ、最も深刻な問題である。なぜ失業が発生するのか、その対策はいかん、これが啄木の問いである。ところが、この工場法案を提出する官僚の意識は、いかなるものであろうか。

「工場における工場主［と］職工［の］間の関係をみるに親睦協和あたかも家族師弟たるがごとき情誼やうやく去り、階級的差等間隙やや其跡を現はさんとす、いまや情誼の関係すでに衰弱してこれに代るべき法律上の関係確立せざるをもって雇者被雇者の規律すこぶる紊乱し、雇者は被雇者の転々移動するに苦しみ、被雇者も亦往々にして雇者の圧抑に屈従するの悲嘆に沈淪する者あり」（橋本二九八～二九九）。

要するに、家族主義的な情誼関係が崩壊して両者の間に階級意識の亀裂が入り込んできている、これは法律でもって対処せざるを得ない事態である、との認識である。もう家父長制的な温情的な関係ではごまかしがきかない問題が登場している、という。「情」が「打算の偽装」であることが透けてみえているのである。

工場法はその後、どのような経過をたどったのであろうか。資産家の「打算」には勤労者も「打算」で対抗するほかない。それが勤労者の生きるための「正義」である。啄木の時代は、ひとびとが貨幣関係に深く組織し合う時代への転換期である。言いたいことを言わないと生きられない。「現実暴露の自然主義文学」の背景はこれである。

欧州大戦の結果として国際労働憲章が宣言され、日本も国際労働機関に参加する。それに促されて一九二三年(大正一二年)に工場法適用工場の範囲を拡張し、職工扶助に関する改正、職工解雇に関する制限、就業規則の制定、産婦および母性の保護、賃金の率及び計算方法の明示、死傷者及び災害事故に関する事項など重要な改正をみるにいたった(橋本二〇〇)。

産業革命が単なる技術革新ではなく、それにともなう勤労者の労働諸条件の改革を伴うという意味で、日本の産業革命期は一八八〇年代から始まるとしても、一九一〇年代までに終結するのだろうか。例えば大江志乃夫は一九〇六年の「鉄道国有化法」制定、一九一一年の「電気事業法」制定、一九一一年の絹織業の輸出産業としての確立などをもって、日本の「工場制確立の画期」(大江二八六)とする、すぐれて技術中心型産業革命像を提示している。しかし、日本の産業革命もまた、労働諸条件改革・参政権要求と実現過程を含み、工場法改革(一九二三年)・普通選挙法(一九二五年)までの期間をたどる過程である。産業革命は、狭い最初の技術革新だけでない。その技術革新が生みだす経済・社会・政治諸関係の変動を含む。したがって、日本の産業革命は一八八〇年代から一九二〇年代までの期間の出来事である。啄木はその最中に生きたのである。啄木歌の誕生地は、日本産業革命という日本資本主義の確立過程とそれが海外に展開＝侵略して引き起こす東アジアの激動である。その核心に秋瑾が存在する。

第一九章　産業革命から第二次市民革命へ

［《自由・平等・所有》から《自由・平等・友愛》へ］　そもそも「第一次市民革命」（イギリスの一六四九年、フランスの一七八九年、日本の一八六八年）はブルジョア、即ち、財産所通者のみが参加する「市民社会＝ブルジョア社会」を構築するための政治革命である。財産所有者が構築した国家は資本主義を確立し発展する目的をもつ原蓄国家、いいかえれば、資本主義的生産様式を確立するための国家である。したがって、最初の「第一次市民革命」は産業革命の前提条件＝原蓄（本源的蓄積）国家を構築するための革命である。しかし産業革命から勤労者という新しい主体が育ってくる。なるほど彼らには財産は無い無産者である。しかし、財産所有者の財産そのものを生産し維持する力量をもって、財産所有者に対して発言力をもつように成長してくる。この力量が勤労者の労働＝生活条件の改善を目的とする工場法を制定させる。さらに彼らは参政権を要求し、財産所有者に承認させる。

最初の市民革命でできあがった「市民社会＝ブルジョア社会」に財産所有者とは異質な者たち（無産者）が入ってくる。これは当初は「社会主義運動」の形をとるが、やがて「第二次市民革命」というべき体制内改革として定着する。まもなく女性も参政権を要求する運動を発端とする「第三次市民革命」が始まる。秋瑾の闘争は中国におけるその先駆であった。「第三次市民革命」は「男女共生（gender）、健常者障害者共生（handicapped）、多数者少数者共生（minority）、人間自然共生（ecology）」という四つの共生をキーワードとする、すぐれて二〇世紀以降の改革運動である。因みに、用語handicapped の初出は一九一五年である。日本およびフランスの女性参政権承認は二〇世紀半ばの一九四五年である。いまだ見られるフランス革命を美化し神話化する知的停滞がこの事実に晒される。

[啄木の婦人解放論]　省みれば、啄木は『小樽日報』での時評「下田歌子辞職の真相」(一九〇八年一月二八日)で、下田歌子の人物を評して、「表面より見ただけにて既に女史の如きは一個の変性女子のみ。明治の女性をして其天分の深き意義を忘れしめ云ふにも足らぬ虚栄に走らしめたるもの、女史の如きも亦其罪を免がる能はじ。……女は矢張女らしきが好《よき》ぞかし」(第八巻四四五〜四四六頁)と書く。

日本の女の自己解放の賢明な模索を茶化すような、この論調は釧路に移って『釧路新聞』一九〇八年一月二八日に公表した評論記事「新時代の婦人」でガラリを変わる。ロンドンにおけるイギリス女性参政権論者の動向を論じて、「時代の急激なる推移を見るべく、[シェクスピアのいう]弱き者なり婦人[Frailty, thy name is woman]が漸く其社会的地位を向上せしめつ、あるを証すべきにあらざるか」(同四七〇。[ ]は引用者)と指摘する。この評論では啄木は女権拡張論支持者である。家庭という美名は女性を「座敷牢」(同四七一)に幽閉する口実になってないかという。すでにみたように、秋瑾は詩「乍別憶家(離別しながら家を憶う)」で清朝末期の中国の女たちは「料得深閨也倚欄(深閨《しんけい》は倚欄《きらん》なりと料得《りょうとく》す=奥深い女の部屋は座敷牢だと分かった)」と詠っている。一九〇七年九月六日に東京で刊行された『秋瑾詩詞』にはこの詩が載っている(秋瑾一九〇七：一五)。啄木は「新時代の婦人」で書く。

「吾人は既に今日に於て、婦人の手に成れる幾多の社会的事業を見る。我が愛国婦人会の如き、蓋し其最も大なるものの一つなり。彼の空前の戦後[日露戦争一九〇四〜〇五年]に当りて、婦人会が外征将士に後援を与えたる事、多くの男子に譲らず。……此愛国婦人会は…幾多の平和的事業に貢献する所あらむとす。果然、鳥は籠を出でて野に飛べり。日本婦人も亦時代の大勢に誘はれて雄々しくも深窓幽閨裡を出でぬ。……吾人は此新現象を以て、単に文明の過渡期に於ける一時的悪傾向として看過する事能《あた》はず。何となれば之実に深き根拠を有する時代に大勢なればなり。深き根拠とは他なし、婦人の個人的自覚なり、婦人も亦男子と共に同じ人間なりてふ自明の理の意識なり」(第八巻四七一頁)。

イギリスの女性参政権はその二〇年後の一九二八年に承認される。奇しくも、旧貴族文化批判の書、ロレンス『チャタレイ夫人の恋人』刊行の年である。日本での承認はフランスと同じ年、一九四五年であった。啄木は若人の教育の重要性を主張した(「林中書」一九〇七年三月。第四巻九五～一一〇頁)。秋瑾も女性解放には女子教育が決定的であると主張した。啄木はこの頃、英雄主義・天才主義・国民主義で秋瑾と同じである。

「自由(liberté)・平等(égarité)・友愛(fraternité)」という原理は一七八九年の《人権宣言》にはない。「ない」のである。人権宣言の原理は「自由・平等・所有(propriété)」である。その「所有」はブルジョア的所有である。財産所有者のみが納税者であり、したがって参政権があるという考え(ディドロ)である。明治の元勲たちはこの点をしっかり学んだ。「友愛」は一八四八年一一月四日制定のフランス第二次共和政憲法から始まる原理である。同じように見えても、「所有」に結合した一七八九年の「自由・平等」と、「友愛」に結合した一八四八年の「自由・平等」とでは、内実が異なる。この相違を弁別する本格的研究が必要である。

ブルジョア独裁を樹立するフランス第一次市民革命と原理「友愛(fraternité)」とは矛盾する。「友愛」の早生の芽は徹底的に摘まれた。イギリス第一次市民革命における「平等派(levelers)の抹殺」もそうである。明治維新の「自由民権派の懐柔と掃討」もそうである。「友愛」とはそもそも、身分や地位が異なるものたちがその垣根を超えて共和すること(fraterize)を意味する。一八四八年の原理「友愛」は「市民社会の成員を拡張する原理」となる。こうして、一七八九年のブルジョアの市民革命のつぎに、労働者の市民社会への参加権を承認する一八四八年の市民革命＝「第二次市民革命」が起こったのである。《フランスでは市民革命が、イギリスでは産業革命が》という、それぞれ一面的な意味での「二重革命」（エリック・ホブズボーム）が起こったのではない。そうではない。イギリスでもフランスでも「第一次市民革命」で産業革命の基盤が構築され、そこから賃金労働者を中心とする勤労者が政治主体となって《われら無産者にも参政権を与えよ》との要求が貫徹する。それが「第二次市民革命」である。

「産業革命→第二次市民革命」という「二重革命」が両国それぞれに展開したのである。同じように、日本の「第一次市民革命」である明治維新（一八六八年）につぐ「第二次市民革命」は、日本の産業革命の中から、ほぼ四五年間（一八八〇〜一九二五年）かけて生成してくる。啄木はその最中、明治末期（一九一〇年前後）に「第二次市民革命」を「地租軽減問題」・「工場法案」・「社会主義評価」で経験しているのである。啄木の思想的成長の背景はこれである。啄木歌もこの歴史的背景とまったく無関係なものとして理解することはできない。

［産業革命・教育制度・治安立法］　「治安警察法」の制定（一九〇〇年）は日本の産業革命のさなかである。勃興する勤労者の要求を治安問題として封じ込める法律である。その一九〇〇年は、日本を含む八カ国軍が北京を占領した年である。したがって「治安警察法」は内部の日本と外部の東アジアの両方に国際的なにらみをきかす帝国主義的な側面をもつ。もっとも、啄木の時代に制定された治安立法は「治安警察法」に限らない。「讒謗法」（一八七五年）、「新聞紙条例」（一八七五年）、「集会条例」（一八八〇年）、「保安条例」（一八九〇年）、「出版法」（一八九三年）、「軍機保護法」（一八九九年）、治安警察法（一九〇〇年）、行政執行法（一九〇〇年）、新聞紙法（一九〇九年）など、矢継ぎ早に強化される。産業革命は資本主義の基礎構造を築き上げる本源的蓄積過程（＝原蓄）の最終段階である。経済・政治・社会の伝統構造を解体し、新しい構造を立ち上げ

る激しい変化過程である。生活・文化・意識などを急変させる過程である。これまでの生活と地位は守りにくい。富者と貧者の新しい姿に転換する。当然、この変化に抵抗し抗議する者たちが陸続と生まれてくる。これらの治安立法は資本主義の基礎を構築する原蓄（本源的蓄積）を国家強権でもって樹立するための法的装置である。産業革命と治安立法と教育の関係について、石井寛治は指摘する。

「産業革命の進展は、市場経済を全国の隅々まで浸透させ、競争原理を行きわたらせた結果、貧富の差を拡大し、階層間の対立を生み出していった。一八九七年に最初の労働組合である鉄工組合が東京砲兵工廠や新橋鉄道局工場などで結成され、一九〇〇年には治安警察法が制定されたことは、労使関係の対立の高まりを象徴していた。しかし、貧富の差に基づく階層差は、［江戸時代までの］近世社会にみられた身分差などと異なり、決して固定していない点に特徴がある。階層間を上昇する者と没落する者が互いに交錯するなかで、全体としての階層差が開いていったのであった。階層間での個人の上昇の回路として重要な役割を果たしたのが、近代教育の制度であった」（石井一七四。［　］は引用者補足）。

啄木はこのような時代を生きた。勤労大衆を明治国家が敷設した経路にしたがって、まじめに努力する者の中から少数の者を抜擢し出世させる。しかし、その水路からはみでる者は武断的に対処する。啄木自身は、近代日本資本主義が提供したこの「教育で社会の上層に這い上がるチャンス」をつかんだ。つかみけた。因みに、啄木が盛岡尋常中学に入学する一八九八年より三年前の一八九五年の中等教育（一二〜一六歳）の実質就学率は、わずか一・一％であった（同上）。啄木は少数エリートになりかけていたのである。しかし、こらえきれない反抗心・高い自尊心で旧制中学を中途退学する。が、上昇志向は止まず退学後も、上京して東京市神田区の「正則英語学校」に入ろうかと思案した。啄木のいう「東京病」である。啄木を刺激し啄木の文学的想像力をかき立てる要因は、この日本資本主義の原蓄装置である。現在の日本の状態を無意識に啄木の時代に投影して、啄木の時代を想像してはならない。

「赤旗事件」（一九〇八年）がきっかけになって「大逆（幸徳）事件」（一九一〇年）が起きる。一九一九年は韓国の「三・一運動」、中国の「五・四運動」の年である。夏目漱石のところに出入りしていた江口渙は回顧録で啄木死七年後の一九一九年の「米騒動」について語る。米騒動は幸徳事件以後の歴史的転換点となった。

「米騒動（一九一九年）というものが、日本の天皇制政府とその人民抑圧の機関としての検事局にまで、思想のほうはいままでみたいに、あまりおさえすぎるとかえってよくないということがわかってきた。それで政府の方針もうぐっとかわって、むしろ、のばしていいものは自由にのばすということになったというほど、こんなにも大きな影響を与えたのか。……それ［米騒動］が幸徳秋水の大逆事件いらい十年間、人民の自由をあんなにも重く閉ざしてきた氷のフタをついた下からうち破ったのだ。石川啄木のいわゆる『時代閉塞の現状』を、少しなりとも打開したのだ」（江口一七三）。

しかし、検事局は、これからは思想の自由を少し認め、そのかわり風俗の取締を強化する方針に転換する。「だから君［江口］も、ものを書くのに十分気をつけたほうがいいよ」と江口の学生時代の旧友の検事が忠告する（同一七二頁）。啄木死（一九一二年＝明治四五年）後の七年後のこと（一九一九年）である。世界の王族・貴族を恐怖に陥れた「ロシア革命」（一九一七年）の二年後のことである。石川啄木が幸徳事件の調書を懸命にノートしたことはよく知らている。江口渙は『スバル』の同人として平出修と親しく、彼を通じて幸徳事件おおよそのことは知っていたという（江口八二）。平出修を通じて幸徳事件の実態を知ったのは啄木だけではない。

［市民法から社会法へ］　一九一九年の「米騒動」をきっかけにして、明治国家の統治様式も変化をみせる。資本主義の展開につれて、特にその激動的な変革期である産業革命期では、「契約の自由」という市民法の

原則は、「労働力」という賃金労働者の主要財産＝所有物にそのまま無条件で適応していいのか。儲からなくなれば、勤労者を勝手に解雇してよいのか。さらには、地主資金の資本への転化＝土地の動産化のもとで、借地人（小作人・都市勤労者）を地主の「契約の自由」に晒していいのか。地主にご機嫌を取らない小作人には来年から土地を貸さないでよいのか。農村の小作人の借地は、地主の契約の自由権を盾とする恣意にまかせていいのか。家主は貸家を商店にしたいから出て行け、と居住者にいえるのか。都市市民の居住権は危うくなるにまかせていいのか。このように、市民法の原則を再検討＝再定義しなければならない課題が資本主義の発達とともに生まれてくる。「市民法と社会法との関係問題」である。日本でも産業革命から生成する「友愛」の原理は「市民法」を基礎としつつ、「工場法」を含む「社会法」を生成＝発展させる。その原理は「他者」の存在を容認する「寛容（tolerance）」を定着させることにほかならない。明治国家は民衆が要求する「社会法」をどこまで許容するか腐心する。

早くも明治維新直後の一八七四年（明治七年）に最初の「社会法」ともいうべき「恤救《じゅつきゅう》規則」が検討されるが廃案になる。一八九八年（明治三一年）に民法の「総則と契約・物権・債権の三篇」及び「親族・相続の二篇」が実施された。その後、救民救助法案（一八九〇年＝明治二三年）、救貧法案（一九〇二年＝明治三五年）などの案が浮かび上がったが、いずれも廃案となった（自由民権派排除の前奏）。ところが、第一次世界大戦＝ロシア革命、労働運動、小作争議、米騒動などの影響があって、一九一八年（大正七年）に「救済事業調査会」がつくられ、「救護法」が一九三二年（昭和七年）に実施される。このように、「市民法」は資本主義の法的基盤でありつづけながら、その上にいわば「*post*-civil code（市民法以後法）」として「社会法」が不可欠になってくる。

社会法は市民法を基盤とする。市民法なきところの社会法なるものは実態的には「市民法以前法（*pre*-civil

code)」であることが多い（橋本三四〇参照）。スタハーノフ的な全人民を労働に《自発的に参加させる》強制動員体制に「労働三権」が存在すると誤解してはならない。現存した社会主義国に市民社会の実現を期待した思想は、「市民法以後（*post*-civil code)」と「市民法以前（*pre*-civil code)」との組織外見上の類似性に目がくらみ、エリート指導の《民主主義》と国家資本主義管理体制とを原理的に拒絶できない理論的弱点をもっていなかっただろうか。最近、中国では二〇〇七年一〇月一日に物権法（市民法の一部）が、労働契約法（社会法の一部）が二〇〇八年一月一日に施行された。市民法と社会法とのこの同時成立現象に、現存した社会主義国とはなにかが示唆されている。現存してきた社会主義社会は「資本主義以後の社会（post-capitalist society)」ではない。「資本主義以前の社会（pre-capitalist society)」である。この二つを混同してはならない。

第二〇章　「石破集」から『一握の砂』へ

これまで詳しくみてきた啄木の時事評論「百回通信」は一九〇九年一〇月五日から同年一一月二一まで執筆された。妻の家出の間の仕事である。のちに第二三章で詳しくみるように「百回通信」で啄木は「回心」する。自ら、生きる姿勢を正す。その一年数ヶ月前、一九〇八年六月二三日深夜からの「短歌爆発」から啄木固有の詠歌が始まる。一九〇八年の「短歌爆発」が一九〇九年の「回心」の精神基盤を創る。

「石破集」から『一握の砂』に収められた一九〇八年の歌はつぎの通りである。下記の数字は『一握の砂』における歌番号である。

「石破集」一四、二、一五三、一，一三（＝番号順に並び変えると、1, 2, 13, 14, 153）＝計五首。

「新詩射詠草　其四」三、三六、一二、二七（＝3, 12, 27, 36）＝計四首。

「虚白集」二五三、二五四、二五八、二六六、二五七、二六七、二九九、二六一、二五九、三〇〇、二六〇、二八六、二六二、二六四、二八四、二七〇、二六九、二七三、二七四、二七二、二八〇、二五五、二八一、二七九、二八五、二六八、二八二、二六三、二九〇、二六五（＝253, 254, 255, 257, 258, 259, 260, 261, 262, 263, 264, 265, 266, 267, 268, 269, 270, 272, 273, 274, 279, 280, 281, 282, 284, 285, 286, 290, 299, 300）＝計三〇首。

「謎」二〇七、四八七、一九八、二九八、二九二、四八六、二九一、二七五、二九五、二九三、一九一、二七一（＝

191, 198, 207, 271, 275, 291, 292, 293, 295, 298, 486, 487）＝計一二首。

「浪淘沙」八五、四一四（＝85, 414）＝計二首。

「新天地」二四、五、四五六（＝5, 24, 456）＝計三首。

「小春日」二〇七、四八七、一九八、二七五、二九五、二九一、四八六、二七一（＝198, 207, 271, 275, 291, 295, 486, 487）＝計八首。


合計六四首である。ただし、一九〇八年七月刊行の「緑の旗」からは一首も『一握の砂』に採用されていない。四首（一九一、二九二、二九三、二九八）である。「小春日」の八首はすべて「謎」一二首の中の八首と重複する。「謎」の残る五五一首の中に収められた歌は五六首である。したがって、啄木が一九〇八年に詠った歌で『一握の砂』全五五一首の中に収められた歌は五六首である。約一割（一〇・一六％）である。注目すべきことに、「虚白集」からの収録歌全三〇首と、「謎」からの収録歌一二首のうち七首、計三七首が『一握の砂』の「秋風のこころよさに」（二五三〜三〇三）全五一首の中に収められている（七二・五％）。約四分の三の比率である。その全五一首のなかで、歌番号の二五三、二五四、二五五、二五六、二五八、二六〇、二六一、二六三、二七〇、二七一、二七九、二八一、二八八、二九四、二九五、三〇〇、三〇一、合計一七首（三分の一＝約三三％）は本書で秋瑾との関係があることを立証した。その他、『一握の砂』冒頭の「東海歌」を初めとして、秋瑾の文脈で読むべき歌が多くあることもすでに示した。

「石破集」は、東海歌など『一握の砂』に収められた歌が最も早く公表された歌集である。その意味で「石破集」は『一握の砂』の始元である。「石破集」の歌で『一握の砂』に収められた歌、五首は、もともと「石破集」では、どのような文脈にあったのであろうか。その五首は『一握の砂』では、いかなる新しい文脈に位置づけられたのであろうか。文脈の変化に応じて、同じ歌がどのような新しい意味を帯びるのか。それをみよう。同じ作業は他の五一首（五六首・マイナス・五首＝五一首）についても必要である。

啄木にとって歌集は、各歌を「縦読み」だけをすればすむような、単なる歌の集まりではない。短歌はそれ以前には「短詩」と呼ばれていた。一種の詩歌とみなされていたのである。啄木は詩も書いた。啄木はその短詩＝短歌の伝統を短歌集に継承した。啄木にとって、歌集は一篇の詩なのである。短歌集は「短詩の聯」である。啄木は「歌の聯」という観点にしたがって、歌と歌の連鎖で構成される「横の文脈」がそれぞれの歌にそれ以上の意味を賦与するように編集した。歌集の編集に当たっては、特に啄木は「韻字法」を駆使した。ある歌と他の歌を韻字法で結合した。啄木はすでに一七歳の時に出した歌集「雑吟」で、「歌集の韻字法による編集」をおこなっている。啄木は編集で、一首一首が横に絡み合って帯びる意味を際立たせた。啄木歌集は「横読み」によって初めて、歌と歌の意味関連、歌集全体の意味が浮かび上がる。

例えば、《歌①→歌②→歌③》と歌が連（聯）＝鎖する過程で、歌①の意味が歌②の意味の中に浸透し、《歌②（①）》という意味構造を構成する。その《歌②（①）》の意味が歌③の意味に浸透し、《歌③［②（①）］》という意味の重層をなす。さらに《歌③［②（①）］》の意味の重層＝推論構造（syllogism）は、逆に歌②や歌①に遡及して、それぞれの歌の意味を増幅し、あるいは変貌させる。意味連関は、①→②→③、②→③→①、③→①→②の順序だけでなく、①→③→②、②→①→③、③→②→①という順序もある。これらの意味連関は前提となり結果となって意味を多彩に開花する。

啄木はこのような意味関連＝文脈（context）を歌集の編集で意図的に活用したのである。文脈《コンテキスト》は、人間の意味を覚える「記憶能力」と記憶した意味を取りだし新たな意味と対比し連結する「連想能力」とに基礎をもつ。啄木は、他の優れた文章家、例えば、ヘーゲルやマルクス（意外だろうか）と同じように、人間共通のこの二つの能力を自覚的に活用したのである（cf. Uchida, 1988）。歌集で各歌は他の歌と共鳴し振動し、全体の意味の綾取りが浮かんでくる。啄木歌集は、一首一首をばらばらに個別化して「縦読み」するだけでは、啄木がその歌集に賦与した意味が浮かび上がらない。各歌をばらばらに「縦読み」して、「歌と歌の横の意味関連」を考慮しない読み方は、歌の意味の推論構造が分からない。分かったとしても、それを、元来、各歌が固有にもつ意味であるかのように、無意識にすり替えてしまう。「縦読み主義」は、歌の連鎖で際立ち、あるいは変貌する各歌の意味を無自覚に享受しながら、その意味を元来各歌が独立してもっていた意味であるかのように無自覚に誤解している。啄木歌集の「縦読み主義」は不毛な誤読ではないだろうか。

「石破集」のつぎの五首（第七、二八、五五、六四、一〇四首）が『一握の砂』に収められる歌である。各歌末尾の（ ）内番号は『一握の砂』における歌番号である。

第七首　たはむれに母を背負ひてそのあまり軽きに泣きて三歩《ぼ》あゆまず　（一四）
第二八首　頬につたふ涙のごはず一握《いちあく》の砂を示しし人を忘れず　（二）
第五五首　己が名を仄かに呼びて涙せし十四の春にかへる術《すべ》なし　（一五三）
第六四首　東海《とうかい》の小島《こじま》の磯の白砂《しらすな》にわれ泣きぬれて蟹《かに》と戯《たはむ》る　（一）
第一〇四首　燈影《ほかげ》なき室《しつ》に我あり父と母壁のなかより杖つきて出づ　（一三）

『一握の砂』では「石破集」第六四首のつぎに第二八首がおかれ、「石破集」第一〇四首のつぎに第七首がおかれる。この「石破集」の二首二組は緊密に関連する歌として編集される。

［第七首］　まず、「石破集」第七首、

たはむれに母を背負ひてそのあまり軽きに泣きて三歩《ぼ》あゆまず

は「母背負歌《ははせおいうた》」とでもいうべき歌である。この歌は「石破集」では、どのような文脈で詠われたのであろうか。「石破集」における「母背負歌」とその前後二首をあげる（第一巻一四八頁）。

第六首　靴のあとみなことごとく大空をうつすと勇み泥濘《ぬかるみ》を行く
第七首　たはむれに母を背負ひてそのあまり軽きに泣きて三歩《ぼ》あゆまず
第八首　漂白《へうはく》の人はかぞへぬ風青き越《こし》の峠に会ひにし少女

第六首に「靴」は、秋瑾詩「有懐」第五句「放足湔除千載毒」（足を放ちて千載の毒を湔《あら》い除ぎ）［纏足を縛る布地を解き、そこに累積した毒を洗い清めるのだ」を念頭においている。秋瑾は纏足で小さくされた足を小さな靴で覆った。秋瑾が纏足を巻く布を解き放ち（放足）歩んだ道は一歩一歩が重い「泥濘」である。秋瑾が歩んだ跡にできる窪みに水が溜まり、希望が広がる「大空が映る」というのである。秋瑾の日本への留学は秋瑾詩「有懐」第四句「骨肉分離出玉門」（肉親と離縁し家出する）から始まる。慧眼な読者は「石破集」の「母背負歌」は、秋瑾悼歌の文脈で生まれたと直観するであろう。

第七首「母背負歌」のつぎの第八首で「漂白の人」という。日本留学中の秋瑾の詩「感時二首」に「天涯飄泊我無家」（天涯に漂泊し我に家無し）という句がある（秋瑾二〇〇四：一一二）。啄木も「岩手→北海道→東京」というように漂泊した。彼のその経験が、峠で会った人も漂泊の人であろうと想像させる。その人とは秋瑾であろう。二人とも家出し、峠で遭遇したのである。二人とも、家を出て、家に母を残した。その悔いの念が、中央の歌、「石破集」第七首「母背負歌」となる。啄木は知らなかっただろうが、秋瑾は中国に帰国すると、母に会って親孝行ができないことを詫びた（孔七五）。

第七首は『一握の砂』第一四首に採用される。しかし、元々は秋瑾＝啄木の家出から連想して詠われた歌である。その背景が『一握の砂』ではほとんど消えている。『一握の砂』ではこうである（第一巻八頁）。

第一三首　燈影《ほかげ》なき室《しつ》に我《われ》あり
　父《ちち》と母《はは》
　壁《かべ》のなかより杖《つゑ》つきて出《い》づ

第一四首　たはむれに母《はは》を背負《せお》ひて
　そのあまり軽《かろ》きに泣《な》きて
　三歩《さんほ》あゆまず

第一五首　飄然《へうぜん》と家《いへ》を出《い》でては
　飄然《へうぜん》と帰《かへ》りし癖《くせ》よ
　友《とも》はわらへど

なるほど、第一五首に第一四首の生まれが暗示されている。啄木と秋瑾の家出＝故郷喪失の背景から生まれたことが暗示されてはいる。しかし、秋瑾と啄木の二人の共通の経験事実を知らなければ、第一三首と第一五首は、啄木個人のみの経験を詠った歌として読まれる。啄木の父母と父母がいる家の文脈を構成している歌として読まれ、その文脈で第一四首の「母背負歌」が読まれる。秋瑾と啄木の痛烈な経験の対比が隠れて見えない。しかし、秋瑾と啄木の目的が違う「家出という共通経験」がなければ、「母背負歌」は生まれなかったのである。

［第二八首］　つぎに、「石破集」第二八首とそれを囲む前後二首とともにあげる（第一巻一四九頁）。

第二七首　かく細きかよわき草の茎《くき》にだも咲きてありけり一輪の花
第二八首　頬につたふ涙のごはず一握《いちあく》の砂を示し人を忘れず
第二九首　空半ば雲にそそれる大山《たいざん》を砕かむとして我斧《われをの》を研ぐ

第二八首をその前後の歌との文脈で読むと、第七首と同じように、秋瑾との関連が浮かび上がる。まず、第二七首では、か細い草に可憐な花が一輪咲いていると詠う。その儚げな存在を第二八首の「頬の涙」で受ける。殉死した同志を悼む者の涙である。第二八首の「涙」に関連して、秋瑾詩「有懐」の最後の句に「半涙痕」（半ばは涙の痕）とあった。つぎの第二九首にいたって、大きな山を砕くために斧を研ぐのだ、と力溢れる歌に急転する。第二八首の「一握の砂」は第二九首の革命活動で砕けた大山＝現状打破でできた「砂」である。第二八首と緊密な関連をもつのが、すでにみた「緑の歌」第五四首（第一巻一六五頁）、

頬につたふ涙のごはぬ君を見て我がたましひは洪水《おほみづ》に浮く

である。この啄木歌は、秋瑾詩「有懐」の最後の句「涙痕」から遡って「百花魂」をへて「浮滄海」へとつないて、一首の歌にしている。二つの歌とも「頬つたふ涙のごはず（ぬ）」という共通の部分をもつ。「涙のごはず（ぬ）」は秋瑾「有懐」の「涙痕（涙を拭わないので、涙の痕が残っている）」に韻字を踏んでいる。このように「石破集」第二八首にも秋瑾が潜んでいる。その直前の歌、第二七首の「一輪の花」は、秋瑾詩詞「有懐」のいう「百花魂」の「百花」が対比される。この小さな草の茎にも可憐な一輪の花が咲いている。華々しくはないが、

それだけに愛しい、というのである。第二九首（第一巻一四九頁）、

空半ば雲にそそれる大山《たいざん》を砕かむとして我斧《われをの》を研ぐ

は「石破集」の第一首（第一巻一四八頁）、

石ひとつ落ちぬる時におもしろし万山《ばんざん》を撼《ゆ》る谷のとどろき

を、いわば準備する行為を詠う歌である。第一首は落ちる石が万山を震撼する。この第二八首は、自覚的に斧を研いで大山（不動に見える現状）を砕く（革命する）という意味である。秋瑾が破壊した大山は、見よ、無数の砂粒になっているではないか。その砂が、第二八首で、流す涙を拭おうともせず握ってみせた「一握の砂」である。嬉々として破壊したのではない。心の奥ではさめざめと泣きながら、突進したのだ。「一握の砂」とは啄木にとって元来そのような意味をもっていたのである。

「石破集」第二八首は、『一握の砂』の第二首に位置づけられる（第一巻七頁）。

第一首　**東海《とうかい》の小島《こじま》の磯《いそ》の白砂《しらすな》に**
　　　　われ泣《な》きぬれて
　　　　蟹《かに》とたはむる

第二首　**頬《ほ》につたふ**
　　　　なみだのごはず
　　　　一握《いちあく》の砂《すな》を示《しめ》しし人《ひと》を忘《わす》れず

第三首　大海《たいかい》にむかひて一人《ひとり》
　　　　七八日《なぬやうか》
　　　　泣《な》きなむとすと家《いへ》を出《い》でにき

三首とも「泣く」・「涙」・「泣きなむ」で繋がる。ただただ抒情的である。上でみたような秋瑾詩詞の直截な苛烈さと啄木歌の融和な悲哀感のコントラストはない。『一握の砂』冒頭三首で「秋瑾文脈」は見えなくなっている。

【第五五首】「石破集」第五五首（第一巻一五〇頁）は「石破集」ではつぎの第五四首・第五六首で囲まれている。

第五四首　笑わざる女等《をみなら》あまた来て弾《ひ》けどわが風琴《ふうきん》は鳴らむともせず
第五五首　己が名を仄かに呼びて涙せし十四の春にかへる術《すべ》なし
第五六首　憂きことの数々あるが故に今君みてかくは泣くと泣く人

第五四首の「笑わざる女等」は、秋瑾の詩「有懐」第二句「沈沈女界有誰援?」のいう「家に閉じ込められて沈鬱な女の世界」に重なる。啄木の詠う「弾《ひ》けどわが風琴《ふうきん》は鳴らむともせず」は、一九〇七年九月六日東京で刊行された『秋瑾詩詞』に収められた秋瑾の詩「有霊慰予夢寐」（心安らぐのは寝入り夢見る間）（秋瑾一九〇七：二三～二四）の第一六句「幾度臨風琴韻寒」（幾度風琴に臨めども韻寒し＝いくど風琴を引いてもその響きは寒々しい）を踏んでいる。《女たちの沈鬱は風琴に浸透して、引いてもよく鳴らない》というのである。

第五五首の意味は明瞭である。十四歳の春は感傷に浸った。ナルシスのように、自分の名前を囁くような小さな声で呼んでみる。甘く切ない涙が浮かんでくる。第五四首の苦い沈鬱と第五五首の甘い感傷が対照的である。「石破集」の第五五首の「涙せし」は、すでにみた第七首の「泣きて」と第二八首の「涙」に、さらに第六四首「東海歌」の「泣きぬれて」に、それぞれ《涙を流して泣く》でつながる。この「涙」の文脈が「石破集」では、つぎの第五六首の「泣くと泣く人」につながるのである。《憂きことが沢山あった。君を見て、堪えてきた悲しみがどっと溢れ来る。堪らずこんなに泣けるのだ、と泣く人はいう》。この歌の冒頭の「憂きこと」は、二首前の「笑わざる女等」、第五五首の「涙せし」を受ける。さらに「憂きこと」に込めた意味が、つぎの「虚白集」第八六首で明確に示される（第一巻一五八頁）。

あるも憂く無くば猶憂き玉として常泣く君を抱きてぞ寝《ね》る

この歌の「憂く…憂き」は、『古詩源』にいう「秋風蕭蕭愁殺人、出亦愁、入亦愁」（秋風は大変物寂しく人の心を滅入らせ、風が吹き出ても憂鬱、吹き込んできても憂鬱である）を受けているだろう。この件は、一目瞭然、秋瑾の辞世歌「秋風秋雨愁殺人」と親和的である。この「虚白集」第八六首の「玉」は秋瑾の「瑾」と繋がる。《秋瑾がそばにいると激しい気性で私を責めるから憂鬱になる。いなければいないで、なお寂しい。いつも泣いている秋瑾を「憂き玉（瑾）」として抱き添い寝する》というのである。

この「石破集」第五五首は『一握の砂』ではつぎのような位置におかれる（第一巻二二六頁）。

第一五二首　**病《やまひ》のごと**
思郷《しきやう》のこころ湧《わ》く日《ひ》なり
目《め》にあをぞらの煙《けむり》かなしも

第一五三首　己《おの》が名《な》をほのかに呼《よ》びて
　　　　　涙《なみだ》せし
　　　　　十四《じふし》の春《はる》にかへる術《すべ》なし
第一五四首　青空《あをぞら》に消《き》えゆく煙《けむり》
　　　　　さびしくも消《き》えゆく煙《けむり》
　　　　　われにし似《に》るか

「石破集」第五五首は元々、陰鬱な女たちと秋瑾に囲まれて緊張に満ちた歌であった。ところがその歌は、『一握の砂』では、その第一五二首と第一五四首の「煙」の歌に囲まれて、弱々しい青春歌に変貌している。そこに女の解放を主張する「秋瑾コンテキスト」は読めない。

［第六四首］　さて、「石破集」第六四首（第一巻一五〇頁）とその前後の歌はどうか。

第六三首　野に誘ひ眠るを待ちて南風《なんぷう》に君を焼かむと火の石を切る
第六四首　東海《とうかい》の小島《こじま》の磯の白砂《しらすな》にわれ泣きぬれて蟹《かに》と戯《たはむ》る
第六五首　日くれがた先づきらめける星一つ見てかく遠く来《こ》しを驚く

第六三首は、《君を野に誘って寝ている隙に火打ち石で枯れ草を燃やし、君を焼き殺そう、そんなことをしたくなるほど、君は厄介な存在である》と詠う。君とは秋瑾のことである。その第六三首の直前の第六二首（第一巻一五〇頁）、

もろともに死なむといふを卻《しりぞ》けぬ心安けきひと時《とき》を欲《ほ》り

にその心境がよくしめされている。《敵陣に突進して共に殉死しよう、と迫る秋瑾がいやだ、彼女から離れて安堵したい》という歌である。第六三首は、《いやがる、その気持ちを解せず、なお迫る秋瑾をいっそのこと焼き殺ししようか》という恐ろしい情念を詠う。それに代表的に関連するのが、すで詳細に論じた東海歌である。《陳天華・秋瑾は相継いで殉死した。それに比較して自分はどうか。心では激烈なことを考えたが、それは所詮、それだけのことで、実行にすすまない。自分は怯懦の人間である》。その自責の念を詠うのが「石破集」第六四首の東海歌である。その気持ちはつぎの「石破集」第六五首に引き継がれる。

日くれがた先づきらめける星一つ見てかく遠く来《こ》しを驚く

この歌の「星一つ」とは、東京大森海岸に踏海＝抗議自殺した陳天華＝陳「星」台のことである。歌がいう「かく遠く来し」には、自分は陳天華・秋瑾から遠く離れてしまったという悔恨が滲んでいる。「石破集」東海歌はその前後の歌に連なる文脈で読むときその意味がしんじつ分かる。啄木はつねに自分の歌を固有の文脈に編集した。

さて、「石破集」東海歌は『一握の砂』の冒頭歌になる。その後の二首と一緒に引用する（第一巻七頁）。

第一首　**東海《とうかい》の小島《こじま》の磯《いそ》の白砂《しらすな》に**
われ泣《な》きぬれて
蟹《かに》とたはむる

第二首　頬《ほ》につたふ
なみだのごはず
一握《いちあく》の砂《すな》を示《しめ》し人《ひと》を忘《わす》れず

第三首　大海《たいかい》にむかひて一人《ひとり》
七八日《ななやうか》
泣《な》きなむとすと家《いへ》を出《い》でにき

「石破集」第二八首「頬《ほ》につたふ…」の「砂」とは、そのつぎの第二九首との文脈で、大山が破壊されて粉々になった砂であることが分かる。しかし『一握の砂』第二首では、その苛烈な文脈が消えて、第一首の「小島の磯の白砂」を受けて、単なる海辺の砂の一握りになっている。したがって、第三首も第一首，第二首の「泣き」・「なみだ」を受けて「泣こうとして家を出る」となる。なぜ泣きたいのか、その分けが分からない。そのために、「東海」とは、「石破集」では中国留学生（秋瑾「泛東海歌」参照）にとっての日本であり、特に陳天華が抗議自殺した東京大森海岸であった意味が消え失せる。『一握の砂』の文脈だけで東海歌を読む者は、「東海」とは、函館の大森浜であろうと推定して疑わないのである（岩城一九八一：二〇）。

『一握の砂』第三首は「新詩社詠草　其四」では第二首であった。その一首まえの第一首（第一巻一五二頁）は、

ものみなの外《ほか》の一つをつくるてふ母のねがひに生れたれども

であった。《この子は他の子とは違うはずだ。皆とは違う独創的なものを創る子になるのだという母の願いを背負って生まれてきたけれど、その願いを果たせない》という自責の歌であった。だから、そのつぎの第

二首「**大海にむかひて一人七八日泣きなむとすと家を出でにき**」での「泣く意味」が分かった。東海歌初出の「石破集」東海歌は、苛烈な殉死をとげた陳天華・秋瑾悼歌であった。しかし、『一握の砂』の文脈では、冒頭の東海歌もそれに続く第二首の「なみだ」、第三首の「泣く」に逆規定されて、ただ涙にぬれた歌になっている。ただ悲しいのである。東海歌をこの「ただ泣く」の意味に固定して、東海歌は「石破集」や「歌稿ノート」にもあるという「遡及法」で、東海歌は読まれてきたのではなかろうか。その読み方では、東海歌の根源は分からないのである。

[第一〇四首]　最後は「石破集」第一〇四首（第一巻一五二頁）とそれを囲む歌の関連である。

第一〇三首　**人住まずなれる館《やかた》の門の呼鈴《べる》日に三度《みたび》づつ推《お》して帰り来《く》**
第一〇四首　**燈影《ほかげ》なき室《しつ》に我あり父と母壁のなかより杖つきて出づ**
第一〇五首　**ふるさとの父の咳《せき》する度《たび》にわれかく咳すると病みて聞く床《とこ》**

まず、第一〇三首、冒頭の「人住まずなれる館の門」とは、秋瑾詩「有懐」第四句「骨肉分離出玉門」（肉親と別れ、名門の実家を出る）を念頭においた表現である。秋瑾が出た家にはもう父母も住んでいない。その館の門のベルをリン、リン、リンと三度押して帰ってきたという。この歌は、「虚白集」第六四首（第一巻一五七頁）、

門辺なる木に攀ぢのぼり遠く行く人の車を見送りしかな

に関連する（傍点強調は引用者。以下同じ）。啄木は、秋瑾が家を出る姿をその家の門のそばの木に登って上

から眺めている場面を想定する。秋瑾が馬車にのって日本留学のため家を離れてゆく場面である。この歌は、「新詩社詠草 其四」第八首（第一巻一五三頁）、

すでにして我があめつちに一条《ひとすぢ》の路尽き君が門に日暮れぬ

に関連する。この歌は、秋瑾の詩「有懐」の第一句「日月無光天地昏」の「天地」＝「あめつち」、第四句「出玉門」＝「門」との対応関係がはっきりしている。《この広い天地に引かれた一本の路を辿って夕方に「君が門」、秋瑾の家に着いた。そこで門のベルを鳴らす。家には誰も住んでいない。父母はどこにいったのかと思う》。そこで詠うのが、つぎの「石破集」第一〇四首（第一巻一五二頁）である。

燈影《ほかげ》なき室《しつ》に我あり父と母壁のなかより杖つきて出づ

第一〇三首の「父母の不在感」がこの歌、第一〇四首に連結する。不在だからこそ、壁からでも出てきて欲しいのである。老いて弱くなった父母が杖をついて壁から出現すると妄想する。妄想でも父母に会えて嬉しいのである。自分の親不孝がそう思わせるのだ。秋瑾の「骨肉分離出玉門」が啄木の「家出＝流浪」につながり、この「父母出現歌」が詠われたのである。父母を思う、この文脈でつぎの歌「石破集」第一〇五首（第一巻一五二頁）が生まれる。

ふるさとの父の咳《せき》する度《たび》にわれかく咳すると病みて聞く床《とこ》

遠くふるさとに別居している父が咳をすると、その咳が東京で病み床に伏している啄木の喉に共鳴して、啄木もコホン、コホンと咳をする。「同病相哀れむ」でしか結びつかない、遠方に分離している父と息子の

不幸である。

『一握の砂』ではこの第一〇四首はつぎのような配列になる（第一巻八頁）。

第一二首　ひと塊《くれ》の土《つち》に涎《よだれ》し
泣《な》く母《はは》の肖像《にがほ》つくりぬ
かなしくもあるか

第一三首　燈影《ほかげ》なき室《しつ》に我《われ》あり
父《ちち》と母《はは》
壁《かべ》のなかより杖《つゑ》つきて出《い》づ

第一四首　たはむれに母《はは》を背負《せお》ひて
そのあまり軽《かろ》きに泣《な》きて
三歩《さんぽ》あゆまず

中央の歌「燈影《ほかげ》なき室《しつ》に我あり…」は「石破集」第一〇三首では、秋瑾の「出玉門」を受けて、誰もいない灯火のない家の部屋にいると、壁から父母の幻が出現したという歌であった。父母を恋う感情が幻像に転形したのである。秋瑾は政治改革のために、啄木は小説創作のために、置き去りにした父母を悔む歌であった。ところが『一握の砂』ではそのような自責の現実的な根拠が消えている。悲しみの膜がヒリヒリする現実が隠されている。三首とも、ただ父母を恋しがり涙する歌になっている。

このように、「石破集」と『一握の砂』とは同じ歌が異なる編集方針のもとに位置づけられ、その意味が変容していることが分かる。「石破集」では同じ歌が秋瑾詩との相聞歌として対照されている。秋瑾詩の直截性・激情・闘争に対して、啄木歌の融和性・悲哀・抒情が対比される。

ところが『一握の砂』では秋瑾詩詞の色調は消される。もっぱら啄木の融和性・悲哀・抒情の霧がかかって、歌が生まれた根源が分からない。『一握の砂』の特につぎの第四首、第五首（第一巻七頁）の深部には苛烈な政治性が秘められているのに、冒頭三首の悲哀に満ちた歌の連鎖の文脈に和らいでいる。

第四首　いたく錆《さ》びしピストル出《い》でぬ
砂山《すなやま》の
砂《すな》を指《ゆび》もて掘《ほ》りてありしに

第五首　ひと夜《よ》さに嵐《あらし》来《き》たりて築《きづ》きたる
この砂山《すなやま》は
何《なに》の墓《はか》ぞも

第四首の「ピストル」は革命家のものである。第五首の「墓」は、文部省の「清国人留学生取締規則」に抗議して踏海＝抗議自殺した陳天華の墓であろう。「砂山」は「万山」＝現状を木っ端微塵に破壊してできた「砂」である。現状打破の結果である。「石破集」第一首が詠う結果に相当する。その革命動乱で殉死した革命家の墓を、革命の結果である「砂」を盛って「砂山」をつくって記念するのである。

岩城之徳は第四首の「ピストルをブランデーのびんに置き換えると独歩の作品に通じる」という本林（勝夫）説を紹介している（岩城一九八一：一二一）。しかし、ピストルのブランデーのびんへのイメージ置換は不自然であり奇妙である。この歌はそのように置き換えられる文脈にはない。この歌では、ピストルはピストルであって、ブランデーのびんではない。岩城は、第五首の「何の墓ぞも」について「[この]歌の主題は結句の《何の墓ぞも》にある」と鋭く指摘しながらも、そこに「この詠歌の中に啄木の愁いが秘められている」と指摘するだけである（同）。《墓》が主題であるとみるのは正しい。しかし、この墓は誰の墓なのか、どんな「愁いが秘められている」のか、指摘できない。岩城は、この歌の「嵐」を「単なる自然現象」と誤読したのであろう。それは政治動乱の謂いである。啄木の時代は中国の、韓国の、日本の、革命家が殉死する時代である。この歌の「墓」は革命家の墓である。「嵐（＝革命動乱）が襲来して築いた砂山（＝墓）」である。革命家の死屍累々である。神田区に帰去来した革命家の多くも殉死したのである。

『一握の砂』では、このような事実が文脈上、不分明である。不分明なのは、啄木が編集で意図的に隠しているからである。隠さざるをえないからである。治安警察法（一九〇〇年）などの言論弾圧体制のもとでの歌集『一握の砂』の刊行である。日記でさえ、押収されて証拠物件とされる表現抑圧の時代である。『一握の砂』の刊行は一九一〇年一二月一日である。すでに日韓併合が実行され、幸徳事件が起きている。その公判も九日後の一二月一〇日から始まる。状況は緊迫している。この歌集は、文学的に優れたものであるだけでなく、それを「政治的に安全である」ような表現の制約内で刊行しなければならない。これが啄木に課せられた『一握の砂』編集方針である。文学的レトリックと政治的レトリックとの統合である。啄木は『一握の砂』でその統合＝編集を実現する過程で、さらに絶妙なイロニーの使い手となった。啄木歌に秋瑾の名前を直接に示すことはしない。「名がない」から無関係なのではない。強烈な衝撃を啄木に与えた人、それが秋瑾である。秋瑾は『一握の砂』の深部に潜んでいる。

第二章　啄木の「資本時間」意識

〔資本主義の意識形態〕

すでにみたように、啄木は時論集「百回通信」で日本資本主義が立ち上がってくる産業革命とそれがもたらす諸問題を論じた。啄木は「日常生活と国家体制の並行論」（今井泰子）から脱して、日常生活を深部で規定する諸制度と体制を考察したのである。では、啄木は詠歌に、日本資本主義のもたらす新しい意識形態を、どのように表現したのだろうか。吉本隆明はつぎのように指摘する。

「高村〔光太郎〕の『明星』調をぬけだした短歌の世界は、啄木の『一握の砂』の作品のなかで、現在もなお耐えうるリアリティをもった作品と、おどろくほど相似し世界である。ひとことでその相似形をいいあてるとすれば、それは空白になった意識が一瞬のうちにうつした心象の風景であり、いわば倦怠の意識化ともいうべきものである。ただちがいがあるとすれば、その空白の意識が、高村の場合、いわば資質的にぬきんでた内省力によって、その内省力がふと立ちどまった時間をとらえたものだったが、啄木の場合、ゆとりをゆるされなぬような窮迫した生活の繰返しのなかで、つみかさねられた内省力が、機械的な生活の習慣の世界を一瞬つきやぶったときにうまれる、空白の意識の表白だという点にある」（吉本一九九一：二九七。〔　〕は引用者補足）。

しかし、啄木が抱えた問題は「倦怠」ではない。吉本は「倦怠の意識化」と表現して、啄木がかかえた矛盾をとりのがしている。啄木は、生活窮迫の原因が社会制度にあることを把握し、それを直接行動＝革命によって解決すべきであると考えてきた。小樽時代の「詩（無題）」、日記、『小樽日報』の評論「初めて見たる小樽」がその最初の記録である。この考えを直截に表現したい意欲は、明治国家権力の「赤旗事件」・「大逆事件」などで押さえ込まれてきた。啄木は押さえ込まれつつ、なによりもまず「生活の必要」に立脚することを痛覚する。そのうえで「表現活動（時事評論・短歌・詩歌など）」で、生活を窮迫する原因をイロニーで批判する。この「二重生活」で対応せざるをえなかった。この過程は、秋瑾・陳天華や管野須賀子・内山愚童たちの直接行動主義から明確に離脱する過程である。啄木の「平凡な日常の一瞬の描写」は、幸徳事件（一九一〇年）以来ではなくて、その二年前の赤旗事件（一九〇八年）からすでに始まっている。例えば、「石破集」第一一三首（第一巻一五二頁）がそうである。

ふと深き怖れおぼえてこの日われ泣かず笑はず窓を開かず

国家に慄く瞬間がある。その瞬間が「日常の一瞬」にある。啄木はそれを詠った。社会全体問題をそのまま直接に論じ表現することができない。「赤旗事件」は、啄木をそのように脅迫する事件であった。啄木歌は、啄木が問題を日常生活に凝集して表現する様式に行き着かざるを得なかった悲劇を記録する。生活の必要（ロゴス）のために、幸徳事件（パトス）を直接的に表現できないジレンマ＝「二重生活」は、日常生活のほんの一瞬に巨視的世界を投射する表現様式を生み出す課題を啄木に課した。啄木は「生活の必要＝心情テロリズム」から別れ、一瞬の微視的な生活世界に巨視的な政治世界を凝集して描写する「短歌革命」にたどりつく。その凝集描写力が、深部の悲劇を悲哀感ただよう生活歌に転身する啄木歌を生み出すのである。

［漱石漢詩の天子と秋瑾］　夏目漱石は啄木の葬儀（一九〇一二年四月十五日、浅草松清町の等光寺）に参列した。漱石は、それより約二年前、「修善寺の大患」（一九一〇年八月二四日）のあと、一〇月一一から東京内幸町の

長与胃腸病院に入院する。すでに同年六月五日には新聞が「幸徳事件」を報道していた。まもなく（一一月一〇日）、幸徳事件の裁判が始まる。漱石は一〇月二七日、無題の新体詩五言絶句をつくった（吉川一三四）。

馬上青年老　　馬上《ばじょう》　青年《せいねん》老《お》い
鏡中白髪新　　鏡中《きょうちゅう》　白髪《はくはつ》新《あら》たなり
幸生天子国　　幸《さいわい》に天子《てんし》の国《くに》に生《う》まる
願作太平民　　願《ねがわ》くは太平《たいへい》の民《たみ》と作《な》らん

ここに、病床の漱石の感慨が詠われている。大患のさなか、多くの人々に暖かい看護・見舞を受け、いま、こうして生きている。有難いことである。それは「天子の国の民」であればこそ、ありえたことである。感謝の気持のなかから湧いてくる切望は「善良な人間になりたい」ということであった（吉川一三四）。その天子に刃向かうことなど、決してあってはならぬ。こう詠ったのである。漱石のこの詩は幸徳事件を念頭に詠われたものであろう。では、老い病む漱石は、双手を広げ、赤子のように無邪気になり、君民一体を実感し至福に溶けたのであろうか。漱石は日露戦争のあと（一九〇五～一九〇六年）、「断片」で、

「もし天子の威光なりとて之に盲従する夫あらば之に盲従する妻あらば、是人格を棄てたるものなり」と書いていた（水川一一八）。上記に詩より一ヶ月前、大患に陥って約一ヶ月後の九月二〇日には、無題の新体詩五言絶句をこう詠った。

秋風鳴万木　　秋風《しゅうふう》　万木《ばんぼく》鳴《な》り

山雨撼高楼
病骨稜如剣
一燈青欲愁

山雨《さんう》　高楼《こうろう》を撼《ゆる》がす
病骨《びょうこつ》　稜《りょう》として剣《けん》の如《ごと》く
一燈《いっとう》　青《あお》くして愁《うれ》えんと欲《ほっ》す

秋風が吹き荒れ、木々がざわめく。山から降り注ぐ激しい雨が高楼を叩き揺らす。老体は病で痩せ細り、骨が剣のように張り上がっている。あたりが暗く沈むなか、電灯が一つ青白くともり、憂愁が漂う。

この詩の語彙「秋風・剣・愁」は、秋瑾を暗示している。秋瑾絶命詞「秋風秋雨愁殺人」・「帯剣する女権革命家」の秋瑾である。日記での初案では、冒頭の「秋風」は「大風」であった。それを「秋風」に変更した。すると、その変更に反応して、「秋風」→「剣」→「愁い」というように、語彙が連鎖反応したのであろう。第二句の「山雨」にも「絶命詞」の「秋雨」が滲む。病で痩せ細り、骨は薄い皮膚の裏を鋭い「剣」のような筋目となって走っている。骨は硬いことを初めて知った、これまで経験したことがない、というのである。エッセイ「思い出す事など」で、第四句の「一燈」は「電気燈の珠」であると記す。電球の「球」でなく「珠」と書く。「珠」から「(秋) 瑾」へと連想が働く。「中国の天子」に刃向かった女が「秋瑾」である。三年まえのことである。いま、「秋瑾に続け」と留日学生が中国に陸続と帰ってゆく。これから、「日本の天子」に刃向かった「管野すが」が裁判にかけられる。一九一〇年の秋の東京である。冷え冷えとする日本の秋空を見上げたのは、啄木だけではない。啄木はつぎの年、一九一一年八月一一日の日記に「夜、森田草平君来たり、夏目夫人鏡子氏及び［森田］君の名にて見舞七円」（第六巻二一七頁）と記録した。

【表現者と国家】　表現者は「問題としての国家権力」によってそれ自体を表現対象として描写することを禁じられる。残るは表現者自身の日常生活の細部描写である。啄木はそこでその細部描写に国家権力の影を投射する手法を生み出す。啄木がいう「内面の客観化」とはこのことを指す。表現者自身の内面に投影する国家という客観的存在を日常生活の細部描写に織り込むという手法である。漱石もそうしたのではないか。その手法はすぐれてレトリック的な戦略である。のちにアジア太平洋戦争の時代に三木清たちが採用した手法は啄木が先駆的に使ったのである。というよりも、啄木が採用せざるを得なかった戦略がその後の三木清の時代にまで持続したのである。明治四〇年代の日本の庶民生活の細部描写について吉本隆明がいう。

「最後のスタンザ［stanza。詩の節・連］は高村［光太郎］にとって、このような庶民情念の世界に生活環境としての確乎たるリアリティあたえようとする意欲のあらわれとみるべきである。当時においてこの最後のスタンザの微細な心理性のごときものを表現しえたのは、それぞれの理由によて詩集『道程』における高村と、晩年の口語詩における啄木のほかになかった。

手套《てぶくろ》を脱《ぬ》ぐ手《て》ふと休《や》む／何《なに》やらむ／こころかすめし思《おも》ひ出《で》のあり

啄木の、このような意識と対応するものと思われる」（吉本一九九一：八四頁。［　］は引用者）。

この歌は『一握の砂』第四三七首（第一巻六二頁）である。啄木は「赤旗事件」（一九〇八年）から「幸徳事件」（一九一〇年）へと連動する衝撃のもとで、強権国家を正面から直接に批判することができない。すでに一八七五年に「改正新聞紙条例」・「讒謗法《ざんぼう》」が、一八八〇年に「集会条例」ができている。そのため、表現者は自己の日常生活と分化できず、表現享受者とも分離できない。自己表現を享受する「他者」が存在しがたい。「二人称的表現」（森有正）に狭まれる。主客未分化の日常生活を表現する。その表現者の意識の内部に、あの強権国家が割り込んでくる。自己の意識を西欧近代に立脚さようとすると、その位置は自己の意識から庶民生活を消去する。逆に、庶民生活に即しようとすると、西欧近代が消滅する。今日でもなお、見られる分裂である。物事を超越論的な高見から睥睨する主観が陥るジレンマである。啄木はその睥睨意識を天才意識で抱いていた。秋瑾の激烈な思想とそれに即した直接行動＝斬首死は、啄木の「天才意識」を震撼し解体する。啄木にとって秋瑾との作品上の出会いは、天才意識からの脱却のきっかけをあたえた。啄木の打ち震える、その危機意識の記録が「歌稿ノート」である。

啄木の日常生活の細部描写の表現は、啄木の生活の不如意それ自体ではなくて、その生活苦の根源である明治国家の強権性による。啄木が歌「手套…」でいう《こころかすめる何か》とは、明治強権国家に服従するように見せかける擬態が本態になりかけているとき、ふと、意識に浮かぶもの、心に秘めてきた《あのこと》である。その直接表現を抑制されてきた対象が、その抑制を打ち破って、啄木の意識にふと、一瞬立ち上がる。しかし、習い性になっている自己抑制力が働いて、その何かは鮮明な像を結ばない。この瞬間を啄木は詠う。意識に、ふと影さす何者か、という現われ方をするのである。その意味では『一握の砂』の最後の八首のうちの第五四九首（第一巻七六頁）、

底知《そこし》れぬ謎に対《むか》ひてあるごとし
死児《しじ》のひたひに
またも手《て》をやる

が、先の『一握の砂』第四三七首「手套……」よりも、啄木が切り開いた細部描写のリアリティが如実に表現されている。死児の額に静かに手を当てる。なぜか、悲しみは浮かばず、死児の額の冷たさと同じように、自分の心も冷え冷えとして、冷静である。啄木のその背後に、国家が立っている。啄木はそれに気づい

ている。
　言語表現は一般的に、話題（ロゴス）・聴き手（パトス）・話者（エートス）の三者関係で成立する。話者は聴き手に分かりやすく聴き手の反応を見ながら、話題の言い方を調整する。話題を、聴き手の心情（利害関心・その日の気分など）を考慮に入れて、展開する。話者は話題と聴き手の両方を知らなければならない。話者は話題と聴き手との統一者である。文章表現では、論題（ロゴス）・読者（パトス）・書き手（エートス）といいかえられる。表現は直接人びとに行う集会・示威行動（デモンストレーション）も含む。演技者の場合も同じである。①俳優（エートス）がドラマ（ロゴス）を観客（パトス）に伝えるように演技する。②観客（パトス）は俳優が表現したドラマ（ロゴス）に反応する。①と②の間で、ドラマ（ロゴス）と観客（パトス）との呼応＝共振関係が成立する。その関係を主導するのが俳優である。言論弾圧体制は、表現におけるこの三者関係を未分化に押しとどめる。未分化状態は三者関係に分化するエネルギーを蓄積する。いつか爆発する。

［細部描写に権力問題を］　啄木が直面したのは、明治四〇年代の天皇制国家権力という、自分たち民衆の生活を左右する存在そのものを正面からは話題・論題＝表現対象にすることができないという事態であった。肝心な話題・論題を直截に表現することが禁じられるという矛盾である。詩歌・小説・論文・評論などの言語表現、演劇・絵画・彫刻などの表現も同じ箍《たが》にはめられていた。表現問題は、許容された表現範囲で禁じられた対象をいかに表現するかにある。啄木がとった戦略は日常生活の細部描写に禁じられた対象を暗喩するという手法である。その表現様式は、なにも啄木だけが経験している事柄ではなくて、民衆が日々の生活で肌で実感している事柄であった。
　事態はすぐれてレトリック的である。しかし、表現すべき事柄とはなにかを問うことなく、レトリック手法を弄すると、言葉と言葉の奇妙な結合が偶然生み出す異界が生まれる。なかにはそれがあたかも事態の深

刻な認識であるかのような錯覚に陥る。吉本隆明のいう「擬人法の乱用」がこれである。《狂へる大火》《唸る大都会》《遠吠えする汽車》などのフレーズがその例である。一九〇七年以後の啄木はこの危険に身を晒した。

「内面の客観化」という細部描写は、すでに「石破集」から『一握の砂』に採用される五つの歌でおこなわれている。「石破集」の、

第〇七首　たはむれに母を背負ひてそのあまり軽きに泣きて三歩《ぼ》あゆまず
第二八首　頬につたふ涙のごはず一握《いちあく》の砂を示しし人を忘れず
第五五首　己が名を仄かに呼びて涙せし十四の春にかへる術《すべ》なし
第六四首　東海《とうかい》の小島《こじま》の磯の白砂《しらすな》にわれ泣きぬれて蟹《かに》と戯《たはむ》る
第一〇四首　燈影《ほかげ》なき室《しつ》に我あり父と母壁のなかより杖つきて出づ

がそれらである。これらについてはすでに詳細にみた。母の労苦が体の軽さになっている（第〇七首）。自分の存在は指の間からサラサラと抜け落ちる砂のようなものだと友は悲しむ（第二八首）。まだ大きな可能性があったような青年時代の入り口に立ったころにいまさら戻れない（第五五首）。自分は秋瑾＝陳天華のような直接行動に突進できない臆病な存在である。東海（日本）の蟹みたいだ（第六四首）。暗い部屋にいると壁に、苦労をかけた老父母が無言で浮き出る（第一〇四首）。『一握の砂』に採用される「石破集」のこれらの歌は、清国人留学生抗議事件（一九〇五年）、赤旗事件（一九〇八年）などの強権国家に直接行動で挑み、内外を激動するアジアの行動者たちと同じ思想をいだいていた啄木が彼らの行動を知ったときの衝撃と、そのような

行動を自分はできないという自責の二重性から生まれてくるのである。

問題の秋瑾でいえば、一九〇七年の秋瑾斬首は遠方の事件であった。しかし、東京にきて赤心館で住みついて間もなく、東京神田の錦輝館で起きたこれらの事件を平出修・並木武雄・阿部和喜衛などから聴く。北海道で知った清朝末期の中国という遠方の出来事が、東京に来てみると、突然身近な出来事となる。四度目の上京はこの問題を啄木に突きつける。《さあ、自分はどうするのだ》と迫ってくる。そのとき、一方で秋瑾＝陳天華礼賛ともいえる歌を詠う。と同時に、彼らから距離をおく心理を描写する歌も詠う。それが「石破集」の二重性である。例えば、

第〇一首　**石ひとつ落ちぬる時におもしろし万山《ばんざん》を撼《ゆ》る谷のとどろき**

第三五首　**見よ君を屠《ほふ》る日は来ぬヒマラヤの第一峰《だいいっぽう》に赤き旗立つ**

は秋瑾の直接行動への賛歌である。自分もやってみようかと思う。でも自分はできない、と逡巡の歌を歌う。

第一一一首　**わが家に安けき夢をゆるさざる国に生れて叛逆《はんぎゃく》もせず**

小さい安らかな生活さえ許さないこの国家に叛逆できない。叛逆するかと思うが、弾圧の恐ろしさに震え怯える。その自分を啄木はみつめている。啄木のなかに、表現対象（ロゴス）と表現享受者（パトス）が分裂する。大切な日常生活を細部に絞りこみ、そこで描写するように追い込まれる。しかし、啄木はそこを内面世界の根拠地とする。「石破集」と『一握の砂』とはこのような意味で同じ地盤に生え、そこで連結しあっている。

［啄木の国家社会主義］　秋瑾が批判した纏足は、元来、清朝の支配民族である満洲族の伝統文化ではない。

纏足はまさに秋瑾が再興をめざす漢族の長い歴史をもつ伝統文化である。しかも、満洲族の清朝の皇族・科挙官僚も纏足女を愛好した。漢満両方の男が共犯者である。秋瑾の反纏足の観点はそのような漢族文化批判を内包しているが、秋瑾自身はそれを自覚することはない。秋瑾は、「排満興漢」という愛国主義と「反纏足」という人権民主の主張が自分の中で鋭く対立することなかった。秋瑾は身を賭して男性支配体制を打破しようとして突進＝殉死した。

啄木は、与謝野鉄幹の詠う「妻を娶らば才長けて、眉目麗しく情けある女」が象徴するような、家父長制的ロマン主義者ではない。啄木は女の解放に立ちはだかる男ではない。しかし、啄木には、のちに彼の永井荷風批判でみるように、「愛国」の心情が湧きたっている。啄木は「生活の場としての国」を愛することなく、どこに生活しているのか分からない視点から、傍観者のように日本を揶揄する荷風を容認することができなかった。現今の日本の問題は、ただ評論するだけで傍観に始終するのではなくて、日本に生活して自ら解決する実践の人でなければならない、と啄木は荷風を批判した。啄木は秋瑾に刺激され「女の解放」を望む。伊藤博文を代表者とする明治国家のなかで、それを実現しようとする。そのナショナリズムの心情は、啄木がいわゆる社会主義に踏み込むときも、維持されている。「国を愛する者が《民主主義としての社会主義》を実現する者である」という考えである。愛国といえば、右翼排外主義だと反応するのは単純すぎる。愛国は必ず排外主義であるとは断言できない。逆に、国際主義者が、しんじつ生きるに値する生活現場をもつとは限らない。「愛国と国際友好との両立」は、啄木が模索した「自己実現＝自他融合」の国民次元の関係である。今日の日本人もこの関係を切望している。吉本隆明は指摘する。

「啄木が、自然主義文学運動の幸徳事件を契機とする屈折を、批判的に克服しながら、晩年、いわゆる『帝国主義的社会主義』という表現で、『東西南北』における鉄幹の地点に、いちじるしく近づいた思想的地点にたどりついたことは、鉄幹の思想がはらんでいる、一つの問題点である」（吉本一九九一：一六九）。

吉本が引く「帝国主義的社会主義」という表現を、晩年の啄木が金田一京助を訪ねて、言ったか言わなかったかについて、論争がある。晩年の啄木が金田一との「疎隔」（第六巻二二六頁）が理由で金田一を訪問する可能性はまったくなかったと「実証」され、啄木の社会主義論は「V NAROD, SERIES」に明示されているとされている。しかし、晩年の啄木の社会主義論とは如何なるものであったかは十分解明されているとはいえない。晩年の啄木は自分の立場を「国家社会主義」という言葉で表現している。啄木は一九一一年（明治四四年）一月九日、瀬川深あての手紙で書く。

「無政府主義はどこまでも最後の理想だ、実際家は先づ社会主義者、若しくは国家社会主義者でなくてはならぬ、僕は僕の全身の熱心を今この問題に傾けてゐる、《安楽《ウエルビーイング》を要求する人間の権利である》僕は今の一切の旧思想、旧制度に不満足だ」（第七巻三二六頁。○、傍点による強調、《》は原文）。

啄木は「生活の安楽（well-being）を実現する国家社会主義」こそ、選択すべき現実的路線であると考えている。この観点はすでにみたように「百回通信」で明示されている。啄木が引用文でいう「実際家」とは、所与の諸条件のなかに「生活の安楽」を改善する可能性を見いだし、それを沈着に実現する者という意味である。現状をすべて一挙に取り払い、その更地にまったくあたらしい社会をつくるという《一挙清算主義》は犠牲が大きすぎ、つられた社会は貧しいがゆえに嫉妬深い監視社会であろう。言い伝えられる「帝国主義的社会主義」につく「帝国主義的」と、啄木のいう「国家社会主義」の「国家」とには、「対外侵略」を含むか、「対外侵略をしない可能性がある国家」か、という微妙な相違がある。すぐのちに引用するように、啄木は「日韓併合批判歌」を詠っている。このことからして、啄木のいう「国家社会主義」とは、対外侵略をしない、資本主義の矛盾を社会政策で是正する体制という意味かもしれない。もっとも、二〇世紀の社会主義の歴史的経験は、現存した「国家社会主義」がむしろ、強力なブルジョアが存在せず、知識人と農民が中心に建設が始まった「前期国家資本主義＝原蓄期資本主義の亜種（anomaly）」というべき体制であったことをしめしている。その「現存した国家社会主義」は、ソヴィエト連邦の実例がしめすように、対外的にも対内的にも、残虐な体制であった。秋瑾死後に生まれた中国社会主義体制も幾多の犠牲をともなった。その犠牲には、日本の中国侵略に責任があるものも含まれる。

「上からの近代化」は歴史上、「国家資本主義」と「国家社会主義」のふたつの型をとった。しかも、英仏や日本のような「国家資本主義」の体制が産業革命を推進する過程で発生する矛盾を「国家社会主義」で解決すべきであると主張する「民主主義＝社会主義勢力」が生まれてくる。啄木の「国家社会主義」はこれである。啄木死後、それは「コミンテルン」（一九一九〜一九四三年）をつうじて「ソヴィエト・ロシア」の「国家社会主義国」とつながることになる。しかし、啄木の「国家社会主義」は「百回通信」にあるように、イギリス型福祉国家をめざすものである（第四巻一九九頁を参照）。

「国家資本主義」も「国家社会主義」も「近代化を推進する目標」で共通する。推進者たちは「革命派」と「国権派」に分裂して葛藤する。しかし、両者にはエリート指導型で共通する。エリート意識が同じ磁場で近代化を目指す「革新意識」は「愛国主義」に容易に転身する。啄木は一個の生活者として自己を痛切に知るにいたって、その磁場から離脱する。この自己認識を促したものはなんであろうか。明治国家権力の武断的支配装置を洞察したことであろう。啄木は、その弾圧装置に抑えられて、後退する。啄木の場合、その後退は転向ではなかった。「上からのエリート革命意識」を維持したままで、「革命的近代主義」から後退して「国権主義」にすり替わるのでもない。啄木が後退＝下降してゆく、その場は一個の生活者の生きる場である。

その後退は啄木が「天才主義」というかたちで抱いてきた思想そのものの放棄ではない。啄木の天才主義的な「自己実現＝自他融合の思想」は真に「他者」をもつ場を探求させる。その場は「生活者の場」である。生活の場は、児を育て、家事に勤しむ母の、妻が担ってきた場である。生命生産の必死の現場である。日々の生活という平常底に、すべてがある。「上からの革命者意識」は生活の場を睥睨する。その意識を棄却する過程は生活の場への「後退＝前進」である。

【有産者】
❸帝国＝多数者　↓　❶原蓄ブルジョア国家
（市場）　↓　（統制）
↓
【民権】●←←←←←←←●←←←←←←←●【国権】
第三次市民革命←←←第二次市民革命←←←第一次市民革命
（自治《アソシエーション》）　↓　（統制）
❹ポスト資本主義　↓　❷「国家社会主義」
【無産者】

上の図で考えよう。啄木の「国家社会主義」の立場は、【有産者】が日本資本主義を確立するために構築した装置＝原蓄明治国家から【国権】を、【無産者】の国家に転換することをめざすものであろう。啄木のこの立場は、コミンテルン史観として最近まで流布してきたものとは異なる。啄木は、二〇世紀初期のイギリスの福祉国家を考えているのである。経済史的にみれば、啄木の時代（明治末期）は日本の産業革命の盛りである。それは原蓄過程の最終局面＝機械制大工業の基盤をつくる段階である。

その段階は、イギリスやフランスの歴史的先行経験が如実にしめすように、資本主義的工業生産力の担い手である勤労者が資本家や地主に対抗して、同等な市民として承認を迫る歴史段階である。その運動を、イギリスではその産業革命期の「チャーティスト運動」が示し、フランスの同じ産業革命の最中で、特に一八四八年の「二月革命」がしめした。日本でも産業革命の最中に勤労者の経済要求・政治要求が急激に高まってきた。啄木はそのような日本近代史の劇的変化期に生きたのである。啄木歌を誕生させた「赤旗事件」は、まさにそのような勤労者（賃金労働者や小作農民）の生活要求を背後にもつ運動がそれを弾圧する明治国家に遭遇した事件である。

啄木は「国家社会主義」を究極の無政府主義状態に至る「実際的」＝実践的な過渡期として想定する。啄木はここで、「社会主義だけ」では無政府主義状態への過渡期を構成することができず、「社会主義」と一定の様式で結合する「国家」が不可欠であると判断している。金田一京助が晩年の啄木の思想として語り伝えた「帝国主義的社会主義」とは文字の上では異なる。「帝国主義」とは、一定の目的をもった国家権力の対外的発動である。啄木は、国家権力の対外的軍事的発動ではなく、国家が国内の枠で国内問題（失業・貧困・疾病・教育・住宅の諸問題）の解決をめざす権力発動を「社会主義」とみている。啄木のこの社会主義論にソヴィエト型社会主義やコミンテルン史観を読み込むのは誤りである。啄木の社会主義思想は、それらが登場する以前の日本の初期社会主義思想の中にあり、しかも、イギリス型の福祉国家を志向するものである。

《満支》の分離か一致か　先の図でみれば、明治維新が「第一次市民革命」であるのに対し、啄木の時代は日本の産業革命の実質的担い手である勤労者が事実上要求する「第二次市民革命」の時期である。啄木は、**【国権】**を**【有産者】**から**【無産者】**（賃金労働者・小作農民・貧困生活層）の要求をかなえる**【国権】**に転換しようとするものである。啄木は「第一次市民革命」の「国家主義的枠組」から離脱していない。問題は、いうところの「帝国主義的社会主義」の「帝国主義的」の部分にある。たとえ金田一が証言するように、啄木が「帝国主義的社会委主義」を彼自身の思想であると表明したとしても、それが文字通り「対外侵略」することを肯定する立場なのか、が問題なのである。啄木は一九一〇年九月九日夜、「歌稿ノート」で「日韓併合」を批判して詠った（第一巻二七八頁）。

地図の上朝鮮国に黒々と墨をぬりつゝ秋風を聞く

啄木は日韓併合を暗黒が朝鮮半島を覆うイメージで詠った。一九一〇年九月九日夜の啄木は「対外侵略」を是認するとは考えられない。啄木は一八ヶ月後の九一一年五月に「V NAROD, SERIES」を書き、同年六月五日の日記につぎのように記した。

「予は予の生活のとって来たプロセスを考へて、深い穴に一歩〳〵落ちてゆくやうに感じた。しかしそれはもう不安ではなかった。必致である。必然である。［改行］北輝次郎の『純正社会主義の哲学』を読んだ」（第六巻二一四頁。［　］は引用者注）。

佐渡出身の北輝次郎は一九〇六年、『国体論及び純正社会主義』を刊行した。松本清張によれば、北はその著書を執筆するに当たって、丘浅次郎『進化論講話』（一九〇四年）と竹越与三郎『二五百年史』（一八九六年）を主な参考書にした（松本清張二〇一〇参照）。刊行後、すぐに発禁処分になった。やむを得ず、『国体論』の第三編だけを一九〇六年七月一三日に刊行したのが『純正社会主義の哲学』である。啄木はそれを刊行五年後に読んだのである。丘のダーウィン進化論を竹越の天皇制日本社会史論に当てはめた社会進化論から社会主義を根拠づける部分である。啄木はもう一冊の北の本『純正社会主義の経済学』（同年一一月一日刊行。『国体論』第一編の部分。発禁処分）も秘蔵していた（川並二一七頁）。北輝次郎は『国体論及び純正社会主義』刊行直後の模様をのちにつぎのように回顧している。

「『国体論及び純正社会主義』を印刷して居りました印刷屋が支那革命党機関誌『民報』を印刷して居った所［秀光社］であったために、其の私の書いた書物が支那留学生、亡命客に多く読まれまして、其の因縁から、故宮崎滔天の導きで二四歳の秋、孫逸山［孫文］、黄興、宋教仁等の列座の席上支那の革命党に参加しました」（松本清張一七六。［ ］は引用者補足）。

「清国人留学生取締規則」事件を契機に出されることになった中国同盟会機関誌『民報』の創刊は、一九〇五年年一一月二六日である。北の『国体論』は翌年、一九〇六年五月九日に刊行され、まもなく発禁処分にあう。共に秀光社が印刷した。『秋瑾詩詞』を印刷した秀光社である。平出修の近所である。北のその著書の思想は中国の革命家に注目されたであろう。事実、北はその年に中国同盟会に入会している。しかし、その北輝次郎はまだ「二・二六の北一輝」ではない。「赤旗事件」の裁判官の尋問や被告の証言にみられるように、今日ほど社会主義・無政府主義・共産主義・国家主義などの諸思想は分明ではなく、むしろ混沌とした状態であった。北は当時、幸徳秋水（一八七一〜一九一一年）や堺利彦（一八七一〜一九三三年）ともつきあいがあった（田中惣五郎九四）。青年期の北は『明星』に心酔する詩人であり鉄幹と文通し、『佐渡新聞』に国体論を発表した（田中惣五郎二二一〜二二三）。

啄木は上記の日記の約五ヶ月後、一九一一年一一月六日の日記につぎのように書く。

「夕方、三月振りで並木［武雄］が来た。支那の騒ぎで直接間接大分損をしたと話してゐた。予は支那分割論をといた。満洲だけを満朝にくれてアトは共和国にさせようといふのだ」（第六巻二二一頁。［ ］は引用者補足）。

啄木は、一九一一年八月一九日に武漢から始まった反清朝軍事行動「新軍蜂起」以後の推移をみながら、清朝を支配してきた満族をいわゆる満洲に退出させ、共和国を目指す中国人に残る全土をゆだねるという「満洲・支那分離論」を、並木に語ったのである。一九一二年一月一日の「中華民国成立」の二ヶ月前の主張である。

一方、中国革命を推進する孫文はすでに、啄木のこの発言より約一年数ヶ月前の一九一〇年一〇月に展開した第三次国会開設請願運動や、一九一一年四月の「黄花崗蜂起」への檄文で、「日韓併合」の実現と「日満併合の可能性」こそ、中国を滅亡させるものである、と明確に主張していた（小島二九）。孫文たち中国革命派は「満洲・支那分離論」そのものに反対しているのである。孫文の「檄文」と同じ頃の一九一一年四月二三日、中国人日本留学生の組織「留日中国国民会」は全体会議を開催し「決議事項」を採択した。その第七項は「満蒙ノ二字ヲ口ニセザルコト。此ノ故ハ満漢一致ノ権利ヲ犯ス恐レアレバナリ」という（小島六三）。一言でも「満蒙」といえば、それが糸口になって「満漢一致」が崩壊するかもしれないから、「満蒙」と一言もいうまいぞ、という決議である。中国同盟会・留日中国国民会のメンバーはつぎつぎと中国に戻り革命行動に参加してゆくときである。啄木の満支分離論は、孫文たちの満漢一致論の主張を知っての主張なのだろうか。それは誰か（の著作）に示唆されたものだろうか。

啄木の満支分離論は、清朝のような少数民族（満族）の多数民族（漢族）に対する支配に反対であると同時に、多数民族の少数民族支配にも反対するという考えであるとも解釈することができる。啄木は、少数民族の自立を前提とする国際関係を基本とする観点に立っていたのかもしれない。しかし、中国同盟会の観点かられば、啄木の分離論は、日韓併合・日満併合に連動する可能性を孕む。分離論は、満洲とシベリア（西比利亜）を一体化し支配しようとする当時の動向に同調する危うさをもっていた（松本一九三〜一九四参照）。辛亥革命の動向に深く関与した日本陸軍参謀本部の諜報活動の統括者（第二部部長）宇都宮太郎は「中国を《満漢二族の国家》に分立させること、そのために清朝と革命派の双方に援助して混乱を拡大させることを主張し」（木元一〇二）、満漢二朝廷を擁立し「それぞれの小朝廷を通じて翕然《きゅうぜん》［し＝統合し］我天皇に帰向せしめる」（同。［　］は引用者の補足）ことを提言している。満支分離論を説く啄木は、このような老獪な戦略を知らないだろう。それにしても、啄木の分離論は、一年二ヶ月前の「日韓併合批判歌」の思想とどのような関係があるのだろうか。

［日本の第二次市民革命の挫折］　啄木の「国家社会主義」＝生活者の立場は、産業革命の過程から生成する勤労者の力量に依拠する立場である。生活破壊を武断的に推進する資本主義原蓄のむごさを抑制する要求である。啄木は、「上からの近代化」を勤労し生活する者の立場に立って推進する国家体制を望んだ。国家を勤労者の立場に立って運用する政治思想である。孫文たちもそういう構想をいだいていた。しかし、イギリスの（啄木の同時代を含む）二〇世紀前半の福祉国家がインド支配に基礎をもっていたように、勤労者は誘導されて、国家社会主義を実現するための財源をもとめ、対外侵略に参加するかもしれない。「豊かな」イギリス市民社会は帝国主義を基盤としたのでる。啄木のころ、明治後期に始まる「第二次市民革命」は、明治国家の武断に対抗する動向である。その変革は近代日本では、対話と討論を通して合意を形成する安定した改革戦略を構築するにいたらなかった。むしろ、国家暴力と民衆暴力との応酬が国家主義的ファシズムに横滑りしてゆき、対外（アジア）侵略に旋回してゆく。孫文たちが恐れた「満漢分離＝支配」に旋回していったのである。その危険を回避する戦略を認識し、それを構築するにいたらなかった。一九一九年の韓国の「三・一運動」、中国の「五・四運動」の時期が引き返し不可能な決定的な分岐点であった。

「国家社会主義」という用語は日本では、啄木以後、高畠素之たちの雑誌『国家社会主義』が一九一九年四月一日に創刊されることで、より一般化した（田中真人一四三）。「国家社会主義」は、「国家社会主義ドイツ労働者党（ナチス）」の経験以後、悪いイメージがつきまとう。ナチスの本格的台頭は、啄木や当時の孫文の時代の約二〇年後（一九三三年）である。啄木は一九一七年のソヴィエト・ロシア革命の以前の人間である。啄木の「国家社会主義」は当時のイギリスの福祉国家への動向に示唆を受けたものである。そこに、ナチスやソヴィエト社会主義思想を読むことはできない。念のためにいえば、「国有化・即・社会主義化」ではない。国有制は近代的私的所有制の究極の形態である。倒産した大企業を国有化し、経営体質を再建して、民営にもどすではないか。省みれば、啄木が生きた時代は、いくつかの進路の選択肢を冷静に分析し、その中からベストを選択する民衆知が未発達な時代であった。では、後年のわれわれはどれだけ賢くなったであろうか。

［第三次市民革命］　二一世紀は、二〇世紀から引き継いだ「第三次市民革命」の過程にある。「男女共生（geder）」・「健常者障害者共生（handicapped）」・「多数者少数者共生（minority）」・「人間・自然の共生（ecology）」の課題に人類は取り組んでいる。この四つの課題は「生命根源における共生」で共通の基盤にたつ。「アジア・太平洋戦争」の根源的反省も未決である。秋瑾は反纏足＝天足運動で第一の課題「男女共生」に挑み斬首された。纏足禁止・男女平等は中華人民共和国の形成過程で実現する。その意味で中国共産党は辛亥革命で挫折した中国近代化の実現者である。ただ、『共産党宣言』以来の「国有制＝社会主義」という通念にしたがっている。中国の現在の体制の「国家権力を勤労者のために行使するという制約」は、意外かもしれないが、啄木たち初期社会主義者と共通する。というより、啄木の時代からその通念は疑われることなく、存続してきたのである。「国有制社会主義体制」には、「勤労者の利益の代行者」を自称する官僚が公権力を私的利害に乱用する事例が数多ある。

億単位の人口の国の高度な要求の内実を少数の官僚が把握することは全く不可能である。省や都道府県単位に縮減しても、同じ困難は避けられない。「国有制＝社会主義」は発展すれば機能不全に陥る。このことは歴史的に経験ずみである。そのモデルは、破棄しなければならない。まして、「第三次市民革命」は「生命の根源に直接分け入る改革」である。むしろ、仕事と生活の現場、つまり「現場社会」に問題解決の方法と運営権限をゆだねること、現場の人々がそのような担い手に成長すること、これこそが社会主義であろう。そのような問題解決の能力は実際、生まれている。その能力の成長過程は、国家の役割が徐々に軽減し、社会各層の当事者がそれぞれの現場を運営する力量と権限をもつ秩序に変革する過程である。すでに、具体的にして深刻な問題群が解決をもとめて待機しているのである。

第二二章　革命歌から生活歌へ

〔秋空を仰ぎみて〕　先にみたように、啄木は「歌稿ノート」には「革命」語をもちいた歌を多く詠った。その通奏低音に秋瑾衝撃が響いている。注目すべきことに、秋瑾や陳天華などを直接・間接に詠った歌のそれぞれの歌集に占める割合は、筆者の調査によれば、「石破集」（五一％）→「新詩射詠草 其四」（五五％）→「虚白集」（四三％）→「謎」（二七％）というように、その割合が次第に減少してゆく。革命熱が冷却してゆくのである。それに代わって、生活歌が詠われるようになる。しかし、革命歌の地熱は残って生活歌の底に響いている。

啄木の「秋瑾衝撃」（一九〇七年七月）によって、啄木がそれまで用いてきた「秋・秋風」はあたらしい意味を含むようになる。池田功の調査によれば、啄木は生涯に、「春」を詠んだ歌を九九首、「夏」を二六首、「秋」を一五〇首、「冬」を一九首つくっている。「秋」が五一％と圧倒的に多い。しかも、「秋風」・「秋」の使用頻度には周期がある。頻度の多い年は一九〇二年、一九〇八年、一九一〇年である。一九〇二年（明治三五年）には「秋風」が三回、「秋」が三三回＝計三六回、一九〇八（明治四一年）には「秋風」が六回、「秋」が四四回＝計五〇回、一九一〇年（明治四三年）には「秋風」が一九回、「秋」が三九回＝計五八回、それぞれ使用している（池田九〇）。啄木の精神的転機は秋に訪れ、「秋風・秋」をキーワードにその旋回を表現したのである。しかし、啄木の「秋風」や「秋」の使用は、短歌に限られない。短歌における二回目の頂点である一九〇八年の前年一九〇七年も、エッセイ「秋風記」に見られるように、「秋風」・「秋」は啄木のキーワードである。

一九〇七年の「秋風記」、一九〇九年の「弓町より」、一九一〇年の「九月の夜の不平」のそれぞれの「秋」は、啄木の精神的推移の画期を刻む。『一握の砂』（一九一〇年一二月一日刊行）に収録されることになる、金田一京助との友情を記念するために一九〇八年秋に作った五一首「秋風のこころよさに」もそうである。二年後の一九一〇年の秋に作歌した「九月の夜の不平」三四首のうち一五首には、用語「秋風」・「秋」が用いられている（四四%）。三四首のから二六首を『一握の砂』に収録した（七六・五%）。啄木が『一握の砂』に収めなかった八首をあげる（第一巻一八三頁）。それぞれの冒頭の数は『創作』（一九一〇年一〇月短歌号）「九月の夜の不平」全三四首（第一巻一八二～一八三頁）に筆者がつけた番号である。

第二〇首　何となく顔《かほ》がさもしき邦人《くにびと》の首府《しゅふ》の大空を秋の風吹く

第二一首　つね日頃好《この》みて言ひし革命の語《ご》をつゝしみて秋に入れりけり

第二二首　今思へばげに彼《かれ》もまた秋水《しうする》の一味《いちみ》なりしと知るふしもあり

第二三首　この世よりのがれむと思ふ企《くはだ》てに遊蕩《いうたう》の名を与へられしかな

第二五首　秋の風我等明治の青年《せいねん》の危機《きき》をかなしむ顔撫《な》でゝ吹く

第二六首　時代閉塞《じだいへいそく》の現状《げんじやう》を奈何《いか》にせむ秋《あき》に入りてことに斯《か》く思ふかな

第三〇首　地図《ちづ》の上朝鮮国《てうせんこく》にくろぐろと墨《すみ》をぬりつゝ秋風を聴く

第三四首　明治四十三年《ねん》の秋わが心ことに真面目《まじめ》になりて悲しも

第二〇首を変えたと思われる歌が『一握の砂』第一一四首である。《邦人の顔たへがたく卑しげに／目にうつる日なり／家にこもらむ》。第二一首の「革命の語」、第二二首の「秋水の一味」は官憲を刺激する。第三〇首の「日韓併合批判歌」もそうである。第二三首は啄木個人の精神遍歴の痛々しい記録である。第二五首・第二六首・第三四首の歌も明治国家体制への青年の批判歌である。第二一首・第二二首・第二五首・第二六首・第三〇首・第三四首の歌を除いたのは、官憲の検閲を避けるためであろう。同じ言論制約はエッセイ「秋風記」や「卓上一枝」にも存在した。徐錫麟・秋瑾たちの名前をあげられなかったのである。

［資本と遊民］　啄木は、未公表論文「時代閉塞の現状」（一九一〇年＝明治四三年八月）で、上記の歌、第二六首「時代閉塞の現状を奈何にせむ…」や第二五首「秋の風我等明治の青年の…」や第三四首「明治四十三年の…」に込めた意味を書いている。啄木はそこで、《二つの不思議、資本と遊民》を論じる。

「今日に於ては、一切の発明は実に一切の労力と共に全く無価値である――資本といふ不思議な勢力の援助を得ない限りは」（第四巻二六八頁）。

啄木のいう「技術・労働力」だけでなく「土地」も資本主義が浸透すればするほど商品化し、資本（貨幣資金）なしには結合せず、生産は始まらない。資本があってこそ、その他の物は現実的意味をもつ。貨幣で買われないものは価値がなく、存在する価値がないと烙印を押される。啄木はそれをいうのである。一九〇六年頃からマルクスの英訳『資本論』（一八八六年刊行）を読んだ山川均が書いた「マルクスの『資本論』」という記事（『大阪平民新聞』掲載一九〇七年八月二〇日・九月五日・九月二〇日）を、啄木は全文筆写した（国際啄木学会三一八。『全集』未収録）。英語版刊行の約二〇年後のことである。啄木は『資本論』について一九一一年六月下旬頃つぎのような詩を書いた（第二巻四一三頁）。

我が友は、今日もまた、
マルクスの「資本論《キャピタル》」の
難解になやみつつあるらむ。

すでに「百回通信」でみた「地主資金の資本への転化」が資本を浸透させその力を増加する。資本とはレント（剰余＝儲け）の取得を目的とする。レントが発生しないと判断されれば、いかに社会的に必要があろうとも、労働力・土地・技術は買われず実用化されない。そこで生まれるのが失業者である。啄木は「工場法案」の欠陥を失業問題に正面から取り組んでいない点《ショウ》にあると力説していた。その結果生まれるのが、漱石も描いた《遊民》＝「親の脛をかじる失業者」である。

「日本には今《遊民》といふ不思議な階級が漸次其数を増しつつある。今やどんな僻村に行っても三人か五人の中学卒業者がゐる。さうして彼等の事業は、実に、父兄の財産を食ひ減す事と無駄話をする事だけである」（第四巻二六八頁）。

何時か親は死ぬ。残される遺産にも相続税がかけられる。しかも、遊民は表面を繕っていても内面は決して満たされていない。自己の存在意義を確証することができず、不安である。生活不安は激情化するポテンシャルをもつ。そこで強権国家は先手を打つ。青年を懐柔し籠絡するのである。国家は強権であるだけでなく、老獪である。「我々［明治の］青年を囲繞《ゐぜう》する空気は、今やもう少しも流動しなくなった。強権の勢力は普《あまね》く国内に行亙《ゆきわた》ってゐる。現代社会組織は其隅々まで発達している」（第四巻二六八頁）。啄木はそこに至った明治青年の精神史を三段階に分けて論じる。

［啄木の明治思想史］　第一段階は、樗牛の個人主義が風靡したころである。しかし、そこには「伝習的迷信」

が混入していた。青年と既成の関係を把握するさい、日蓮を偶像化する限界があった。

第二段階は、宗教的欲求の時代である。第一段階が自力で自己を既成の秩序に主張しようとしたのに対し、第二段階では逆に、他力によって既成の外で同じこと、即ち、自己を主張しようとした。その典型が「梁川綱島」である。そうである。かつて（一九〇七年九月）エッセイ「秋風記・綱島梁川氏を弔ふ」を書いて、綱島梁川を称えた啄木は、いま、彼を乗り越える。すでにこの第二段階で《科学》の重みが我々明治青年の心に浸透していたという。

第三段階は、純粋自然主義との結合時代である。「此時代には、前の時代に於て我々の敵であった科学は却って我々の味方であった」（第四巻二七一頁）。第一段階の「自力」＝「ニーチェ的超人」でもなく、「他力」＝「綱島的宗教的人格」でもなく、それらを超える地平、国家や社会も科学的に見据える見地に立たなければならないという。以上の三つの段階から、明治の青年はいかなる立脚地点を獲得したのか。啄木はいう。

「一切の空想を峻拒して、其処に残る唯一つの真実―《必要》！　これ実に我々が未来に向って求むべき一切である。我々は今最も厳密に、大胆に、自由に《今日》を研究して、其処に我々自身にとっての《明日》の必要を発見しなければならなぬ」（第四巻二七一頁）。「明治四十年代以後の詩は、明治四十年代以後の言葉で書かれねばならぬという事は……新しい詩の精神、即ち時代の精神の必然の要求であった。私は最近数年間の自然主義の運動を、明治の日本人が四十年間の生活から編み出した最初の哲学の萌芽であると思ふ。…哲学の実行といふ以外に我々の生存には意義がない」（第四巻二一六頁。強調傍点は原文）。「我々の要求する詩は、現在の日本に生活し、現在の日本語を用ひ、現在の日本を了解しているところの日本人に依て歌はれた詩でなければならぬといふ事である。……諸君は、詩を詩として新しいものにしようといふ事に熱心な余り、自己及自己の生活を改善するといふ一大事を閑却してはゐないか」（第四巻二一八頁。強調傍点。。は原文）。

「詩歌」以前に「生活の必要」がある。啄木はこの地点まで到達した。啄木は明治時代を明治四〇年までと明治四〇年代以後に分けている。明治四〇年は「秋瑾斬首」の一九〇七年である。その年から明治日本も自分も変革したとみている。明治四〇年＝一九〇七年が分水嶺である。その年の七月一五日の秋瑾斬首の報道に啄木は衝撃を受けた。啄木は新しい哲学を実行する以外に我々の生存には意義がないという。若きマルクスも哲学の思弁にふけるのではなく、哲学の実現こそ、哲学という形態で提起されてきた問題が解消されるときである、とヘーゲル左派内部のゴタゴタのなかで、冷静に見通していた。啄木の観点「必要」とは「実際の生活上の必要」のことである。

［国家を生み支えるもの］　しかし、注意すべきことに、明治の青年をしてこの「生活の必要」という肝心の観点から遊離させる力が働いている。あの老獪な魔手が伸びてくる。啄木はそれに気づいている。ほぼ八ヶ月前『スバル』に掲載した「きれぎれに心に浮かんだ感じと感想」で指摘する。

「道徳の性質及び発達を国家といふ組織から分離して考へる事は、極めて明白な誤謬である ─ 寧《むし》ろ、日本人に最も特有なる卑怯である」（第四巻二三〇頁）。

啄木は、先に見た「国家社会主義」の「国家」を無条件で承認しているのではないのである。既存の国家はそのままでは承認できない存在である。国家には体質改善が必要である。道徳を国家組織から分離せず、国家組織の形態と運用から考える、生活の必要を第一義とする人々から考える、その観点から国家組織を再建することを、啄木は訴えているのである。《道徳＝国家問題から逃げるな》、これが啄木のアピールである。啄木の思想は、慈善団体の会長に金持ちが納まる人民篭絡の策謀や、自力で身を立てた人を《あの人は苦労人ですからねぇ》と上から冷笑する左翼貴族主義者の本性を暴く。「慈善」や「解放」を説く者に「上下関係」

がこびりついて離れない。「下の者」は「さらに下の者」を探し、いなければ作る。魯迅も直面した問題である。啄木はほぼ二ヵ月後、一九一〇年＝明治四三年二月に『東京毎日新聞』に三回掲載した「性急《せっかち》な思想」でも指摘している。

「国家といふものに就いて真面目に考へてゐる人を笑ふやうな傾向が、或る種類の青年の間に風《ふう》を成してゐるやうな事はないか。少くとも、さういふ実際の社会生活上の問題を云々《うんぬん》しない事を以て、忠実なる文芸家、溌溂たる近代人の面目であるといふやうに見せてゐる、或ひは見てゐる人はないか。実際上の問題を軽蔑する事を近代の虚無的傾向であるといふやうに速了してゐる人はないか」（第四巻二四八～二四九頁）。

生活問題を考えない、生活問題を解決する責任がある国家を考えない、考える者を冷笑する風潮を、啄木は批判する。傍観を客観視と偽ることを批判する。傍観はなにも見ようとしていない。個人の生活から国家の正体や国家が垂れる道徳の正体が見えてくる。見た人が真剣に語りはじめると、《まあ、そんなにトンガルナ》と傍観ボスが冷やかし、周囲の者が爆笑する。曖昧主義が続く。実際的なことに「わが事柄」として関わると、それが道徳と国家に深く関与していることが透けて観えてくる。観るか、観ないか。観たことを語るか、語らないか。日々刻々、試されている、と啄木はいうのである。

啄木は、傍観の精神風土に反発しながらも、実は、自分も生活の足場を見てこなかったという悔恨から、生活の足場を見させまいとする国家を直視せず逃避するスマートな「優等生」（竹内好）の姿勢を問うのである。新聞記者として、実際の事柄の担い手（直接生産者）の現実を知って、生活が道徳と国家とに直結していることが明確になってきた。その関連を見させず、切り離そうとする権力と「左右の貴族主義」が明治青年の精神にまで浸透し腐らせている。だから、啄木は永井荷風の「田舎の坊っちゃん風文学」を峻拒した。

そんな精神で書く文学、作る歌とはなにか。

［国家統治の正統性問題］　日清・日露の戦いで戦勝した国民は「大国＝一等国意識」がみなぎり始め、やたら威張りはじめた。その高揚感を利用して明治国家が日本国民にさらに大きな犠牲を求め始めた。そのころ、金田一京助は啄木と共に「赤心館」や「蓋平館別荘」に下宿していた。金田一は、啄木と一緒に悩み抜いたことを回顧して、つぎのように書いている。

「《国家と個人》の問題を、突っ込んで考えると、何故に国家が無条件に、個人に犠牲を求め得るのか、疑問になった。私共は、国家の命令は至上命令で、何人もそれに無条件に服従しなければならないものとしていたのは、何と言っても、当時の日本は、明治国家の治下で、国権は張り、国威はあがり、それに萬世一系、金甌無欠《きんおうむけつ》の國柄で、その國民たるものは、君のおんためには水火も辞しない時代であったからであるが、啄木は、《天皇と我》という問題までも、突っ込んで随分深くハラハラする所まで考え詰めた」（金田一：一〇二。ルビは引用者）。

金田一は重要な証言を残している。二人は、ことに啄木は、「幸徳事件」で問われた「統治の正統性問題」をその二年前に熟慮していたのである。他の青年もそうしたであろう。明治日本では「人」より「国」が先となる。「天賦人権・人賦国権」ではなくて、「天賦国権・国賦人権」となる。中江兆民が『三酔人経綸問答』で考えたことを啄木たちも考えたのである。先に引用した漱石の漢詩（二つの「無題詩」）で表現した問題である。漱石は、「天子の国」に生まれた至福を詠いつつ、別の詩で秋瑾を暗示した。漱石は、一九〇五～〇六年ごろの「断片」にこう書いた。

「昔は御上の御威光なら何でも出来た世の中なり。今は御上の御威光でも出来ぬ事は出来ぬ世の中なり。次には御上の御威光だから出来ぬと云ふ時代が来るべし」（水川一一八）。

しかし、この問題は対岸の火事ではない。自己の振る舞いが生み出す問題でもある。自分もそこに深く関わっているのである。日本では《なぜ自分は生きている価値があるのか》について、いつも周囲に向かって立証しなければならない圧力が働いている。生きるいいわけ（excuse）をいいながら生きている。その圧力は明治以後の昭和時代前期から昭和後期（戦後）まで持続してきた。《国家の大義に生きよ、という強迫》になるだけでなく、《アイツは革命の大義に生きていないヤツだという蔑み》にもなる。大会で拍手に加わらないと周囲から怪しまれる。シベリア抑留では、昨日まで親しかった者が、帰国を競って、旧戦友を「反民主分子」として密告した。ソヴィエトの幹部がそれを奨励した。そのように、互いに圧力を加え合って生きてきた。何時も周囲が気になる。気にしあい同調しあい、無意識に相互に圧力を掛け合う。《皆がそうしているのに、なぜ君だけがそうしないのか》。この圧力に乗って国家が立ち上がる。

《国家の命令に従え》と号令される啄木は、では、自分にとって国家とは何か、何故に国家はそのような命令を下せるのか、国家は啄木たち個人に何をしてくれるのか、というように明治国家の「統治の正統性」を問う。幸徳たちの問題を、啄木たちは、すでに一九〇八年ごろ、考えていたのである。啄木の四度目の上京のすこしあとのころである。その正統性問題は如何に解くべきか。三年後の啄木は大嶋経男あての書簡（一九一一年二月六日）で、つぎのように述懐することになる。

「少さい時から革命とか暴動とか反抗といふことが一種の憧憬をもってゐた私にとっては、それが恰度、知らず〱自分の歩み込んだ一本路の前方に於て、先に歩いてゐた人達が突然火の中へ飛び込んだのを遠くから目撃したやうな気持でした」（第七巻三四一頁）。

巻末の「啄木・秋瑾略年表」でも確認することができるように、幼いときから啄木の中で時折、むらむらと反抗心が騒ぐ。「授業ボイコット」、「校長追い出し」、「編集長追い出し」など、幼少の頃から、いや、大人の歳になってからも、騒いだ。せっかくの好意で決まった就職先でも、上司追い出しを画策した。そのため、失業し、生活に苦しむ。なのに「革命だ」と叫ぶ。一九〇八年二月八日釧路から宮崎大四郎に「人の前では云はれぬが、僕は無政府主義者だ、無宗教だ」(第七巻一七八頁)と書いた。

ところが、東京に来てみると、現実社会で革命を本気で考え徹底的に実践する人たちがいる。「大杉栄」がその代表である。「秋瑾」もいた。「管野すが」もいた。真剣に革命を実行しようとする人間が存在する。彼らは文字通り「命がけ」である。彼らに比べて《自分はどこまで本気か》と惑い、おののく。啄木は詠歌で、その驚愕と迷いを表現した。しかし、《どこまで本気か》の《本気》が向かうべき方向は、彼らの方向でよいのだろうか。何を・誰が・如何に・革命するのか。その達成は、はっきりしているのか。

[百回通信と啄木の回心]　妻が自分の母との諍いで家出する。妻がいなくなった家でただ狼狽するのではない。自分も自棄になって家出するのでもない。静かに時評「百回通信」を書く路を選ぶ。生活現実を深く大きく決定している社会要因を認識する。無謀な「革命癖」で妻に父母に苦労をかけてきた。友人に迷惑をかけてきた。その時評の中でも、自分の歩みを省み深々と反省した。堅実な生活行為に静かに強かに生きている人々が、なお生活で苦しんでいるのは、なぜかと考える。そこにこそ問題の核心がある、と考えるようになった。

まず、歌を捨てよ。歌う前に、飢える赤子に乳を飲ませよ、田畑を耕し、実りを喜べ。そのあと、詠うべき事柄がもしあるのなら、詠え。この境地に啄木は立つにいたったのである。短歌を作った三木清は、改造社版『新編石川啄木全集』の発刊のさい(一九三八年)、啄木は「社会性・思想性をもつヒューマニズム」に立ち「激しい詩精神を具現している」と「推薦の辞」で書いた(三木七一三)。啄木の「回心」は一九一〇年(明治四三年)一月九日、『紅苜蓿』の編集者・大島経男(一八七七〜一九四一)宛の書簡にも記録されている。

「あの頃私は実に一個の憐れなる、卑怯なる空想家でした。あらゆる事実、あらゆる正しい理を回避して、自家の貧弱なる空想の中にかくれてゐたにすぎません、私の半生を貫く反抗的精神、その精神は、然し乍ら、つまり自分で自分に反抗してゐたに過ぎません、それと気がつかずに、唯反抗その事にやりどころなき自分の感情を託して、咨嗟し、慷慨し、自矜してゐた臆病な無識者は、遂に内外両面の意味に於て《破産》を免れませんでした、……この破産が一時的の恐慌から起こったのでなく、長き深き原因に基づいたものである事を明らかにしたに過ぎません、最近昨年［一九〇九年＝明治四二年］秋の末私は漸くその危険なる状態から、脱することが出来ました」（第七巻二九一頁。［　］は引用者補足）。

妻が家出したあとの孤独のなかで、時事評論「百回通信」を執筆し、明治末期日本の生活現実を直視することから、このような境地に到達した。その境地から啄木は、一九一一年（明治四四年）、友人の弁護士・平出修から「幸徳事件」の資料を借り精読し筆写し彼から意見を聞き、幸徳秋水のテロリズム実行計画が不存在であったことを確認した。啄木の幸徳事件研究は、啄木がテロリズムや無政府主義を肯定していたことを意味しない。「秋水は……管野（すが・須賀子）に、生命の尊重を説き、暗殺計画の放棄を進めた」（中村文雄一九九八：九八）という。啄木は、持論家として現実を凝視することで、テロリズムへの傾斜可能性を秘める超人的思想を捨て、《生活の必要》に徹して生きる姿勢を固め、そこから《生活の歌》を歌うように自己変革を遂げてきたのである。啄木のその態度は、日本留学中に秋瑾と親しかった時期があったがやがて彼女に思想的に距離をおくようになった魯迅の態度（竹内実一四一参照）に対応している。一九〇九年二月一七日、同じ宮崎大四郎あてに「作物《さくぶつ》は其時代と作者の性格と結合して初めて生まれるものだ」（第七巻二七二頁）と書いて、時代と個性の融合に作品が誕生する、と考えるようになった。

［伊藤博文と啄木］

啄木の一九〇九年は一九〇八年の「短歌革命」を一九一〇年の日韓併合批判歌に媒介

する過渡期である。「石破集」公表の次の年、一九〇九年＝明治四二年一〇月二七日に前韓国統監の伊藤博文（一八四一〜一九〇九年）が満洲ハルピン駅で、安重根（An Jung-gun 一八七九〜一九一〇年）に殺害される。啄木はその出来事を知り、伊藤の死去を悼む。啄木は『岩手日報』に時論「百日通信」（一九〇九年＝明治四二年一〇月五日から同年一一月二一日まで全二八回）を執筆した。その第一六回（執筆時一〇月二七日）で、伊藤の死を「噫、伊藤公死せり！」と題し、「韓国革命党青年の襲ふ所となり、腹部に三発の短銃丸を受け、後半時間にして車室の一隅に眠れる也」と記し伊藤の生涯を描く。「寸時の暇もなく新日本の経営と東洋の平和の為に勇ましき鼓動を続け来りたる心臓は、今や忽然として、異城の初雪の朝、其活動を永遠に止めたり」（第四巻一九一頁）。しかも伊藤を「明治の日本の今日ある、誰か公の生涯を一貫した穏健なる進歩主義に負ふ所、その最も多きに居るを否むものぞ」（同）と評価する。啄木の「穏健な進歩主義者」という伊藤評価は第一七回（同年一〇月二八日執筆）でも再論される（第四巻一九二頁）。その第一七回で、伊藤の死と韓国人の心情を対比する。「（伊藤の突然の死という）其損害は意外に大なりと雖ども、吾人は韓人を愍むべきを知りて、未だ真に憎むべき所以を知らず。寛大にして情を解する公も亦、吾人と共に韓人の心事を悲しみしならん」（同上）。伊藤は非業の死に遭遇しても、寛大な気風でそれを受け入れただろう、というのである。韓国人を憎むのではなくて「愍む」という。韓国人の心事を「悲しみの心」で受け入れるという。こうして、安重根の「公憤」は啄木のいう「伊藤の寛容」で遮断されることになる。

伊藤博文の葬儀は国葬であった。

「伊藤の国葬は四万五〇〇〇円（現在の約五億九〇〇〇万円）を国庫より支出し一九〇九年一一月四日に日比谷公園で実施された。……午前九時、遺体を収めた柩棺を載せた車は、霊南坂を出発した。陸海軍軍楽隊・近衛歩兵一連隊・第一師団歩兵三連隊・海軍銃隊二大隊等、数千人の陸海軍人が柩車の前後に従い、あるいは途中に整列して見送った。……午前一一時一〇分に葬儀が始まった。……一二時一〇分に葬儀が終わると、低い雲間から急に大粒の雨が落ちてきた」（伊藤五七五）。

一九〇九年一一月四日の葬儀の当日、啄木は『朝日新聞』に伊藤悼歌を九首載せる（第一巻一二〇頁）。つぎの二首は第二首・第六首である。

とぶらひの砲《つゝ》鳴《な》りわたり鳴《な》りをはるそのひと時《とき》は日《ひ》も照《て》らずけり
ゆるやかに柩《ひつぎ》の車《くるま》きしりゆくあとに立《た》ちたる白《しろ》き塵《ちり》かな

啄木は同じ日の「百回通信」第一八回にも、五首の伊藤悼歌を捧げる（第四巻一九三頁）。そのうち一首が右記第二首の悼歌である。

［言論統制と荷風評価］　啄木は「百回通信」第一九回で明治国家の言論統制を「文芸取締に関する論議」で取り上げる。生田葵山への「理屈は別として同情すべき事」との態度、森鴎外への言論統制を「社会現象としては随分矛盾ある出来事」と論評した。永井荷風への態度はかなり異なる。「日本のあらゆる自然、人事に対して何の躊躇もなく軽蔑し嘲笑する」荷風の態度に批判の矛先を向ける。《フランスはすべて良い、日本はすべてだめ》と決めてかかる荷風の基本態度を突く。啄木は「荷風氏の非愛国思想なるもの」を批判する。

啄木はその批判を第二〇回で書く。「田舎の小都会の放蕩息子が、一、二年東京に出て新橋柳橋の芸者にチヤホヤされ、帰り来りて土地の女の泥臭きを逢ふ人毎に罵倒する。その厭味たっぷりの口吻其儘に御座候」（第四巻一九五頁）。啄木は荷風と共に日本の道徳形式に不満ではある。しかし、「（荷風のように）漫然祖国を罵りたりとて畢竟何するものぞ」（同）、日本を「真に愛する能はずんば去るべきのみ」（同）と書く。啄木は傍観批評者を許せない。

「一国国民生活の改善は、実に自己自身の生活の改善に初まらざるべからず。自由批評といふ言葉は好し。然れども、批評は其結論の実行を予想するに於て初めて価値あり」（同）。

と指摘する。啄木は実践を予定しない理論は無意味であるという。啄木は実践の現場をまず日本に限定する。啄木は自分の実践主義が明治国家に回収される可能性があることに明敏ではない。先にみた伊藤博文評価にそれが出ている。啄木は実践の起点を自己の生活改善に定める。伊藤は自分の現場で任務を誠実に遂行したと啄木は考えたのか。しかし、誠実実行の社会的帰結は不問でよいのか。その問いが啄木に短歌革命をさらに促進する。

批判の刃が自分に向かうことを自覚するのが「百回通信」のつぎの年、一九一〇年の日韓併合である。その直後一九一〇年九月に書いた「九月の夜の不満」がその自覚を記録している。先に「歌稿ノート」から引用した歌、

地図《ちづ》の上朝鮮国《てうせんこく》にくろぐろと墨《すみ》をぬりつゝ秋風を聴く

がそれである。この歌は『一握の砂』に収めなかった。その直後の歌（第一巻一八三頁）、

誰《た》そ我にピストルにても撃《う》てよかし伊藤《いとう》の如く死にて見せなむ

は『一握の砂』第一五〇首に収める（第一巻二五頁）。一年前一九〇九年の「百回通信」の啄木はこの第三一首と同じ啄木である。では、一九一〇年以後の啄木は第三〇首「日韓併合批判歌」に収斂するか。第三〇首

と第三一首「伊藤悼歌」は併存するか。第三一首「伊藤悼歌」が第三〇首「日韓併合歌」の意味を規定するのか。啄木は日韓併合と同じ年の大逆事件に触発され「時代閉塞の現状」（一九一〇年八月稿、未発表）、「所謂今度の事」（一九一〇年秋稿、未発表）を書く。一九一〇年の啄木は第三一首を棄却し第三〇首に収斂する可能性を秘める。しかし先述（三三二頁以下）したように、啄木は翌年秋には満支分離論を主張する。

［彷徨する啄木、漂着した啄木］　石川啄木の経歴を省みれば、彼が生活困窮＝一家離散のなか北海道へ渡ることを決意し、《一九〇七年五月五日函館へ到着→同年九月一三日函館から札幌へ出発→同年九月二七日札幌から小樽へ出発→一九〇八年一月二一日小樽から釧路へ出発→一九〇八年四月二四日釧路から函館経由で東京へ到着》と、めまぐるしく彷徨した。《漂泊す我に家無し》の境涯に生きた。短期間の商工会議所雇員や代用教員の経験を除けば、基本的に新聞記者として活動している。結局、東京朝日新聞の校正係（のちに歌壇も担当）落ち着く。なるほど上京の目的は作家になるためであったが、結果的には、「新聞社員として生活し将来の社会革命を思考し準備する」という生活姿勢を取る。それは一九〇七〜〇八年の北海道時代の経験を継承するものである。

啄木は自己の職業に誇りを持っていた。啄木は新聞記者として同時代の進展に注目し論じている。啄木は、論説「百回通信」で自負する。「今や新聞記者は随所に其社会の公人たる地位に対して信用と敬意とを与へられつゝあり。而して新聞紙の勢力は日一日と社会の各方面に浸潤しつゝあり。吾人は茲に於て、此勢力を如何に公共的に善用すべきかの問題に一顧を与ふるも等閑事に非ずと思ふ」（第四巻一八七頁）。新聞記者として社会を凝視するなかで、だれもが一個の生活者である、生活を立てることとこそ人生の第一義であるという観点が生まれてくる。新聞記者という職業は、単なる歌詠みの枠を超えた社会科学的な認識を育む可能性をもっている。その行き着く先に、何を如何に表現すべきかという、詠歌をいったん捨て去ることを求める岐路が待っていた。

［啄木は歌人か］　ふつう、石川啄木は歌人である、と歴史に記念されている。それでは、啄木自身は歌人と自認していただろうか。実は、そうではないのである。これは意外だろうか。啄木にとって、歌を読むことは、どうでもよいことであった。より正確にいえば、おおよそ一九〇七～一九〇八年（明治四〇～四一年）頃に、それまで懸命に追求してきた歌詠みがどうでも良いことに変化したのである。彼は、自分が歌人として記念されることになる歌集『一握の砂』（一九一〇年一二月一日刊行）に収録される歌を書き、その歌集を丹念に編集し、真の歌人になった。そのとき、歌人であろうとして生きる姿勢を放棄して、もう数年過ぎていたのである。詠歌、広くは文学をなにか特別なこと「名誉」・「光栄」としてあつかう「迷信」から眼覚めていたのである。その自覚は「生きることへの回心《えしん》」である。生活にこころから目覚め、新たに再生したとき、分かったことである。

自分が歌を作るのは、満たされない生活を営んでいると思う自分を直視するときである。自己省察の作法である。啄木は歌をそのように位置づけていた。啄木は「歌を歌わなくて良いようになりたい」とさえいっていた。啄木を通常にいう歌人として評価する者はまず、《歌など、どうでもよいことである》と啄木が歌に距離をおいた地盤から啄木歌が生まれたことを知らなければならない。その距離を知らずしては、啄木歌は真実分からない。啄木歌は《歌なんか作らなくてもよいような人になりたい》と歌を棄却した後背から響いてくるものである。啄木歌はそのような逆説的な存在である。歌から離れ社会に真実に沈潜していたから、真実の歌が詠えるようになる。歌人の取り澄ましたスタイルから最も遠いところに、ひとのこころをつかむ歌が潜み、その表現を待っているのである。

啄木のこの短歌観は、彼自身における経験の累積が生みだしたものである。その発生の直接の原因は「妻節子の家出そのもの」ではない。なるほど啄木自身、書簡などで妻の家出はショックで精神的な変化を経験しているとのべている。しかし、その家出はきっかけではあっても原因ではない。「逆に」問えばよい。妻が家出すれば、すべての夫は啄木のような精神革命を遂げるだろうか。そうとは限らない。啄木が生きてきた経験が彼自身の回心をひそかに準備してきたのである。彼自身はそう自覚していた。妻が家でした後、啄木は静かに「百回通信」を書くのである。一九〇九年（明治四四年）、「百日通信」二二号に、自己の精神史をつぎのように回顧している。

「嘗て現実は抒情詩を予の頭より逐出したり。次に来れるものは謀反気なりき。随所に予自身と一切とを破壊せんとする謀反気なりき。其謀反気は今や予の謀反気それ自身を破壊しつ丶あり。予は今暗き穴の中に入りて、眼の次第に暗黒に慣れ来るを待つ如き気持にて、静かに予の周囲と予自身を眺めつ丶あり」（第四巻一九八～一九九頁）。

啄木が生きる現実は抒情歌を放擲させ、その代わりに謀反気が起こり、やたらと自己と一切を破壊してやまなかった。が、やがて謀反気自体が嫌になった。不毛な謀反気を棄て、いまでは自己と環境を冷静に観察する者になっているというのである。

省みれば、一九〇七年七月下旬に「女教師・秋瑾斬首」の報道で、本気で革命に立ち上がる中国女性を知る。一九〇八年四月下旬に四度目の上京をして間もなく、六月二二日の「赤旗事件」で、日本にも本気で革命に突進する人々が存在することを知る。翌日深夜からの「歌稿ノート」に記録された「短歌爆発」が炸裂する。そこで、すでにみたように、「革命」語を用いて、自己の反抗心を点検する歌を詠う。「緑の旗」・「石破集」・「新詩射詠草　其四」・「虚白集」・「謎」などの一連の歌集がその点検の記録である。革命に魅了されつつ、革命家の無残な死に震え引き裂かれた心を詠った記録である。これらの歌集から『一握の砂』に収められる歌が誕生し始めたのである。

一九〇九年の啄木はすでに沈着・冷静になっている。血気・侠気・天才気取りはもうない。それは短歌作風の変化となってあらわれる。国家権力重圧のもとで、生活の細部を描写するなかで、権力の影を写し取る作風が樹立する。心情の表現にもその作風は貫徹する。その意味で啄木歌はもはや抒情歌ではない。この劇的変化は、彼自身が出した書簡にも記録されている。一九一〇年（明治四三年）一〇月一〇日、生涯の友・『岩手毎日新聞』の岡山儀七（一八八五〜一九四三）あての書簡でつぎのように指摘している。

「小生が《歌人》たることを名誉とも光栄とも存ぜざる者なることは、兄［岡山儀七］に於て了解しておいて頂き度候、文学に対する迷信は数年前［一九〇七〜一九〇八年頃］に於て既に小生の心より消え失せたり、文学的活動が他の諸々の人間の活動より優れたりといふ理由一つもなし、といひて殊更に軽蔑する訳でもなけれど……兎も角も小生の歌の他人より優れむことを希望する者には無之、歌を歌はざる小生の他の歌を歌はざる人々より劣らんことを憂ひ居るものに候……歌を捨てたる兄より同情をうけ得べき多くの理由ありと信ず」（第七巻三〇五〜三〇六、強調点は原文、《》、［］は引用者）。

右に引用した書簡から二ヵ月後、『一握の砂』（一九一〇年一二月一日）を刊行したばかりの啄木は、一九一一年（明治四四年）一月九日、弁護士で啄木の友人・平出修から大逆事件の幸徳秋水の弁明書を借り筆写した。その直後、啄木と合併誌『爾伎多麻』を出した親友・瀬川深（一八八五〜一九四八）あての書簡でも歌をめぐる「回心」を書いている。

「実際に於て僕は、［歌を］作りたいやうな気持のしない事が、何日、何ヶ月つゞいたとて、少しも何とも思はない、平気である、ただ僕には、平生意に満たない生活をしてゐるだけに、自己の存在の確認といふ事を刹那々々に現はれた《自己》を意識することに求めなければならないやうな場合がある、その時に歌を作る……君、僕は現在歌を作ってゐるが、正直に言へば、歌なんか作らなくてもよいやうな人になりたい……僕は歌を作るために生活してゐる人の生活に対して殆ど何の尊敬も同情も持ってゐない、さういふ生活は片輪だと思ひ、空虚だと思ふ……僕は一新聞社の雇人として生活しつゝ、将来の社会革命のために思考し準備してゐる男である」（第七巻三二三〜三二四頁）。

啄木は自分の詠歌の舞台裏を正直に語っている。その観点からすると、詠歌が長い間中断してもなんとも思わない。歌は自己の生活の或る場面の表現に過ぎない。詠歌は、特別に高尚な活動とは思わない。詠歌を他の様々な人間活動とまったく同一地平で行われる活動の一つであるとみるようになったのである。啄木の短歌観の旋回＝回心は、右の引用文で確認できるように、ほぼ一九〇七〜一九〇八年（明治四〇〜四一年）の出来事である。

この観点はすでに「卓上一枝」（一九〇八年）で到達していた。毎朝、たんねんに新聞の全面を精読する作業は、啄木に日本の内外で生起する事柄を精緻に知らせる。啄木は晩年も毎日七本の新聞を精読していた。「朝に四種、夕方に郵便で来る三種の新聞だけは真面目に読んでゐる。毎日々々同じやうで変った記事や論説の間から、時々時代進転の隠微なる消息が針のやうに頭を刺す」（第七巻三六三頁）と書く。啄木の「頭を刺す針」は、日本産業革命が日本と韓国・中国など東アジアに展開する資本主義がもたらす矛盾である。一九一九年の韓国の独立運動（三・一運動）、中国の「五・四運動」から、日本と東アジア諸国の間に断層がはっきりみえてくる。啄木は辛亥革命の熱風がまださめやらない一九一二年一一月一日、佐藤真一宛の書簡で書く。

「革命戦が起ってから朝々新聞を読む度に、支那に行きたくなります。さうして支那へ行きさへすれば、病気などはすぐ直ってしまふやうな気がします」（第七巻三七〇頁）。

秋瑾斬首後の中国の動向に注目してきた啄木は、中国に行きたい、行けば宿痾も治るだろう、と思うくらい、現実に革命を推進する中国に憧憬していた。斬首後の秋瑾との思想的・文学的出会いは、「辛亥革命」（一九一一年）を進める中国への強い実践的関心となって、晩年の啄木に生き続けていたのである。一九〇八年、時事評論「空中書」で中国の革命情勢を論じた啄木は、「剣花＝秋瑾」の突出した行動がいま、辛亥革命となって大きく展開しているなりゆきを羨望し、自分もそこに同伴したいと、切望する。病んだ肉体が重く制約する切望である。気力だけの切望である。その気力もやがて衰弱し、啄木は死んだ。

あれからもう百年たった。啄木は、その後に生きる人たちに作品を残して、大きな自然に沈んでいった。生きる者はいつの日か、死者の沈黙する深淵に吸い込まれてゆく意味を、どれほど知っているのだろうか。

啄木も死んだ。秋瑾も死んだ。啄木も、秋瑾も、なにも反論しない。死者は沈黙する。啄木と秋瑾の生きた真実に、本書がどこまで近づけたか、それがまさに問われている。

啄木・秋瑾略年表

啄　木（一八八六〜一九一二年）

一八八六年　二月二〇日　岩手県南岩手郡日戸村曹洞宗日照山常光寺に生まれる。本名は石川一《はじめ》。
一八九一年　五月二日　岩手郡渋民尋常小学校に入学。
一八九四〜九五年　日清戦争。
一八九五年　三月　岩手郡渋民尋常小学校卒業。**四月二日**　盛岡市立高等小学校に入学。
一八九八年　三月二五日　三年修業証書授与式。**四月二五日**　岩手県盛岡尋常中学校に入学。
一九〇一年　二月二五日からの授業ボイコット・ストライキ運動を指導。**九月七日**　金田一京助らの送別会を開く。
一九〇二年　一月二九日　『岩手日報』の号外（陸軍遭難事件）を販売、その利益を足尾銅山被災者へ義援金とする。**七月一五日**　試験で不正行為。**九月二日**　その処分公表。**一〇月二七日**　退学届提出。**一一月一日**　文学を志し上京（一回目）。神田付近の中学校への編入を照会したが、果たせず。**一一月一〇日**　与謝野鉄幹・晶子を訪問。**一二月末から翌年一月**にかけ「日本力行会」の金子定一の部屋に宿泊。「日英同盟」締結。
一九〇三年　二月二六日　帰郷。**五月三一日**から『岩手

秋　瑾（一八七五〜一九〇七年）

一八四〇〜四二年　アヘン戦争。
一八五一年　太平天国の乱（〜**一八六四年**。反清、反辮髪）。
一八五六〜六〇年　第二次アヘン戦争。
一八七五年　一月八日　福建省閩候県に生まれる。本名は秋閨瑾。後に秋瑾と名乗る。
一八七九年　祖父について厦門に住む。外国人が中国人を虐待するのを目撃し衝撃を受ける。
一八八〇年　兄と共に塾で学習。
一八九〇年　祖父隠退。家族と共に紹興に住む。
一八九一年　父・秋寿南が台湾巡撫文案に就任。家族と台北に住む。
一八九四〜九五年　甲午戦争（対日戦争）。**一八九五年**敗戦。
一八九五年　父、湘潭厘金局総弁に就任。秋瑾、王廷鈞（秋瑾より一歳下）と婚約。
一八九六年　王廷鈞と結婚。
一八九七年　長男・王元徳が誕生〔解放（**一九四五年**）後、湖南文史研究館に就任。〕
一八九八年　九月　戊戌変法。義和団の変（〜**一九〇〇**

日報』に「ワグネルの思想」を七回連載。**一一月一日**『明星』に短歌を筆名「白蘋」で公表。

一九〇四年　二月八日　日露開戦。**三月三日**より『岩手日報』に「戦雲余録」を連載。**一〇月三一日**　上京（二回目）。**一二月二六日**　父・禎一、住職罷免の処分を受ける。この年に神田錦町に「経緯学堂」が設立される。

一九〇五年　一月五日　新詩社新年会に参加。平出修も参加。**四月二五日**　平出修は「神田区北神保町二番地」に転居。近所に約二年後『秋瑾詩詞』（**一九〇七年九月六日**）を刊行する秀光社がある。**五月三日**　詩集『あこがれ』（小田島書房）刊行。**五月一二日**　父、啄木の堀合節子との婚姻を届出る。**六月四日**　帰省。**九月五日**　同人誌『小天地』刊行。**九月五日**　ポーツマス条約締結、日露戦争終結。**九月～一二月**　平出修は清国人留学生のための学校「経緯学堂」で法律学を教える。**一一月二日**の文部省通達「清国人留学生取締規則」への留学生の抗議運動＝授業ボイコットで一二月に辞任。抗議運動は「経緯学堂」正面の「錦輝館」などで開催された。指導者が秋瑾。平出修は秋瑾の存在をよく知っていた。

一九〇六年　四月一四日　渋民尋常高等小学校の代用教員に就く。**四月二一日**　徴兵検査を受け筋骨薄弱で徴収免除。**六月一〇日**　農業休暇（一五日間）を利用し上京（三回目）、新詩社に滞在。**一一月二三日～一二月三日**、評論「林中書」執筆。

年）。

一八九九年　夫に付き北京に転居。

一九〇〇年　一月　孫文「興中会」会長に就任。**八月**　八カ国軍、北京まで侵入。秋瑾一家は義和団の乱を避け湖南省に帰る。この頃、詞「浪淘沙秋夜」作成。すでにこの詞で漢民族の精神の衰弱を憂える。

一九〇一年　長女・王燦芝が生まれる［後に女性飛行士。後に**一九二九年**『秋瑾女侠遺集』刊行。**一九六七年**、台湾で死去］。

一九〇三年　夫・王廷鈞、北京に復職し、夫と共に北京に転居。呉芝瑛と出会う。秋瑾、夫の不貞に怒り男装して一時家出。詩「乍別懐家」、「偶有所感」、「秋日獨坐」。これらの詩で、家を出て同志を募り革命に邁進する決意を詠う。**八月**、孫文、東京青山地下軍事学校を設立。この年、留日学生、清朝打倒の「青年会」結成。女子留学生「共愛会」結成。

一九〇四年　呉芝瑛と義兄弟の盟を結ぶ。日本人教諭・服部宇之吉の妻・繁子を出会う。繁子の勧めで鈴木信太郎から英語・日本語を習う。鈴木は秋瑾に日本刀を一振り贈る。謝礼に長詩「日本鈴木文学士宝刀歌」を贈る。この頃、詩「劍歌」、「泛東海歌」、「自題小照男装」を詠う。「劍歌」はのちに『秋瑾詩詞』に収められる。「泛東海歌」は日本留学・革命準備を決意する歌。「自題小照男装」は男装する自分の姿に革命決起の決意を誓う歌。

一九〇七年　**四月一日**、代用教員の辞表提出。**四月一九日**　高等科生徒を引率し、校長排斥の運動。**五月四日**　一家離散し、単身、北海道函館に向かう。**五月五日**　函館到着。**六月一一日**　函館区立弥生尋常小学校代用教員に就く。**七月二六日**　苜蓿社主催者・大嶋経男、日高に赴く。**七月二三日**頃から秋瑾斬首の新聞報道（**七月二〇日**以後）が北海道に届く。この頃、啄木は湯屋でも新聞を読んだ。**八月一八日**　『函館日日新聞』の遊軍記者。**八月二五日**　函館大火。**九月六日**　秋瑾殉死を追悼する『秋瑾詩詞』が平出修の近所の秀光社が刊行。**九月七日**　神田区の「錦輝館」で秋瑾殉死追悼大会。**九月一一日**　代用教員を退く。**九月一三日**　札幌の『北門新報』校正係に就く。**九月一八〜二七日**　同紙に「秋風記・綱島梁川氏を弔ふ」で「大いなる白刃の斧を以て頭を撃たれた様な気持ちがする」と書き秋瑾斬首を示唆。**一〇月一日**　『小樽日報』に就職。**一〇月一五日**　『小樽日報』創刊号に「初めて見たる小樽」・「詩（無題）」で秋瑾詩「剣歌」・「宝刀歌」に韻字を踏む文を書く。この頃より同紙主筆に対する排斥運動。**一一月二九〜三〇日**　同紙で、秋瑾が留学した実践女学校校長・下田歌子を論じる。**一二月二一日**　同紙退職。啄木一家の生活、困窮する。**一二月二七日**　日記に「予に剣を与えよ」と書く。

一九〇八年　**一月一九日**　『釧路新聞』に就職するため、単身、釧路に向かう。**一月二二日**　『釧路新聞』に

四月、魯迅「仙台医学専門学校」入学。**六月二八日**　秋瑾、日本留学のため出発。**七月四日**　東京着。清国人留学生会館（神田区駿河台鈴木町一八番地）に留学を登記。**七月一六日**　実践女学校校長・下田歌子に会う。**八月**　実践女学校清国留学生分校に入学（旧所在地＝赤坂檜町一〇番地。在籍期間**一九〇四年八月〜一一月**、**一九〇五年八月〜一二月**）。陳擷芬と「共愛会」に「演説練習会」を組織。「清朝反抗・収復中原」を主張。秋閨瑾を秋瑾に改名。婦人解放運動を開始。**九月二四日**　『白話』を編集創刊し新思想・新道徳を宣伝。**一一月一九日**　横浜で「清朝打倒・中華復興」を目指す「三合会」に参加。途中で見た日露戦争に出征する兵士の姿に感激する。留日生の中に科挙合格者の胡道南がいた。胡は秋瑾の男女同権論に反対し秋瑾に激怒され、後に秋瑾を密告し死に導く。詩「有懐」、「宝刀歌」。「有懐」は纏足批判歌。「宝刀歌」は秋瑾死後の秋瑾論によく引用される、秋瑾を代表する詩。

一九〇五年　**三月**　一時帰国。母から資金を受取る。陶成章と会い、日本刀を抜き剣技を舞い、「光復会」入会を認めさせる。紹興で「光復会」の徐錫麟と知合う。**七月一七日**　船で日本に向う。**七月二三日**　中国同盟会が東京で結成。**八月二〇日**　孫文の中国同盟会が正式に成立。**九月四日**　孫文に会い三民主義を聴き同盟会に加盟。**一一月二日**　文部省「清国人留学生取締規則」を発

出社。一月二八日、下田歌子が主催する愛国婦人会釧路支部の活動を評論「新時代の婦人」で『釧路新聞』に書く。二月同紙に掲載の評論「卓上一枝」で「革命の声を聞き、革命の血を見る」と書く。四月五日　『釧路新聞』を退職し、海路、函館に向う。四月二四日　海路、上京する（四回目）。五月四日より、金田一京助の下宿先「赤心館」に住む。六月二二日　平出修宅の近くの「錦輝館」で「赤旗事件」起きる。幸徳秋水、内山愚童に「弔い合戦」の必要を説く。六月二三日深夜より「短歌爆発」を「歌稿ノート」に記す。以後、秋瑾詩詞に韻字を踏む短歌・詩などを多く書く。七月　『明星』に「石破集」掲載。同歌集に「見よ君を屠る日は来ぬヒマラヤの第一峯に赤き旗立つ」と詠い、秋瑾斬首（一九〇七年）と赤旗事件（一九〇八年）を記念する。七月一九日　日記に「（平民書房に寄宿する阿部和喜衛から）支那の革命家の話をきいて、いっそ支那へ行って破天荒な事をしながら、一人胸で泣いてゐたい」と書く。八月　「新詩射詠草其四」を『明星』に掲載。九月六日　金田一京助と共に蓋平館別荘に転居。一〇月　「虚白集」、一一月　「謎」を『明星』に掲載。この間、啄木と平出修は『明星』で秋瑾悼歌を詠い合う。一〇月一三～一六日　『岩手日報』に「空中書」を連載し中国革命情勢を論じ、秋瑾を「剣花」との名で示唆。一一月三日　『岩手日報』掲載の歌集「小春日」で秋瑾など中国同盟会革命家を示唆し、政府の同

布。留日生、猛烈に反発。『民報』創刊（印刷所・秀光社）に同盟会の陳天華と参加。一二月八日　陳が東京大森海岸で踏海自殺。一二月九日　秋瑾が指導する陳天華追悼式が「錦輝館」で開催される。一二月二五日　横浜から「長江丸」で約七、八百人を引き連れて抗議帰国（全体で約二千人が帰国）。

一九〇六年　和暢堂の実家に帰省。三月　魯迅「仙台医学専門学校」退学。秋瑾、三月下旬、呉興県の南潯鎮潯渓女校の教諭に就任。徐自華・徐塩華の姉妹と知り「生死の友」となる。七月　秋瑾と徐姉妹とは上海に「鋭進学社」を創立。呂熊祥らと革命活動。夫・王廷鈞の父から大金を調達し徐自華の寄付とで『中国女報』の創刊資金とする。一二月上旬、徐錫麟の依頼で王金発が秋瑾を「紹興大通学堂」の責任者に招聘。王金発と「生死の友」となる。一二月、新軍の革命党と連絡し、蜂起の準備に入る。一二月二九日　母・単氏が死去。享年六二歳。

一九〇七年　一月一四日　『中国女報』上海で創刊。二月　密かに革命軍人を育成する「大通学堂」に正式に就任。三月四日　『中国女報』第二期発行、資金難で休刊。四月　「大通学堂」の男子学生に実弾射撃訓練。杭州の浙江巡撫、秋瑾たちの不穏な動きを察知。七月六日　徐錫麟が安徽で蜂起。巡撫恩銘を刺殺するが、徐錫麟・陳伯平、討死。七月七日　胡道南が紹興知府貴福に大通学堂の軍事蜂起計画を密告。七月一〇日　秋瑾は徐錫麟の

盟会機関誌『民報』発禁処分＝「秀光社弾圧」に意趣を返す。**一一月一七日**の日記に、清国の西太后死去と光緒帝毒殺事件への強い関心を記す（実際はヒ素毒殺死『朝日新聞』二〇〇八年一一月四日夕刊）。
一九〇九年　一月一日　『スバル』創刊。**三月一日**　東京朝日新聞に校正係として出勤開始。**六月一六日**　函館より家族上京。本郷区弓町二丁目一八番地に転居。**一〇月二日**　妻節子、義母との不和から家出。この間、**一〇月五日〜一一月二一日**　『岩手日報』に「百回通信」連載し、日本産業革命期の諸問題を論じ、生活現実を直視することと社会政策の重要性を知る。**一〇月二六日**　妻帰宅。**一〇月二六日**　伊藤博文、ハルピン駅頭で韓国人安重根に暗殺される。
一九一〇年　五月一〇日　校正に関わってきた『二葉亭四迷全集』第一巻刊行。**六月五日**　各新聞、大逆（幸徳）事件を報道。**六月〜七月**　「所謂今度の事」執筆（未発表）**八月二二日**　「日韓併合条約」締結。**八月下旬**、「時代閉塞の現状」執筆（未発表）。**九月一五日**　『東京朝日新聞』「歌壇」担当。**一〇月九日**　東雲堂書店から出す歌集の書名を『一握の砂』と連絡。**一〇月二七日**　長男、真一死亡。**一二月一日**　『一握の砂』刊行。**一二月一〇日**　「大逆事件」公判開始。
一九一一年　一月三日　友人弁護士平出修から幸徳ら二六名被告の特別裁判内容を聞き、幸徳らの陳弁書を借

討死を知り、徐自華に絶命詞を送る。**七月一一日**　秋瑾逮捕のため、新兵三〇〇名が杭州から紹興に向かう。**七月一二日**　秋瑾は友人に退避を勧告されるが拒否。銃弾を隠し、学生を退出させる。**七月一三日**朝、王金発が退却を勧告するが、拒否。名簿・書類を焼却するか王金発に持たせる。同日午後、紹興知府貴福が秋瑾を逮捕。同日夜、紹興知府貴福が秋瑾を尋問するが黙秘。**七月一四日**　再尋問。秋瑾は「秋風秋雨愁殺人」（実際は「秋雨秋風愁殺人」と書いた）とのみ書く。**七月一五日**早朝四時、紹興の中心地・古軒亭口で斬首刑に処せられる。享年（満）三一歳。**九月六日**　東京神田区の秀光社から『秋瑾詩詞』が刊行される。翌日**九月七日**　神田区「錦輝館」で秋瑾たち殉死者の追悼大会。
一九〇八年　四月二九日　中国同盟会、雲南で蜂起。**六月三〇日**　予備立憲公会の鄭孝胥ら国会開設を要求。**一〇月二一日**　光緒帝死去。**一一月一五日**　西太后死去。
一九〇九年　一月　清朝政府、軍機大臣袁世凱を解任。**九月四日**　「間島条約」。**一二月**　香港で中国同盟会の南方支部設立。
一九一〇年　二月　秋瑾が会員だった「光復会」が東京で総本部を結成。章炳麟が会長、陶成章が副会長。
一九一一年　七月　宋教仁ら上海で中国同盟会中部総会を設立。**八月**　製糸工場などでストライキ続発。**一〇月一〇日**　武昌蜂起（辛亥革命）。**一二月二九日**　南京で

り、翌日より二日かけて筆写。**一月一八日**、幸徳らに判決下る。**一月二三〜二四日**　幸徳事件記録を整理。**一月二四〜二五日**　幸徳らの死刑執行。**一月二六日**　平出修宅で幸徳事件関係書類、特に管野すがの部分を読む。**二月一日**　慢性腹膜炎と診断を受ける。**五月**、A Letter from Prison 'V Narod, Series を執筆。**六月五日**の日記に北輝次郎（一輝）『純正社会主義の哲学』を読んだと記す。六月下旬、詩集『呼子と口笛』を計画。**八月七日**　小石川区久堅町七四の四六号に転居。**一一月一〇日**の日記に支那・満洲分割論を記す。**一一月一七日**　クロポトキン『ロシアの恐怖』筆写が終了し製本する。

一九一二年　**一月二日**　東京市電ストライキに関心を寄せる。**一月下旬**より母喀血。**三月七日**　母死去。享年六六歳。**四月五日**　北海道にいた父、啄木の重体を知り上京。**四月九日**　東雲堂と第二歌集出版を契約し歌稿ノートを渡す。**四月一三日**　午前九時三〇分、死去（病名肺結核）。享年（満）二六歳。**六月二〇日**　『悲しき玩具』刊行。書名は土岐哀果の命名。

一九一三年　**五月五日**　妻節子、転居先の函館の病院で死去（病名肺結核）。享年（満）二七歳。

一七省代表が孫文を中華民国臨時大総統に選出。

一九一二年　**一月一日**　中華民国成立。首都は南京。**二月一二日**　宣統帝溥儀退位。清王朝滅亡。

この「啄木・秋瑾略年表」は、岩城之徳『啄木評伝』（學燈社、一九七六年）、永田圭二『競雄女侠伝—中国女性革命詩人秋瑾の生涯—』（編集ノア、二〇〇四年）、孔菁慧（方政訳）『風雨自由魂・秋瑾（自由への闘い秋瑾）』（山東画報出版社、二〇〇一年）、郭長海・郭君兮（編注）『秋瑾全集箋注』（吉林文史出版社、二〇〇三年）を主な参考文献とし、適宜補足して、作成した。

啄木歌索引

若しも我露西亜に入りて反乱に死なむといふも誰か咎めむ　（二三五）　（191、256）
女なる君乞ふ紅き叛旗をば手づから縫ひて我に賜へよ　（二三五）　（197、256、260）
かく弱き我を生かさず殺さざる姿も見せぬ残忍の敵　（二三五）　（249）
ふと深き恐怖をおぼゆ今日我は泣かず笑はず窓をひらかず　（二三七）　（249）
黒布の針の穴より我覗く見ゆるものみな美しきかな　（二四〇）　（191）
皆黒き面がくししてひそ〳〵と行けり借問《しやもん》す誰が隊なるや　（二四一）　（191）
百年《ももとせ》も眠りて覚めむその日にも汝等猶且つ我を愛づるや　（二四一）　（186）
流されしならず自ら行きもしきみ国の涯の遠き浜にも　（二四一）　（187）
我鐘を鋳むとす高き山々の千万世《ちまよ》の眠りさまさむとして　（二四一）　（186）
背よと呼び吾妹《わぎも》と答へやがてただ死なむとのみに恋はしにきや　（二四一）　（187）
山といふ山をくづさば各々に皆二組の骨や見出でむ　（二四一）　（187）
大いなる黒き袋ぞ魚のごと空を泳げり風きそひ吹く　（二四二）　（191）
水たまり暮れゆく空と紅の紐と浮べぬ秋雨の後《のち》　（二四六）　（194）
かなしきは秋風ぞかし稀にのみ湧きし涙のしゞにながるゝ　（二四七）　（194）
ものなべてうらはかなげに暮れゆきぬとりあつめたる悲みの日は　（二四九）　（194）
夜の空の黒きが故に黒といふ色を怖れぬ死の色かとも　（二四九）　（191）
秋立つは水にかも似る洗はれて思ひことごと新らしくなる　（二五〇）　（194）
見よ今日もかの青空の一方のおなじところに黒き鳥とぶ　（二五四）　（191）
水たまりくれゆく空と紅の紐を浮かべぬ秋雨の後　（二六〇）　（194）
手をとれば何事もなし革命の日をまつ如く待ちてありしが　（二六八）　（192）
ことさらに燈火を消してまぢ〳〵と革命の日を思ひつゞくる　（二七五）　（192）
気にしたる左の膝のいたみなどいつか直りて秋の風吹く　（二七七）　（192）
地図の上朝鮮国に黒々と墨をぬりつゝ秋風を聞く　（二七八）　（333、352）
ふがひなき我が日の本の女らを秋雨の夜にのゝしりしかな　（二七八）　（251）

第二四首　日に三たびたづね来《こ》し子は我と羞《は》ぢ苦《くる》し死なむといつはりをいふ（一四九）（115）
第二五首　血を見ずば飽《あ》くを知らざる獣《けだもの》の本性《ほんじやう》をもて神を崇《あが》めむ（一四九）（182）
第二七首　かく細きかよわき草の茎《くき》にだも咲きてありけり一輪の花（一四九）（307）
第二八首　頬につたふ涙のごはず一握《いちあく》の砂を示しし人を忘れず（一四九）（52、304、307、326）
第二九首　空半ば雲にそそれる大山《たいざん》を砕かむとして我斧《われをの》を研ぐ（一四九）（177、307、308）
第三五首　見よ君を屠《ほふ》る日は来ぬヒマラヤの第一峯《だいいっぽう》に赤き旗立つ（一四九）（35、91、190、229、327）
第三六首　かへり来《こ》し心をいたむ何処にてさは衣《ころも》裂き泣きて歩める（一四九）（159）
第三七首　鳥飛ばず日は中点《ちゅうてん》にとどまりて既に七日《しちにち》人は生れず（一四九）（182）
第三八首　砂けぶり青水毛月《あをみなづき》の一方に高く揚りて天日《てんじつ》を呑む（一四九）（124、183）
第四〇首　うすぐもる鏡の中の青ざめし若き男をのろふ魔のこゑ（一四九）（50）
第四一首　夜の家に入りて出でざる三人《にん》の少女の下駄をもちてわれ逃ぐ（一四九）（125）
第四二首　相抱くとき大空に雲おこり電光《いなづま》きたり中《なか》を劈《つんざ》く（一四九）（209）
第四四首　飢ゑし犬皆来て吠えよ此処にゐて肉をあたへぬ若き女《をみな》に（一五〇）（171、181）
第四六首　千人《せんにん》の少女を入れて蔵《くら》の扉《と》に我はひねもす青き壁塗《ぬ》る（一五〇）（93）
第四七首　限りなく高く築《きづ》ける灰色の壁に面《めん》して我ひとり泣く（一五〇）（93）
第四九首　ひもすがら君見ず飢ゑしわが心大熱《だいねつ》の火に黒麺麭《くろぱん》を焼く（一五〇）（178）
第五四首　笑はざる女等《をみなら》あまた来て弾《ひ》けどわが風琴《ふうきん》は鳴らむともせず（一五〇）（201、309）
第五五首　己が名を仄かに呼びて涙せし十四の春にかへる術《すべ》なし（一五〇）（304、309、326）
第五六首　憂きことの数々あるが故に今君みてかくは泣くと泣く人（一五〇）（309）
第六一首　身構《みがま》へてはつたと我は睨《にら》まへぬ誰《た》そ鬼面《きめん》して人を嚇《おど》すは（一五〇）（242）
第六二首　もろともに死なむといふを卻《しりぞ》けぬ心安けきひと時《とき》を欲《ほ》り（一五〇）（312）
第六三首　野に誘ひ眠るを待ちて南風《なんぷう》に君を焼かむと火の石を切る（一五〇）（311）
第六四首　東海《とうかい》の小島《こじま》の磯の白砂《しらすな》にわれ泣きぬれて蟹《かに》と戯《たはむ》る（一五〇）（304、311、326）
第六五首　日くれがた先づきらめける星一つ見てかく遠く来《こ》しを驚く（一五〇）（209、220、311、312）

「新詩社詠草其四」（第一巻一五二～一五四頁）　**『全集』第一巻頁　本書引用頁**

第八首　すでにして我があめつちに一条《ひとすぢ》の路尽き君が門に日暮れぬ　（一五三）（105、125、315）
第一六首　怒る時かならず一つ鉢を割り九百九十九割りて死なまし　（一五三）（184、210）
第一七首　君が名を常にたたへき洛陽の酒徒にまじれる日にも忘れて　（一五三）（210）
第一八首　我がどちはいかにみがけど光らざる玉をみがけり月に日にけに　（一五三）（53）
第二二首　家といふ都の家をことごとくかぞへて我の住まむ家なし　（一五三）（127）
第二三首　白妙の衣《きぬ》し真玉《またま》を頸懸《うなが》けて神のごとくにまぐはひもせむ　（一五三）（130）
第二六首　路ここに岐《わか》れて三すぢ三すぢみな同じき靴のあとを印せり　（一五三）（105）
第三〇首　我を見て狂ひて死ぬる幾少女手らんぷをもて暗中を練《ね》る　（一五四）（132）
第三三首　山々《やま〱》を常世《とこよ》の深き眠りより覚まさむとして洪鐘《こうしょう》を鋳る　（一五四）（18、186）
第三四首　あな懶《もの》う倦《う》みぬうとまし百とせも眠りてしかるのちに覚めなむ　（一五四）（17、186）
第三七首　直径《さしわたし》一里にあまる大太鼓つくりて打たむ事もなき日に　（一五四）（210）

「虚白集」（第一巻一五四〜一五八頁）　『全集』第一巻頁　本書引用頁

第一首　ふる郷《さと》の空《そら》遠みかも高き屋《や》に一人のぼりて愁ひて下《くだ》る　（一五四）（87、159、162）
第二首　皎《かう》として玉をあざむく少人《せうじん》も秋来《く》といへば物をしぞ思ふ　（一五四）（87、162、165）
第三首　そを読めば愁知るといふ書焚《ふみた》ける古人《いにしへびと》の心よろしも　（一五四）（87、162）
第一七首　水潦《みづたまり》暮れゆく空とくれなゐの紐《ひも》をうかべぬ秋雨の後《のち》　（一五五）（123）
第一九首　醒むる期《ご》も知らぬ眠りに入りなむと枕ならべしそのかの一夜《ひとよ》　（一五五）（197）
第二八首　病む人も朱《あけ》の珠履《たまぐつ》塵はらひ庭に立たしき春の行く日に　（一五五）（90、124）
第三九首　はたはたと黍《きび》の葉鳴れる故郷《ふるさと》の軒端なつかし秋風吹けば　（一五六）（159）
第四七首　すくなくも春さりくれば草も木も花咲くほどの心もて思《おも》ふ　（一五六）（128）
第四九首　風こそは物よく知らぬ万人《ばんにん》の胸《むね》にも入《い》りつ出つ吹くなれば　（一五六）（211）
第五五首　手なふれそ毒に死なむと君のいふ花ゆゑ敢て手ふれても見む　（一五六）（21、53、103、128）
第六一首　春の雪はだらに残る山路《やまみち》を青幌《あをほろ》したる馬車一つきぬ　（一五七）（126）

「謎」　（第一巻一五八～一六一頁）　**『全集』第一巻頁　本書引用頁**

「小春日」　（第一巻一〇九～一一二頁）　**『全集』第一巻頁　本書引用頁**

第七首	五月雨逆反《さつきあめさかぞ》りやすき弓《ゆみ》のごと此頃君《このごろきみ》の親《したし》まぬかな	（一一〇）	（237）
第八首	道《みち》ばたに菫《すみれ》を多《おほ》く見出《みい》でつつ歩《あゆ》む心地《こゝち》にみ言葉《ことば》をきく	（一一〇）	（237）
第九首	埋《うづ》もれし玉《たま》のごとくに人知《ひとし》れず思《おも》へるほどの安《やす》かりしかな	（一一〇）	（237）
第一〇首	松《まつ》の風《かぜ》ひる夜《よ》ひびきぬ人《ひと》とはぬ山《やま》の祠《ほこら》の石馬《いしうま》の耳《みゝ》に	（一一〇）	（237）
第一八首	烏羽玉《うばたま》の夜《よ》につつまれて立《た》つ山《やま》の黙《もだ》せる心人知《こゝろひとし》るらめや	（一一〇）	（247）
第一九首	言葉《ことば》なき国《くに》より来《こ》しといふ如《ごと》も黙《もだ》すを常《つね》として逢《あ》ひしかな	（一一〇）	（247）
第二〇首	摩合《すれあ》へる肩《かた》のひまよりはつかにも見《み》きといふさへ日記《にっき》するものか	（一一〇）	（244）

『一握の砂』	（第一巻一～七六頁）	**『全集』第一巻頁**	**本書引用頁**
第一首	東海《とうかい》の小島《こじま》の磯《いそ》の白砂《しらすな》に／われ泣《な》きぬれて／蟹《かに》とたはむる	（七）	（18、206、308、312）
第二首	頬《ほ》につたふ／なみだのごはず／一握《いちあく》の砂《すな》を示《しめ》し人《ひと》を忘《わす》れず	（七）	（308、313）
第三首	大海《たいかい》にむかひて一人《ひとり》／七八日《ななやうか》／泣《な》きなむとすと家《いへ》を出《い》でにき	（七）	（309、313）
第四首	いたく錆《さ》びしピストル出《い》でぬ／砂山《すなやま》の／砂《すな》を指《ゆび》もて掘《ほ》りてありしに	（七）	（317）
第五首	ひと夜《よ》さに嵐来《あらしきた》りて築《きづ》きたる／この砂山《すなやま》は／何《なに》の墓《はか》ぞも	（七）	（47、317）
第一二首	ひと塊《くれ》の土《つち》に涎《よだれ》し／泣《な》く母《はは》の肖像《にがほ》つくりぬ／かなしくもあるか	（八）	（316）
第一三首	燈影《ほかげ》なき室《しつ》に我あり／父《ちち》と母《はは》／壁《かべ》のなかより杖《つゑ》つきて出《い》づ	（八）	（306、316）
第一四首	たはむれに母《はは》を背負《せお》ひて／そのあまり軽《かろ》きに泣《な》きて／三歩《さんぽ》あゆまず	（八）	（306、316）
第一五首	飄然《へうぜん》と家《いへ》を出《い》でては／飄然《へうぜん》と帰《かへ》りし癖《くせ》よ／友《とも》はわらへど	（八）	（306）
第一一四首	一隊《いったい》の兵《へい》を見送《みおく》りて／かなしかり／何《なに》ぞ彼等《かれら》のうれひ無《な》げなる	（二一）	（204）
第一五〇首	誰《た》そ我《われ》に／ピストルにても撃《う》てよかし／伊藤《いとう》のごとく死《し》にて見《み》せなむ	（二五）	（352）
第一五二首	病《やまひ》のごと／思郷《しきやう》のこころ湧《わ》く日《ひ》なり／目《め》にあをぞらの煙《けむり》かなしも	（二六）	（310）
第一五三首	己《おの》が名《な》をほのかに呼《よ》びて／涙《なみだ》せし／十四《じふし》の春《はる》にかへる術《すべ》なし	（二六）	（311）
第一五四首	青空《あをぞら》に消《き》えゆく煙《けむり》／さびしくも消《き》えゆく煙《けむり》／われにし似《に》るか	（二六）	（311）
第二二六首	肺《はい》を病《や》む／極道地主《ごくだうぢぬし》の総領《そうりやう》の／よめとりの日《ひ》の春《はる》の雷《らい》かな	（三五）	（276）

《参考文献》

石川啄木（一九七八b）『石川啄木全集』第一巻、筑摩書房。

石川啄木（一九七九b）『石川啄木全集』第二巻、筑摩書房。

石川啄木（一九七八d）『石川啄木全集』第三巻、筑摩書房。

石川啄木（一九八〇）『石川啄木全集』第四巻、筑摩書房。

石川啄木（一九七八a）『石川啄木全集』第五巻、筑摩書房。

石川啄木（一九七八c）『石川啄木全集』第六巻、筑摩書房。

石川啄木（一九七九c）『石川啄木全集』第七巻、筑摩書房。

石川啄木（一九七九a）『石川啄木全集』第八巻、筑摩書房。

石川啄木（一九五六）『歌稿暇ナ時』八木書店。

石川啄木（一九六七）『啄木歌集』角川文庫。

石川啄木（一九七八）『時代閉塞の現状・食うべき詩』岩波文庫。

村上悦也・上田博・太田登編（一九八六）『石川啄木集 歌集編』和泉書院。

石川木（一九九三）『［新編］啄木歌集』久保田正文編、岩波文庫。

石川啄木（二〇〇三）『一握の砂』東雲堂書店版復刻、石川啄木記念館。

石川啄木（二〇〇八）『一握の砂』近藤典彦編、朝日新聞出版。

秋瑾（一九〇七）『秋瑾詩詞』明治四〇年九月六日刊。刊行者王芷馥。印刷所秀光社。

秋瑾（一九一〇）『秋女士遺稿』edited and noted by Kun-Pau-Chen,with a biographybyTau-Chen-Chan.

秋瑾（一九七一）『中国女報』「創刊の詞」『清末民国初政治評論集』平凡社。

秋瑾（二〇〇三）『秋瑾全集箋注』吉林文史出版社。

秋瑾（二〇〇四）『秋瑾選集』人民文学出版社。

『朝日新聞』（二〇〇九）「大逆事件残照（一～一四）」夕刊五月一九日～六月五日。

天野仁（一九九五）『啄木の風景』洋々社。

坂野潤治（二〇一〇）『明治国家の終焉』ちくま学芸文庫。

陳舜臣［Chen Shunchen］（二〇〇七a、b）『中国の歴史 近・現代篇（一・二）』講談社文庫。

陳天華［ChenTianhua］（二〇〇二）『猛回顧・警世鐘』華夏出版社。

「陳天華の伝記」（二〇〇九／〇六／二九）http://www.h3.dion.ne.jp/~maxim/xingtai.htm
江口渙（一九五三）『わが文学半生記』青木書店。

高洪［Gao Hongxing］（二〇〇九）『纏足の歴史』鈴木博訳、原書房。

郭長海（Guo Changhai）・李亜彬（LiYabin）編（一九八七）『秋瑾事迹研究』東北師範大学出版社。

郭延礼（GuoYanli）編（一九八七）『秋瑾研究資料』山東教育出版社。

橋本文雄（一九三四）『社会法と市民法』岩波書店。

晴海ゆり子（二〇〇九）「陳天華の伝記」http://www.h3.dion.ne.jp/~maxim/xingtai.htm。

平出彬（一九八八）『平出修伝』春秋社。

平出修（一九六五）『[定本]平出修集』春秋社。

平出修（一九六九）『[定本]平出修集・続』春秋社。

平出修（一九八一）『平出修・第三巻』春秋社。

平出修研究会・編（一九八五）『平出修とその時代』教育出版センター。

平山周（一九八〇）『支那革命黨及秘密結社』（復刻版）弘隆書林。

堀江信男（一九六六）『石川啄木』清水書院。

堀川哲男（一九八三）『孫文』講談社。

堀川哲男（一九八四）『孫文と中国の革命運動』清水書院。

飯田泰三・監修（二〇〇三）『岩波茂雄宛への書簡』岩波書店。

池田功（二〇〇六）『石川啄木—国際性への視座—』おうふう。

石井寛治（一九九七）『日本の産業革命—日清・日露戦争から考える—』朝日新聞社。

石川忠久・編（二〇〇九）『漢詩鑑賞事典』講談社学術文庫。

井波律子（二〇〇九）「竹内好と漢文脈」鶴見俊輔編『アジアが生み出す世界像—竹内好の残したもの—』二〇〇九年、SURE。

猪俣驥一・編（一九三〇）『日本経済図表』日本評論社。

伊藤之雄（二〇〇九）『伊藤博文—近代日本を創った男—』講談社。

絲屋寿雄（一九六〇）『大逆事件』三一書房。

岩城之徳（一九七六）『啄木評伝』學燈社。

岩城之徳・編（一九八一）『石川啄木必携』學燈社。

岩城之徳（一九八五）『石川啄木伝』筑摩書房。

岩城之徳・監修（一九九二）『石川啄木入門』思文閣出版。

人文社（二〇一〇）『東京郵便局明治四〇年東京市一五区・近傍三四町村番地界入』②神田区全図。

神谷忠孝（二〇〇六）「石川啄木《東海の小島》歌について」『石川啄木—生誕一二〇年記念』函館文学館刊。

片倉芳和（二〇〇四）『宋教仁—清末民初の政治と思想—』清流出版。

加藤悌三（一九七六）『石川啄木論考』啓隆閣。

川並秀雄（一九七二）『石川啄木新研究』冬樹社。

川西正明（一九九六）『わが幻の国』講談社。

木元茂夫（一九九四）『アジア侵略の一〇〇年』社会評論社。

金田一京助（一九六八）『（新訂版）石川啄木』角川文庫。

小島淑男（一九八九）『留日学生の辛亥革命』青木書店。

国際啄木学会（二〇〇一）『石川啄木事典』おうふう。

近藤典彦（一九八九）『国家を撃つ者石川啄木』同時代社。

近藤典彦（一九九八）「ソニヤの歌」『国際啄木学会東京支部会会報』第六号。

近藤典彦（二〇〇〇）『啄木短歌に時代を読む』吉川弘文館。

近藤典彦（二〇〇四）『《一握の砂》の研究』おうふう。

近藤富枝（一九七三）『本郷菊富士ホテル』中公文庫。

孔菁慧［Kong Jinghui］（方政訳）（二〇〇一）『自由への闘い秋瑾（風雨自由魂・秋瑾）』方政訳、山東画報出版社。

クロポトキン（一九六〇）『麺麭の略取』幸徳秋水訳、岩波文庫。

工藤与志男編（一九八六）『新聞記者・石川啄木』こころざし出版社。

『熊本評論』（一九〇八）「赤旗事件公判筆記」http://members2jcom.home.ne.jp/anarchism/akahatajiken。

桑原武夫編（一九六四）『ブルジョア革命の比較研究』筑摩書房。

魯迅［Lu Xun］（一九六四a、一九六四b）『魯迅選集』竹内好訳、第一巻、第二巻。岩波書店。

松原岩五郎（一九八八）『最暗黒の東京』岩波文庫。

松本清張（二〇一〇）『北一輝』筑摩書房。

目良卓（一九九四）『啄木と苜蓿の同人達』武蔵野書房。

三木清（一九六八）『三木清全集（第一九巻）』岩波書店。

宮崎郁雨（一九五六）「『暇ナ時』について」『暇ナ時』（石川啄木自筆歌稿ノート複製版）「解説」、八木書店。

水川隆夫（二〇一〇）『夏目漱石と戦争』平凡社。

長浜功（二〇〇九）『石川啄木という生き方』社会評論社。

永井算巳（一九五二）「所謂清国留学生取締規則事件の性格」『信州大学紀要』第二号。

永田圭介（二〇〇四）『競雄女侠伝―中国女性革命詩人秋瑾（チョウ・チェン）の生涯―』編集工房ノア。

中村文雄（一九八一）『大逆事件と知識人』三一書房。

中村文雄（一九九八）『大逆事件の全体像』三一書房。

中村文雄（二〇〇九）『大逆事件と知識人―無罪の構図―』論創社。

中村政則（二〇〇〇）「明治・大正期における《地代の資本転化》と財政政策」武田晴人・中林真幸編『近代の経済構造』東京堂出版：初出は『一橋論叢』第五三号第五号、一九六五年五月。

中西隆紀（二〇一〇）『日本の鉄道創世記―幕末明治の鉄道発達史―』河出書房新社。

仁井田陞（一九七四①②）『中国の伝統と革命（一・二）』平凡社。

西順蔵（一九七七）『原典中国近代思想史』第三冊（全六冊）、岩波書店。

野内良三（二〇〇〇）『レトリックと認識』日本放送出

版協会。

野内良三（二〇〇二）『レトリック入門』世界思想社。

小畑清剛（一九九四）『レトリックの相克』昭和堂。

荻野富士夫（一九八四）『特高警察体制史』せきた書房。

荻野富士夫（一九八八）「明治期司法権力の社会運動抑圧取締（一）」『商学討究（小樽商科大学）』第三九巻第二号。

大江志乃夫（一九六八）『日本の産業革命』岩波書店。

大野晋（二〇〇二）『日本語の教室』岩波書店。

大沢博（一九八八）『啄木短歌の心理学』洋々社。

太田愛人（一九九六）『石川啄木と朝日新聞』恒文社。

太田登（一九九一）『啄木短歌論考』八木書店。

小野川秀美（二〇〇九、二〇一〇）『清末政治思想研究（一・二）』平凡社。

折戸洪太（二〇〇七）『中国経済改革と洋務運動』白帝社。

佐藤昌（一九一六）『産業革命と農業問題』裳華房。

沢本香子（二〇〇八）http://www.biwa.ne.jp/~tarumoto/s1105.html「新聞に見る徐錫麟事件、秋瑾事件」。

島田虎次（一九六五）『中国革命の先駆者たち』筑摩書房。

清水卯之助（二〇〇二）『管野須賀子の生涯』和泉書院。

菅野盾樹（二〇〇三）『新修辞学』世織書房。

鈴江言一（一九五〇）『孫文伝』岩波書店。

橘樸（一九三六）『支那社会研究』日本評論社。

橘樸（一九四三）『中華民国三十年史』岩波新書。

橘樸（一九五〇）『中国革命史』日本評論社。

高野房太郎（一九九七）『明治日本労働通信』岩波文庫。

瀧井一博（二〇一〇）『伊藤博文』中公新書。

武田泰淳（一九六八）『秋風秋雨人を愁殺す―秋瑾女士伝―』筑摩書房。

武田泰淳（二〇〇三）『身心快楽』講談社。引用文初出『中国文学月報』一九四〇年一月。

竹内実（二〇〇八）『コオロギと革命の中国』PHP新書。

竹内好（一九七三）『日本と中国のあいだ』文芸春秋。

田中真人（一九七八）『高畠素之』現代評論社。

田中惣五郎（一九七一）『北一輝（増補版）』三一書房。

碇豊長（二〇〇九）「詩詞世界・秋瑾詩詞」http://www5.biglobe.ne.jp/~shici/qiu4.htm。

寺本界雄（一九七九）『樺戸監獄史話』樺戸郡月形町役場。

徳冨健次郎（一九七六）『謀叛論』岩波文庫。

壺齋散人（引地博信）（二〇〇七）「秋瑾女史愛国の詩：寶刀歌」、「警告我同胞」：http://www.blog.hix05.com/cgi/mt/mt-tb.cgi/113.

鶴見俊輔（一九九五）『竹内好―ある方法の伝記―』リブロポート。

豊島直道・花井卓蔵・谷田三郎監修（一九一七）『日本制裁法規定』清水書店。

東京政治経済研究所（一九三〇）『一九二〇―三〇政治経済年鑑』日本評論社。

豊島直道・花井卓蔵・谷田三郎監修（一九一七）『日本制裁法規（全）』清水書店。

碓田のぼる（二〇〇〇）『石川啄木の新世界』光陽出版社。

碓田のぼる（二〇〇四）『石川啄木 ― その社会主義への道―』かもがわ出版。

内田弘（一九七四）「竹内好論」『危機の文明と日本マルクス主義』田畑書店。

Uchida,Hiroshi（1988）, *Marx's Grundrisse and Hegel's Logic*, Routledge.

内田弘（二〇〇二）「世界資本主義と市民社会の歴史理論」専修大学社会科学研究所編『グローバリゼーションと日本』専修大学出版局。

内田弘（二〇〇八）「啄木の秋風、秋瑾の秋風」『専修大学社会科学研究所月報』五四〇号。

内田弘（二〇〇九ａ）「光州で啄木を語る」『専修大学社会科学研究所月報』五五三・五五四号。

内田弘（二〇〇九ｂ）「石川啄木『啄木歌集』―啄木歌に秋瑾が潜む―」『季報唯物論研究』一一〇号。

内田弘（二〇一〇ａ）「啄木歌に潜む秋瑾詩」『情況』四月号。

内田弘（二〇一〇ｂ）「啄木作品に転生する秋瑾」『国際啄木学会東京支部会会報』第一八号。

Uchida, Hiroshi（2010c）, Marx's theory of money as potential for capitalist globalization, *Marx and the Contemporary Social Theory*, Conference at Fudan University, Shanghai, July 16.

梅森直之（二〇〇七）「詩が滅びるとき ―石川啄木における《時間の政治》をめぐって ―」『初期社会主義研究』第二〇号。

浦田敬三（一九七七）『啄木とその周辺― 岩手ゆかりの文人 ―』熊谷印刷出版部。

山辺健太郎（一九六六）『日本の韓国併合』太平出版社。

山本進（二〇〇二）『清代社会経済史』創成社。

安元隆子（二〇〇六）『石川啄木とロシア』翰林書房。

吉田孤羊（一九五二）『啄木研究』乾元社。

吉田孤羊（一九六七）『石川啄木と大逆事件』明治書院。

吉田孤羊（一九八二）『啄木写真帖』（覆刻版）藤森書店。

吉川弘文館編集部・編（二〇〇八）『日本近代史年表』吉川弘文館。

吉川幸次郎（二〇〇二）『漱石詩注』岩波文庫。

吉本隆明（一九九一）『高村光太郎』筑摩書房。

吉本隆明（二〇〇六）『詩学叙説』思潮社。

和田正広・編著（二〇〇〇）『中国伝統社会の歴史的特質―宗族・官僚・啓蒙―』中国書店
我妻栄・編（一九六九）『日本政治裁判史録（明治・後）』第一法規。

内田弘（うちだ・ひろし）
1939年群馬県生まれ。専修大学名誉教授。横浜国立大学経済学部卒業。在学中、長洲（一二）ゼミナールおよび演劇研究部に所属。
［主要著作］『資本論と現代』（三一書房、1970年）、『経済学批判要綱の研究』（新評論、1983年）、『中期マルクスの経済学批判』（有斐閣、1985年）、*Marx's Grundrisse and Hegel's Logic*, Routledge, 1988、『自由時間』（有斐閣、1993年）、『三木清－個性者の構想力－』（御茶の水書房、2004年）。
［編著］『三木清エッセンス』（こぶし書房、2000年）、*Marx for the 21st Century*, Routledge, 2006、『三木清 東亜協同体論集』（こぶし書房、2007年）。

啄木と秋瑾

2010年11月15日　初版第１刷発行

著　者：内田　弘
装　幀：中野多恵子
発行人：松田健二
発行所：株式会社社会評論社
東京都文京区本郷2-3-10　☎03（3814）3861 FAX03（3818）2808
http://www.shahyo.com
組版：ケーズグラフィック
印刷：技秀堂
製本：東和製本

マルクスの構想力

【疎外論の射程】

●岩佐茂編著

四六判★2700円／1475-5

市場原理主義はどのようにのり超えられるのか。マルクスの思想の核心である疎外論の再検証をとおして、資本主義批判の新たな理念を構想する。(2010・4)

マルクス派の革命論・再読

●大藪龍介

四六判★2400円／0849-5

近代資本主義世界のラディカルな批判をとおして構想されたマルクス、エンゲルスの革命論を再考察し、トロツキーの永続革命論、ソ連論を歴史的に検証。希望と挫折、挑戦と破壊を織りなす20世紀社会主義の歴史と現実。(2002・3)

国家と民主主義

ポスト・マルクスの政治理論

●大藪龍介

A5判★3000円／0820-4

パリ・コミューン型国家論の批判的再検討を基礎として、プロレタリア独裁論、民主主義論を主題として、レーニン理論の再審を試みる。「マルクス主義の自己革命」と、「批判的のりこえ」の試み。(1992・7)

マルクス主義改造講座

●降旗節雄編

四六判★2300円／0830-3

マルクス理論の現代的再生は可能か。破産したマルクス・レーニン主義のバランスシートを解読する。マルクス・レーニン主義はなぜ破産したか／世界史の必然性は論証できるか／ソ連型社会主義はなぜ崩壊したか／他（1995・3)

マルクス主義と民族理論

社会主義の挫折と再生

●白井朗

A5判★4200円／1471-7

イスラームに対する欧米世界の偏見。ロシアによるチェチェン民族の弾圧。中国のチベット、ウイグル、モンゴルへの抑圧。深い歴史的起原をもつ現代世界の民族問題をどうとらえるか。(2009・4)

マルクス理論の再構築

宇野経済学をどう活かすか

●降旗節雄・伊藤誠共編

A5判★3800円／0843-3

独自の経済学の方法と理論を構築した宇野弘蔵。宇野生誕100年を記念して、宇野派の第一線の研究者が、宇野理論の再検討と新たな可能性を論究する。グローバル化の中で再編成されている現代世界を分析する試み。(2000・3)

資本主義発展の段階論

欧米における宇野理論の一展開

●ロバート・アルブリトン／永谷清監訳

A5判★4700円／0831-0

社会主義の崩壊後、欧米で台頭した諸理論はいずれも現代資本主義のラディカルな分析をなしえていない。本書は、宇野理論を批判的に摂取し、コンシュマリズム段階を提起し、資本主義の発展段階の理論を構築する。(1996・4)

アポリアとしての民族問題

ローザ・ルクセンブルクと
インターナショナリズム

●加藤一夫

四六判★2670円／0335-3

社会主義の解体とともに浮上する民族問題。国際主義の思想と行動は、結局このアポリアの前に破れ去ってしまうしかないのか。ローザ・ルクセンブルクの民族理論の意義と限界を明らかにする。(1991・11)

ヘーゲル 現代思想の起点

●滝口清栄・合澤清編

A5判★4200円／0877-8

若きヘーゲルの思索が結晶した『精神現象学』刊行から200年。現代思想にとって豊かな知的源泉である同書をめぐる論究集。哲学者·長谷川宏氏推薦。(2008·4)

「論理哲学論考」対訳・注解書

●ルートヴィヒ・ヴィトゲンシュタイン著／木村洋平訳・注解

A5判★2600円／1802-95

『論考』を理解する本！　『論考』の全文について、原文・対訳と、その詳細な解説を見開きに掲載。数々の例と比喩で、ヴィトゲンシュタインの思考の生理を伝える。初めて読む人とすでに原文で読んだ人、双方のために。(2010・10)

ホモ・ファーベル

西欧文明における労働観の歴史

●アドリアーノ・ティルゲル

四六判★2700円／0885-3

人間の本質はHomoFaberか？　29年恐慌の直前に刊行された古代ギリシャ・ローマ文明から現代文明にいたる労働観の変遷。アーレントは本書が孕む問題性を『人間の条件』で深く論究した。[小原耕一・村上桂子訳] (2009・11)

ヴァルター・ベンヤミン解読

希望なき時代の希望の根源

●高橋順一

A5判★3700円／0887-7

危機と絶望の極みのうちにあった時代を、流星のように光芒を放ちながら過ぎっていった一人のユダヤ系ドイツ人思想家の生涯と彼の残したテクストを読む。(2010・3)

ホルクハイマーの社会研究と初期ドイツ社会学

●楠秀樹

A5判★3200円／0882-2

二つの世界大戦、ロシア革命、ナチズム、迫害、亡命。ドイツ・フランクフルト学派の代表者・ホルクハイマーが「経験」を問うた知の軌跡から、社会を批判する社会思想の一原型が浮かび上がる。(2008・10)

ハイデガー解釈

●荒岱介

四六判★2200円／0319-3

哲学者マルティン・ハイデガーはなぜナチス党員であったのか。近代物質文明における人間存在の実存的在り方を越えようとしたその哲学に対する独自の解釈を試み、ナチズムに帰依した根拠を探る。(1996・6)

エンハンスメント論争

身体・精神の増強と先端科学技術

●上田昌文・渡部麻衣子編

A5判★2700円／0615-6

生命科学、先端技術の発展は、人間の身体や精神に対する技術介入の可能性を急速に拡大させた。それはどこまで許されるのか？　最新の現状をめぐる多様な議論を集大成。(2008・7)

歴史知と学問論

●石塚正英

四六判★2500円／1460-1

歴史は発展、または進歩、そして循環するか？　長らく問われ続ける問いかけに、「歴史知」という概念で新たな議論の提示を試みる評論集。考古学・郷土史・現代史の研究現場からの視線で「歴史学」へ誘う。(2007・2)

コミュニタリアン・マルクス

資本主義批判の方向転換

●青木孝平

四六判★2500円／0878-5

現代資本主義批判の学としての「批判理論」は、いかにして可能か。リベラリズムを批判して登場したコミュニタリアニズムを検討しつつ、その先駆としてのマルクスの像を探る。マルクスを「異化」する試み。(2008・2)

ポスト・マルクスの所有理論

現代資本主義と法のインターフェイス

●青木孝平

A5判★3200円／0819-8

「資本家のいない資本主義」といわれる現在、次の世紀へと生かしうるマルクス所有理論の可能性はどこにあるのか。マルクスのテキストの緻密な再読と、内外の研究成果の到達点をふまえて検討する。(1995・5)

トロツキーとグラムシ

歴史と知の交差点

●片桐薫・湯川順夫編

A5判★3600円／0317-9

スターリンに暗殺されたトロツキー、ファシストに囚われ病死したグラムシ。1930年代の野蛮にたち向かった二つの知性。その思想と行動を20世紀の歴史と政治思想のなかで捉え直す。(1999・12)

21世紀社会主義への挑戦

●社会主義理論学会編

A5判★3600円／1414-4

スターリン主義やその疑似物の再潜入を許さぬ社会主義像の構築をめざす思想と理論。アソシエイション型の社会を構想し、従来の運動論、社会理論を超える新たな体制変革運動をさぐる論集。(2001・5)

21世紀 社会主義化の時代

過渡期としての現代

●榎本正敏編著

A5判★3400円／1452-6

工業生産力をこえるより高度なソフト化・サービス化産業の発達とネットワーク協働社会システムの形成。資本主義世界において、新たな社会主義化を準備し創出させる質的な変化が進行している。(2006・2)

アソシエーション革命宣言

協同社会の理論と展望

●飯嶋廣・阿部文明・清野真一

A5判★2300円／1474-8

今日の時代状況において、アソシエーション革命こそ資本主義にとって代わるオルタナティブである。その旗を掲げて新しい対抗戦略とそれを担う潮流の形成を労働運動の活動家たちが提起する。(2010・3)

アソシエーション革命へ

[理論・構想・実践]

●田畑稔・大藪龍介・白川真澄・松田博編著

A5判★2800円／1419-9

いま世界の各地で新たな社会変革の思想として、アソシエーション主義の多様な潮流が台頭してきた。構想される社会・経済・政治システムを検証し、アソシエーション革命をめざす今日の実践的課題を探る共同研究。(2003・3)

生涯学習とアソシエーション

三池、そしてグラムシに学ぶ

●黒沢惟昭

四六判★2700円／0884-6

三池闘争、イタリアの工場評議会運動の歴史的経験を通して、生産者が主人公になる社会（アソシエーション）を構想する。市民社会とヘゲモニー論の新たな展開。(2009・11)